DIE BESTE ART VON LIEBE

DIE JUNGS VON JACKSON HARBOR

LEXI RYAN

Wir treffen uns im Jackson Brews.

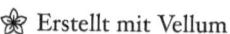 Erstellt mit Vellum

DANKSAGUNG

Ein riesiges Danke an alle, die mir mit diesem Buch geholfen haben. Vor allem möchte ich meiner Familie danken. Brian, mein Ehemann und widerwilliger „Deadline-Witwer", danke, dass du für mich da bist, mir zuhörst und immer mein Fels in der Brandung bist. Wenn ich weiß, wie viel Glück ich habe, bedeutet das, dass ich dich behalten darf? An meine Kinder Jack und Mary, ihr seid so verdammt cool, und ich bin so stolz auf euch. Ich bin die glücklichste Mama überhaupt! Danke, dass ihr mich immer dazu inspiriert, mein bestes Ich zu sein. An meine sechs Geschwister – danke, dass ihr meine Liebe zur Großfamilie inspiriert und der Jackson-Familie Sinn verschafft habt. Danke an meine Mama, die immer nach mir schaut, wenn ich zu viel arbeite.

Ich habe so viel Glück, ein Leben voller wundervoller Freunde zu haben. Danke an meine Autorenfreunde, die mit mir sprinten und mich beruhigen, wenn meine Bücher ein Durcheinander sind. An meine beste Freundin Mira Lyn Kelly, die meine Hand mehr hält, als sie sollte, mein Haar streichelt und mich aufbaut. Ich danke dir auf ewig.

An alle, die mir Feedback gegeben haben – vor allem Heather Carver, Samantha Leighton, Tina Allen, Lisa Kuhne, Dina Littner, Nancy Miller und Janice Owen. Ihr seid wundervoll, und ich kann mich nicht genug bedanken!

Ich habe das *beste* Redakteurenteam. Lauren Clarke und Rhonda Merwarth, danke für euer einfallsreiches Editieren. Ihr macht mich zu einer besseren Autorin und meine Geschichten wundervoll. Danke an Arran McNicol von Editing720 für dein Korrektorat. Ich habe schwer daran gearbeitet, dieses Team zu erschaffen, und ich bin stolz auf euch!

Danke an die Menschen, die mir geholfen haben, dieses Buch zu verpacken und zu vermarkten. Sarah Eirew, die dieses wunderschöne Foto auf dem Buchumschlag geschossen und das Design für die ganze Reihe erschaffen hat. Ich will mich auch bei Lisa Kuhne bedanken, die sich um allen Papierkram gekümmert hat, während ich am Ertrinken war. Nina und Social Butterfly PR, danke für all eure Hilfe. Ich liebe es, mit euch und eurem wundervollen Team zu arbeiten! An alle Blogger, Bookstagrammer, LeserInnen und RezensentInnen, die geholfen haben, mein Buch zu verbreiten – ich bin dankbar, dass ihr euch die Zeit genommen habt, um meine Bücher zu lesen. Mein Dank ist nicht genug, aber ich meine es ernst. Ihr seid die Besten!

An meinen Agenten, Dan Mangel, weil du an mich glaubst und daran, dass das Beste noch vor uns liegt. Danke an dich und an Stefanie Diaz, dass ihr meine Bücher zu den Lesern dieser Welt bringt. Danke, dass ihr ein Teil meines Teams seid.

Und ein riesiges Dankeschön an meine Fans. Dank euch darf ich meinen Traum leben. Ich könnte es nicht ohne euch tun. Ihr seid die coolsten, schlausten, besten Leser dieser Welt. Ich schätze jeden einzelnen von euch wert!

XOXO,
    Lexi

ÜBER DIE BESTE ART VON LIEBE

Von der *New York Times*-Bestsellerautorin Lexi Ryan kommt eine neue alleinstehende Romanze in der Bestsellerreihe „Die Jungs von Jackson Harbor". Bereiten Sie sich auf Easton Connor vor, der die NFL verlässt und nach Jackson Harbor zurückkehrt, um um eine Chance mit der Liebe seines Lebens zu kämpfen.

Ich bereue nicht viel.

Nicht meine Entscheidung, der NFL beizutreten, bevor ich die Uni beendet habe.

Nicht die Entscheidung, um das Sorgerecht für meine Tochter zu kämpfen – auch wenn sie biologisch gesehen nicht mein Kind ist.

Und auf keinen Fall, dass ich vor zehn Jahren die kleine Schwester meines Kumpels verführt habe.

Aber wenn es um Shayleigh Jackson geht, endet mein

Mangel an Reue. Ich habe es richtig vermasselt. Dann habe ich einen weiteren Fehler gemacht, als ich mich von ihr wegstoßen lassen habe.

Aber nach mehr als einem Jahrzehnt in verschiedenen Zeitzonen kehre ich zurück nach Jackson Harbor. Meine oberste Priorität ist es, meine Tochter von den Kameras in Los Angeles fernzuhalten, aber sobald ich Shay sehe, weiß ich, dass es nicht mein einziger Grund war, zurückzukommen. Nichts kann mich davon abhalten, sie zurückzugewinnen.

Ist es wichtig, dass sie nicht mit mir reden will? Dass sie sich verändert hat? Dass sie sich in ihren Arschloch-Professor verliebt hat? Ich bin nie über sie hinweggekommen, und ich weiß, dass sie dasselbe empfindet.

Ich habe sie zweimal gehen lassen – ein Fehler, den ich nicht noch einmal machen werde.

SHAY

*I*ch war sieben Jahre alt, als ich mich in Easton Connor verliebt habe. Er war vier Jahre älter und der beste Freund meines Bruders Carter, aber das war egal. Ich habe ihn damals nie als zu alt angesehen. Ihn nie als tabu wahrgenommen.

Als ich von meinem Fahrrad gefallen bin, während ich meinen Brüdern die Straße hinterhergerast bin, war es Easton, der zurückgekommen ist, um mir zu helfen. Der mich reingebracht hat, den Kies aus der Wunde an meinem Knie entfernt und sie gereinigt hat. Easton, der meine Tränen zu Gelächter verwandelt hat, indem er mir davon erzählte, dass Carter kein Wort rausbringen konnte, wenn sein Schwarm in der Nähe war.

Ich habe in diesem Moment entschieden, dass ich Easton heiraten würde. Weil ich sieben Jahre alt war und die Realität der Liebe nicht verstand. Weil Easton damals noch nicht *der* Easton Connor war. Weil ich damals noch nicht in der Pubertät, und mein Spitzname nicht

1

„Schweinchen Shay" war. Weil ich immer noch an Märchen glaubte, und dass ich den Jungen mit hellbraunem Haar und blaugrünen Augen heiraten würde.

Es war mein Geheimnis. Eins, das ich geschworen habe, für mich zu behalten, bis der richtige Moment kommen würde. Easton wusste nicht von meinen Plänen.

Und ich hatte keine Ahnung, dass er mein Herz brechen würde.

Teil Eins

VERGANGENHEIT

SHAY

SIEBENUNDZWANZIGSTER APRIL, NFL-DRAFT NIGHT, VOR DREIZEHN JAHREN

„Shay!" Easton hebt ein Glas in meine Richtung. „Tequila? Was sagst du?"

Carter dreht sich um und sieht ihn mit gerunzelter Stirn an. „Was zum Teufel, Bruder? Gib meiner kleinen Schwester keinen Alkohol."

„Scheiße, tut mir leid", sagt Easton, aber seine schelmischen Augen sind auf mich gerichtet, als er sagt: „Ich vergesse immer, dass sie so jung ist."

Der Tequila muss ihm zu Kopf gestiegen sein, weil es keine andere Erklärung für seinen Blick gibt. Seine Augen fallen auf meine Lippen, und Wärme breitet sich in mir aus. Wenn ich es nicht besser wüsste, würde ich denken, dass ... Nein. Das macht keinen Sinn. Es ist *Easton*. Mein Freund, klar, aber East ist alles. Alle Mädels sind verrückt nach ihm – ein American Football-Star kurz vor seinem Durchbruch in der NFL. Er könnte jede Frau haben.

Carter schnappt sich ein Bier und verlässt die Küche, um sich zur Party zu gesellen. Und dann sind Easton und ich allein. Mit einer Flasche Tequila und einem Glas, das er immer noch in seiner Hand hält.

Er blickt über seine Schulter zur Hintertür. „Weiß Carter, dass du kein kleines Mädchen mehr bist?", fragt er, als er auf mich zugeht.

Ich beiße mir auf die Unterlippe. Meine Haut ist heiß, wenn er mir so nahe ist, und ich könnte schwören, dass er erneut auf meine Lippen sieht. Habe ich etwas auf dem Gesicht? Spaghettisauce vom Abendessen oder so? Ich wische mir mit dem Pulli diskret über den Mund – oder so diskret, wie es geht, wenn er genau vor mir steht.

Easton grinst, als wüsste er, dass ich mich unwohl fühle und ihm dieser Gedanke gefällt. „Hast du das schonmal gemacht?"

Tausende Möglichkeiten fliegen in meinem Verstand herum – die meisten auf seine Hände und seinen Mund bezogen. „Was?"

Er hebt das Glas und riecht den Tequila. „Einen Snakebite. Salz, Tequila, Limette."

Ich zucke mit den Schultern. Ich habe bereits Alkohol getrunken. Meine Familie ist nicht sehr prüde, wenn es um Alkohol geht. Aber ich habe noch nie einen Kurzen gehabt. Und auf jeden Fall keinen *Snakebite*. Was auch immer das ist. „Wie funktioniert es?"

Er gibt mir grinsend das Glas, bevor er sich Salz vom Tresen schnappt, meine freie Hand an seinen Mund hebt und die Innenseite meines Handgelenks leckt. Mein Atem rauscht aus mir heraus, als ich seine Zunge auf meiner Haut spüre. Ich will die Augen schließen, aber er beobachtet mich, und ich habe Angst, dass er lacht, wenn er herausfindet, welche Wirkung er auf mich hat.

Er streut immer noch grinsend Salz auf die feuchte Stelle, bevor er den Salzstreuer zurückstellt und eine Scheibe Limette hervorholt. „Leck das Salz. Ex den Kurzen. Saug an der Limette."

„Lecken, exen, saugen." Ich nicke. „Ich schaffe das schon."

Seine Nasenlöcher weiten sich, die Pupillen geweitet, wodurch seine blaugrünen Augen dunkler erscheinen. „Das will ich sehen."

Ich schlucke schwer. Macht Easton Connor mich an? Ich will nicht die Idiotin sein, die sowas glaubt. Ich will nicht das dumme, fette Mädchen sein, das auf den Streich hereingefallen ist, weil sie denkt, dass ein Kerl wie Easton sie attraktiv finden könnte.

Ich weiß nicht, wie lange ich dastehe und versuche, eine Entscheidung zu treffen, aber meine Haut kribbelt, wo er mich geleckt hat, und mein Mund ist staubtrocken.

„Soll ich es vormachen?", fragt er, seine Stimme etwas rau.

Ich nicke.

Easton nimmt mein Handgelenk und führt es zu seinem Mund, bevor er das Salz ableckt. Schockwellen überfluten meine Wirbelsäule und wühlen die Schmetterlinge in meinem Bauch auf. Er nimmt mir das Glas nicht ab, sondern schlingt seine Hand um meine und trinkt den Tequila auf einmal aus. Dann schiebt er sich die Limette in den Mund und verzieht das Gesicht, als er an der Limette saugt.

„Okay?", fragt er, sein Mund immer noch von der Säure verzogen.

„Jap."

Er füllt das Glas wieder auf und sieht über seine Schulter.

„Wieso hast du solche Angst, dass Carter uns sieht?", frage ich. „Er weiß, dass ich bereits Alkohol getrunken habe. Er stellt sich nur an."

„Ich will nicht, dass er angepisst ist", sagt er schulterzuckend. „Gott weiß, dass er Schlimmeres getan hat, als er sechzehn war, aber–"

„Ich bin siebzehn. Achtzehn in ein paar Monaten."

Er wendet seine Aufmerksamkeit langsam von der Tür zu mir. „Mein Timing ist beschissen."

„Was?"

Seine Augen sind so intensiv – die gute Art von Intensität. Als würde er mich *sehen*. Hat mich jemand jemals so angesehen? *Wirklich* angesehen? „Nichts." Er atmet tief aus und schüttelt den Kopf. „Carter würde mich umbringen."

Ich lache. „Du bist doof."

„Was? Wieso?"

„Du bist gerade in die NFL gekommen, und du benimmst dich so, als würdest du dich zu mir hingezogen fühlen."

Sein Blick wandert über mich – von meinem Kopf bis zu meinen bloßen Füßen und dem pinken Nagellack. „Was hat das damit zu tun?"

Ich verstehe nicht, was gerade vor sich geht. Träume ich? Hat er mehr getrunken, als ich realisiert habe? Ich exe den Kurzen, bevor ich mich drücken kann, und vergesse das Salz.

Ich zucke zusammen. „Das ist *ekelhaft*."

Er lacht. „Du hast es falsch gemacht. Kannst du keine Anweisungen befolgen?"

Nur, wenn du da bist. Nur, wenn du mich so ansiehst und mich denken lässt, dass ich Dinge haben kann, die mir nicht zustehen. Aber obwohl der Geschmack schrecklich ist, breitet sich Wärme in meiner Brust aus. Sie ist intensiver als das Glas Wein, das ich zum Osterabendessen trank, und das gefällt mir.

„Jetzt riskiere ich, dass du dich betrinkst, wenn du es richtig machst."

„Ich bin nicht betrunken." Ich schüttele den Kopf. „Ich spüre nichts."

Er verengt die Augen. „Warte eine Minute." Er geht an mir vorbei und steht am Tresen, wo er sich noch einen Kurzen einschenkt. Ich schätze, er wird diesmal nicht von meinem Glas trinken. Es ist dumm, enttäuscht zu sein.

Easton ext den Tequila ohne Salz und Limette und verzieht nicht einmal das Gesicht. Dann stemmt er die Hände auf den Tresen und lässt den Kopf hängen.

Ich müsste emotional unterentwickelt sein, um die Veränderung seiner Laune nicht zu realisieren – vom verspielten Flirten zum mürrischen Sportler in einer Sekunde. „Was ist los?"

Er zuckt mit den Achseln. „Nichts."

„Lügner."

Er streicht mit der Hand durch sein Haar und dreht sich endlich wieder zu mir, die Hüfte gegen den Tresen gelehnt. „Kannst du etwas für dich behalten?"

„Natürlich."

Er zögert einen Moment, und ich sehe die Emotionen in seinem Gesicht, während er versucht, zu entscheiden, ob er mir vertrauen kann oder ob er mir überhaupt davon erzählen will.

„Ich habe niemandem erzählt, dass ich dich mit einem Pornoheft erwischt habe, als du dreizehn warst."

Seine Augen weiten sich, und er grinst. „Oh, Scheiße. Das habe ich total vergessen. Gott." Er wischt sich über das Gesicht. „Okay, alles klar. So eine Art von Diskretion in dem Alter ist auf jeden Fall überzeugend."

„Überzeugend? Ernsthaft? Das ist pures Erpressungsmaterial, und ich habe es nie benutzt. Nicht einmal, als du nicht mit dem Mädchen Schluss machen wolltest, dass du zum Abschlussball mitgenommen hast."

Er runzelt die Stirn, und ich weiß, dass er sich nicht an seine Verabredung erinnert.

„Hillary", erinnere ich ihn.

„Ich wusste nicht, dass du das wolltest."

„Ich hatte keine Ahnung, dass ich es sagen musste. Ich habe dir erzählt, dass sie fies war und du Besseres verdientest."

„Ich war achtzehn und sie war heiß und willig. Es war wahrscheinlich nicht wichtig, ob sie gemein war."

„Sie hat mich eine *fette Verfolgerin* genannt."

„Was?" Die Spitzen seiner Ohren werden Pink – ein Zeichen, dass er wütend ist. „Das hast du mir nie erzählt."

Ich zucke mit den Schultern. Als Easton mit Hillary zusammen war, war ich vierzehn Jahre alt. Ich habe fälschlich geglaubt, dass er nicht bemerken würde, dass ich fett war, wenn niemand etwas gesagt hätte. Das war nicht das Dümmste, woran ich mich – im Namen meiner Liebe für ihn – jemals glauben lassen habe, aber es ist ein Wahn, auf den ich trotzdem nicht besonders stolz bin.

„Du bist nicht fett", sagt er.

Ich verschränke die Arme und hebe eine Augenbraue. „Komm schon, Easton. Ich bin vielleicht naiv und schamvoll unerfahren für ein Mädchen meines Alters, aber meine Augen funktionieren."

Er hebt einen Finger. „Erstens: Meine funktionieren auch, und du bist *nicht* fett. Du bist nicht dünn. Du hast einen tollen Körper."

Ich habe einen tollen Körper. Die Worte sind wie Balsam auf meiner Seele und ein Messer in meinem Herzen. Auf der einen Seite bin ich intelligent genug, um zu wissen, dass ich mich freuen sollte, dass er meinen Körper besser bewertet als ich. Mein Verstand weiß, dass *toll* das Beste ist, was ein Mädchen wie ich erwarten kann. Auf der anderen Seite will ein Teil von mir der Hitze in seinen Augen glauben. So unglaublich es auch ist, ich will glauben, dass er mich vielleicht schön findet, auch wenn ich weiß, dass ich die Worte niemals glauben werde.

Gefühle sind dumm.

Er hebt einen zweiten Finger hoch. „Und zweitens: Du musst mir sagen, was du mit *schamvoll unerfahren* meinst."

„Auf keinen Fall."

„Bitte?"

Meine Wangen sind knallrot. Wieso habe ich das gesagt? Es wäre mir lieber, wenn niemand herausfindet, wie unschuldig ich bin, aber Easton ist wirklich die letzte Person, der ich davon erzählen will. „Vergiss, dass ich das gesagt habe."

Er macht einen Schritt auf mich zu. „Ich werde dir mein Geheimnis erzählen, wenn du dasselbe tust."

„Du zuerst", platzt es aus mir heraus. Wem will ich etwas vormachen? Alle wissen, dass ich noch nie geküsst wurde. Es ist nicht so, als hätte ich jemals einen Freund gehabt.

Seine Augen werden sanfter, und etwas, das Schmerz ähnelt, überkommt seinen Ausdruck. „Ich wünschte, die Demons hätten mich nicht gewählt."

Ich weiß nicht, was ich erwartet habe, aber das war es nicht. Easton hat sein ganzes Leben lang von einer Karriere in der NFL geträumt, und heute Abend feiern wir, dass er in der ersten verdammten Runde gewählt wurde. Und jetzt erzählt er, dass er über die Erfüllung seines Traums enttäuscht ist? „Wieso hast du mitgemacht, wenn du nicht gewählt werden wolltest? Carter hat gesagt, dass du bis nächstes Jahr hättest warten können, um die Uni zu beenden."

„Ich wollte gewählt werden. Ich bin nicht sehr gut in der Schule und ..." Er beißt sich auf die Wange. „Ich wollte gewählt werden, aber ich hatte gehofft, in Chicago oder Detroit anzufangen. Ich habe Angst, so weit wegzuziehen. Ich weiß, dass es dumm klingt, aber ..."

„Es ist nicht dumm." Easton hatte die Wahl zwischen den meisten Unis und hat sich für das Starling College in Grand Rapids entschieden. Sie haben ein gutes Football-Team, aber er hätte in Florida oder Louisiana zur Schule gehen können – Unis, deren Mannschaften praktisch voller zukünftiger NFL-Spieler sind. Ich habe mir gedacht, dass er Starling gewählt hat, um näher zu Hause zu sein, aber es ist mir nie in den Sinn gekommen, dass er nach drei Jahren immer noch dasselbe wollen könnte. Aber diesmal hat er kein Mitbestimmungsrecht. „Du kannst uns besuchen, oder? Ein so guter Vertrag bedeutet, dass du so oft nach Hause fliegen kannst, wie du willst."

Sein Blick fällt auf seine Füße. „Richtig. Natürlich. Ich weiß, dass es dämlich ist."

„Das ist es wirklich nicht."

„Erzähl niemandem davon. Ich will nicht wie ein undankbarer Anfänger rüberkommen, oder als wäre ich zu kindisch, um mit dem Umzug zurechtzukommen."

„Versprochen." Ich drücke sein Handgelenk, aber plötzlich ist mir allzu bewusst, dass ich ihn *berühre*. Seine Haut ist warm auf meinen Fingerspitzen. Ich kann die

Stärke seiner Hände spüren. Wie oft habe ich mir vorgestellt, diese Hände auf mir zu spüren?

Ich zucke weg, aber er ergreift meine Hand, bevor ich ihm entkommen kann.

„Du bist dran", sagt er und verschränkt seine Finger mit meinen. *Was tut er?* „Wieso denkst du, dass du schamvoll unerfahren bist, Shayleigh? Deine Freunde setzen dich nicht unter Druck, Sex zu haben, oder?"

Sex. Oh Gott. Er dachte, ich meinte *Sex*. Jetzt ist mein dummes Geheimnis noch peinlicher, aber er hält meine Hand immer noch, und auch wenn meine Wangen vor Scham glühen, will ich ihn nicht loslassen. „Niemand setzt mich unter Druck."

Die Tür schwingt auf, als Carter sich in die Küche schiebt. Easton springt zurück und lässt meine Hand fallen.

„Worüber redet ihr zwei hier drinnen?", fragt mein Bruder, als er durch den Raum schreitet und den Kühlschrank öffnet. „Wisst ihr nicht, dass da draußen eine Party ist?"

Eastons Kehlkopf zuckt, und er steckt seine Hände in die Hosentaschen. „Wir haben nur gelabert."

Carter zieht ein Bier heraus und benutzt den Flaschenöffner an der Wand. „Ich hoffe, ihr seid fertig, weil draußen alle denken, dass du bereits nach Los Angeles gezogen bist oder so."

„Entspann dich, Carter", sage ich ihm. „Die Nacht ist noch jung."

Er runzelt die Stirn, als er zwischen mir und Easton

hin und her sieht. „Es gefällt mir nicht, dass ihr allein hier drinnen seid."

Ich schnaube, und zum millionsten Mal in meinem Leben frage ich mich, wie es wäre, *nicht* fünf überbeschützerische Brüder zu haben. „Wieso nicht?"

Carter starrt Easton einen langen Moment an, aber er schüttelt nur den Kopf, und mein Bruder seufzt. „Weil du meine kleine Schwester bist, und dieser Trottel Herzen im Schlaf bricht."

„Meinem Herzen geht es gut." *Lügnerin.* Weiß Carter, was ich für Easton empfinde? Ich habe nie jemandem davon erzählt. „Wir haben uns nur unterhalten."

Carter tippt mit der Flasche gegen Eastons Arm. „Du. Nach draußen. Wir feiern dich schließlich. Außerdem ist die heiße Rothaarige von Tri-Delt hier und sucht nach dir."

Easton und mein Bruder gehen los. „Wieso hast du das nicht früher gesagt?" Er öffnet die Tür und dreht sich mit einem Zwinkern zu mir, bevor die beiden auf das Lagerfeuer beim See zustapfen.

Ich schätze, Easton wollte mein Geheimnis nicht wissen. Da habe ich echt Glück gehabt.

Wieso bin ich also enttäuscht?

EASTON

„*D*u musst verdammt nochmal aufhören." Carter stampft auf das lodernde Lagerfeuer am Strand zu.

„Womit?"

„Ich habe dir bereits gesagt, dass sie tabu ist."

Die Jackson Brüder haben mir jahrelang gesagt, dass ihre Schwester tabu ist. Es war bis letzten Sommer nur nicht relevant. Ich war mit der Schule beschäftigt und hatte Shayleigh monatelang nicht gesehen, als ich mit Carter zum Ferienanwesen der Jacksons gefahren bin. Shay war da, und plötzlich war sie ... *mehr*. Es ist nicht, als hätte ich vorher nicht gewusst, dass sie hübsch ist. Sie war immer *entzückend*. Sie war auch schon immer verdammt besonders. Etwas an Shay bringt mir Frieden, wenn ich ihn am meisten brauche. Sie ist die einzige Person, die ich je getroffen habe, die meine Unruhe vertreibt, indem sie einfach nur neben mir sitzt.

Aber zwischen meinem Besuch an Weihnachten und

letztem Sommer ist sie von der süßen-aber-stillen kleinen Schwester meines besten Freundes zu einer Art von Schönheit geworden, von der man nicht wegsehen kann. Oder vielleicht ist es lang vor letztem Sommer passiert, und der Badeanzug hat meine Aufmerksamkeit darauf gelenkt. Weil Shayleigh Jackson im Badeanzug, mit ihren langen Beinen, sanften Oberschenkeln und vollen Brüsten, neu ist. Sie war nicht mehr nur die Jackson-Schwester. Sie wurde zu einer verdammten Sirene, und ich würde ertrinken, um ihr zu widerstehen. Wie kann ich sie *nicht* bemerken, wenn ihr dunkles Haar so um ihre Schultern fällt und sie dieses breite Lächeln und offene Lachen besitzt?

Und ich habe es etwas zu oft bemerkt, weil Carter mich beim Starren erwischt und mir eine Standpauke gehalten hat.

Er sieht zum Haus, und ich kann fast sehen, wie er darüber nachdenkt, seine Schwester wegzusperren, um ihre Unschuld zu bewahren.

„Ich habe dir gesagt, dass ich sie nicht verletzen würde", sage ich.

Carter grunzt. „Irgendwie ist das nicht sehr hilfreich." Er seufzt. „Sie ist siebzehn."

„Ich weiß."

„Und du ziehst nächsten Monat nach Kalifornien."

„Ich weiß."

„Sie ist so schlau, East. Sie ist nicht einmal in der Abschlussklasse, und die Unis reißen sich jetzt schon um sie. Wusstest du, dass sie fließend Französisch spricht?"

Wusstest du, dass sie verdammt wenig Selbstbewusstsein hat und ihren Wert nicht kennt? Ich stelle die Frage nicht.

Ich weiß, dass ich nicht der Mann sein sollte, der ihr zeigt, wie schön sie ist, aber ich will es trotzdem sein. „Hat sie ... einen Freund?", frage ich. Carters Augen würden einen schwächeren Mann in die Knie zwingen, aber ich hebe nur die Handflächen. „Ich bitte dich nicht um Erlaubnis, ihr ihre Jungfräulichkeit zu nehmen. Ich frage, ob sie einen Freund hat. Es ist ein normales Thema."

„Ich kann nicht glauben, dass du das gerade gesagt hast", knurrt er.

„Was?"

„Ich will nicht einmal, dass du an ihre Jungfräulichkeit *denkst*."

„Ich frage, ob sie einen Freund hat."

„Nein, tut sie nicht. Sie konzentriert sich zu sehr auf die Schule, um mit jemandem auszugehen, glaube ich."

Oder sie ist davon überzeugt, dass sie ... Wie hat Hilary sie genannt? Eine *fette Verfolgerin*? Gott. Wenn ich das gewusst hätte, hätte ich das nie erlaubt.

Carter mustert mich. „Wieso?" Ein Wort, hunderte Warnungen.

Ich zucke mit den Schultern. „Ich frage mich, wie viel sie dir anvertraut."

Carter runzelt die Stirn. „Warte. Was soll das bedeuten? Weißt du etwas? Hat sie einen Freund?"

„Du bist wirklich der klischeehafte große Bruder." Ich presse eine Hand zwischen seine Schulterblätter und schubse ihn in Richtung Strand. „Die Party wartet."

Wie vermutet, ist Carter in weniger als fünfzehn Minuten komplett abgelenkt, und ich kann wieder ins Haus gehen, ohne, dass er es sieht. Ich habe die Zeit genutzt, um alle zu begrüßen und mir ihre Glückwünsche anzuhören. Carter hat recht. Ich sollte hier sein. Es ist meine Feier. Ein lebenslanger Traum ging in Erfüllung. Aber es gibt nur eine Person, mit der ich feiern will. Eine Person mit tödlich weichen Kurven und einem schönen Lächeln, die mir ein Geheimnis schuldet.

Shay ist nicht in der Küche, wo wir sie zurückgelassen haben. Ist sie zum Lagerfeuer gegangen, und ich habe sie verpasst? Ich sehe im Keller nach. Nichts. Ich mache mich wieder auf den Weg in die Küche und schnappe mir ein Bier aus dem Kühlschrank, bereit, aufzugeben. Dann höre ich das Quietschen der alten Rohre, das signalisiert, dass die Dusche ausgemacht wurde.

Ich steige grinsend die Treppe hinauf in den zweiten Stock. Als Shay sich aus dem Badezimmer schiebt, stehe ich mit dem Rücken gegen die Wand gelehnt, meine Arme verschränkt.

Sie springt zurück. „Gott, Easton. Versuchst du etwa, mir einen Herzinfarkt zu verpassen?"

Ich antworte nicht. Mein Herz hat seine eigenen Probleme – vor allem versucht es mich nach vorne zu zwingen. Zu Shay.

Ich habe das nicht durchdacht.

Sie trägt einen kuscheligen, hellblauen Bademantel, der an der Taille zusammengeknotet ist, mir aber einen guten Blick auf ihr Dekolleté verschafft. Ihr nasses Haar ist aus dem Gesicht gekämmt und fällt in sanften Locken über ihren Rücken.

Es wäre so einfach, an dem Gürtel zu ziehen, sie in meine Arme zu schließen und meine Hände unter den Stoff zu schieben, wo ich ihre Brüste berühren könnte, während ich meinen Mund auf ihren lege. Einfach, aber ein Todesurteil.

„Easton!" Sie zieht ihren Bademantel fester um sich. „Oh mein Gott. Hast du gerade meine Brüste angesehen?"

Ich atme tief ein, bevor ich ihr in die Augen sehe. „Ich liebe es, dass du sie *Brüste* nennst."

„Wie soll ich sie sonst nennen?"

Ich zucke mit den Schultern. „Die meisten Mädels in deinem Alter wollen überhaupt nicht über sie reden. Oder vielleicht sehr vage ‚Brust'."

„Das stimmt nicht. Ich bin nicht *zwölf*."

Meine gehobene Augenbraue vermittelt das *Offensichtlich*, das ich nicht aussprechen darf.

Sie schluckt. „Und naja … ich schätze, ich habe keine Angst Dinge beim Namen zu nennen."

Wovor hast du Angst?

Es ist eine Frage, die ich ihr nicht stellen werde. Nicht, wenn es sie dazu einlädt, mich dasselbe zu fragen. Ich will nicht mehr über meine Ängste sagen als ich es in der Küche getan habe. Nicht heute Abend. Nicht, wenn sie so nahe und bald so verdammt weit weg ist. Ich habe nicht gedacht, dass es mir so viel ausmachen würde, aber die Erkenntnis zerfrisst mich innerlich. „Das ist gut", sage ich, „weil du mir ein paar schuldest."

Sie blinzelt. „Was schulde ich dir?"

„Dinge."

„Sind deine Worte immer Rätsel?"

„Dein Geheimnis. Ich habe dir meins verraten, jetzt bist du dran."

Sie wird blass, und ich frage mich, wie unschuldig sie ist, dass sie nicht darüber sprechen will. „Du hast es bereits erraten. Ich werde mich anziehen gehen."

Sie dreht sich zu ihrem Zimmer, aber ich ergreife ihr Handgelenk, um sie aufzuhalten. „Du hast zwei Optionen", sage ich, und dann dreht sie sich langsam zu mir. „Du kannst es mir sagen, was fair wäre, weil das die Abmachung war. Oder", ich hebe mein Bier, „wir können ein Spiel spielen."

Sie mustert die Flasche. „Was für ein Spiel?"

„Ich hab' noch nie."

Sie schnaubt und verschränkt die Arme. „Ernsthaft? Wie ich vor einer Minute schon gesagt habe, ich bin nicht zwölf."

Ich hebe meine freie Hand und spiele mit der Flasche, als würde ich sie wiegen. „Du hast die Wahl."

„Okay, das Spiel. Aber ich werde mich erst anziehen."

„Wenn du musst", sage ich und kann nicht aufhören zu grinsen. Verdammt, was macht sie mit mir?

Ich warte im Flur, während sie in ihr Schlafzimmer verschwindet, meine Augen die ganze Zeit auf der Tür. Carter würde mir definitiv in den Arsch treten, wenn er wüsste, dass ich gleich mit seiner kleinen Schwester ein Trinkspiel spielen werde. Aber es ist nicht so, als hätten wir eine Flasche Tequila. Mit einem Bier für uns beide werden wir nicht zu viel Unheil anrichten. Aber wenn sie so unschuldig ist, wie sie gesagt hat, werde ich am meisten trinken.

Die Tür schwingt einen Moment später auf. Shay hat sich angezogen, aber es sind nicht ihre Straßenklamotten. Sie trägt Pyjamas, und nicht die verführerische Art. Sie sind aus grauer Baumwolle − ein langärmliges Oberteil mit Spitze an den Ärmeln und passende Shorts, die mir gerade genug von ihren Beinen zeigen, dass ich daran erinnert werde, dass es mehr zu sehen gibt.

Sie erwischt mich und verzieht das Gesicht. „Meine Kleidung riecht wie Lagerfeuer, und ich habe sonst nur meine Arbeitsuniform für morgen dabei."

„Ich habe mich nicht beschwert."

„Ich weiß." Sie runzelt die Stirn. „Du bist heute Abend echt seltsam."

„Ne, ich bin immer seltsam. Du hast es nur vergessen, weil du mich kaum noch siehst."

„Das ist wahr." Sie deutet mir an, ihr zu folgen, und als ich erstarre, sagt sie: „Ich werde dir nicht um den Hals fallen, sobald du mein Zimmer betrittst, du komischer Vogel."

Was für eine Schande.

Ich schlucke schwer und betrete „ihr" Zimmer. Dies ist nicht das Vollzeit-Zuhause der Jacksons, sondern ihr Ferienhaus. Sie vermieten es an Touristen − laut Carter ein Zehnjahresplan, um es früher abzuzahlen −, also ist es definitiv nicht so persönlich wie bei ihr zu Hause. Aber es ist ihres. Als das einzige Mädchen, ist sie die Einzige, die immer ihr eigenes Zimmer hat, und es gibt kleine dekorative Details, die daran erinnern, dass es Shays Zimmer ist. Das Bücherregal ist voller heißgeliebter Novellen, eine Karte von Paris hängt über dem Doppelbett, und ihre Brille liegt auf dem Nachttisch – zweifellos, um zu lesen, nachdem sie die Kontaktlinsen rausnimmt.

Ich erinnere mich daran, als ihr zum ersten Mal eine Brille verschrieben wurde. Sie hat sich so gefreut. Dann hat irgendein Arschloch in der Schule einen Witz gerissen, und sie ist mit der Brille im Rucksack nach Hause gekommen und hat ihrer Mutter gesagt, dass sie sie nicht mehr tragen wollte. Sie hat den Streit natürlich nicht gewonnen und musste die Brille tragen, bis ihre Mutter nachgab und sie in der Mittelstufe Kontaktlinsen tragen ließ.

„Ich kann nicht viel hierlassen", sagt sie, als ich mich umsehe. „Wir vermieten es immer noch, aber seltener."

„Carter war immer eifersüchtig, dass du dein eigenes Zimmer hattest."

Sie zuckt mit den Schultern. „Naja, ich war immer eifersüchtig, dass meine Brüder einander hatten und ich keine einzige Schwester hatte."

„Und jetzt?"

Sie schiebt ihr Haar über eine Schulter und beginnt, die feuchten Locken zu flechten. „Jetzt bin ich dankbar, dass ich das einzige Mädchen bin. Ich komme sowieso besser mit Jungs zurecht." Ihre Finger arbeiten effizient, und sie bindet den Zopf mit einem Haargummi zusammen.

„Vielleicht wäre es anders, wenn du Schwestern hättest."

„Vielleicht, aber ich glaube, dass meine Familie perfekt ist, wie sie ist." Sie verzieht das Gesicht und scheint ihre Worte zu überdenken. „Nein, gar nicht perfekt. Perfekt für mich, schätze ich."

Schmerz schneidet durch meine Brust. *Eifersucht.* Ihre Familie ist wundervoll, und sie wissen es alle. Ich habe keine Geschwister – zumindest nicht, soweit ich weiß, obwohl ich nicht wissen kann, wie viele Kinder mein Vater in die Welt gesetzt und verlassen hat. Ich habe nicht einmal einen Vater, der sich einen Dreck um mich schert. Nur meine Mutter, und ich bin jeden Tag dankbar für sie. Mama und ich sind Partner – die Jacksons sind ein Team. Wenn dein Leben sich anfühlt, als würde die Abwehr dich überfallen, ist es schwer, nicht auf Leute eifersüchtig zu sein, die eine solide O-Linie spielen – auch wenn dein Partner der Beste im Spiel ist.

„Worüber denkst du nach?", fragt Shay.

Ich schüttele den Kopf. „Wie viel Glück ihr alle habt." Ich atme tief aus. „Und wie sehr ich meinen Vater hasse."

Shay sieht mich traurig an. „Hast du mit ihm gesprochen?"

„Oh, ja. Er hat die Ausstrahlung mitverfolgt und mich sofort angerufen."

Wut blitzt in ihren Augen auf. „Natürlich hat er das."

„„Herzlichen Glückwunsch, Sohn'", sage ich und ahme meinem Vater nach. „„Ich wusste, dass du es schaffst. Bist du nicht froh, dass du meine Sportlichkeit und nicht die deiner Mutter geerbt hast? Jetzt lass mich Schwachsinn reden über NFL-Verträge, als wüsste ich etwas darüber."

„Wichser."

„Ganz genau."

„Hat er nach Geld gefragt?"

„Noch nicht. Ich bin mir sicher, dass er es bald tun wird. Aber ich habe mein ganzes Leben darauf hingearbeitet, ihm Nein zu sagen, wie er Mama Nein gesagt hat, als sie um Hilfe bat."

Ihre Finger streichen gegen meine, und ich sehe runter, wo sie mir das Bier wegnimmt. Sie trinkt einen langen Schluck, und ihre Kehle bewegt sich, als sie schluckt, ehe sie mir die Flasche wiedergibt. „Darauf, dass wir wissen, wann wir Nein sagen müssen."

Ich trinke einen Schluck und nicke, bevor ich die halbleere Flasche in die Luft hebe. „Wir haben nicht viel übrig."

Sie zuckt mit den Schultern. „Dann nutz deine Züge."

„Also sind wir abwechselnd dran, etwas zu sagen, und müssen trinken, wenn wir etwas getan haben?"

Sie nickt. „Was der Grund ist, wieso ich so viel getrunken habe. Das Bier ist so ziemlich deins."

„Das werden wir schon sehen." Ich lächele und hebe es an meinen Mund. Ich habe mir vorgestellt, wie wir hier sitzen würden und abwechselnd dran wären, aber das hier ist besser. Stehend kann ich ihr so viel näher sein. „Ich hab' noch nie ... Vatertag mit meinem Vater gefeiert."

Shay nimmt mir die Flasche ab. „Das ist einfach." Sie

trinkt einen Schluck und mustert mich, bevor sie sagt: „Ich hab' noch nie Sex gehabt."

Ah, gleich auf Vollgas. „Du musst nichts übereilen, Shay. Ernsthaft. Lass dir von niemandem vorschreiben, wie du dich fühlen–"

Sie räuspert sich und presst die kalte Flasche in meine Hand. „Trink."

„Okay." Ich schlucke das Bier hinunter und erinnere mich daran, kleine Schlucke zu trinken, damit wir länger spielen können. „Ich war noch nie in einen Freund meines Bruders vernarrt."

„Du hast keine Brüder!"

Ich zucke mit den Schultern. „Ich habe die Regeln nicht erschaffen."

Sie trinkt einen Schluck.

Sie hat fünf Brüder, und vier von ihnen sind älter. Die Möglichkeiten sind endlos, aber es gibt nur eine, an der ich interessiert bin. „In wen?"

Sie lacht. „So läuft dieses Spiel nicht, du Schummler." Sie tippt einen Finger auf ihre Lippen. „Ich war noch nie nackt schwimmen."

„Ernsthaft? Deine Familie hat ein Haus am See, und du warst *nie* nackt schwimmen?"

Sie verzieht das Gesicht. „Mit meinen *Brüdern*? Nein, danke." Sie gibt mir das Bier zurück.

„Okay." Ich blicke sie über die Flasche an, als ich sie an meinen Mund halte und schlucke. „Ich hab' Shay noch nie mit der Hand befriedigt."

Sie verschränkt die Arme, die Selbstgefälligkeit verschwunden, sobald meine Worte einsinken, und ihre

Wangen werden rot. „Fragst du mich ernsthaft, ob ich masturbiert habe?"

Mein Schwanz war halbsteif, sobald sie aus der Dusche gekommen ist, aber bei ihrem letzten Satz, steht er auf Vollmast. „Und da sind die präzisen Worte schon wieder." Ich zucke mit den Schultern. „Naja, du könntest mir dasselbe antun."

Sie verdreht die Augen und nimmt mir die Flasche ab. „Ich werde meinen Zug nicht damit verschwenden." Sie trinkt.

Ich habe gedacht, ich wüsste, was ich tat, als ich es sagte, aber die Vorstellung von ihr in ihrem Bett blitzt in meinen Gedanken hervor – so klar wie ein Foto. Shays Hand zwischen ihren Beinen, Freude auf ihrem Gesicht, das dunkle Haar auf dem Kissen ausgebreitet, als sie sich gegen die Bewegung wölbt.

So verdammt heiß.

Mein Schwanz presst gegen meinen Hosenstall. Ich spiele mit dem Feuer, aber ich kann mich nicht dazu bringen, damit aufzuhören. „Nicht alle Mädchen tun es, weißt du? Manche haben Angst, sich zu berühren."

„Naja, ich bin mit fünf Jungs aufgewachsen, die Masturbation die halbe Zeit als Sport betrachten und die andere als wäre es so wichtig wie Wasser. Ich hatte keine Stigmatisierung im Weg, als ich es zum ersten Mal getan habe."

„Und wie war es?" Ich schlucke schwer. „Als du …"

Sie schnaubt. „Du bist einundzwanzig, und du kannst nicht einmal das Wort ‚masturbieren' sagen?"

„Wieso sollte ich das, wenn es so viel heißer klingt,

wenn du es tust?" Ich grinse, als sie sofort rot wird und zur Flasche nickt. „Du bist dran."

Sie hebt das Kinn und hält meinen Blick, als sie sagt: „Ich wurde noch nie von jemand anderem befriedigt."

„Wieso nicht?"

Sie schiebt die Flasche in meine Hand. „Hör auf mit dem Schummeln und trink."

Wie unschuldig ist sie? Ich sehe die fast leere Flasche an und trinke einen sehr kleinen Schluck, bevor ich alles auf die letzte Frage setze. „Ich hab' noch nie jemanden geküsst."

„Du dreckiger Lügner."

Ich hebe grinsend die Flasche und trinke, bevor ich die Augenbraue wartend hebe. Weil diese schöne, schlaue, lustige Frau doch sicherlich bereits geküsst wurde. Sicherlich hat irgendein Kerl sie *wirklich* gesehen und für sich gewonnen, damit er diese pinken Lippen kosten konnte.

Aber als ich ihr das Bier anbiete, schüttelt sie den Kopf.

„Nie", flüstert Shay. „Ziemlich langweilig, oder?"

„Es ist nicht langweilig. Nur ... überraschend."

Sie schnaubt. „Was ist so überraschend?"

Ich öffne den Mund, aber bevor ich die Worte finden kann, werde ich von Türen, lauten Schritten und Gelächter unterbrochen.

Die Party ist ins Haus umgezogen. Das bedeutet, dass Shays fünf Brüder unten sind, während ich ihr hier so nahestehe und darüber nachdenke, wie es wäre, der erste Mann zu sein, der diese Lippen küsst. „Willst ..." Ich schlucke. Ihre Lippen öffnen sich, und ich könnte schwören, dass eine unsichtbare Schnur zwischen uns hängt und uns zusammenzieht. „Willst du?"

Ihre Augenbrauen krümmen sich, als sie den Kopf hebt, um mir in die Augen zu sehen. „Will ich was?"

Ich senke den Kopf und lehne meine Stirn gegen ihre. „Geküsst werden."

Sie legt die Hände auf meine Brust, und ich warte mit angehaltenem Atem darauf, dass ihre Lippen auf meine treffen.

Stattdessen schubst sie mich weg. „Raus!"

Ich stolpere, bevor ich das Gleichgewicht finde. „Was zur Hölle?"

„Ich will keinen Mitleidskuss, East." Sie meidet meine Augen, aber ich kann den Schmerz in ihrem Gesicht sehen.

„Es wäre nicht—"

Sie presst die Augen zu. „Geh einfach."

„Easton? Bist du da oben?" Jakes Stimme. *Scheeeeiße. Nicht jetzt.*

Shay geht an mir vorbei und öffnet die Tür.

„Was macht er da oben?", ruft Carter von der Treppe. „Shay? Ist das reiche Arschloch bei dir?"

Jake streckt den Kopf durch die Tür. „Seid ihr angezogen?"

Shay verdreht die Augen. „Komm rein, Jake."

Das Lächeln ihres Bruders ist breit und etwas angetrunken, als er ins Zimmer stolpert. „*Da* ist der Ehrengast. Was macht ihr hier oben?"

„Wir erzählen uns Geheimnisse und flechten

einander die Haare." Shays Lächeln ist angestrengt. „Was sonst?"

Jake schmunzelt. Im Gegensatz zu Carter hat er keine Ahnung von meiner Anziehung zu Shay. Er greift sich meine leere Flasche. „Du brauchst mehr!"

Carter eilt ins Zimmer. „Was ist hier los?"

„Ich habe ihn gefunden", sagt Jake, schlingt den Arm um meine Schultern und führt mich heraus.

Ich sehe zurück zu Shay, aber sie mustert ihre Bücher. Konnte sie die Gefühle zwischen uns wirklich nicht spüren? *Mitleidskuss?* Was zum Teufel? Wie konnte sie denken, dass ich ihr einen Kuss aus Mitleid angeboten habe?

„Alles in Ordnung?", fragt Carter. „Was habt ihr hier oben gemacht?"

Jake und ich sind bereits auf der Treppe, als ich höre, wie sie sagt: „Wir haben gefickt, Carter. Wir haben's mit geöffneter Tür in meinem Zimmer getrieben, während meine Brüder unten waren. Siehst du es nicht? Easton hat mich geschwängert."

„Du bist nicht witzig", sagt Carter, aber ich kann hören, wie der Stress aus seiner Stimme verschwindet. Shays typische Klugscheißerantwort war wahrscheinlich das Einzige, das ihn beruhigen konnte.

Als ich mich wieder zu ihnen drehe, schiebt sie Carter aus ihrem Zimmer und schließt die Tür hinter ihm.

Nie geküsst. Ich komme damit echt nicht klar.

SHAY

*I*ch kann mich nicht auf mein Buch konzertieren, aber ich kann auch nicht einschlafen. Wer könnte das schon mit der lauten Party im Erdgeschoss?

Ich drehe mich auf den Bauch und vergrabe das Gesicht in einem Kissen, um meinen frustrierten Schrei zu dämpfen. Ich kann nicht glauben, dass ich Easton erzählt habe, dass ich noch nie geküsst wurde. Ich hätte lügen können. Er hätte es nie herausgefunden. Aber der schlimmste Teil ist, dass ich auch zugegeben habe, in einen Kumpel meiner Brüder verliebt zu sein. Ich werde nie wieder denselben Fehler machen, wenn er noch einmal fragt. Manchmal muss man lügen, um sich zu beschützen, und ich weiß es besser, als mein Herz vor Easton Connor zu entblößen.

Ich halte ein zweites Kissen an meine Brust, meine Haut kribbelt bei den Erinnerungen an ihn in meinem Zimmer – so nahe, während wir Bier und Geheimnisse teilten. Sein Körper so nahe, dass seine Stirn meine berührte, als er mich fragte, ob ich von ihm geküsst werden wollte.

Würde es schaden, die Augen zu schließen und mir vorzustellen, wie es gewesen wäre? Ich bin nicht gut genug, und er ist ein verdammter Football-Star – ein Sportler, der in der ersten Runde rekrutiert wurde –, aber es wäre kaum das erste Mal, dass ich mir diese Fantasie erlaubt habe. In einem alternativen Universum hätte ich den Kuss akzeptiert. Ich stelle mir vor, eine große, schlanke Schönheit zu sein, wie meine Mutter es in meinem Alter war, und ich stelle ihn mir als *einfach Easton* vor – der Junge, der mein Knie verbunden hat, als ich von meinem Rad gefallen bin, und mir Witze erzählte, als ich traurig war. In dieser anderen Welt wäre es kein Mitleidskuss gewesen, sondern etwas, das er genauso sehr wollte wie ich.

Er hätte nicht mit Worten gefragt. Die langsame Art, wie er seinen Mund auf meinen gelegt hätte, wäre Frage genug gewesen, und ich hätte mich nicht weggedreht. Er hätte nach Bier geschmeckt und wäre sanft gewesen, und ich wäre instinktiv eine gute Küsserin gewesen. So gut, dass er gegen meinen Mund gestöhnt hätte, wie die Helden in Romanzen es oft tun.

Ich drehe mich erneut in meinem Bett und wimmere aus Frustration.

Meine Tür klickt, und ich starre in die Dunkelheit. Sieht Carter nach mir? Ich weiß nicht, wieso er sich plötzlich so darum sorgt, ob Easton und ich allein sind. Wahrscheinlich, weil ich Brüste habe. *Endlich*.

„Shay? Bist du wach?" Das raue Flüstern ist wie ein Stolperdraht in meinem Magen, der all meine Organe zum Beben bringt, bevor sie sich wieder beruhigen.

Ich drehe mich zur Seite und sehe zur Tür, das Kissen gegen meine Brust gepresst. „Ja. Alles in Ordnung?"

Das Licht vom Flur dringt in mein Zimmer ein, als Easton es betritt. „Kann ich mich zu dir setzen?"

Oh, Scheiße. Ich kenne diesen Tonfall – das subtile Beben, das seine Nervosität und Sorgen bezeugt, die East kaum fungieren lassen. Ich würde alles tun, um ihm zu helfen, aber glücklicherweise braucht er nicht viel. Ich rutsche auf die andere Seite der Matratze und klopfe auf das Bett neben mir.

Easton atmet tief aus, und das Licht verschwindet, als er die Tür hinter sich schließt, bevor er sich auf die Decke legt. „Tut mir leid", flüstert er.

Ich lege eine Hand auf seine Brust, genau auf sein rasendes Herz. „Ich bin hier. Alles ist gut."

Er legt seine Hand auf meine. „Danke."

Verflogen sind die Tage der Selbstironie für seine Sorgen. Das erste Mal, dass ich eine seiner Panikattacken mitbekommen habe, war, als er ein Unterstufenschüler war und einen großen Test vor sich hatte. Ich fand ihn in der Ecke unseres Kellers – zitternd und schwitzend. Ich war außer mir, ihn so panisch zu sehen. Er konnte nicht richtig einatmen, und seine Haut war so heiß, dass ich mir sicher war, dass er Fieber hatte. Ich hatte keine Ahnung, was ich tun sollte, also setzte ich mich neben ihn und hielt seine Hand. Irgendwann hatte er sich genug beruhigt, um mir zu sagen, dass er eine Panikattacke hatte, und dass es nicht seine erste war. Schule war schon immer ein Auslöser für ihn – vor allem alles, wodurch er das Gefühl bekam, seine Chance auf Football zu gefährden.

Nach dieser Nacht war es nicht ungewöhnlich, dass er mich während schwieriger Momente aufsuchte. Aus welchem Grund auch immer konnte ich ihn stets beruhigen. Er hat gesagt, dass er sich wohl fühlte, wenn ich während eines Anfalls in seiner Nähe war.

„Atme." Ich rutsche näher, meine Hand weiterhin auf seiner Brust.

Ich höre, wie er um Atem ringt, und sein Herzschlag wird stetig langsamer. „Danke."

„Versuch zu schlafen, East. Nachts kommt einem alles schlimmer vor." Ich bleibe dicht bei ihm und versuche, meine Ruhe auf ihn zu übertragen, bis der gleichmäßige Puls unter meiner Hand mich zum Schlafen bringt.

Ich schlummere und träume von unserem Trinkspiel und unserem Gespräch von vorhin, während mein Gehirn die Szenarien abspielt und die Worte ändert, als sein Halt an meiner Hand lockerer wird.

Und als die Worte, die ich vorhin gebraucht habe, endlich einsinken, weiß ich nicht, ob sie von Easton stammen oder von meinem Traum.

„Es wäre kein Mitleidskuss gewesen."

*E*aston: *Danke für gestern Nacht. Du bist wortwörtlich meine Ruhe, wenn ich mich verrückt mache.*

*I*ch halte mein Handy fest in der Hand, als ich die SMS mehrere Male lese. Ich bin neben Easton eingeschlafen, aber als ich aufwachte und die Morgensonne durch die Gardinen lugte, war er weg. Ich dachte, ich würde ihn unten mit dem Rest der verkaterten Meute finden, aber er musste anscheinend nach Jackson Harbor zurückfahren, bevor alle aufgewacht sind.

Ich habe nicht erwartet, von ihm zu hören, bis er nächstes Mal nach Hause kommt, aber ... er hat mir gesimst. Ich versuche, der SMS nicht mehr Wert zu geben, als sie hat.

*S*hay: *Du bist nicht verrückt. Auf deinen Schultern lastet sehr viel. Es ist verständlich, dass du dir Sorgen machst.*

Easton: *Es ist einfach, damit umzugehen, wenn du da bist.*

*I*ch kneife die Augen zu. Hat er irgendeine Ahnung, was seine Worte in mir bewirken? Die Hoffnung, die sie mir verleihen?

. . .

35

*E*aston: *Denkst du, deine Eltern würden dich deinen Abschluss in Los Angeles machen lassen? Im Austausch für deine beruhigende Wirkung auf mein Leben könnte ich dir Essen und ein Zimmer anbieten.*

Shay: *Natürlich. Lass mich kurz mit Papa reden. Es wird ihm nichts ausmachen, seine einzige Tochter nach Los Angeles zu schicken, wo sie einen Profi-Footballer bedienen wird.*

Easton: *Bedienen? Bitte sag das nicht so zu deinem Vater. Ich mag mein Gesicht, wie es ist.*

Shay: *Was wie sagen?*

Easton: *Als würde ich dich bezahlen, um mich von dir sexuell bedienen zu lassen.*

Shay: *Ich glaube, wir wissen beide, dass ich dafür NICHT das richtige Mädchen bin.*

Easton: *Ich sage, dass ich dich nicht bezahlen wollen würde.*

Shay: *Wenn du das tätest, würdest du eine Rückerstattung verlangen. Weil ich, wenn du dich an unser Gespräch erinnerst, KEINE AHNUNG habe.*

Easton: *Nein. Ich will dich ebenso wenig für sexuelle Dinge bezahlen, wie du einen Mitleidskuss von mir willst.*

*M*eine Wangen glühen. Gottseidank bin ich allein in meinem Zimmer und niemand kann meine peinliche Nervosität wegen des Gesprächs mit Easton sehen. Ist das ein Gespräch oder ... *Flirten?* Ich starre den Bildschirm an, während ich überlege, wie ich antworten soll, als er mir eine weitere SMS schickt, bevor ich es kann.

. . .

*E*aston: *Wirst du mich besuchen und dir mein neues Zuhause ansehen, wenn ich mich eingelebt habe?*

*J*a! *Ja! Ja!* Ich traue mich nicht, ihm zu antworten. Ich versuche, ruhig zu bleiben, aber innerlich bin ich immer total aufgeregt, wenn Easton mir Aufmerksamkeit schenkt.

*E*aston: *Ich bin mir nicht sicher, wie ich dieses neue Leben beginnen soll, ohne meinen Fels in der Brandung zu haben, wenn meine Verrücktheit zum Vorschein kommt.*
Shay: *Rede mit deinem Arzt über Medikamente – das wäre ein Anfang. Und du weißt, dass ich keine Witz mache.*
Easton: *Ich weiß. Ich will aber nicht.*
Shay: *Du musst dich nicht schämen.*
Easton: *Danke. Dafür. Für alles.*

*I*ch lese die Worte immer wieder, und mein Herz schwillt an, bis ich nicht mehr atmen kann. Vielleicht werde ich Easton nie auf die Art haben, die ich mir wünsche, aber wenigstens habe ich das hier. Was auch immer es ist.

Meine Brüder entspannen sich im Wohnzimmer, halbwach und mit Kaffeetassen in den Händen. Die Küche und Arbeitsflächen sind blitzeblank. Es gibt kein

Anzeichen von dreckigen Bechern und Bierflaschen, wie ich es erwartet habe. Stattdessen steht der einzige Beweis der gestrigen Party in drei schwarzen Mülltüten vor der Garagentür.

„Ihr habt aber früh angepackt", sage ich zu den Jungs.

Jake reibt sich die Augen. „Das waren wir nicht. East hat sich schuldig gefühlt, uns mit dem Scheiß hierzulassen, also hat er aufgeräumt, bevor er gegangen ist."

„Toll."

„Kommt es mir nur so vor, oder benimmt er sich komisch, seit er seinen Vertrag unterschrieben hat?", fragt Jake.

Carter kneift die Augen zusammen. „Er benimmt sich, als würde er nicht gehen wollen. Was lächerlich ist."

„Es ist nur viel. Ich glaube, er hat es noch nicht ganz verarbeitet", antworte ich.

Carter sieht mich mit gerunzelter Stirn an. „Seit wann seid ihr beste Freunde?"

„Wir sind nicht beste Freunde. Ich bin einfach nur eine gute Zuhörerin."

Carter grunzt und murmelt etwas darüber, dass ich nur „zuhören und sonst nichts" soll, und meine Wangen werden rot.

Ich will dich ebenso wenig für sexuelle Dinge bezahlen, wie du einen Mitleidskuss von mir willst.

Vielleicht bedeutet es nur, dass er nicht für Sex zahlen will. Vielleicht bin ich ein naives Mädchen mit einem Schwarm, weil ich fast glaube, dass er *mich* will.

SHAY

Easton ist zu Hause.

Ich habe mich in seiner Nähe nie schüchtern gefühlt, aber heute Abend, als ich ihm dabei zusehe, wie er und meine Brüder am Küchentisch Karten spielen, fühlt es sich komisch an, ein simples „Hallo" auszusprechen. Der Klang von Gelächter und klirrenden Bierflaschen erfüllt unser Familienferienhaus, während der Kamin im Wohnzimmer ein wärmendes Feuer enthält. Soweit es um Neujahrspartys geht, ist diese ziemlich zahm – meine Brüder, eine Handvoll ihrer Freunde aus der Schule, Easton und seit zehn Minuten ... ich. Ich stehe vor der Küche, fummele an meiner Tasche herum und wundere mich, ob ich nicht hätte kommen sollen. Ich glaube nicht, dass ich von jemandem bemerkt wurde. Sicherlich nicht von Easton, während eine Blondine mit großen Brüsten und einer klitzekleinen Taille hinter ihm steht und ihm kichernd ins Ohr flüstert.

Ich weiß nicht, wieso der Gedanke daran, in demselben Zimmer zu sein wie er, mein Herz rasen lässt. Ich habe ihn seit seiner NFL-Party nicht mehr gesehen, als er mir meinen ersten Tequila gegeben hat und neben mir eingeschlafen ist, aber wir simsen ab und zu. Naja, meine Brüder schreiben mit ihm, und ich bin im Gruppenchat, aber manchmal meldet er sich bei mir. Eine Nachricht an meinem achtzehnten Geburtstag, wie es mir während der Prüfungen ging, eine lustige Geschichte über einen seiner Teamkollegen. Nichts Wichtiges oder Bedeutendes, aber jedes Mal, wenn ich von ihm eine SMS bekomme, die nicht auch an meine Brüder adressiert ist, macht sich die Hoffnung in meiner Brust so breit, dass ich kaum atmen kann.

Alles und nichts hat sich verändert, seit er weggezogen ist. Sein ganzes Leben ist anders. Er lebt in Los Angeles und ist fast mit seiner ersten Saison bei der NFL fertig. Er war letzten Herbst sogar ein paar Wochen mit einem Unterwäschemodel zusammen. Aber ich bin immer noch dasselbe Mädchen, neben dem er eingeschlafen ist. Die Frau, die noch nie geküsst wurde und nicht über ihren Kindheitsschwarm hinwegkommen kann, auch wenn sie weiß, dass sie nicht annähernd in seiner Liga spielt.

Es dauert noch zwanzig Minuten bis zum Neujahr, aber ich bin plötzlich zu müde und zu verlegen, um alle zu begrüßen. Ich steige die Treppe hinauf und betrete mein Schlafzimmer, ehe ich meinen Pyjama anziehe, ins

Bett schlüpfe und *Harry Potter und die Kammer der Schrecken* öffne. Ich habe es bereits dreimal gelesen, aber ein Lieblingsbuch immer wieder zu lesen, ist so angenehm wie eine Kuscheldecke.

Es dauert nicht lang, bevor dich höre, wie unten alle auf Mitternacht zu zählen. Ich frage mich, ob Easton die hübsche Blondine küsst und wünsche mir, es wäre egal.

Ich schließe mein Buch, drehe mich auf den Rücken und starre zur Decke. Ich hätte heute Abend mit meinen Mitschülern feiern können. Da ist ein süßer Junge in meiner Englischklasse, der gefragt hat, ob ich da sein würde. Er heißt Steve, und die Art, wie er lächelte, als er gesagt hat, dass er hoffte, mich dort zu sehen, ließ mich rot werden. Aber ich bin stattdessen hierhergekommen, und ich werde mir nicht einreden, den Grund nicht zu kennen. Ich wollte Easton sehen.

Jemand klopft an meiner Tür, und ich verdrehe die Augen. Ich wette, einer meiner Brüder sieht nach, ob das Zimmer leer ist, damit er mit jemandem schlafen kann. „Ich bin hier", sage ich, meine Ton genervt.

Die Tür knarrt etwas. „Das habe ich gehofft."

Easton. Mein Herz rast, stolpert und fällt auf die Fresse.

Er betritt grinsend mein Zimmer und schließt die Tür hinter sich. „Wieso warst du nicht unten?"

Weil ich realisiert habe, dass ich nie schön genug sein werde, und ich habe mich dafür gehasst, so zu denken. Auch wenn es wahr ist. Ich setze mich auf und lehne mich mit dem Rücken gegen das Kopfteil des Bettes. „Ich hatte keine Lust auf so eine große Gruppe."

Es ist eine unsinnige Erklärung, wenn ich heute Abend genauso gut hätte zu Hause bleiben können, aber er nickt, als würde es Sinn machen. „Ich fühle mich genauso. Macht es dir etwas aus, wenn ich bei dir rumhänge?"

„Wird deine Verabredung nicht enttäuscht sein?"

Er hebt eine Augenbraue. „Meine *Verabredung*?"

Ich mache mich hier zum Affen. „Die Blondine, die sich an dir gerieben hat?"

Er hebt das Kinn. „Ah. Ich glaube, sie heißt Sasha, aber ich bin nicht interessiert. Ich würde lieber mit dir Zeit verbringen ... wenn du magst?" Die Frage ist so voller Selbstzweifel, dass die Mauer um mein Herz bröckelt.

Ich schlucke schwer und versuche, meinen Herzschlag zu beruhigen. Ich will seine Aufmerksamkeit nicht so verzweifelt wollen, und doch bin ich hier. „Klar. Ich lese nur."

Er geht grinsend durch mein Zimmer und mustert die Bücher auf meinem Regal, bevor er sich *Das letzte Gefecht* schnappt.

„King", sage ich nickend. „Gute Wahl."

Easton zieht seine Schuhe aus und streckt sich neben mir auf dem Bett aus − er auf der Decke, ich darunter. Es erinnert mich an die Nacht seiner Party, als er eine Panikattacke hatte. Er öffnet sein Buch und ich meins.

„Frohes neues Jahr, Kleine", sagt er sanft, und mein alter Spitzname bringt mich zum Lächeln.

„Frohes neues Jahr."

*I*ch wache auf und spüre eine raue Hand auf meinem Bauch, Fingerspitzen unter dem Bund meiner Shorts. Mein Körper ist erwacht – jedes Nervende kribbelt –, aber mein Verstand ist benebelt, und ich muss ein paar Mal in die Dunkelheit blinzeln, bevor ich mich daran erinnere, wo ich bin und mit wem.

Easton.

Easton berührt mich.

Seine Finger schweifen über den Bund meines Höschens, und ich keuche auf, als ich mich instinktiv gegen ihn wölbe. Ich muss beim Lesen eingeschlafen sein. Das Licht ist aus, und er umarmt mich von hinten, seine Vorderseite gegen meinen Rücken gepresst, und als ich mich bewege, spüre ich seine steife Länge an meinem Hintern. „Easton?" Meine Oberschenkel pressen sich zusammen, und ich versuche mein Bestes, diese Hand nicht genau dort hinzuführen, wo ich sie haben will – wo ich sie mir tausend Mal vorgestellt habe. „Bist du wach?"

Er stöhnt gegen meinen Hals und greift meine Hüfte, um sich gegen mich zu pressen.

Der Instinkt, ihm alles zu geben, ist stark, aber ich muss wissen, ob es echt ist. „Easton?" Mein Verstand ist verschlafen, aber mein Körper ist hellwach. Jeder Zentimeter meines Körpers konzentriert sich auf jede seiner Bewegungen.

Plötzlich lässt er meine Hüfte los und lehnt sich zurück. Mein Körper wird kalt. „Shay?"

Ich atme tief ein. *Scheiße, Scheiße, Scheiße.* „Ja?"

„Verdammt. Es tut mir leid. Ich habe geträumt und ...“ Ich höre, wie er schwer schluckt.

Ich drehe mich zu ihm, kann aber kaum seine Silhouette ausmachen. „Wovon hast du geträumt?“

Er stößt ein raues Lachen hervor. „Ist das nicht offensichtlich?“

Ich beiße mir auf die Unterlippe. „Von *wem* hast du geträumt?“

Er legt eine Hand auf mein Gesicht und fährt über meinen Kiefer. Ich wünschte, ich könnte seine Augen sehen – seinen Ausdruck oder etwas, das mir einen Hinweis auf seine Gefühle geben könnte. „Ich dachte, dass das auch offensichtlich ist“, murmelt er. „Es tut mir leid. Du bist eingeschlafen, und ich wollte nicht gehen, aber ich wollte nicht–“

„Schon gut“, platzt es aus mir heraus. *Bitte hör nicht auf. Bitte sag mir nicht, dass du es nicht willst.*

Seine Hand ist immer noch auf meinem Kiefer. „Das ist es nicht. Dich zu berühren, während du schläfst. Das ist ... Es ist nicht in Ordnung.“

„Es ... hat mir gefallen.“

Er verstummt einen Moment. Ist er wütend, dass ich ihm seinen Ausweg geraubt habe, oder überdenkt er seine Entscheidung? „Ja?“

„Willst du ...“ Ich schlucke schwer. Ich will seine Hände wieder auf mir spüren. Ich würde meinen ganzen Stolz gegen die Erleichterung seiner Berührung eintauschen. „Willst du weitermachen?“ Sobald die Worte über meine Lippen kommen, wünsche ich, sie zurücknehmen zu können. Zu willig, zu verzweifelt.

Seine Finger fahren von meinem Kinn zu meinem Hals – so langsam, dass die Geschwindigkeit der Berührung selbst verführerisch ist. Raue Fingerspitzen tanzen über mein Schlüsselbein, und ich verkneife mir ein Stöhnen. Ich hätte nie gedacht, dass mein Schlüsselbein eine erogene Zone sein könnte. „Mehr als ich jemals etwas gewollt habe."

Mir stockt der Atem. Vielleicht kann ich es haben. Hier in der Dunkelheit. Nur einmal, bevor er in sein Leben zurückkehrt und mich vergisst. „Ich schlafe nicht mehr."

„Ich auch nicht." Seine Stimme ist fast genauso rau wie die Finger, die über mein T-Shirt und zwischen meine Brüste gleiten. „Ich werde dich jetzt küssen."

Bitte. Ich zittere. Ich traue mich kaum etwas zu sagen, also nicke ich und hoffe, dass er meine Zustimmung sehen kann.

Sein Mund findet meinen, und mein ganzer Körper zuckt zusammen bei dem Funken, den ich spüre. Es beginnt mit einem Kuss, dann folgt eine Hand in meinem Haar und seine Zunge in meinem Mund. Ich verschlucke das Stöhnen und bewege mich auf ihn zu, während ich die Lippen weiter öffne.

Sein Kuss ist überhaupt nicht, wie ich ihn mir vorgestellt habe. Er ist besser. Jeder Strich seiner Zunge schürt das Feuer in mir und verstärkt den süßen Schmerz zwischen meinen Oberschenkeln.

Als er den Kuss beendet, atmen wir schwer, und meine Lippen fühlen sich angeschwollen an. „Ich wollte es letzten Frühling tun. Ich wollte dir deinen ersten Kuss geben."

„Das hast du", gebe ich zu. „Es war mein erster Kuss, meine ich."

Er stößt einen Atemzug aus. „Ich bin mir nicht sicher, ob ich mir mit dir vertraue."

Ich wünschte, ich hätte gelogen. Ich hätte sagen sollen, dass ich erfahrener bin, damit es ihn nicht verschreckt. Aber es ist Easton, und Ehrlichkeit war immer die einzige Wahl zwischen uns. „Ich vertraue dir. Komplett."

Er stöhnt, und das Geräusch ist Versuchung und Qual zugleich. „Das ist der Grund, wieso ich die Finger von dir lassen sollte." Er umfasst meine Brust und streicht mit dem Daumen über meinen Nippel. Ich schwöre, sein Atem gleicht sich meinem an. „Sag mir, was du willst. Ich vertraue meinem Urteilsvermögen gerade nicht. Du musst mir sagen, ob es in Ordnung ist." Während er es sagt, rollt er mich auf den Rücken und kriecht über mich, ehe er sich auf einen Ellbogen stemmt und mit seiner freien Hand mit meiner Brust spielt. Er senkt seinen Mund auf mein Schlüsselbein und erforscht mich mit seiner Zunge und seinen Zähnen, bevor er sich zu meinem Ohr küsst, um mir zuzuflüstern: „Du triffst die Entscheidungen."

„Ich will alles."

„Shay." Mein Name ist das erotischste Geräusch, wenn er atemlos ist. „Ich sollte aufhören."

Ich wimmere. „Bitte nicht." Vielleicht sollte ich mich für die verzweifelte Bitte schämen, und vielleicht werde ich das später. Aber in diesem Moment will ich einfach nur mehr von ihm. „Easton, ich brauche dich."

Er bewegt sich über mir, presst die Hitze und das Gewicht seiner machtvollen Oberschenkel zwischen meine Beine. „Kann ich dich zum Kommen bringen?"

Ich wölbe mich gegen den Druck, und meine Wangen werden rot, als ich realisiere, wie einfach es wäre, mich an ihm zu reiben – wie sehr ich es will. „*Bitte.*"

„Du wirst mich umbringen."

Ich reibe mich erneut gegen seinen Oberschenkel, und er zischt.

„Sag mir, dass ich dich berühren soll, Shay. Sag mir, dass ich meine Hand zwischen deine Beine legen kann und du morgen immer noch mit mir sprechen wirst." Er bewegt sein Bein und übt genau da Druck aus, wo ich ihn brauche. „Gott, ich kann sogar durch deine Shorts spüren, wie feucht du bist."

„Entschuldigung." Aber Gott, es tut mir nicht wirklich leid. Jegliches Schamgefühl über meine Reaktion auf ihn wird von meinem Bedürfnis nach Berührung überwältigt. Die einzige Möglichkeit, meine Hüften stillzuhalten, ist, sie an die Matratze zu heften.

Er schmunzelt. „Entschuldige dich niemals dafür. Es ist so heiß." Er saugt mein Ohrläppchen zwischen die Zähne. „Zu spüren, wie du dich gegen mich presst, ist verdammt heiß. Kämpf nicht dagegen an."

„Easton ..." Meine Finger gleiten in sein Haar und ziehen daran. „Ich will es."

Sein Körper bebt. „Ich auch." Er senkt seinen Mund auf meinen und küsst mich langsam – ein langer, inniger

Kuss, der all meine Gedanken vertreibt. Als er sich zurücklehnt, könnte ich schwören, dass er mich ansieht. Vielleicht ist mein Körper in der Dunkelheit besser. Vielleicht wird er die extra Kilos auf meinen Hüften nicht bemerken, oder wie mollig meine Oberschenkel sind. Er zeichnet meine Lippen mit einem Finger nach, und ich fange ihn mit den Zähnen. Easton stöhnt, bevor er ihn wegzieht und einen feuchten Pfad zwischen meine Brüste, über meinen Bauch und in mein Höschen zieht. „Ich will dich hier berühren", sagt er, während er meinen Hals küsst. „Ich will dich spüren."

Ich hebe die Hüften vom Bett und drücke sie gegen seine Hand. „Easton, bitte."

Er knabbert an der zarten Haut unter meinem Ohr, während seine Hand unter die Baumwolle gleitet und sein Knöchel über meine Klitoris reibt.

„Scheiße!", keuche ich.

Ich erwarte fast, dass er mich auslacht, aber stattdessen grunzt er nur. „Du bist bereits so verdammt feucht. Bist du so aufgewacht?"

„Ja." *Wegen dir*, will ich sagen. *Weil ich dich schon so lange wollte.*

Seine Finger gleiten über mich. „Ich liebe es, wie du dich anfühlst."

Mein Körper verspannt sich mehr mit jedem Wort. Er hat mich kaum berührt, und ich bin fast soweit. „East."

Er zwickt meine Klitoris zwischen zwei Fingern, und ich keuche. „Schh", flüstert er, sein Mund über meinem. „Ich will dich stöhnen hören, aber du musst leise sein."

Seine Lippen fahren über meinen Kiefer, als sein Finger in mich gleitet.

Mein Körper erstarrt, als ich mich um ihn verenge – ein einziger Finger, aber er dehnt mich so sehr.

„Entspann dich", flüstert er. „Verdammt, du bist feucht. Alles in Ordnung?"

„Ich habe nie ..." Ich atme tief ein, weil mein Körper sich bereits an seinen dicken Finger gewöhnt hat und die Hitze jeglichen Schmerz vertrieben hat. „Nicht so."

„Nicht einmal mit deinen eigenen Fingern?"

„Nein. Es ..." Ich kann nicht sprechen. Kann nicht denken. Seine Hand hat einen köstlichen Rhythmus gefunden und stößt sich immer wieder in mich, um mich zu dehnen. Jedes Mal, wenn er in mich eindringt, will ich mehr – *tiefer* –, und jedes Mal, wenn er sich herauszieht, fühle ich mich, als würde ein Teil von mir fehlen.

„Gut", knurrt er gegen meinen Hals. „Ich habe kein Recht, Shay, aber ich will es tun. Ich will alles tun."

Ich realisiere seine Worte kaum, als der Genuss meinen Magen verknotet und über meine Wirbelsäule klettert. Er presst seinen Daumen auf meine Klitoris, und mein Körper zuckt. Sein Daumen streichelt mich, und mein ganzer Körper bebt, als ich immer höher klettere.

„Kämpft nicht dagegen an. Fühl einfach nur."

Ich ziehe an seinem Haar, halte mich an ihm fest. An diesem Moment. An der Klippe des Berges, den ich mit Sicherheit noch nie gesehen habe. Seine Finger werden immer schneller, und er presst seinen Mund gegen meinen, um mein Stöhnen zu verschlucken, als ich nachgebe und mich von dem Orgasmus zerreißen lasse. Ich hänge an ihm, bebend und schlaff.

Sogar als ich bebe, küsst er mich immer noch und seine Hand bewegt sich in beruhigenden, zarten Strichen, als ich runterkomme.

„Ich glaube, ich habe gelogen", sage ich, als er meinen Mund freigibt.

„Worüber?"

„Ich dachte, ich hätte mich selbst zum Kommen gebracht, aber meine Orgasmen waren nie *so*."

Er stöhnt, das Geräusch lang, tief und voller Schmerz . „Mit einem Partner ist es anders. Besser und intensiver."

„Ich schätze, ich sollte mich revanchieren." Ich drehe mich zur Seine und greife nach ihm, meine Handfläche auf seiner Erektion. Er stoppt mich mit einer Hand auf meinem Handgelenk. „Was ist falsch?"

Er führt meine Hand zu seinem Mund und küsst meine Knöchel. „Nichts. Alles ist toll."

„Du willst nicht, dass ich dich berühre?"

Er atmet tief aus. „Ich will dich so sehr. Aber nicht heute Nacht, Shayleigh. Nicht, wenn ich morgen nach Hause fliegen muss." Er zieht mich in seine Arme und drückt einen Kuss auf meinen Hals. „Ich verdiene dich nicht."

*E*aston hat mich heute Morgen mit einer geflüsterten Entschuldigung geweckt. Er hatte seiner Mutter versprochen, mit ihr zu Mittag zu essen, bevor er heute Abend zurück nach Kalifornien fliegen würde. Ich wollte ihn verzweifelt bei mir behalten, damit wir etwas mehr knutschen und einander berühren konnten – um mich zu versichern, dass es nicht nur ein Traum war –, aber ich wollte nicht verzweifelt oder anhänglich erscheinen. Ich lächelte und bat ihn, seine Mutter von mir zu grüßen, und er küsste mich ein letztes Mal auf die Stirn, bevor er mich drängte, ihm zu versprechen, ihm zu schreiben, sobald ich aufwachte.

*S*hay: *Ich schreibe dir, wie versprochen.*
            Easton: *Guten Morgen, Schlafmütze. Wie geht es dir?*
    Shay: *Gut.*
    Easton: *Ja? Ich hasse, dass ich dich nach letzter Nacht verlassen musste.*

*I*ch hasse es auch. Ich wollte mehr. Aber das kann ich ihm nicht sagen. Auch wenn meine Finger die Worte tippen wollen. Ich bin ein Feigling.

· · ·

Shay: *Es geht mir wirklich gut. Wie geht's deiner Mutter?*

Easton: *Gut. Wir planen ihren Umzug nach Kalifornien im Frühling.*

Shay: *Oh, wow. Es wird schön sein, sie in deiner Nähe zu haben.*

Easton: *Ich wünschte, ich könnte euch alle herbringen. Es ist gut, Dinge zu wollen, oder?*

Ich verkneife mir das Lächeln, während ich mich an unser Gespräch von letztem April erinnere, als er gesagt hatte, dass er mich in Kalifornien haben wollte.

Shay: *Vielleicht sehe ich mir UCLAs Programm für französische Literatur an.*

Sobald ich die SMS abschicke, wünsche ich, ich hätte es anders ausgedrückt − oder es überhaupt nicht gesagt. Easton weiß, dass ich geplant habe, an einer Uni in der Nähe von Jackson Harbor zu studieren. Die Universität von Chicago ist schon seit Jahren meine erste Wahl, und ich habe gerade zugegeben, dass ich mich an einer Uni am anderen Ende des Landes bewerben könnte, um in seiner Nähe zu sein.

Zwei Minuten später hat er immer noch nicht geantwortet, und meine Nervosität wird schlimmer.

Während ich mich anziehe, blicke ich alle dreißig
Sekunden auf mein Handy. Wieso habe ich das gesagt?
Als ich nach unten gehe, um mich zu der verkaterten
Meute zu gesellen und aufzuräumen, bin ich bereit, Tech-
nologie zu erfinden, die Nachrichten nach dem Senden
löschen kann.

Erst als wir uns alle in Jakes Auto setzen und nach
Jackson Harbor fahren, antwortet Easton. Die Nachricht
ist das komplette Gegenteil von allem, worauf ich gehofft
habe, und mir schießen Tränen in die Augen.

*E*aston: *Ändere deine Pläne nicht, Shay. Die
Universität von Chicago ist dein Traum. Ich habe nur
Spaß gemacht.*

Teil Zwei

GEGENWART

SHAY

ZWÖLFEINHALB JAHRE SPÄTER

*J*ackson-Familien-Brunch war noch nie entspannend. Jeder einzelne meiner fünf Brüder hat sich in den letzten drei Jahren verliebt und ist in einer festen Beziehung. Wenn man dann noch meine zwei Nichten und zukünftigen Neffen hinzufügt, hat sich die Zahl mehr als verdoppelt. Es gibt zu viele von uns, um friedlich zu essen. Und ich *liebe* es.

Aber heute suche ich nach der Freude, die meine Familie mir normalerweise bringt, und finde sie nicht recht.

Easton Conner ist wieder da und wird jeden Moment in mein Leben eindringen. Naja, nicht in meinem *Leben* Leben. Aber in dieser Küche. Zum ersten Mal seit der Beerdigung meines Vaters werden wir gemeinsam essen. Ich werde mich ihm nicht nur stellen müssen, sondern ich werde gezwungen sein, mit ihm zu *reden*. Ich werde mich nett verhalten müssen, weil niemand weiß, was zwischen uns passiert ist.

Und wenn es nach mir geht, wird niemals jemand davon erfahren. Ich werde mir meinen Tag nicht von Easton ruinieren lassen

Als es an der Tür klingelt, zucke ich zusammen, und die Gruppe verlässt die Küche, bis ich in gesegneter Stille allein bin, um mich auf die Apokalypse vorzubereiten.

„Es wurde langsam Zeit, dass du zum Familien-Brunch kommst", sagt Carter an der Tür.

Eastons Kichern ist warm und vertraut. Wie Fingerspitzen auf meiner Wirbelsäule und heißer Atem in meinem Ohr. Wie heimliche Küsse und mein erster Tequila.

Ich greife nach der Kaffeekanne, aber sie ist leer. Alle nehmen an, dass die Jacksons − Bierliebhaber-Familie − nichts mehr lieben als Bier. Aber sie liegen falsch. In meiner Familie steht Kaffee über allem anderen. Sogar unserem Lieblingsgebräu.

Ich mahle die Bohnen und schaufele sie in den Kaffeefilter. Es ist ein „mindestens drei Tassen"-Tag. Ich habe ununterbrochen gearbeitet − an meiner Dissertation, den vier Stunden, die ich an der Starling Universität unterrichte, und meiner Suche nach einer festen Anstellung. Der Stress hat mich schließlich eingeholt, und es gibt nicht genug Schlaf oder Kaffee.

„East!", ruft Brayden. Ich höre, wie er die letzten paar Stufen hinunterläuft, und denke daran, dass Easton wirklich der Wundertäter sein muss, für den seine Fans ihn nach seiner zweiten Saison in der NFL gehalten haben, weil niemand außer Molly und Noah Brayden so schnell von seiner Arbeit wegziehen kann. „Glückwunsch zum Ruhestand! Wie läuft´s?"

Ich kneife die Augen zu und lausche, wie meine Familie schwärmt. Easton und Conner sind zwar zusammen aufgewachsen, aber Easton war mit all meinen Brüdern befreundet, und jetzt ist er Jackson Harbors einzige Berühmtheit. Alle haben sich gefreut, als er verkündet hat, dass er nach Hause ziehen wollte.

Ich blende das Geschnatter aus und konzentriere mich auf den Kaffee, der zu langsam brüht, während ich dagegen ankämpfe, ins Badezimmer rennen zu wollen, um mich im Spiegel anzusehen. Ich habe mich heute Morgen bereits dreimal umgezogen, bevor ich mich für meine geliebte dehnbare Jeans und ein Jackson Brews T-Shirt entschieden habe. Weil nichts „Es ist mir scheiß-egal, dass du mein Herz gebrochen hast" so aussagt wie dasselbe Outfit, das ich hinter der Theke der Bar meiner Familie trage.

„Hey, Hübsche", sagt Teagan, als sie vom Wohn-zimmer reinkommt.

„Guten Morgen, meine Schöne." Ich drehe mich weg vom Kaffee, um meine beste Freundin anzulächeln. Teagan sieht wie immer wundervoll aus. Ihr dunkles Haar ist aus dem Gesicht gestrichen, und sie trägt ein Pulloverkleid, das ihren Kurven schmeichelt. Ich wäre schockiert, wenn Carter die Hände von ihr lassen kann – nicht, dass er es normalerweise versucht. Er ist ein verliebter Trottel.

„Alles in Ordnung?", fragt sie.

Ich nicke, bevor ich zum Eingang sehe. „Sie benehmen sich wie ein Haufen Welpen, die ihr Herrchen begrüßen wollen."

Sie lacht. „Geht es dir gut?"

Meine Vergangenheit mit Easton ist ein Geheimnis, aber als ich herausgefunden habe, dass er wieder herzieht, hat Teagan die Panik in meinen Augen gesehen. Ich habe zugegeben, dass ich in Easton verknallt war, und sie hat nach mehr Informationen gefragt. Aber wenn es um Easton geht, halte ich den Mund. „Mir geht's gut", sage ich lächelnd, aber ihrem Kichern nach zu urteilen, bin ich nicht sehr überzeugend.

Sie öffnet den Kühlschrank und zieht eine Flasche Champagner heraus. „Scheint ein guter Tag für Mimosas zu sein. Willst du einen?"

Carter lacht über etwas, das Easton gesagt hat. Wieso habe ich mir nicht einfach eine Ausrede einfallen lassen, um nicht hier sein zu müssen? Ich stehe kurz davor, meine Dissertation rechtfertigen zu müssen und habe eine Menge Verbesserungen, durch die ich mich in den nächsten zwei Monaten kämpfen muss. Und dann habe ich auch noch die Arbeiten, die ich korrigieren muss. Niemand hätte es mir verübelt.

Ich winke sie ab. „Kaffee reicht mir."

Teagan summt und zieht die Champagnerflöten aus dem Schrank.

Ich starre den Kaffee erwartungsvoll an und ignoriere die anderen, bis ich höre, wie Easton fragt: „Ist Shay hier?"

Die Worte sind wie pure Elektrizität für mein Herz. Interessiert es ihn wirklich, oder ist er nur höflich?

„Sie ist in der Küche und kocht Kaffee", sagt Carter.

„Natürlich tut sie das." Easton lacht. Gott, dieses *Lachen*. Es transportiert mich in eine andere Zeit. Als ich die Augen schließe, bin ich in seinem Bett in Paris, wo die Lichter des Eiffelturms in der Dunkelheit hinter dem Fenster tanzen, sein Geruch an mir.

Ich atme tief ein, und sobald ich die Augen öffne, steht er vor mir – der Mann, den ich einst so verzweifelt geliebt habe. Der einzige Mann, der je mein Herz gebrochen hat.

Eastons Augen weiten sich, und ihm fällt die Kinnlade herunter, als er meine Erscheinung in sich aufnimmt. Seine Augen gleiten über mich, von meinem dunklen Zopf bis zu meinen alten Chuck Taylors. Und dann wieder hoch. „Shayleigh Jackson, was für ein schöner Anblick."

„Hey, East."

Teagan stupst mich an und schiebt ein Glas Champagner in meine Hand, weil sie offensichtlich die beste Freundin ist und mich besser kennt, als ich es selbst tue. „Wir haben keinen O-Saft", sagt sie fröhlich.

Ich trinke einen Schluck und schenke Easton ein kleines Lächeln.

„Du siehst ...", beginnt er.

Ich hebe eine Augenbraue und warte darauf, dass er weiterspricht. Es gibt viele Möglichkeiten, diesen Satz zu beenden. Ein höfliches „Toll" würde funktionieren. Oder vielleicht habe ich mir mit den Muskeln, die ich mir angelegt habe, nachdem ich ihn zum letzten Mal sah, ein „Unglaublich" verdient. Ich hoffe ernsthaft, dass er nicht „erwachsen" sagt oder so. Ich bin nicht dafür verantwortlich, was meine Fäuste tun werden, wenn er mich wie ein kleines Kind behandelt.

Carter hat den Champagner gefunden und bietet Easton ein Glas an.

Easton nickt dankend, bevor er sich wieder zu mir dreht. „Du siehst gut aus", sagt er sanft. *Gut.* Wie ... kalt. Und irgendwo in meiner Brust zuckt das kleine Mädchen aus meiner Vergangenheit zusammen. Das Mädchen, das sich jeden Tag gewünscht hat, sie könnte dünn sein. Dass sie einen Raum betreten und Kinnladen zum Fallen bringen könnte. Dass sie mehr als das „schlaue Mädchen" sein könnte. Der Gedanke, dass sie es nicht sein würde, auch wenn sie ihr Gewicht verlor, war eine Furcht, die sie sich nie eingestanden hatte.

Aber das Mädchen wusste nicht, wer sie war. Und dieses Mädchen – diese *Frau* – weiß es. Also mustere ich ihn mutig – seine breiten Schultern, die festen Muskeln seiner Arme, wie das L.A. Demons T-Shirt sich über seine Brust spannt und endlich die kleinen Fältchen in seinen Augenwinkeln. „Du auch." Ich tippe mit meinem Glas gegen seins, trinke aber nicht mehr. Trotz Teagans guter Vorsätze muss ich einen klaren Kopf behalten.

Und in den letzten zwei Monaten habe ich seine Rückkehr mit einer Mischung aus Grauen und Neugierde erwartet. Ich fühle mich etwas schuldig darüber, wie oft seine bevorstehende Rückkehr meine Gedanken während meiner wenigen Zeit mit meinem geheimen vielleicht-Freund George eingenommen hat. Ich frage mich, ob ich das erste Mal mit George nach Hause gegangen wäre, wenn ich nicht gewusst hätte, dass Easton zurückkommen wollte.

Und ich kann nicht anders, als dankbar zu sein, dass ich es getan habe. Es ist besser, dass ich nicht Single bin.

Ich stelle mein Glas auf den Tresen und nehme mir eine Tasse Kaffee.

Wenn es um Easton Connor geht, kann ich mir nicht vertrauen.

EASTON

Shayleigh Jackson zum ersten Mal seit fast sieben Jahren zu sehen, fühlt sich an wie eine Eisenfaust in die Magengrube. Ich wäre ein Lügner, wenn ich sagen würde, dass ich während unserer Trennung nicht an sie gedacht habe, und ein noch größerer Lügner, wenn ich leugnen würde, dass ich im Internet nach ihr gesucht habe, um mich auf das heutige Treffen vorzubereiten. Ihr Facebook Account ist privater als Fort Knox, also konnte ich nicht mehr sehen als ihr Profilfoto und eine Handvoll Fotos, in der sie und Carter verlinkt sind. Instagram und Twitter waren genauso fruchtlos.

Dieses Profil ist privat.

Ich weiß, dass ich defensiv bin, aber ich habe mich gefühlt, als wären die Worte an mich gerichtet. Als hätte sie alles privat gehalten, um mich auszuschließen. Ich bin nicht total paranoid. Sie hat Schlimmeres getan, um mich fernzuhalten.

Glücklicherweise gibt es immer noch Google. Die Seite der Starling Universität hat mich nicht enttäuscht. Sie ist eine Dozentin und unterrichtet post-moderne Fiktion und zeitgenössische Frauenliteratur. Laut ihrer Biographie arbeitet sie an einer Dissertation über die Verbindung zwischen Popmusik und zeitgenössischer amerikanischer Frauenpoesie, was so sehr nach Shay klingt, dass ich lächeln musste. Das Leben ist voller beschissener Überraschungen, aber ich bin froh, dass manche Dinge gleich geblieben sind.

Keine noch so intensive Recherche hätte mich darauf vorbereiten können, wie es sich anfühlt, hier zu stehen. Nah genug, um sie zu berühren. Und ich schwöre, ich kann die Zitronen-Lavendel-Seife riechen, in die sie sich in Paris verliebt hat. Ich will wissen, ob sie sie immer noch benutzt. Ich will wissen, ob sie einen amerikanischen Ersatz gefunden hat, oder ob die bodenständige, praktische Shay dafür zahlt, die Pariser Seife nach Jackson Harbor geliefert zu bekommen.

Ich habe ihr zu ihrem fünfundzwanzigsten Geburtstag eine Kiste geschickt, aber der Laden hat mich einen Monat später kontaktiert, um mir zu sagen, dass die Lieferung zurückgeschickt worden war, und mich zu fragen, ob ich eine andere Lieferadresse hatte.

Ich habe es sein gelassen. *Nachricht erhalten.*

„Wie läuft es mit deiner Dissertation?", frage ich sie. Es ist schwer, mich aus dem Netz der Erinnerungen zu befreien, wenn sie danach riecht.

„Hey!", sagt Levi, das Gesicht verzogen.

Carter schüttelt den Kopf und flüstert viel zu laut:

„Wir dürfen diese Frage nicht stellen, bis sie sie verteidigt hat."

Shay verdreht die Augen, als sie ihre Brüder ansieht. „Schon gut. Ich werde nur nicht gerne damit vollgelabert, und die Jungs haben eine Zeit lang gedacht, dass ich sie schneller beenden könnte, wenn sie mich ständig danach fragten." Sie sieht ihre Brüder gezielt an, als würde sie sie dazu auffordern, ihr zu widersprechen. „Hat nicht ganz funktioniert."

„Du planst, sie dieses Frühjahr zu verteidigen?", frage ich. Ich will ihre Aufmerksamkeit so sehr, dass ich mich wie ein Unmensch fühle, aber ihr stummes Nicken sagt mir, dass mein Verlangen danach, mit ihr zu sprechen, einseitig ist. Wenn ich weise wäre, würde ich loslassen, aber das kann ich nicht.

„Easton, es ist so toll, dich zu sehen! Ich wusste schon immer, dass das Schicksal dich nach Hause bringen würde", sagt Frau Jackson und zwingt mich, mich von der Frau wegzudrehen, die ich so verdammt vermisst habe.

Ich öffne meine Arme und ziehe meine Ersatzmutter in eine Umarmung. Ihr Haar ist kürzer, als es vorher war. Carter hat gesagt, dass es am Krebs lag, und sie es später kurz halten wollte. „Es ist schön, Sie zu sehen, Frau Jackson."

„Bitte nenn mich Kathleen."

„Das ist nett von Ihnen, Frau Jackson."

Sie lehnt sich kichernd zurück und reibt meinen Arm. „Es hat mir so leid getan, vom Tod deiner Mutter zu hören."

Ich nicke. „Mir auch. Danke."

Sie sieht sich um. „Wo ist Abigail heute Morgen?"

„Sie ist in Los Angeles mit ihrem Kindermädchen. Ich muss hier viel erledigen, und ich wollte sie nicht überwältigen."

Kathleen nickt, als wüsste sie, dass ich damit die Tatsache meine, dass meine Tochter auf schlimmste Art herausgefunden hat, dass sie nicht wirklich meine Tochter ist. *Fick dich, Scarlett.* Als ich ihre Lüge vor sechs Jahren aufgedeckt habe, war es schwer, aber ich realisierte, dass Abi ohne diese Lüge nicht in mein Leben gekommen wäre. Da Abi das Beste in meinem Leben ist, konnte ich nicht lange wütend bleiben. Aber dann hat Scarlett sich betrunken und es beim Filmen für ihre Show der ganzen Welt verkündet.

Die Kinder in der Schule haben sie damit endlos geneckt, und die Kameras, die ich Abis ganzes Leben lang ferngehalten hatte, kamen immer näher.

„Frühstück?", fragt eine fröhliche Frau mit honigbraunem Haar.

Levi schnappt sich einen Teller. „Endlich. Ich bin am Verhungern."

„Verzeih meinen Kinder", sagt Kathleen mit gerunzelter Stirn. „Sie vergessen ihre Manieren, wenn sie hungrig sind." Sie deutet zu der fremden Frau. „Das ist Ethans Frau Nic. Ich glaube, du hast Lilly bei Franks Beerdigung getroffen", sagt sie und sieht zu dem Mädchen, das ihren Teller auffüllt. Sie hat dunkles Haar wie ihr Vater und ist fast so alt wie Abigail.

Ich grinse sie an. „Du hast damals kaum gesprochen.

Du warst gerade zwei Jahre alt. Ich wette, du erinnerst dich nicht an mich."

Lilly schüttelt den Kopf. „Ich dachte, du bringst mir eine Freundin."

Dankbarkeit überkommt mich. *Wir werden hier nicht allein sein, Abi. Wir haben eine Familie.* „Nächstes Mal. Versprochen."

Kathleen stellt mir als nächstes eine Frau mit einem dunklen Bobschnitt vor, die ein Baby auf der Hüfte hält. „Du erinnerst dich bestimmt an Ava. Sie ist jetzt mit Jake verheiratet, und das ist ihre Tochter Lauren." Sie dreht sich zu der Brünetten neben Levi. „Das ist Levis Verlobte Ellie."

„Ich kenne Ellie", sage ich und winke meiner Immobilienmaklerin zu. „Sie sucht für mich nach einem Haus."

„Wir haben einen Termin für heute Nachmittag, richtig?", fragt sie.

Ich nicke. Ich bin hier, um mir das Haus anzusehen, das sie für mich gefunden hat, und wenn es gutgeht, werde ich morgen früh ein Angebot abgeben und es kaufen, bevor ich Jackson Harbor verlasse. „Ich freue mich darauf."

„Gut. Und dann ist da Teagan", sagt Kathleen und deutet zu der Frau mit Olivenhaut, die mich inspiziert, als wäre ich ein interessantes Artefakt. Teagan steht neben Shay, und ich frage mich, wie viel sie von unserer Vergangenheit weiß. „Teagan ist Carters Freundin."

Brayden räuspert sich. „Meine Verlobte, Molly, ist nicht hier. Sie und ihr Sohn Noah suchen dieses Wochenende mit ihrer Mutter in Chicago nach einem Hochzeitskleid, aber ich bin mir sicher, dass du sie diese Woche treffen wirst."

Ich sehe mich in der Küche um und versuche, mir alle Gesichter zu merken. „Frauen, Verlobte, Freundinnen und Babys ... Ihr wart alle sehr beschäftigt", sage ich, und alle lachen.

„Jetzt können wir essen", verkündet Frau Jackson.

Ich bleibe stehen und sehe nostalgisch zu, als das Ritual des bekannten Jackson-Familien-Brunches sich abspielt. Alle füllen ihre Teller und Tassen auf, während die Brüder sich übereinander lustig machen und Frau Jackson ihre Kinder stolz anlächelt.

Shay erwischt mich. „Wir haben uns jahrelang an den Tisch gezwängt, aber es wurde zu viel." Sie schiebt einen Teller in meine Hand. „Jetzt teilen wir uns zwischen der Küche und dem Esszimmer auf."

„Es ist anders", sage ich sanft. Auf der einen Seite ist es genauso, wie es während meiner Kindheit war. Ich habe gute Erinnerungen daran, wie ich samstags hier übernachtet und Sonntagmorgen einen vollen Tisch mit der Familie, die mir wichtig geworden war, verputzt habe. Auf der anderen Seite sind die Unterschiede schwer zu ignorieren. Es sind viel mehr Menschen hier, und es ist voll, aber vor allem ist Frank Jackson nicht hier, um den Arm um seine Frau zu schlingen und sich einen Kuss zu klauen, als wären sie Teenager.

„Das Einzige, was im Leben garantiert ist, ist Veränderung." Schmerz gleitet über Shays Gesicht, und ich erinnere mich an die Beerdigung ihres Vaters und das Gefühl meines Arms um ihre Schulter, als sie weinte. Die

Art, wie ihr Weinen so machtvoll war, dass es mich beben ließ. Die Art, wie ich ihre Trauer in meine Hand nahm und sie so viel schlimmer machte.

Ich öffne den Mund, um mich zu entschuldigen – für die Nacht und all die Jahre, in denen ich mich von ihr ausschließen lassen habe –, aber ich schließe ihn wieder. Es sind viel zu viele Augen auf mich gerichtet, und ich denke nicht, dass Shay will, dass alle wissen, wieso ich ihr eine Entschuldigung schulde.

SHAY

Sobald das Geschirr gewaschen und weggeräumt
ist, machen sich alle vom Acker. Levi und Ellie
müssen ein paar Dinge erledigen, Ethan, Nic und Lilly
gehen ins Kino und alle anderen gehen in den Keller, um
zu spielen. Ich nutze meine Verbesserungen als Entschuldigung, um mit meinem Laptop oben zu bleiben, aber ich
kann mich meiner Dissertation nicht stellen, während
ich so abgelenkt bin, also sitze ich am Küchentisch und
beantworte stattdessen die E-Mails meiner Studenten.

Glücklicherweise habe ich eine E-Mail von einem
Studenten, dessen Auftrag zwei Wochen zu spät ist, an
dem ich meine Frustration auslassen kann. Ich bin einen
Paragraphen weit in meiner Ansprache über meine Kurs-
regeln, als ich höre, wie die Kellertür aufschwingt und
sich schließt. Ich weiß, ohne aufzublicken, dass Ethan
gerade die Treppe hinaufgekommen ist. Wieso? Wieso
spüre ich ihn nach all diesen Jahren immer noch, wenn er
in der Nähe ist?

Ich lehne mich über meinen Computer und tue so, als würde ich nicht jeden seiner Schritte bemerken. Tue so, als wüsste ich nicht, dass er sich einen Stuhl herausgezogen hat, um sich neben mich zu setzen.

Als ich zu ihm sehe, ist er zu mir gedreht, die Ellbogen auf den Knien, die Augen fest auf dem gefliesten Boden. Alles klar. Wenn er mir nicht sagt, was er will, dann werde ich nicht fragen. Ich wende mich erneut meiner E-Mail zu, realisiere, dass die letzte Zeile keinen Sinn macht und lösche sie.

„Du ignorierst mich?"

Ich ziehe seufzend die Augen vom Bildschirm und drehe mich wieder zu ihm. „Wieso denkst du das?"

Er hebt den Kopf, und diese meergrünen Augen suchen mein Gesicht ab. Wer auch immer Easton Connor diese Augen gegeben hat, wollte mich foltern. Niemand sollte Augen haben, die dich dazu bringen, dich verloren und gleichzeitig wertvoll zu fühlen. Es ist nicht fair. „Du hast kaum mit mir gesprochen."

„Das bedeutet nicht, dass ich dich ignoriere."

Er lehnt sich mit verschränkten Armen zurück. Es ist offensichtlich, dass er es mir nicht abkauft, doch das ist mir egal. „Du hast mich überall blockiert. Nachdem ich dir Freundschaftsanfragen geschickt habe."

Ich schnaube. „Ernsthaft, Easton? Ist es dir wichtig, ob ein Mädchen von zu Hause ihre Konten privat hält?"

„Du bist mehr als das, und das weißt du."

„Bin ich das?" Mein Herz rast dummerweise in meiner Brust. Als würde jemand gleichzeitig die Beschleunigung und Bremse testen. „Ich verbringe nicht

Jahre damit, nicht mit Menschen zu sprechen, die mir wichtig sind, also schätze ich, dass ich nichts weiß."

„Hätte ich es versuchen sollen?" Er schluckt schwer, als er mich mustert. Wonach sucht er? Nach einem Hinweis darauf, dass er es nicht verschissen hat? Nach einem Beweis, dass wir vielleicht immer noch *Freunde* sein können? Er kann weitersuchen, aber finden wird er nichts.

„Es ist egal." Ich schließe meinen Laptop. „Das war vor langer Zeit, und ich bin kein vernarrtes Mädchen mehr."

„Iss mit mir zu Abend", platzt es aus ihm heraus.

Dieser Mann hat vor Schuldgefühlen offensichtlich den Verstand verloren. Es ist schlimm genug, dass er wieder herzieht, aber er kann nicht ernsthaft erwarten, dass ich mit ihm Zeit verbringen will. „Wieso?"

Er blinzelt. „Weil ich dich vermisst habe? Weil ich eine Chance will, mich richtig zu entschuldigen?" Er sieht aus dem Fenster hinter meiner Schulter und runzelt die Stirn. „Ich liege nicht falsch, oder? Du hast deiner Familie nie ... von uns erzählt?"

Ich schüttele den Kopf und schiebe meinen Laptop in meine Tasche. „Ich hasse dich nicht, aber ich muss auch nicht mit dir zu Abend essen, damit du dich entschuldigen kannst. Und meine Familie muss nicht von unseren Fehlern wissen."

Seine Kehle zuckt, als er schluckt. „Ist das alles, was ich für dich war? Ein Fehler?"

Ich bin zu müde, um mich damit heute herumzuschlagen. Einfach mit ihm hier zu sitzen, ist emotional anspruchsvoller, als ich dachte. „Wie würdest du es sonst nennen?"

„Schlechtes Timing?" Er schüttelt den Kopf. „Ich bin wieder da. Ernsthaft. Wir werden irgendwann reden müssen. Du kannst mich nicht wegstoßen."

„Nur weil ich mich dir nicht widme, bedeutet es nicht, dass ich dich ignoriere. Und nur weil du nach Hause ziehst, bedeutet es nicht, dass ich mit dir essen muss. Du und ich haben alles gesagt, was wir zu sagen hatten." Ich schlinge die Tasche über meine Schulter und tue mein Bestes, den Schmerz in seinen Augen zu ignorieren. Sogar nach allem kann ich es nicht ausstehen, ihn voller Schmerzen zu sehen, also versuche ich, meinen Worten ein wenig den Stachel zu nehmen. „Willkommen zurück. Ich bin mir sicher, deine Tochter wird Jackson Harbor lieben."

EASTON

„Das Hauptschlafzimmer überblickt Lake Michigan." Ellie dreht sich auf der obersten Treppenstufe nach links und öffnet eine Doppeltür, die in das große Schlafzimmer führt, in dem ich in Zukunft hoffentlich schlafen werde. Sie betritt es, ihre Absätze klackern laut auf dem Holzboden.

Ich folge ihr, aber die Aussicht lässt mich erstarren. Der See streckt sich kilometerweit, und das plätschernde Wasser glitzert wie Diamanten im Sonnenuntergang.

Ich hätte gedacht, dass ich mich an solche Aussichten gewöhnt habe. Nach dreizehn Jahren in der NFL wurde das Beste zu meinem „Normal". Gott, ich habe zehn Jahre lang ein Penthouse in Laguna Beach gehabt, und der Blick auf das pazifische Meer ist auf jeden Fall beeindruckender. Aber ich bin trotzdem sprachlos. Etwas daran, wieder in Jackson Harbor zu sein, lässt die letzten dreizehn Jahre verfliegen. Ich bin erneut der Sohn einer alleinerziehenden Mutter – kein Geld, ein Nichts. Ich bin erneut ein Kind, das froh ist, American Football und einen besten Freund mit der besten Familie der Welt zu haben.

Ein Haus wie dieses war einst ein Traum, und jetzt bin ich ein paar Unterschriften entfernt davon, es zu besitzen – ohne Schulden.

„Ist es in Ordnung?", fragt Ellie und missversteht meine Stille als Missbilligung.

Ich schreite nickend durch den Raum und komme vor den Fenstern zum Stehen. Ich habe darauf gewartet, dass so etwas verkauft wird, und bin nur hergekommen, um es zu sehen, bevor ich ein Angebot mache. „Nein, es ist toll." Ich grinse sie über meine Schulter an. „Danke, dass du es erwischt hast."

Sie strahlt. „Das ist mein Job."

„Gibt es auf diesem Stockwerk noch mehr Schlafzimmer?"

„Ja, das Hauptschlafzimmer ist auf dieser Seite, und dann gibt es ein Büro zwischen diesem und den anderen Schlafzimmern." Sie nickt zur Tür. „Lass mich dir das Zimmer zeigen, wovon ich denke, dass deine Tochter es lieben wird."

Ich folge ihr durch den Flur, wo wir kurz anhalten, um das riesige Büro mit den Einbauschränken aus Walnussholz zu bewundern. Ich liebe all die Holztöne dieses Hauses, von den Verkleidungen bis zu den Holzbalken unten im Wohnzimmer. Kurz bevor Scarlett ausgezogen ist, hat sie mein Laguna-Zuhause in ein monochromes Reich aus Weiß- und Grautönen renoviert. Es hat sich wie ein Luxushotel angefühlt. *Das hier* fühlt sich an wie Zuhause.

„Große Schränke", sagt Ellie, als ich ihr ins Zimmer am Ende des Flurs folge, „und es ist ihr jetzt vielleicht nicht wichtig, aber wenn sie älter ist, wird es das sein."

Ich grunze. Abigail ist zwar erst neun Jahre alt, aber sie liebt Klamotten bereits mehr als ich. Das Zimmer hat eine gute Größe, und ich kann mir bereits vorstellen, wo ich ihr Bett, ihren Schreibtisch und einen kleinen Fernseher mit flauschigen Sitzsäcken platzieren werde. Der Raum besitzt vielleicht nicht dieselben großen Fenster, aber er überblickt ebenfalls den See.

„Sie wird es lieben." Ich schlucke und hoffe, dass ich recht habe. Sie kann nicht in Los Angeles leben. Der Medienzirkus, der uns seit dem Folgeinterview ihrer Mutter nachjagt, war intensiv und schlimmer als alles zuvor. Abi will, dass es aufhört, aber wie alle anderen Neunjährigen hat sie Angst davor, ihre Freunde zu verlassen.

„Ich bin mir sicher, dass es nicht einfach ist", sagt Ellie sanft, „dein Leben einzupacken und herzuziehen, aber ich würde nirgendwo lieber meine Familie großziehen."

Ich blicke grinsend gezielt auf ihren Ringfinger und nutze die Gelegenheit, um das Thema zu wechseln. „Plant du und Levi eine Familie?"

Ihre Wangen werden rot. „Irgendwann. Wir sind nicht in Eile."

„Es ist schwer, mir vorzustellen, dass der kleine

Tunichtgut sich niederlässt. Er hat immer irgendwas angestellt." Ich lächele, als ich mich daran erinnere.

„Er hat sich sehr verändert, seit du weggezogen bist." Sie mustert mich einen Moment, bevor sie hinzufügt: „Das haben sie alle."

Gott, das weiß ich nur zu gut. „Du bist mit Shay befreundet?"

Sie nickt. „Wir stehen uns nicht so nahe wie sie und Teagan, aber wir sind Freundinnen. Wir versuchen alle, uns mindestens einmal pro Monat zu treffen – es passiert jetzt eher vierteljährlich. Wir haben alle viel zu tun. Aber Shay beendet gerade ihre Dissertation. Wir müssen sie ab und zu aus dem Haus locken, damit sie sich nicht in Grund und Boden schuftet." Sie legt den Kopf zur Seite und sagt: „Aber ich dachte, dass du und Carter euch nahesteht."

Erwischt. „Ich stand der ganzen Familie nahe. Sie haben mich wie einen der ihren behandelt."

„Natürlich haben sie das."

„Es gibt immer Platz für alle", sagen wir gleichzeitig und wiederholen, was das Jackson-Bekenntnis zu sein scheint.

„Sie waren für mich auch durch Dick und Dünn da." Sie sieht sich im leeren Zimmer um, aber ich glaube, dass sie in ihren Erinnerungen gefangen ist.

„Carter war mein bester Freund." Ich schiebe meine Hände in die Hosentaschen und sehe mir die Schränke an. Ich habe bereits einen privaten Prüfer eingestellt, der das Haus besichtigt hat, und ich wusste, dass ich es kaufen würde, bevor ich hergeflogen bin. Ich wollte nur sichergehen, dass es sich richtig anfühlt, bevor ich zusagte. Vielleicht wollte ich auch Shay sehen, bevor ich zu sehr damit beschäftigt bin, Abigail an Jackson Harbor zu gewöhnen.

Und ist das nicht super gelaufen?

„Und du und Shay ...?", fragt Ellie.

Ich hebe eine Augenbraue und warte, dass sie den Satz beendet, während ich mich frage, wie nahe sie der Jackson-Schwester wirklich steht.

Sie schüttelt den Kopf. „Tut mir leid. Ich bin unprofessionell. Deine Vergangenheit mit ihr geht mich nichts an."

Hat Shay etwas gesagt? Ich verkneife mir die Frage. Es wird nichts bringen, außer mich wie einen unsicheren Teenager klingen zu lassen. Aber verdammt, wenn es um Shay geht, fühle ich mich so.

Ich sehe mich noch einmal im Zimmer um. „Sollen wir uns an den Papierkram machen, damit es offiziell ist?"

SHAY

„Alles in Ordnung?"

Ich werde aus meinen Gedanken gerissen und realisiere, dass meine Verabredung mich mit seinen tiefbraunen Augen ansieht, die an den Winkeln kleine Fältchen haben. „Alles gut, wieso?"

„Du stocherst seit zehn Minuten in deinen Nudeln herum." George Alby schenkt mir ein höschenschmelzendes, bärtiges Grinsen. Sein üblicher Charme macht meine Schuldgefühle noch schlimmer. „Du scheinst abgelenkt. Ist es deine Verteidigung? Du musst dir keine Sorgen machen. Kümmere dich um die Verbesserungen, und du wirst eine Dissertation haben, die du publizieren könntest."

„Das ist es nicht." Nachdem ich es nicht geschafft habe, meine Gedanken verstummen zu lassen, um ein Nickerchen zu halten, haben George und ich entschieden, uns in unserem Lieblingslokal zum Abendessen zu treffen. Das Restaurant ist neben der Autobahn in einer kleinen Stadt auf halbem Weg zwischen Grand Rapids und Jackson Harbor. Das sind normalerweise meine Lieblingsabende mit ihm – wenn wir in der Öffentlichkeit sein können, ohne unsere Beziehung verstecken zu müssen. Heute Abend habe ich mein Essen kaum berührt, und sein Teller ist leer. Ich bin eine schlechte Verabredung.

George stupst seinen leeren Teller beiseite und verschränkt die Arme auf dem Tisch. „Schieß los." Er sieht sich amüsiert um. „Ist es ein ,Wir-machen-Schluss'-Abendessen?"

Mir fällt die Kinnlade hinunter. „Nein, natürlich nicht! Wieso denkst du sowas?"

„Es wird nicht mehr lange dauern, oder?" Ein unsicheres Lächeln blitzt hervor und zieht an meinem Herzen. „Bis eine der Universitäten am anderen Ende des Landes dich von mir wegzieht?"

Ich will nicht wegziehen. Aber ist das so, weil ich George nicht verlassen will, oder weil ich bei meiner Familie bleiben möchte? Er und ich haben nie etwas Langfristiges geplant. Ich bin mir nicht einmal sicher, was das zwischen uns *ist*. Er ist zwar mehr als ein Fick-Freund – und ich bin mir ziemlich sicher, dass diese Bezeichnung ihn verletzen würde –, aber er ist nicht wirklich mein Freund. Die Tatsache, dass wir von Anfang an zugestimmt haben, diese Beziehung geheimzuhalten, hat keinem von uns einen Grund gegeben, zu besprechen, was wir einander bedeuten.

Ich atme tief aus. „Tut mir leid, dass ich abgelenkt bin. Es geht nicht um dich."

„Shay ..." Er nimmt meine Hand in seine und spielt mit meinen Fingern. „Du kannst mir mit allem, was in deinem Kopf vorgeht, vertrauen. Ich lasse mich nicht so einfach verschrecken."

Aber alles in meinem Kopf ist schrecklich. Mein Kopf ist voll mit einer Liste von Eastons Qualitäten und all den Arten, auf denen George ... *nicht er ist.* „Wusstest du, dass Easton Connor wieder nach Jackson Harbor zieht?" Ich kann an Georges Ausdruck sehen, dass er keine Ahnung hat, wer Easton ist, was mich zum Lachen bringt. „Easton Connor, der Quarterback? Zweimaliger Super Bowl MVP-Gewinner?"

George rümpft die Nase und zuckt mit den Schultern. Er ist süß, und normalerweise wäre seine Unkenntnis der NFL positiv, weil es bedeutet, dass ich niemals verrückte Fan-Fragen über meine Kindheit mit Easton beantworten muss. Heute Abend irritiert es mich. Und die Tatsache, dass es mich irritiert, irritiert mich noch mehr. Ich gebe Easton die Schuld daran. Er ist wie eine Droge. Er übernimmt meine Gedanken auf einer chemischen Ebene.

„Easton Connor ist ein NFL-Spieler, der in Jackson Harbor aufgewachsen ist", erkläre ich geduldig. „Er war der beste Freund meines Bruders Carter, und er war heute beim Brunch."

George legt den Kopf zur Seite. „Okay ..."

Ich sehe weg. Ich will niemandem etwas von meiner komplizierten Vergangenheit mit Easton verraten, aber darüber mit einem Akademiker zu sprechen, der professionelle Sportler angewidert ansieht, ist ganz oben auf meiner „Nein, danke"-Liste. „Wir haben einander jahrelang nicht gesehen, und es hat mich etwas aufgewühlt."

„Du kommst nicht damit klar, wieder mit dem besten Freund deines Bruders in Kontakt zu sein?", fragt er. „Oder weil er etwas mehr war?"

„Er war nie etwas mehr", platzt es aus mir heraus. *Viel zu defensiv.* „Zumindest nicht offiziell."

„Hat er dich verletzt?"

Ich finde die Beschreibung gleichzeitig zu hart und zu schwach. „Ja, aber es war nicht absichtlich. Ich bin schwer über ihn hinweggekommen."

„Deine erste große Liebe?"

Meine Augen füllen sich mit heißen Tränen. Komplett überraschend und noch viel weniger akzeptabel. *Dumme Gefühle.* „Ich weiß nicht, ob ich dieses Wort benutzen würde." Aber wenn es um Easton geht, passen keine anderen Worte besser. „Meine Familie wusste nie davon."

Er legt den Kopf zur Seite. George ist wirklich ein klasse Zuhörer. „Wieso war es ein Geheimnis?"

Weil es nicht echt war? Weil Carter ihn umgebracht hätte? Weil ich nicht genug war, dass er davon sprechen wollte? „Es war nie wirklich etwas außer ..." Ich zucke mit den Schultern.

„Er hat mit dir geschlafen, und du hast dich in ihn verliebt, aber nichts ist passiert?"

Ich zucke bei der schmerzhaft zutreffenden Zusammenfassung zusammen und zucke erneut mit den Schultern. *Exzellente Kommunikation, Shayleigh.*

„Und dann ist er in der NFL aufgestiegen und hat dich vergessen?"

Ich beiße mir auf die Unterlippe. „Nicht ganz. Wir ... sind über die Jahre ein oder zwei Mal wieder in Kontakt gewesen."

„Lass mich raten – wenn es ihm gepasst hat."

Es ist keine Frage sondern eher eine Annahme, und ich verstehe nicht ganz, wieso es so sehr weh tut. Weil es sich so zutreffend anfühlt, oder weil George sich nicht vorstellen kann, dass ich für jemanden wie Easton mehr als nur angenehme Ablenkung sein könnte?

George nickt langsam, wertet mein Schweigen als Bestätigung. „Weiß er, was du für ihn empfunden hast?"

„Ich glaube schon." Ich dachte, er empfand dasselbe, und dann war er nur der junge Kerl, der versucht hat, das Richtige zu tun. Ich musste ihn gehenlassen. „Es ist kein großes Ding, aber es ist etwas, womit ich umgehen muss."

„Bist du dir sicher, dass das alles ist?" Er reicht über den Tisch und fährt mit den Fingerspitzen über meine Knöchel. Die Berührung hätte beruhigend sein sollen, aber ich will ihn abschütteln. Es ist so ein Chaos.

„Was meinst du?"

„Ich meine, muss ich mir Sorgen machen, dass du deine vielversprechende Zukunft für diesen Kerl wegwirfst?"

„Nein. Natürlich nicht. Das ist nicht der Grund ..." Ich schüttele den Kopf. Ich bin mir nicht einmal sicher, was für eine *Zukunft* er meint. Meine Karriere oder unsere Beziehung? Er meint Ersteres, oder? „Ich habe nur an die Vergangenheit gedacht. Alles gut. Ich werde *nicht* wieder mit Easton zusammenkommen. Versprochen."

Er drückt meine Hand. „Gut." Dann nickt er zu meinem Teller. „Bist du fertig?"

Der Geruch meiner Lieblings-Carbonara dreht mir den Magen um, aber George hat meine übliche Bestellung aufgegeben, bevor ich angekommen bin, und ich wollte nicht unhöflich sein. „Ich bin nicht sehr hungrig."

Er steht auf, zieht sein Portemonnaie aus der Tasche und wirft genug Bargeld auf den Tisch, um unseren Abend zu bezahlen, bevor er mich aus meinem Stuhl zieht. Er umrahmt mein Gesicht mit beiden Händen und küsst mich lang und innig und ... *Verdammt*. Das ist der Grund, wieso ich mit ihm ins Bett gestiegen bin. Er kann zuhören, und er kann *küssen*. Ich habe nie gedacht, ich würde mich in einer Beziehung wie dieser wiederfinden, und doch bin ich hier und schleiche herum. Es ist nicht so, dass unsere Beziehung Regeln bricht, aber es ist garantiert nicht gern gesehen. Unsere Kollegen würden meine Leistungen, wenn ich mein Doktorat beende, nicht richtig anerkennen.

„Du bist viel zu gut für einen Kerl, der dafür bezahlt wird, andere Kerle auf einem Spielfeld aus den Schuhen zu hauen", flüstert er gegen meine Lippen. „Vergiss das nicht."

Ich verziehe das Gesicht und wünsche, er hätte seine Anti-Athleten-Einstellung nicht mit reingezogen. Und ernsthaft, wer weiß nicht, dass Quarterbacks den Ball werfen und nicht andere Spieler angreifen?

„Bereit nach Hause zu gehen?", fragt er.

Nach Hause. Der Ort, an dem wir miteinander schla-fen, ist kaum ein Zuhause für uns.

George hat eine Tochter in Chicago und lebt dort von Donnerstag bis Dienstag, um bei ihr zu sein. Er unterrichtet Dienstag, Mittwoch und Donnerstag an der Starling Universität und lebt an diesen Tagen in einer Studiowohnung neben dem Universitätsgelände. Dieses Wochenende war eine der seltenen Ausnahmen, an denen er wegen seiner Arbeit in Starling geblieben ist.

Sein Handy vibriert auf dem Tisch, und er sieht es kurz an, bevor er sich mir zuwendet. „Kann ich kurz rangehen? Ich habe auf einen Anruf meiner Sekretärin gewartet wegen der Planung für die Referenten."

„An einem Sonntag?"

„Immer bei der Arbeit." Er schnappt es sich, zwinkert mir zu und geht ran. „George Alby."

Ich deute zum Badezimmer, und er nickt zur Straße und flüstert: „Wir treffen uns draußen?"

„Klar."

In der Damentoilette wasche ich mir die Hände und atme durch. Bevor ich angefangen habe, über Easton zu sprechen, wusste ich nicht, wie sehr ich das Gespräch gefürchtet habe. Wenn mir jemand vorgeworfen hätte, George meine Vergangenheit mit Easton verheimlicht zu haben, hätte ich es wie verrückt abgestritten. Aber jetzt? Jetzt realisiere ich, dass ich nicht darüber reden wollte, weil ich wusste, dass George mich dazu bringen würde, mich mit einer Vergangenheit auseinanderzusetzen, der ich mich noch nicht stellen wollte.

Es ist nicht so, dass Easton und ich nach seiner Rückkehr etwas Ernsthaftes beginnen wollen. Selbst wenn ich Single wäre, würde ich das nicht wollen. Ich empfinde zu viele ablehnende Gefühle und Herzschmerz, was ihn betrifft, um das jemals zu wollen.

Ich schließe die Augen und erinnere mich an das Kribbeln, das ich auf meiner Haut gespürt habe, als Easton mich allein in der Küche gefunden hat. Die Art, wie ich *gespürt* habe, als er reingekommen ist. Intellektuell bin ich bereit, ihn für immer loszulassen, aber meine Hormone haben es noch nicht verstanden.

Mit einem tiefen Seufzen stoße ich die Badezimmertür auf und gehe auf den Ausgang zu.

„Entschuldigung?" Ein Kellner hält mich an. „Ihre Verabredung hat seine Jacke vergessen."

„Oh, nein! Danke." Ich schnappe mir Georges Jacke von seinem Stuhl, aber als ich sie über meinen Arm werfe, fällt etwas aus der Tasche, auf meinen Schuh und rollt unter den Tisch „Scheiße." Ich knie mich hin und greife unter den Tisch.

Als meine Hand ein weiches Samtkästchen berührt, bleibt mein Herz stehen. *Nein. Wir sind noch nicht soweit. Sicher ist es nicht ...*

Ich starre die Schachtel an und traue mich nicht, sie aufzumachen, und herauszufinden, was drin ist.

„Alles in Ordnung?", fragt der Kellner.

Ich verstecke die Schachtel schnell unter Georges Jacke und stehe auf. „Ich bin nur etwas tolpatschig. Danke."

Ich kann durch die Fenster sehen, wie George hin- und hergeht, während er mit seiner Sekretärin telefoniert. Das ist eins der Dinge, die ich an ihm liebe – er ist leidenschaftlich, wenn es um seine Arbeit geht. Während ich meine Zeit im Klassenzimmer genieße, blüht George komplett darin auf – die Ratschläge, die Kommissionsarbeit, das Publizieren. Der Mann *liebt* es, Arbeiten zu benoten.

Und er ist wirklich ein guter Zuhörer und verdammt lustig. Es gibt viele Gründe, ihn zu lieben, aber ich weiß nicht einmal, ob ich sagen kann, dass ich *ihn* liebe. Wir haben nicht einmal die Familie des jeweils anderen getroffen.

Ich hätte nicht gedacht, dass er das ändern will.

Ich halte die Schachtel in meiner Hand. Vielleicht ist es nicht das, was ich denke. Vielleicht hat er mir eine Kette oder Ohrringe gekauft. Vielleicht ist es nicht einmal für mich.

Mit angehaltenem Atem hebe ich den Deckel und schließe ihn genauso schnell. Meine Augen brennen, und ich bin mir nicht sicher, wieso. Ich überreagiere definitiv. Es muss einen Grund dafür geben, dass George einen riesigen Solitär-Diamantenring zum Abendessen mitgebracht hat.

Ich schiebe die Schachtel in die Tasche seiner Jacke und gehe nach draußen.

Georges Augen weiten sich, als er mich mit der Jacke sieht. „Ich kann nicht glauben, dass ich sie vergessen habe."

„Der ..." Ich räuspere mich und zwinge mich zu einem Lächeln. *Der Ring ist auf keinen Fall für dich, Shayl-*

eigh. Entspann dich. „Der Kellner hat mir Bescheid gegeben."

Er streicht mit einer Hand durch sein Haar und verwuschelt seine dunkelblonden Locken, bevor er sie in seinen üblichen Männerdutt bindet. Als er mir die Jacke abnimmt, klopft er die Taschen ab, bevor seine Schultern sich entspannen und er mich anlächelt. „Tut mir leid. Ich bin heute Abend nicht ganz dabei. Lass uns gehen."

Ich atme tief ein. „Ich glaube, ich will nach Hause fahren." Ich drücke seinen Arm als Versicherung für uns beide. Ich renne überhaupt nicht vor einem romantischen Abend mit George weg, der vielleicht einen Ring beinhaltet. Das wäre unvernünftig, wenn ich keinen Grund habe, zu denken, dass der Ring für mich ist. Vielleicht behält er ihn ... für einen Freund. „Ich werde mich in meine Wohnung verziehen und morgen den ganzen Tag an den Verbesserungen arbeiten."

„Ich verstehe." Er hält mein Kinn zwischen den Fingern und lächelt auf mich herab. „Du kannst es nächstes Mal wieder gut machen."

Irgendwann werden wir über unsere Zukunft sprechen müssen, und was passiert, wenn ich die Starling Universität für eine Stelle an einer anderen Uni verlasse – egal, was aus seiner Tasche gefallen ist. Aber ich bin ein Feigling und kann es heute Abend nicht tun. Nicht, wenn ich Easton immer noch riechen kann und mein ganzer Körper von unserer Wiedervereinigung kribbelt.

EASTON

*D*as letzte Mal, als ich im Jackson Brews war, war es eine kleine Bar, fast wie eine Absteige. Zu der Zeit hat Jake versucht, es zu etwas mehr zu machen. Ich kann nicht sagen, dass ich ihn total verstanden habe, aber die Transformation, die er auf die Beine gestellt hat, ist wundervoll.

Trotz des Schnees sind alle Tische voll. Gäste wimmeln in den Sitzecken und an den Hochtischen um den Billardtisch herum, und lehnen sich gegen jede freie Stelle am Tresen. Die Kellner laufen in ihren Jeans und roten Jackson Brews T-Shirts herum, und ich verschlucke mich fast, als ich den Rücken sehe.

Jackson Brews
Die Bar. Das Bier. Und ... oh Gott ... die BRÜDER!

*J*ch finde Jake hinter der Bar, sein Skater-Haar über einem Auge. Ich greife mir einen Barhocker, als die Person ihn verlässt. „Tolle Bar, Jake."

Er grinst mich an. „Ich hab' vergessen, wie lange es her ist, seit du hier warst. Du warst nicht mehr hier seit ..." Sein Grinsen vergeht. „Wahrscheinlich seit Papas Beerdigung, hm?"

„Ich habe es damals nicht hergeschafft", sage ich, als ich alles in mir aufnehme. Sogar die Luxusbars in Laguna haben nach abgestandenem Bier gerochen, aber dieses Lokal ist makellos. Sein Stolz ist offensichtlich. „Ich hätte mir die Zeit nehmen sollen. Ernsthaft. Es tut mir leid, dass ich es nicht getan habe."

Jake winkt meine Entschuldigung ab. „Ist schon gut. Was kann ich dir anbieten? Bier? Essen?"

Ich sehe mir das Menü auf der Tafel hinter seinem Kopf an. „Wie ist das Jackson Haze?"

„Naja, es ist eine von meinen Kreationen, also ist es natürlich gut. Magst du trübe Biere?"

„Ja. Lass es mich probieren."

„Alles klar." Er schenkt mir ein Bier ein und horcht, als die Kellnerin ihm eine Bestellung für ihren Tisch aufgibt. Diese Bar ist nicht alles, was sich entwickelt hat. Jake hat sich auch entfaltet. Die ganze Familie hat das.

„Ich kann nicht glauben, dass du und Ava zusammen seid. Ich glaube, sie hat während unserer Kindheit mehr Zeit in deinem Haus verbracht als ich." Ich schüttele den

Kopf. „Ich war mir sicher, dass ihr nie sehen würdet, was vor euch war."

„Ich bin der glücklichste Kerl, den du je gesehen hast", sagt er, und ich kann in seinen Augen sehen, dass er es ernst meint.

Ich sehe eine andere Kellnerin in einem Jackson Brews T-Shirt. Sie setzt sich an einen Tisch voller Frauen – nein, sie kann keine Kellnerin sein. Oder hat sie gerade Pause? „Was ist mit den T-Shirts?"

Jake stellt das Bier auf einen Bierdeckel vor mir. „Die Mädels haben sich das Motto ausgedacht, als sie zu viel getrunken haben. Die Gäste lieben es, und Brayden hasst es."

Brayden war schon immer der überverantwortliche Jackson Bruder. „Wer sind ‚die Mädels'?"

„Du weißt schon, unsere ..." Er wedelt mit der Hand herum.

„Eure Frauen?"

„Mehr oder weniger, aber Shay gehört zu ihnen, und sie würde mir eine reinhauen, wenn sie mich so reden hört, also habe ich nach einer besseren Beschreibung gesucht."

Ich grinse. „Natürlich würde sie das." Und da ich hergekommen bin in der Hoffnung, sie zu sehen, kämpfe ich mit mir, mich nicht umzusehen und die Bar nach ihr abzusuchen. Ich habe ihr vorgeworfen, mich zu ignorieren, und sie hat bewiesen, dass sie es nicht tat. Was ich hätte sagen sollen, war, dass sie mich ausschließt. Weil sie das tut. Das hat sie jahrelang. Und ich habe es zugelassen, weil es einfacher war, als mich der Tatsache zu stellen, dass meine Entscheidungen sie verletzt haben.

Ich trinke mein Bier, schmecke es aber nicht wirklich, als ich an Shay denke. Wie konnte ich vergessen, wie ihre Augen mich in ihren Bann ziehen? Wie konnte ich vergessen, wie sie ihren schlauen Mund benutzt, um jegliche Situation zu kontrollieren?

„Was denkst du?", fragt Jake.

Mein Kopf schießt hoch. „Was?"

Jake verschränkt die Arme. „Das Bier?"

Ich habe keine Ahnung. „Es ist wirklich gut. Echt geschmeidig, Jake. Gut gemacht."

Er lächelt. „Danke. Ich bin damit echt zufrieden."

Ich atme ein und gehe ein Risiko ein. „Jake ..."

Er hebt wartend eine Augenbraue. „Easton?"

Scheiß drauf. Was habe ich zu verlieren? „Hat Shay einen Freund?"

Er schüttelt den Kopf. „Nicht soweit ich weiß. Wieso? ... Oh, verdammt." Seine Lippen zucken. „Du findest meine kleine Schwester immer noch heiß?"

Jake wusste es auch? Ich muss es nicht so gut versteckt haben, wie ich dachte. „So in etwa", murmele ich.

„Ich dachte, dass dreizehn Jahre in Los Angeles und all die Schauspielerinnen und Models in deinem Bett dich davon befreit hätten."

„*Eine* Schauspielerin und *ein* Model", sage ich. Aber es wäre egal, ob es Hunderte von beidem waren. Ich bin mir ziemlich sicher, dass meine Gefühle für Shay nicht verfliegen werden. „Hat Carter dir davon erzählt oder Shay?"

„Carter hat mir gesagt, dass du ... Warte. Shay weiß davon?"

„Shay weiß wovon?"

Wenn man vom Teufel spricht. Meine Haut kribbelt bei dem Klang ihrer Stimme, und ich drehe mich langsam zu Shay, die auf die Bar zukommt. Der Anblick von ihr raubt mir den Atem. Sie sah heute Morgen in Jeans und T-Shirt wundervoll aus, aber heute Abend kann ich ihre Beine sehen. Das kleine, schwarze Kleid klebt an den Kurven ihres Hinterns, und der pinke Pullover bringt die Farbe in ihren Wangen zur Geltung. Sie ist verdammt unwiderstehlich – auch wenn ihre Augen mich genervt anblicken und sie die Hände in die Hüften stemmt, als wäre sie bereit für einen Kampf.

Jake sieht von mir zu seiner Schwester, ehe er den Kopf schüttelt. „Ne, ich mach' da nicht mit."

Sie hebt eine Augenbraue. „Shay weiß *wovon*?"

„Du weißt, dass ich denke, dass du hübsch bist", sage ich, den Rücken gegen den Stuhl gelehnt. „Zumindest *glaube* ich, dass du es weißt."

Etwas wie Schmerz blitzt in ihrem Ausdruck hervor, aber sie schüttelt es ab und dreht sich zu ihrem Bruder. „Ich brauche den größten, verdammten Martini, den du jemals serviert hast, und ich brauche ihn sofort."

„Okay", sagt Jake.

„Schlechter Tag?" Ich kann nicht anders, als zu grinsen, weil sie *hier ist*. Ich weiß, dass das Gefühl nicht auf

Gegenseitigkeit beruht, aber mein Tag wurde gerade um einiges besser.

„Komische Nacht", murmelt sie, schüttelt den Kopf und tritt hinter die Bar. „Ist schon gut, Jake. Ich glaube, ich brauche mehr als Wodka."

Jake macht einen Schritt nach hinten, offensichtlich schlau genug, zu wissen, wenn Shay sich nicht von etwas abbringen lässt. „Willst du darüber sprechen oder–"

„Nein." Sie greift sich Wodka, Baileys, Godiva und Kahlua vom Regal.

Jake verzieht das Gesicht, als sie kleine Portionen von jeder Flasche in den Shaker gibt. „Was zum Teufel machst du da?"

„Einen Martini."

„Ja, das weiß ich auch", murmelt er. „Aber was für ein Martini soll das sein?"

„Es ist ein Schoko-Kaffee-Martini. Star hat ihn bei ihrer jährlichen Gala für obdachlose Frauen serviert. Ein Nachtisch-Martini. Ich habe nur einen Schluck von Nics getrunken, weil ich Angst vor den Kalorien hatte, aber *scheiß drauf*." Sie duckt sich und öffnet den Kühlschrank unter der Bar. „Haben wir Sahne?"

Jakes Augenbrauen sind unter seinem Haar verschwunden. „Wer bist du, und was hast du mit meiner kalorienbewussten Schwester angestellt?"

Shay seufzt dramatisch, schnappt sich den Shaker und verschwindet in die Küche.

Wir beobachten beide die Tür und warten darauf, dass sie wiederkommt. Als sie es tut, hat sie den Shaker geschlossen und schüttelt ihn so hart, dass ihre Brüste hüpfen – nicht, dass ich hinsehe.

Jake zieht vorsichtig ein Martiniglas vom Regal und gibt es ihr.

„Du kannst es nicht verurteilen, bevor du es selbst probiert hast", sagt sie, als sie das Gemisch einschenkt.

„Aber ich *will* nicht Diabetes bekommen", sagt er mit verzogenem Gesicht.

„Pech gehabt." Das Glas ist voll bis zum Rand, als sie den Shaker wegstellt und zufrieden seufzt. Aber dann steht sie nur da und starrt es an.

„Wirst du es probieren?", fragt Jake.

„Natürlich werde ich das."

„Okay, weil es aussieht, als würdest du es die ganze Nacht bewundern wollen."

Sie beißt sich auf die Unterlippe und zieht ihren pinken Lipgloss ab. Ihre Hand zittert, als sie das Glas an ihre Lippen führt, und ich frage mich, ob Jake es ebenfalls sieht. Ich frage mich, ob er wie ich weiß, dass das passiert, bevor sie zerfällt. Aber vielleicht nicht mehr. Sie hat gesagt, dass sie sich verändert hat, und nach sieben Jahren, ohne ihr Gesicht gesehen zu haben, kann ich nicht behaupten, dass ich etwas weiß.

Jake senkt den Kopf und flüstert ihr etwas ins Ohr, und ich weiß sofort, dass er es auch sieht – und ihr wahrscheinlich anbietet, irgendwo hinzugehen und mit ihr zu sprechen. Ich habe diese Familie und ihre Nähe vermisst. Wie sie miteinander kämpfen können wie wilde Tiere und einander im nächsten Atemzug unterstützen.

Shay schüttelt den Kopf. „Ich bin etwas gestresst. Ist schon gut. Ich musste mich nur selbst behandeln."

Jake sieht sie lange an, bevor er nickt und in die Küche verschwindet.

Gott muss mich heute gern haben, weil der Kerl neben mir während Shays Martini-Produktion abgehauen ist und Jake Geld für sein Bier dagelassen hat.

Ich nicke zum leeren Hocker. „Setz dich, Shayleigh. Wir können zusammen trinken. Außer du *ignorierst* mich."

Ich warte darauf – auf dieses Lächeln, das mich glauben lässt, dass alles irgendwie in Ordnung sein wird, auf die behagliche Stille, wenn sie neben mir sitzt und die Wärme ihres Lachens. Gott, es ist zu lange her, seit ich diesen Laut gehört habe. Seit ich Freude auf ihrem Gesicht gesehen und mich gefühlt habe, als wäre ich geboren worden, um es vor Glück erstrahlen zu lassen. *Ich habe sie vermisst.*

Aber Shay lächelt mich nicht an oder setzt sich neben mich. Sie lacht nicht. Sie stellt ihr süßes Getränk vor mir hin und sagt: „Aufs Haus. Ich muss hier weg."

„Ich dachte, du brauchtest einen Drink."

Als sie meinem Blick begegnet, werde ich nach Paris transportiert, in mein Hotelzimmer in Chicago, in ihr Schlafzimmer am See und zu den hunderten Malen, wenn sie mir in die Augen gesehen hat und ich mich wie Superman fühlte. „Ich lag falsch." Sie dreht sich um, aber statt durch die Haupttür zu verschwinden, geht sie an der Bar vorbei und stampft ins Badezimmer.

Ich weiß. Ich habe es mit ihr verschissen. Komplett

verschissen. Aber wie soll ich mich entschuldigen, wenn sie nicht einmal mit mir redet?

Ich gleite vom Hocker und folge ihr aufs Damenklo, wo sie vor dem Waschbecken steht, die Arme darauf gestemmt, der Kopf gesenkt. „Shay?"

Sie rollt ihren Hals und seufzt. „Easton, das ist die Damentoilette."

Ich schließe die Tür hinter mir und verschließe sie. „Hab' ich bemerkt." Ich verschränke die Arme. „Ich habe eine Möglichkeit gesehen und sie mir geschnappt."

Sie atmet tief ein. „Eine Möglichkeit worauf? Mich auf der Toilette zu stalken?"

„Meine Chance, allein mit dir zu sprechen. Du meidest mich."

Wut steigt in ihren Augen auf. „Wir haben nichts zu besprechen."

„Bist du dir sicher?" Ich gehe auf sie zu. Die Anziehung ist magnetisch, und es ist ein Wunder, dass ich mich so lange fernhalten konnte. Gott, es ist ein Wunder, dass ich sie überhaupt gehenlassen habe. „Ich kann an viele Dinge denken, über die wir sprechen könnten. Sollen wir mit Paris oder Chicago anfangen? Oder vielleicht mit Neujahr am See?"

„Nichts davon." Sie dreht sich zu mir, ihr Ausdruck niedergeschlagen, als sie mit der Hüfte gegen den Tresen lehnt.

„Hast du eine Ahnung, wie sehr ich dich vermisst habe?"

„Du hast mich *vermisst*? Ist das eine alternative Tatsache? Als ich zuletzt nachgesehen habe, hattest du meine

Nummer. Du hättest anrufen oder mir verdammt nochmal schreiben können. Du hast mich nicht vermisst. Du hast dein Leben gelebt."

„Ich habe mich dafür gehasst, dich zu vermissen. Ich dachte, ich hätte es mit Scarlett hinbekommen müssen." Ich schlucke schwer und trete näher. Die Wahrheit brennt in meiner Kehle und schneidet ein Stück meines Stolzes ab. „Ich dachte, ich hätte es tun können, wenn du keine Wahl gewesen wärst. Ich dachte, ich hätte über dich hinwegkommen können. Ich lag falsch. Keine Zeit der Welt kann ändern, was ich für dich empfinde."

Ihr stockt der Atem. „Easton–"

Meine Hand gleitet in ihr Haar, und ich streiche mit dem Daumen über ihre Unterlippe. „Es gab keinen einzigen Tag, an dem ich nicht an dich gedacht habe."

Ich senke meinen Mund auf ihren, bevor sie antworten kann. Bei der ersten Berührung unserer Lippen rastet alles ein. Das ist es, was ich will – wo ich sein will, wo ich hingehöre. Ihr Mund öffnet sich keuchend, und ich berühre ihre Zunge mit meiner. Und dann presst sie ihre Handflächen gegen meine Brust.

„Fick dich." Sie schubst mich – *hart* –, und ich stolpere. „Ich habe nicht gesagt, dass du das tun kannst."

Ich schüttele den Kopf und zwinge mich, einen Schritt nach hinten zu machen. Ich bin nicht hergekommen, um sie zu berühren, und nach meiner Rücksichtslosigkeit wird sie bestimmt nicht mehr mit mir reden wollen.

Sie hebt ihr Kinn, ihre Augen voller Wut, die ich total verdiene. „Ist dir je in den Sinn gekommen, dass *ich* vielleicht nicht Single bin? Hast du jemals daran gedacht, dass ich vielleicht einen Freund habe? Dass ich *nicht* die letzten sieben Jahre damit verbracht habe, auf dich zu warten?" Sie verschränkt die Arme, ihre Abscheu offensichtlich, als sie die Lippen verzieht. „Du bist so egoistisch."

Ich schiebe meine Hände in die Hosentaschen, damit sie nicht noch mehr Ärger verursachen. Mein Stolz ist verletzt, aber das Gespräch ist nicht vorbei. „Es *ist* mir in den Sinn gekommen, weswegen ich deinen Bruder gefragt habe. Er hat gesagt, dass du keinen Freund hast."

„Und Jake ist ein Experte, wenn es um mein Liebesleben geht? Denkst du, er weiß von jedem Kerl, mit dem ich zusammen war? Jedem Mann, mit dem ich ins Bett gestiegen bin?" Sie schnaubt. „Sogar wenn ich Single wäre – was ich leider *nicht* bin, auch wenn du hier festsitzt und niemanden zum Vögeln hast –, wie egoistisch bist du, dass du annimmst, dass ich wieder mit dir in die Kiste steigen will?"

So vieles passiert in diesem Satz, dass ich nicht einmal weiß, womit ich anfangen soll. Vielleicht bin ich egoistisch, weil ich mit dem Teil anfange, der mich am meisten verletzt. „Also bist du mit jemandem zusammen."

Sie verschränkt die Arme beschützend vor sich. „Ja."

„Es kann nicht so fest sein, wenn du ihn deiner Familie nicht vorgestellt hast."

„Mach keine Annahmen über mein Leben."

„Liebst du ihn?"

Da ist etwas anderes in ihrem Ausdruck ... Schmerz? Unbehagen? Ich weiß es nicht. „Es ist kompliziert."

Ich gehe einen Schritt auf sie zu und hebe eine Hand, stoppe mich aber. Dann drehe ich mich um und ergreife den Türgriff, bevor ich den Fehler mache, sie erneut zu berühren. Ich spüre ihre Blicke auf meinem Rücken. „Ich habe nie erwartet, dass du auf mich wartest. Du verdienst mehr." Als ich sie über meine Schulter ansehe, ist ihr Ausdruck angespannt, und ihre Brust hebt und senkt sich, wie sie es tun würde, wenn ich eine Chance gehabt hätte, den Kuss zu beenden. „Ich bin weggeblieben, weil du Besseres verdienst als *mich*."

Teil Drei

VERGANGENHEIT

SHAY

*E*aston: *Carter hat gesagt, dass du zu Hause bleiben willst, wenn nächsten Monat alle zu Besuch kommen.*

Shay: *Tut mir leid. Ich kann nicht glauben, dass du alle Jacksons nach Los Angeles fliegst. Bonze.*

Easton: *Ich vermisse alle. Ich schwöre, ich gebe nicht an.*

Shay: *Ich mach' nur Spaß. Ich wette, ihr werdet richtig Spaß haben. Mama freut sich riesig. Ich hoffe, es tut dir gut.*

Easton: *Ist alles in Ordnung?*

Shay: *Ich habe Klausuren und muss meine letzten Aufsätze vor meinem Abschluss beenden.*

Easton: *Weil du in New York sein wirst, während alle ihre Abschlussprüfungen haben.*

Shay: *Spionierst du mir nach?*

Easton: *Carter und Jake haben es sich in den Kopf gesetzt, dass sie für dein Gehirn verantwortlich sind oder so.*

Shay: *Das ist irgendwie süß.*
Easton: *Ich wünschte, du würdest mitkommen.*

*I*ch lege mein Handy weg und zwinge mich, es liegenzulassen. Es ist weniger als zwei Monate her, seit Easton meine Welt auf den Kopf gestellt und mich glauben lassen hat, dass jemand wie er sich zu mir hingezogen fühlen könnte. Nein, nicht nur jemand wie er. Er hat mich glauben lassen, dass *er* mich attraktiv finden könnte. *Dass* er sich zu mir hingezogen fühlt. Und das ist das Ding, weil ich nicht jemanden *wie* Easton will. Das habe ich nie. Ich will *Easton*. Aber ich bin nicht länger das zwölfjährige Mädchen, das ihm hinterhergerannt ist, wenn er am Wochenende bei uns übernachtet hat, und ihre Traumhochzeit plante. Ich bin erwachsen geworden, und ich bin schlau genug, um zu wissen, dass es für jemanden wie mich nicht funktionieren wird. Easton hat mich zärtlich daran erinnert, als er mir gesagt hat, dass ich mich nicht an der Universität von Kalifornien bewerben soll.

Ich will mich immer noch verstecken, wenn ich daran denke. Was habe ich mir dabei gedacht? Dass Easton eine Studentin bei sich haben will, weil wir einmal nachts gefummelt haben? Habe ich gedacht, dass er sich für *mich* all die Frauen entgehen lassen würde, die sich ihm täglich an den Hals werfen?

Also habe ich mich eingeschränkt. Mich an die Grenzen unserer Beziehung erinnert: *Freundschaft.* Als ich nach den Ferien zurück zur Schule gegangen bin, habe ich Steve gesagt, dass ich mit ihm ausgehen würde, und entschieden, dass ich mich zwingen musste, über Easton Connor hinwegzukommen. Ich habe es gut hinbekommen, mich nicht auf ihn zu konzentrieren, und dann wirft er mir ein „Ich wünschte, du würdest mitkommen" an den Kopf?

Es ist so ein schmerzhafter Scherz, dass ich ihn fast dafür hasse. Aber ich weiß, dass es nicht fair ist. Er ist nur *ein* Freund. Das war er schon immer.

Als mein Handy erneut vibriert, schnappe ich es mir sofort, um zu sehen, ob es eine weitere SMS von ihm ist. *Ich bin schwach.*

*E*aston: *Ich hoffe, du genießt New York. Ich erwarte, alles darüber zu hören.*

Shay: *Klar. Ich werde Fotos hochladen.*

ACHTZEHNTER APRIL

Easton: *Familientreffen sind nicht dasselbe ohne dich, Kleine.*

*I*ch lese Eastons SMS dreimal, bevor ich mich dazu zwinge, mein Handy umzudrehen und so zu tun, als hätte ich sie nicht gesehen. Ich habe das ganze Haus für mich allein, und mein Freund und ich nutzen diese Zeit, um für die Schule zu üben. Weil Steve und ich cool sind.

Meine Familie ist in Kalifornien, um Easton zu besuchen, und ich habe die letzten zwei Tage dazwischen geschwankt, meine Entscheidung, zu Hause zu bleiben, zu bereuen, und erleichtert zu sein, dass ich schlau genug war, mich richtig zu entscheiden. Trotz dem, was ich meinen Eltern gesagt habe, hätte ich gehen können. Ich hätte im Flugzeug üben können. Meine Abschlussprüfungen werden leicht sein. Ich muss nicht viel üben. Aber ich bin hier und habe Schmetterlinge im Bauch nach dieser SMS, was mich daran erinnert hat, dass ich die richtige Entscheidung getroffen habe. Wenn ich nach Los Angeles geflogen wäre, hätte ich mein Herz bei Easton gelassen. Und das kann ich nicht. Ich brauche mein Herz.

Der süße Mathe-Nerd gegenüber von mir am Küchentisch fände es nicht so toll, wenn ich es jemand anderem gebe.

Mein Handy vibriert erneut, und ich sehe kurz zu Steve, der in seinem Notizbuch kritzelt, bevor ich nachgucke.

*E*aston: *Warte mal. Carter hat gerade gesagt, dass du mit deinem FREUND nach New York gehst.*

Shay: *Nicht mit ihm. Mein Freund ist auch in meinem Englischleistungskurs und wir gehen alle gemeinsam.*

Easton: *Du hast mir nicht gesagt, dass du einen Freund hast.*

Shay: *Ich wusste nicht, dass du alles über mein Leben wissen musst.*

Easton: *Jetzt weißt du es. Ich muss alles wissen.*

Shay: *Er heißt Steve. Er ist schlau und lustig und süß.*

*I*ch starre den Bildschirm zu lange an. Außer dem Simsen, als er mich letzten Monat gefragt hat, wieso ich nicht mitkomme, haben wir seit vor der Neujahrsfeier nicht mehr so geschrieben. Er schickt mir ab und zu lustige Memes, und wir sind im selben Gruppenchat, wo meine Brüder seine Spiele analysieren und er so tut, als würde er ihren Rat wertschätzen, obwohl er ein ganzes Team von Profis hat, die mehr wissen als die Jacksons.

Er antwortet nicht. Ich verkneife mir ein Seufzen und lege das Handy wieder weg. Ich will glauben, dass ich über ihn hinweg bin, aber ein paar Nachrichten von ihm, und mein Magen ist schon wieder verknotet. *Lächerlich.*

Steve sieht von seinen Notizen auf, und grinst mich an. Sein Blick schweift bedeutungsvoll zur Uhr. Als wir heute Abend hierhergekommen sind, hat er mich ständig befummelt. Ich habe ihm gesagt, dass wir eine Stunde lernen müssen, bevor wir rummachen können. Langsam läuft die Zeit ab.

Ich erwidere sein Lächeln, meine Wangen erröten und meine Gedanken lenken sich Gottseidank wieder auf Steve und unseren zweisamen Abend in diesem Haus. Genau dort, wo sie sein sollten.

Dann vibriert mein Handy schon wieder.

. . .

*E*aston: *Behandelt er dich gut?*

Shay: *Ich wäre nicht mit ihm zusammen, wenn er es nicht täte.*

Easton: *Ich schätze, das bedeutet ...*

*I*ch schlucke schwer. Wie kann ich ihm sagen, dass er sowas nicht tun kann? Dass ich das nicht gebrauchen kann? Wie erkläre ich, dass sein Flirten mich zerstört, ohne ihm zu sagen, dass ich mein ganzes Leben lang von ihm geschwärmt habe? Weil ich trotz des Schlamassels mit dem Unigespräch glaube, dass ich meine Liebe für ihn vor allen verheimlicht habe.

*S*hay: *Es bedeutet, dass ich einen Freund habe und dir keine Geheimnisse schulde.*

Easton: *Ah. Verstanden. Viel Spaß in New York und benimm dich.*

*S*teve schiebt mit gerunzelter Stirn sein Notizbuch zur Seite und lehnt sich zurück in seinem Stuhl. „Wer schreibt dir?"

„Easton." Ich senke den Kopf und tue so, als würde ich irreguläre Verben für die Französischklausur studieren.

Steve räuspert sich. „Easton *Connor*? Du simst mit Easton *Connor*?"

Ich hebe den Kopf und lächele. Steves Augen sind geweitet, und er sieht aus wie ein kleiner Fanboy. „Du weißt, dass er ein Familienfreund ist." Ich deute zum leeren Haus. „Und dass er der Grund ist, wieso wir allein sind?"

„Ja, aber ich wusste nicht, dass du mit ihm *simst*."

Ich zucke mit den Schultern. „Wir schreiben nicht so oft. Er hat nur an mich gedacht, weil meine Familie da ist und ich nicht."

Steve schiebt seinen Stuhl zurück und läuft um den Tisch herum, ehe er meine Hand in seine nimmt, mich hochzieht und mich an sich zieht. Er ist groß – sogar größer als Easton –, und ich muss den Kopf in den Nacken legen, um zu ihm aufzuschauen. Aber im Gegensatz zu Easton mit seiner mühelosen, athletischen Anmut ist Steve schlaksig und etwas unbeholfen. Er hat mich mehr als einmal an die Dänische Dogge erinnert, die unsere Nachbarn letztes Jahr adoptiert haben. Der Hund ist so schnell gewachsen, dass er kaum aufrecht gehen konnte. Jetzt, wie jedes andere Mal, fühle ich mich schuldig, wenn ich daran denke. Steve ist zwar kein Sportler, aber er ist sehr süß. Und es ist nicht so, als wäre ich eine Schönheit.

Er drückt einen kleinen Kuss auf meine Lippen. „Ich bin froh, dass du zu Hause geblieben bist."

Ich schlinge die Arme um seine Mitte. „Ja?"

Steve senkt den Kopf und küsst meinen Hals. „Ja", sagt er gegen mein Ohr. „Wir haben das ganze Haus für uns allein." Seine Hände tanzen über meine Hüften und unter mein Oberteil, und ich lache, woraufhin er erstarrt und sie wegzieht. „Ernsthaft?"

Ich halte meinen Ausdruck neutral, als ich realisiere, wie bockig er ist. „Tut mir leid. Es hat gekitzelt."

Er atmet tief aus und schüttelt den Kopf. „Ich habe gedacht, dass du bei dem Gedanken daran, ein leeres Haus mit mir zu haben, gelacht hast." Er nickt zur Uhr. „Zeit für eine Pause."

„Ich schätze, das ist es." Meine Finger wandern über die kargen Stoppeln auf seinen Wangen. Er sollte sich keinen Bart wachsen lassen, aber er versucht es seit den Winterferien, und ich werde ihm nicht sagen, dass er damit aufhören soll. „Was willst du tun?"

Er hebt eine Augenbraue, als wäre es die dümmste Frage der Welt. „Ich meine, wir könnten ... Du weißt schon ..."

Ich runzele die Stirn. Steve ist sehr wortgewandt. Er stottert, weswegen ich einen Moment brauche, um ihn zu verstehen. „Sex?"

Das Wort ist wie eine Bombe im leeren Haus.

„Wow. Nicht die Reaktion, die ich erwartet habe." Er macht einen Schritt nach hinten, und meine Hände sinken.

„Tut mir leid. Es ist nur ... Ich habe nicht realisiert, dass wir *dort* angekommen sind."

„Sind das nicht alle?" Sein Lächeln ist etwas trottelig, als er hinzufügt: „Und wann werden wir noch einmal das Haus für uns allein haben? Ich will mir mit dir Zeit lassen und nicht auf dem Rücksitz meines Autos rumfummeln."

Ich beiße die Zähne zusammen. Ich schätze seine Gedanken wert, aber sollten wir wirklich diese Entscheidung treffen, weil es *gerade passt* „Ich weiß nicht."

„Wir sind in der Abschlussklasse. Es ist nicht so, als wären wir Kinder." Er zuckt mit den Schultern. „Vielleicht willst du es nicht mit mir tun. Was auch immer."

Mir fällt die Kinnlade herunter. Er hat sich noch nie so benommen, und es gefällt mir nicht. „Ziehst du gerade wirklich eine *Schnute?*"

„Nein."

„Doch, das tust du. Du ziehst eine Schnute, weil ich nicht mit dir schlafen will."

„Vielleicht bin ich einfach nur verletzt. Hast du daran gedacht?" Seine Brust hebt und senkt sich mit tiefen Atemzügen. „Scheiße. Das ist nicht, wie ich das Gespräch führen wollte. Ich klinge wie ein Arschloch."

„Ja." Ich umarme mich selbst. „Das tust du wirklich."

Er dreht sich zum Tisch und richtet die Karteikarten, die ich dort habe. „Bitte vergiss, dass ich das gesagt habe."

Steve ist ein netter Kerl, und ich meinte es ernst, als ich Easton gesagt habe, dass er mich gut behandelt. Arschlöcher machen mich nicht an. Aber Sex? Ich bin mir nicht einmal sicher, ob ich ihn liebe.

Ich schiebe den Gedanken schnell beiseite. Wer hat gesagt, dass ich verliebt sein muss? Ich mag ihn. Ich respektiere ihn. Wir haben Spaß miteinander. Ist das nicht genug?

Ich gehe auf ihn zu, aber es fühlt sich an, als wäre er Kilometer entfernt, als ich seinen Arm streichele. „Hey, es tut mir leid, dass ich ausgeflippt bin, aber du musst verstehen, dass es nicht um dich ging."

Als er mich ansieht, sehe ich den Schmerz, und es verdreht mir den Magen. „Lass mich raten – es geht um Easton Connor."

Ich blinzele ihn an. Weil das aus dem Nichts kam. Weil er irrational eifersüchtig ist.

Weil er recht hat.

EASTON

*D*ie Jacksons wandern vor mir durch den Sand und genießen die Abendsonne, als sie gemeinsam lachen. Ich bin so froh, sie hier zu haben, aber ich kann nicht glauben, dass Shay nicht mitgekommen ist.

Ich verstehe es. Sie hat Verantwortungen, die wichtiger sind als der Kindheitsfreund ihres Bruders. Ich habe versucht, mir einzureden, dass es egal ist. Mich selbst darüber angelogen, wie sehr ich sie mein neues Leben sehen lassen wollte. Jetzt ist ihre Familie hier, und es ist toll. Aber es ist auch ... einsam auf eine Weise, die ich nicht erklären kann.

Weiß sie nicht, dass sie ein Teil des Grundes ist, wieso ich diese Reise arrangiert habe? Aber ich schätze, das kann sie nicht wissen. Als sie vorgeschlagen hat, ihre Unipläne für mich zu ändern, hat es mich verdammt erschreckt, und ich habe alles getan, was ich konnte, um meine Gefühle seither zu verstecken. Sie ist so schlau –

und nicht nur im Vergleich zu mir. Im Vergleich zu *allen*. Sie ist genial, und ich werde nicht der Grund sein, wegen dem sie ihren Träumen nicht hinterherjagt. Als ich an der Starling Uni angefangen habe, waren meine Kurse sehr intensiv. Ich war noch nie zuvor so akademisch gefordert worden, und meine Panikattacken waren unglaublich. Gottseidank hat Shay an ein paar Kursen teilgenommen – eine High School-Schülerin, die Französisch an einer Universität gelernt hat, weil sie *so* schlau ist. Ich habe sie ein paar Mal pro Woche gesehen. Sie ist die Einzige, die mir helfen konnte, mich zu entspannen, damit ich diese großen Projekte beenden konnte. Meine Noten waren nicht super, aber ich hätte ohne sie nicht bestehen können. Wenn ich auf akademischer Bewährung gewesen wäre, hätten sie mich aus der Mannschaft geschmissen, und ich hätte nicht von den Demons aufgenommen werden können. Sie ist der Grund, wieso ich meiner Zukunft nachgehen konnte, und ich werde ihr nicht im Weg stehen.

Aber sie hat mir nicht gesagt, dass sie einen Freund hat.

Es war nur eine Frage der Zeit, aber es war trotzdem wie ein Hieb in die Magengrube, als Carters kleiner Bruder Levi einen Witz darüber gerissen hat, dass Shay mit ihm allein in ihrem Haus ist. Ich wollte nicht, dass sie auf mich wartet, aber ich schätze, ich habe gedacht, dass sie es tun würde. Und jetzt hat sie einen Freund, und sie werden gemeinsam nach New York reisen. Weil er schlau genug ist, Teil dieser besonderen Gruppe zu sein, die sowas tut. Intelligent wie Shay. Ich wette, es gefällt ihr.

Ich frage mich, ob sie ihn beruhigt, wenn er gestresst ist. Ich frage mich, ob er sich jemals gewundert hat, ob etwas mit ihm falsch ist, bevor sie eine Hand auf seinen Arm gelegt hat und er sich fühlte, als wäre er vollständig – als wäre er *gut genug*.

Ich ziehe mein Handy aus der Tasche. *Ich schulde dir keine Geheimnisse mehr.*

Sie hat recht. Sie schuldet mir nichts. Aber ich will trotzdem alles.

SHAY

*I*ch kann nicht schlafen.

Ich drehe mich zur Seite und starre auf die Uhr. *Drei Uhr morgens.*

Steve ist vor fünf Stunden verschwunden – leider als Jungfrau. Ich habe ihm versichert, dass es nur darum geht, dass ich noch nicht bereit bin, und nicht um Easton. *Ich bin eine böse Lügnerin.*

Schuldgefühle haben mich ihn in den Whirlpool einladen lassen, und nachdem wir rumgemacht haben und im Haus gelandet sind, war seine Schwimmhose auf dem Boden und meine Hand ... Naja, meine Hand war da, wo er sie haben wollte. Danach waren wir beide ein wenig mehr davon überzeugt, dass ich nicht mehr an Easton hänge.

Aber ich habe noch fünf Tage voller Möglichkeiten, meine Jungfräulichkeit zu verlieren, und ich frage mich, ob Steve recht hat. Vielleicht ist es die richtige Zeit. Wir werden wahrscheinlich nie wieder diese Chance bekommen, bevor wir an der Uni studieren, und sogar dann werden wir Zimmergenossen und Nachbarn hinter dünnen Wänden haben. Ich kann nicht bestreiten, dass unsere Umstände ideal sind, aber ich habe mir immer vorgestellt, dass ich meine Jungfräulichkeit an jemanden verlieren würde, den ich liebe. Wird Steve so lang warten?

Ich schnappe mir mein Handy vom Nachttisch und sehe mir die Fotos an, die meine Mutter mir vorhin geschickt hat. Mein Magen verzieht sich vor Sehnsucht. Es ist das erste Mal, dass ich einen Familienurlaub verpasse, und meine Brüder barfuß am Strand zu sehen verursacht mir ... Heimweh.

Ich lache über mich selbst. Wie dumm. *Ich* bin die, die zu Hause ist.

Ich klicke auf meinen Verlauf mit Easton. Es ist Mitternacht in Kalifornien. Ich wette, er ist immer noch wach. Und weil ich weiß, dass er mir die Wahrheit sagen wird, schicke ich ihm eine SMS, bevor ich es mir ausreden kann.

Shay: *Wärst du in der High School mit jemandem zusammen gewesen, der keinen Sex wollte?*

Easton: *Das war ich ein paar Mal. Nicht alle Beziehungen gehen so weit.*

Shay: *Aber hast du Schluss gemacht, weil ihr nicht miteinander geschlafen habt?*

· · ·

*I*ch starre mein Handy lange an. Die hüpfenden Punkte sagen mir, dass er tippt, und dann verschwinden sie wieder. Scheiße. Ich klinge wahrscheinlich wie ein unreifes Kind.

*S*hay: *Du kannst ehrlich sein. Ich werde es dir nicht verübeln.*

Easton: *Wenn die Antwort Ja wäre, solltest du es mir VERDAMMT übelnehmen.*

*I*ch kann seine Stimme praktisch hören. Kann sehen, wie seine Nasenlöcher sich ungläubig weiten. *Ich vermisse ihn.*

*S*hay: *Wieso hast du dann nicht geantwortet?*

Easton: *Weil dieses Gespräch mich dazu bringt, nach Jackson Harbor fliegen und deinem Freund eine reinschlagen zu wollen.*

*S*cheiße. Ich habe es auf jeden Fall nicht ganz durchdacht. Ich bin das Arschloch, das der Grund ist, wieso ihr süßer, matheliebender Freund von einem NFL-Quarterback verprügelt wird. Todesursache: Unverantwortliches Simsen.

. . .

*S*hay: *Ich habe nie gesagt, dass ich von meinem Freund spreche.*

Easton: *Aber hast du das nicht?*

Shay: *Nicht wirklich.*

Easton: *Was soll das bedeuten?*

Shay: *Ich meine, ich habe generell gefragt. Aber ich sage nicht, dass er mit mir Schluss machen will, weil ich nicht mit ihm schlafe.*

Easton: *Du würdest mich nicht fragen, wenn es nicht eine Möglichkeit wäre.*

*I*ch werfe mich auf mein Kissen und wimmere. Ich vermassele es. Ich will Steve nicht verraten, aber ich brauche wirklich Rat. Ich könnte mit meinen Brüdern sprechen, aber sie sind vernunftlos, wenn es um mich geht. Sie würden ausrasten, wenn sie wüssten, dass ich mich von einem Jungen unter meinem Oberteil befummeln lassen habe – ganz zu schweigen davon, was sie tun würden, wenn sie wüssten, dass ich an Sex denke. Ich könnte mit meinen Freundinnen sprechen, aber ich will es aus der Perspektive eines Kerls sehen.

*S*hay: *Ich habe Angst, dass er nicht länger warten will.*

Easton: *Ne. Wenn er dich liebt, wird er für immer warten.*

Shay: *Und was, wenn er mich nicht liebt?*
Easton: *Dann solltest du nicht mit ihm schlafen.*
Shay: *Du Scheinheiliger.*
Easton: *Wie meinst du das?*
Shay: *Du hast NIE mit jemandem geschlafen, den du nicht geliebt hast?*
Easton: *Ich schreib' dir später.*
Shay: *Musst du die Liste durchgehen?*
Easton: *Ich muss meine Verteidigung organisieren.*

*I*ch lache immer noch, als seine nächste SMS ankommt.

*E*aston: *Es geht nicht um mich. Es geht um dich, und DU verdienst Liebe. Rosen. Das verdammte Märchen. Gib dich nicht mit weniger zufrieden.*

*I*ch mache den Bildschirm aus und schließe die Augen, bevor ich mit dem Handy an die Brust gedrückt und lächelnd einschlafe.

Teil Vier
GEGENWART

SHAY

Teagan zieht die Tür auf, bevor ich klopfen kann. „Ich habe mir schon gedacht, dass du vorbeikommen würdest. Willst du reden?"

„Nein. Ich will ins Jackson Brews gehen und mich betrinken, bis ich vergesse, dass Easton Connor gerade wieder in mein Leben getreten und eine Bombe reingeworfen hat."

„Okay." Und weil sie die beste, verdammte Freundin ist, schnappt sie sich ihre Tasche. „Lass uns gehen."

Ich schüttele den Kopf. „Hab's bereits versucht, aber er war da."

„Also willst du *nicht* hingehen?"

„Ich will hingehen und dass er nicht da ist." Ich knurre, weil ich absolut psychotisch klinge. „Er hat es gewagt, mich zu küssen."

Teagans Augen weiten sich, und sie sieht aus wie ein Fisch, der zu reden versucht, bevor sie den Kopf schüttelt, um ihren Schock abzuschütteln. „Easton Connor hat dich geküsst?"

„Ja." Ich stampfe in ihr Haus und werfe meine Tasche härter als gewollt aufs Sofa. Teagan und Carter leben gemeinsam in dem kleinen Haus, das Carter in den letzten zwei Jahren renoviert hat. Isaiah, ein High School Abschlussklässler und der Sohn von Carters verstorbenem Freund, lebt in ihrem renovierten Dachboden. Carter hat das ganze Haus so ziemlich niedergerissen und es Stück für Stück wieder aufgebaut. Es ist süß, und wenn er da ist, liebe ich es, mit ihm darüber zu sprechen, was als nächstes kommt. Aber heute Abend bin ich froh, dass er nicht da ist, weil es das Letzte ist, was ich will. Ich will nicht, dass er hört, wenn ich mich über Easton auslasse. Easton und sein dreister Kuss im Bad. „Egozentrischer *Ficker*", murmele ich.

„Wow. Alles klar." Teagan schließt die Tür und kommt zu mir ins Wohnzimmer. „Also wolltest du nicht, dass er dich küsst, aber er hat es getan. Was dann?"

„Ich bin ausgerastet und gegangen, weil ich einfach nur ..." Ich versuche, mit einer Hand durch mein Haar zu fahren, vermassele aber nur meinen Pferdeschwanz.

Teagan schüttelt den Kopf und glättet die Decke auf dem Sofarücken. „Weißt du was? Ich werde uns ein paar Flaschen Bier holen."

„Hast du etwas Stärkeres?"

Sie beißt sich auf die Lippe und sieht denkend zur Decke. „Ich habe vielleicht etwas Tequila übrig von dem Hühnchenrezept, das ich letztes Wochenende gemacht habe?"

Tequila. Das Wort überschwemmt mich mit Erinnerungen an Easton. Dreizehn Jahre später, und ich kann mich immer noch an Eastons heiße Zunge auf meinem Handgelenk erinnern, als er das Salz abgeleckt hat. Der Mann ist permanent in meinen Gedanken. Aber ich will das nicht, und das Letzte, was ich brauche, ist ein Drink, der diese Erinnerungen an die Oberfläche bringt. „Bier ist in Ordnung."

Ich folge ihr, als sie zum Kühlschrank geht.

Ihr dunkles Haar umrahmt ihr Gesicht, als sie sich vorlehnt, um ihre Bierauswahl zu inspizieren. „Ich habe Porter, das neue trübe Bier, über das Jake ständig labert und – oh, wir könnten uns eine Flasche des Blaubeer-Sours teilen, wenn du magst."

„Ich glaube, mein Freund will mir einen Antrag machen", platzt es aus mir heraus.

Teagan richtet sich auf, die Augen weit aufgerissen.

„Es macht keinen Sinn, aber ich habe den Ring gesehen."

Teagan seufzt, aber wenigstens kreischt sie nicht „*Was für ein Freund?*".

„Es ist zu schnell. Wir sind noch nicht soweit, aber vielleicht will er mir einen Antrag machen, bevor ich eine Stelle irgendwo anders annehme. Aber ich weiß es nicht mit Sicherheit, weil ich heute Abend abgelenkt war. Ich wollte ihm erzählen, dass Easton wiedergekommen ist, und was es mir bedeutet." Ich spiele erneut mit meinem Haar, bevor ich aufgebe und das Haargummi rausziehe. „Ich habe versucht, das Richtige zu tun, aber ich wusste nicht ... Ich habe nicht realisiert ..."

Sie schließt den Kühlschrank. „Bist du dir sicher, dass du keinen Tequila willst?"

„Kann nicht. Erinnerungen an Easton."

„Scheiße." Teagan greift sich einen Hocker, klettert rauf und wühlt sich durch den Schrank über dem Kühlschrank, ehe sie eine Flasche mit bernsteinfarbener Flüssigkeit herauszieht. „Hab etwas gefunden." Natürlich hat Carter Bourbon im Haus. Ich bin mir ziemlich sicher, dass all meine Brüder dieselbe Flasche haben. „Irgendwelche diesbezüglichen Erinnerungen?"

Ich schüttele den Kopf. „Danke, Tea."

„Kein Problem." Sie greift sich zwei Gläser aus dem Schrank, schenkt uns zweifingerbreit ein und gibt mir mein Glas. „Trink, und dann fang ganz vorne an."

Ich trinke einen Schluck und schließe die Augen, als der Alkohol meine Kehle benetzt und in meiner Brust brennt. Ich bin keine Bourbontrinkerin, aber heute Abend fühlt es sich richtig an. „Ich bin nicht bereit, ganz von Anfang an zu beginnen."

„Okay, dann fang mit heute Abend an. Du hast … einen neuen Freund? Ist es fest? Wer ist er?" Ich kann sehen, dass sie versucht, es zu verbergen, aber da ist Schmerz in ihrer Stimme, und ich fühle mich beschissen, weil ich meiner Freundin sowas verheimlicht habe.

„Ich bin mit jemandem von der Arbeit zusammen."

„Wie lange?"

Ich zucke mit den Schultern. Zähle ich mit, als ich gedacht habe, dass er zum ersten Mal geflirtet hat? Das erste Mal, als ich seine Einladung zum Abendessen angenommen habe? Das erste Mal, als ich mit ihm geschlafen habe? „Ich weiß nicht einmal, ob ‚zusammen' das richtige Wort ist." Ich schlucke schwer, als ich von Scham überwältigt werde. „Wir schlafen miteinander, aber wir hatten nicht die Möglichkeit, herauszufinden, ob wir mehr voneinander wollen." Es verstößt nicht gegen die Regeln, mit einem Mitglied deines Dissertationsausschusses zu schlafen, aber es wird nicht gern gesehen. George und ich schienen uns nach dem ersten Morgen, als ich mich aus seiner Wohnung in Grand Rapids geschlichen habe, stillschweigend einig zu sein, dass wir niemanden wissen lassen wollten, was passiert ist. Auch ohne offizielle Auswirkungen könnte unser *beider* Ruf dadurch beschädigt werden. Er kann es nicht gebrauchen, dass Leute denken, dass er ein ekelhafter Professor ist, und ich will nicht, dass meine Kollegen denken, dass ich mein Doktorat nur geschafft habe, weil ich mit dem Mann geschlafen habe, der dafür verantwortlich ist, zu bestimmen, ob meine Arbeit würdig ist. „Du hast ihn bereits getroffen. Er heißt George Alby."

„Aber ist George nicht ..."

„Er ist der Vorsitzende des Dissertationsausschusses."

„Oh", sagt Teagan. Sie trinkt einen großen Schluck und hustet.

„Ich hatte nicht geplant, mit ihm zu schlafen, und als es passiert ist, habe ich es auf den Wein, Schlafentzug und allgemeine Einsamkeit geschoben." Ich rolle das Glas zwischen meinen Händen. „Ich habe nicht gedacht, dass es erneut passieren würde, aber das ist es. Und nach dem dritten Mal wurde es zu etwas, das wir tun. Ich bin nach Meetings zu ihm gefahren, und wir redeten miteinander und sind im Bett gelandet. Als wir im Februar für die Konferenz in Florida gewesen sind, hatte ich mein eigenes Zimmer, war aber kaum da."

„Wow. Und jetzt denkst du, dass er dir einen Antrag machen will?"

Ich kann es in ihrem Gesicht sehen. *Jetzt schon? Ist es so ernst?* Oder vielleicht sind das meine eigenen Gedanken, und ich projiziere sie auf sie. „George ist toll." Ich schlucke schwer. „Und ich mag ihn, aber wegen unserer komischen Situation hatten wir nie die Chance, ein normales Paar zu sein. Ich habe Angst, dass es ihm wehtun wird, wenn er herausfindet, wie sehr dieser Ring mich in Panik versetzt."

„Oh, Süße." Sie stellt ihr Glas ab und drückt meine freie Hand. „Wenn du nicht bereit bist, musst du es ihm sagen."

„Kann ich dir etwas Schreckliches erzählen?"

„Was?"

„Ich glaube nicht, ich hätte jemals mit George geschlafen, wenn ich nicht herausgefunden hätte, dass Easton zurückkommen wollte."

Es ist fast vier Monate her, seit ich herausgefunden habe, dass Easton sich Häuser in Jackson Harbor ansehen wollte. Zu der Zeit habe ich nicht verstanden, wieso er auf einmal wieder herziehen wollte. Er hat seit der High School nicht mehr hier gelebt. Wieso jetzt?

Aber das ist meine eigene Schuld, weil ich keinen Promiklatsch verfolge. Anscheinend hat seine Ex, die Popdiva Scarlett Lashenta, sich vor den Kameras betrunken und zugegeben, dass Easton nicht der leibliche Vater ihrer Tochter ist. Die Neuigkeiten wurden schnell weit verbreitet, weil der echte Vater ein jetzt-berühmter Rapper ist, von dem Scarlett damals gedacht hat, dass er es zu nichts bringen würde, als sie schwanger wurde.

Easton hat es immer geschafft, sich und seine Tochter aus Promidrama rauszuhalten, obwohl Scarlett immer mittendrin blieb, aber die Kameras verfolgten ihn, nachdem die Welt von seinem Geheimnis erfuhr. Und dann realisierten sie, dass er jahrelang wusste, dass Abigail nicht seine biologische Tochter ist, und dass er trotzdem geblieben ist. *Und die Welt schwärmt ...*

Was dumm ist. Wieso schwärmen wir für Männer, die wirkliche *Väter* für ihre Kinder sind? Wenn er sie seit ihrer Geburt großgezogen hat, wieso nehmen die Leute dann an, dass er nicht an ihrer Seite bleiben würde, nur weil sie nicht dasselbe Blut haben? Aber ich schätze, das beweist nur, dass die Presse Easton nicht so gut kennt wie ich, weil für mich nichts bezüglich seiner Entscheidung über Abigail überraschend ist. Auch sein Umzug nach Jackson Harbor passt, da ich jetzt die ganze Geschichte kenne.

Vorher haben mich diese Neuigkeiten aufgewühlt. Ich stand zwischen Panik und Furcht und ... Aufregung. Es war Letzteres, das für meine vorschnelle Entscheidung, Georges Einladung auf ein Glas Wein in seiner Wohnung anzunehmen, erklärt.

Teagan verzieht das Gesicht. „Das ergibt Sinn."

„Was meinst du damit?"

„Es hilft mir, es zu verstehen, schätze ich. Mit deinem

Professor zu schlafen, klingt nicht nach dir, aber mit dem Vorstand deines *Dissertationsausschusses* zu schlafen? Shay, das ist fast rücksichtslos."

Ich hebe den Bourbon erneut an, aber der Geruch dreht mir den Magen um, also stelle ich das Glas auf die Arbeitsfläche und schiebe es herum. „Ich weiß, ich weiß. Aber so ist es jetzt nunmal. Nachdem wir ..." Ich will sagen „zusammen gekommen sind", aber das wäre nicht richtig. George und ich sind nicht zusammen, sondern schlafen miteinander. „Nachdem wir zueinander gefunden haben, hat er zugegeben, dass er jahrelang an mir interessiert war, ich es aber nie gesehen habe. Ich musste von meinem ‚nicht-mal-Ex' überrumpelt werden, bevor ich diesen unglaublichen Kerl vor mir sah."

„Es ist nicht so, als hättest du geplant, ihn zu benutzen, damit Easton dich bemerkt." Sie zögert einen Moment und drückt meine Hand fester. „Oder?"

„Nein. Natürlich nicht." Meine Gefühle sind durcheinander, aber darüber bin ich mir sicher. Ich wollte keine Eifersucht. Ich wollte Schutz – jemanden als Barriere zwischen East und mir. *Ich bin ein riesiges Arschloch*. „Es war eher, als hätte ich versucht, Abstand zwischen Easton und meinem Herzen zu schaffen."

„Das ist ein richtiger ... *Schwarm*, Süße."

Ich stoße ein trockenes Lachen hervor. Ich habe niemandem in meiner Familie gesagt, was mit Easton passiert ist. Wenn sie die Wahrheit wüssten, würden sie ihn anders sehen. Das kann ich ihm und meiner Familie nicht antun, obwohl Carter am wütendsten wäre. Auf der anderen Seite würde Teagan Easton nicht verprügeln, wenn ich es ihr erzähle. „Ich habe dir nicht die ganze Wahrheit über Easton und mich erzählt."

„Ach was." Sie hebt eine Augenbraue, überhaupt nicht überrascht. „Ich werde Carter nichts sagen, falls du dir darüber Sorgen machst.

Ich schlucke schwer. „Das weiß ich zu schätzen."

„Es war mehr als eine Schwärmerei", sagt sie, und es ist keine Frage, sondern eine Feststellung.

Ich nicke. „Wir haben ein paar Mal rumgemacht." Es ist eine extrem abgeschwächte Version der Wahrheit, aber ich kann die ganze Vergangenheit jetzt nicht teilen. Ich bin mir nicht sicher, ob ich jemals dazu bereit sein werde.

Ihre Augen weiten sich. „Du hast mit Easton Connor *rumgemacht* und es *geheimgehalten?*"

„Oh, ja. Meine Brüder hätten ihn umgebracht." Meine Augen brennen. Ich bin so verdammt müde. „Was, wenn ich George wegstoße wegen den Gefühlen für Easton, und dann ist alles anders? Was, wenn meine Gefühle der Vergangenheit angehören? Ich kann nicht ändern, was ich damals empfunden habe. Unsere Vergangenheit wird da sein, egal was passiert."

„Hast du daran gedacht, mit Easton darüber zu sprechen?"

Ich lache trocken. „Er versucht, mit mir zu reden, aber ich renne vor ihm weg. Ich glaube, er hat mich heute Abend nur geküsst, um meine Aufmerksamkeit zu bekommen." Ich beiße mir auf die Wange, als würde es mich davor bewahren, zu weinen, aber als ich meine

Freundin ansehe, erkenne ich sie kaum durch meine Tränen. „Ich bin ein Feigling."

„Das bist du nicht." Ich kann sehen, dass sie Fragen hat – so viele Fragen, aber sie ist eine zu gute Freundin, um sie jetzt zu stellen. „Du hast viel auf den Schultern. Deine Dissertationsverteidigung, Bewerbungen und jetzt einen möglichen Antrag? Lass dir Raum zum Atmen. Gib deinen Gefühlen Zeit, bevor du sie verurteilst. Wenn Easton wirklich mit dir reden will, dann wird er warten."

„Ich will keine Entscheidung treffen, die ich bereuen werde." Ich schwenke den Bourbon in meinem Glas und wünsche mir, mein Magen würde mitmachen, damit ich ihn trinken könnte. Betrunken zu sein, wäre eine willkommene Ablenkung. „Erzähl mir von deinem Tag. Wie läuft es mit der neuen Kollegin?"

„Die Arbeit ist gut, mein Tag war langweilig. Wechsel nicht das Thema."

Ich sehe weg und seufze.

Teagan drückt mein Handgelenk sanft. „Als ich bei Operationen geholfen habe, habe ich meinen Patienten gesagt, dass man nach der OP keine großen Entscheidungen treffen sollte. Ich bin deine Krankenschwester, und ich sage dir, dass du dich vorerst wie eine Patientin nach einer Operation benehmen sollst. Keine Entscheidungen." Sie schenkt mir ein trauriges Lächeln. „Wenn ich raten sollte, würde ich sagen, dass du das ganze Ding mit Easton so streng geheim gehalten hast, dass du dir nun nicht sicher bist, was du fühlst. Kümmere dich erst um deine Gefühle, und triff in der Zwischenzeit keine Entscheidungen."

Ich grinse. „Bedeutet das, dass ich keine Maschinen bedienen darf?"

Sie sieht mein kaum angerührtes Glas gezielt an. „Nicht aus dem Grund, den ich erwartet habe, als du durch die Tür gelaufen bist, aber vielleicht brauchen wir eine Schlummerparty. Ich vermisse Carter, wenn er im Feuerwehrhaus ist. Du kannst mir Gesellschaft leisten."

„Abgemacht", flüstere ich. „Aber ich bin emotional ausgelaugt, also nimm es nicht persönlich, wenn ich vor zehn Uhr einschlafe."

„Ich werde dir das Bett vorbereiten."

EASTON

„Wusstest du, dass deine Schwester einen Freund hat?", frage ich Carter am Montag Morgen, als er die Kniebeugen beendet.

Er grunzt. „Ich glaube sie hängt mit einem Kerl von der Uni rum. Es ist nichts Festes."

„Macht er sie glücklich?"

„Ich hab' den Kerl nie getroffen. Sie redet nicht über ihn, aber ich schätze, er ist ziemlich nett."

Ziemlich nett. Ne, ich werde nicht zur Seite treten, für *ziemlich nett.* „Er kann nicht so toll sein, wenn sie ihn euch noch nicht vorgestellt hat."

Carter erstarrt, bevor er die Stange auf das Gestell legt. „Wieso?"

Sein finsterer Blick könnte einen schwächeren Mann umhauen, aber ich zucke nur mit den Schultern. „Weil ich alles in meiner Macht Stehende tun werde, um sie davon zu überzeugen, dass sie mit mir zusammen sein sollte und nicht mit ihm, wenn er nicht das Wundervollste ist, das ihr jemals zugestoßen ist. Wenn er sie nicht wie eine absolute Göttin behandelt."

Die Wut in seinen Augen wird durch Schock verdrängt. „Wie bitte?"

„Komm schon, Carter. Du wusstest, seit sie sechzehn Jahre alt war, dass ich sie will."

„Seit du ein Student warst und nach meiner kleinen Schwester geschmachtet hast. Ja, ich erinnere mich."

Ich nicke zu den Gewichten. Er hat eine Hand um eins geschlungen und drückt es, als würde er sich meinen Hals vorstellen. „Wirst du das Ding befummeln, oder kann ich meine Kniebeugen machen?" Er verzieht das Gesicht, aber ich grinse langsam. „Sie ist kein Baby mehr, und du machst mir keine Angst."

„Sie ist nicht wie die Mädels, an die du gewöhnt bist, East." Er tritt vom Gestell weg und hilft mir, ein weiteres Gewicht auf beiden Seiten aufzureihen. „Wenn du hoffst, sie zu ficken und zu verlassen, kannst du dir die Prügelei sparen, weil ich das nicht zulassen werde."

Ich ducke mich unter der Stange hindurch, positioniere meine Schultern und hebe sie aus der Halterung. „Wer hat gesagt, dass ich sie verlassen will?"

„Meinst du es ernst?"

„Ich habe Gefühle für sie, Carter. Komm damit klar." Ich wiederhole die Kniebeuge fünfmal, bevor ich die Stange wieder auf das Gestell lege.

Als ich mich wieder zu ihm drehe, mustert er mich. Seine Augen blitzen mit einer unbekannten Emotion auf, aber er seufzt nur, bevor er sich im Fitnessstudio umsieht und einen Schritt auf mich zu macht. „Wenn du sie verletzt – wenn du meine kleine Schwester auch nur einmal zum Weinen bringst –, werde ich dir so hart in die Eier schlagen, dass du sie beim Gurgeln spürst. Kapiert?"

Wenn ich sie verletze? *Zu spät.* Aber ich lächele und haue Carter auf die Schulter. „Sie ist erwachsen, C. Dreißig. Ich glaube nicht, dass sie ihren Bruder als Wachhund braucht." *Und das Letzte, was ich tun werde, ist, sie zu verletzen.*

SHAY

„*W*ir werden Ihren Flug für Donnerstagmorgen buchen, und das Vorstellungsgespräch wird am Nachmittag stattfinden. Ich werde sicherstellen, dass Sie früh ins Hotel einchecken können, damit Sie nicht direkt vom Flughafen zur Universität fahren müssen", sagt Sally. Sie ist die Assistentin des Englischfachbereichs der Emmitson Universität, und sie ist mein Kontakt für jeden Teil des Bewerbungsprozesses, inklusive des Onlinekurses des Einstellungsausschusses, der letzte Woche stattfand und indem es um klassische amerikanische Literatur ging. Ihnen hat anscheinend gefallen, was sie gesehen haben, weil sie mich jetzt für ein persönliches Vorstellungsgespräch herausfliegen wollen – der letzte Schritt des Prozesses.

„Das klingt gut", sage ich.

„Wäre es in Ordnung, wenn Sie von einem unserer Abschlussstudenten vom Flughafen abgeholt werden?"

„Natürlich." Es ist nicht das erste Mal, dass ich einen Flug nach Los Angeles gebucht bekomme, aber es ist das erste Mal, dass ich tatsächlich hinfliege. Easton hat dort dreizehn Jahre lang gelebt, aber erst nächsten Monat, wenn er offiziell nach Jackson Harbor gezogen ist, werde ich tatsächlich dort sein. Ich schlucke die aufsteigende Hysterie hinunter.

„Alle freuen sich, Sie kennenzulernen, Shayleigh, ich miteingeschlossen. Sie waren wundervoll im Laufe des Prozesses."

„Vielen Dank, Sally."

„Zögern Sie nicht, mich anzurufen, wenn Sie irgendwelche Fragen haben oder etwas wegen Ihrer Reiseplanung brauchen."

Wir verabschieden uns, und dann lege ich mein Handy weg und atme tief ein. Und noch einmal. Wenn ich zu Hause wäre, würde ich wahrscheinlich ein Nickerchen machen, was genau der Grund ist, wieso ich in Jakes alter Wohnung über dem Jackson Brews arbeite. Es gibt ein Bett, aber da ich weiß, wie oft meine Brüder hochkommen, um mit ihren Freundinnen/Verlobten/Frauen Sex zu haben, kann ich leicht widerstehen.

Ich stehe zwei Monate davor, meine Dissertation zu verteidigen und meine zwölfjährige Zeit als Studentin zu beenden. Aber jedes Mal, wenn ich einen Anruf wegen einem Vorstellungsgespräch für eine Amtszeitposition erhalte, zucke ich zusammen. Ich habe mir dafür den Arsch aufgerissen – für den Alphabetsalat hinter meinem Namen und die Chance, Amtszeit zu erhalten und Leuten etwas beizubringen, das stimulierender ist als Erstsemester Englisch. All die Recherche für meine Dissertation hat mich fast umgebracht, also habe ich mich nur an kleineren Universitäten beworben, die sich mehr aufs Unterrichten als aufs Publizieren konzentrieren. Ich möchte nicht den Druck, jedes Semester Artikel publizieren zu müssen – oder etwas Neues in einem Feld voller Stimmen zu finden. Aber nachdem ich die letzten Jahre unterrichtet und mich mit der Realität auseinandergesetzt habe, dass Studenten sich mehr um Noten als Wissen kümmern, klingt das auch nicht mehr so toll. Und die Wahrheit ist, dass ich wahrscheinlich ans andere Ende des Landes ziehen werden muss, wenn ich eine gute Anstellung in meinem Bereich will. Die vielversprechendsten Stellen sind in Kalifornien, Maine und Oklahoma.

Gott.

Mein Magen tut weh.

Ich bin immer mehr davon besessen, dass dieses Diplom eine riesige Zeitverschwendung war. Ich muss entweder zugeben, dass ich den Preis am Ende des Rennens nicht will, oder ich muss eine Stelle akzeptieren, die zwar okay ist, doch an einem Ort, der in mir ein miserables Gefühl auslöst.

Das Geräusch der sich öffnenden Tür lenkt mich von meinem Computer ab, und ich sehe gerade rechtzeitig auf, um zu sehen, wie Easton die Wohnung betritt. „Hey, Hübsche."

„Ich hätte die Tür abschließen sollen", murmele ich.

Er stellt zwei Gläser und einen Pitcher mit Bier auf

den Tisch, bevor er einen Stuhl umdreht und sich setzt. „Wie war dein Tag?"

Ich verdrehe die Augen. „Was willst du?"

„Jake hat gesagt, dass du eine Pause brauchst." Er hebt den Pitch hoch und schenkt mir vorsichtig ein Glas ein. „Er hat mich geschickt, um dich daran zu erinnern."

Sein langärmliges T-Shirt spannt sich über seiner Brust, was es mir schwer macht, die Augen auf meinem Laptop zu halten, wo sie hingehören. „Schon gut, aber danke."

„Was lässt dich so angespannt sein?"

Ich runzele die Stirn. „Wer hat gesagt, dass ich angespannt bin?"

Er deutet zwischen seine Augenbrauen. „Das da. Es verrät dich jedes Mal. Du hast diese kleine Kerbe zwischen den Augenbrauen, wenn du versuchst, ein leidiges Problem zu lösen."

Ich schnaube. „Vielleicht bin ich nicht mehr so jung, wie ich war, und brauche Botox."

„Du brauchst diesen Scheiß nicht." Er nickt zu meinem Computer. „Ist das dein Buch? Musst du ein Handlungsproblem lösen?"

Meine Augen weiten sich, und ich sehe hinter ihn, um sicherzustellen, dass ihm niemand gefolgt ist. „Halt die Klappe!"

Er verschränkt mit gerunzelter Stirn die Arme auf dem Stuhlrücken. „Wieso?"

„Ich habe *niemandem* von den Büchern erzählt."

„Bücher. *Plural*." Er grinst, als hätte ich ihm gerade erzählt, dass ich fliegen kann. „Du warst vielbeschäftigt."

Ich verdrehe seufzend die Augen. „Naja, es ist Jahre her, also ja ..."

„Und du hast *jemandem* davon erzählt. Mir."

Das habe ich. Irgendwie habe ich Easton mein größtes Geheimnis – meine geheime Hoffnung – vor Jahren erzählt. Zu meiner Verteidigung muss ich sagen, es war ein Geständnis nach tollem Sex, und er hatte mir gerade eine Reihe von atemberaubenden Orgasmen verschafft, die meine Zunge gelockert haben, als ich mich besonders mutig und unverwundbar fühlte. Ich habe mich mit ihm gefühlt, als wäre das Unmöglich möglich gewesen. Als wäre eine Beziehung mit *ihm* möglich gewesen. „Es ist nichts Besonderes, also erzähl es nicht weiter."

„Nichts Besonderes, und irgendwie hast du es von ein paar Kapiteln zu mehreren Büchern – *plural* – geschafft, während du dein Doktorat beendet und Vollzeit an der Starling Uni unterrichtet hast und die perfekte Tochter, Schwester, Tante und Freundin warst."

„Es ist nichts. Es ist nur ..." Ich zucke mit den Schultern. *Nur etwas, das ich zu sehr will, um es anzustreben. Nur ein Traum, der so sehr ein Teil meiner Seele ist, dass ich nicht weiß, ob ich mit einer Zurückweisung zurechtkommen könnte.*

„Nur was?", fragt er, das Kinn auf die Hände gestemmt. „Eine lebenslange Leidenschaft?" Er lächelt, engelhaft und so, aber ich kenne ihn besser.

„Nur ein Hobby", sage ich, obwohl es sich anfühlt, als würde ich einen gedeihenden Samen tief in mir verraten.

Er legt den Kopf zur Seite, dann zur anderen, als würde er das Sonnenlicht nutzen, um meine Scheiße besser zu durchschauen. „Dafür, dass du so eine selbstbewusste Frau bist, hast du ziemlich Angst."

Ich schließe meinen Laptop. „Was willst du, Easton?"

„Eine Besichtigung."

„Was?"

„Die Starling Uni hat mir eine Stelle als Quarterback-Trainer angeboten. Das Gelände hat sich sehr verändert, seit ich dort studiert habe, also will ich es mir ansehen, bevor ich eine Entscheidung treffe."

Easton. In Jackson Harbor. Beim Jackson Familienbrunch. Im Jackson Brews. An der *Starling* Uni, wo ich meine Wochentage verbringe. Versucht er, mich zu einem emotionalen Zusammenbruch zu bringen? Gott, vielleicht ist es gut, dass meine professionelle Laufbahn mich zu einem Umzug zwingt. Das könnte die einzige Möglichkeit sein, ihn zu meiden. „Ich bin mir sicher, dass jemand vom Team gerne die Uni mit dir besichtigt. Ich habe keine Ahnung über diese Seite der Uni."

„Und sie wissen nichts über *deine* Seite, aber ich will mir alles ansehen."

Ich grunze. „Du willst mir erzählen, dass der Grundriss der Englischabteilung etwas mit deiner Entscheidung, einen Haufen von Football-Spielern zu trainieren, zu tun hat?"

Er trinkt sein Bier, während er mich beobachtet.

Ich versuche es seufzend noch einmal. „Das Zulassungspersonal wird bezahlt, um Besichtigungen zu leiten. Die netten Leute der Kapitalbeschaffung und Absolventenvereinigung würden dich bestimmt in einem goldenen Stuhl übers Gelände tragen. Du würdest wahrscheinlich vom Präsidenten selbst eine Tour bekommen, wenn sie dächten, dass es deiner Entscheidung hilft."

Er nickt. „Du hast wahrscheinlich recht."

Danke. Ich wende mich erneut meinem Laptop zu und ignoriere das Bier, das er mir eingeschenkt hat. Es reizt mich nicht einmal, was gut ist, weil ich so müde bin, dass ich nach einem halben Glas einschlafen würde. Ich hätte nicht durch die ganzen Frühlingsferien arbeiten sollen. Ich kann es mir nicht leisten, so kurz vorm Ende auszubrennen. „Naja ... viel Glück damit. Bis später."

Ich kann seinen Blick auf mir spüren. Hungrig und intensiv. So, wie er mich mit den Augen verschlingt, würde man denken, dass ich ein verführerisches Kleid trage statt den Klamotten, in denen ich heute Nachmittag gejoggt bin. „Du hast recht", sagt er, „aber ich will die Uni trotzdem mit dir besichtigen."

Ich weigere mich, zu ihm zu sehen, und lese eine E-Mail über ein Meeting mit der Abteilung. „Es ist nett, Dinge zu wollen."

„Was der Grund ist, wieso ich das bei meinem Treffen heute Morgen erwähnt habe. Ich habe ihnen gesagt, dass Shayleigh Jackson eine Familienfreundin ist und ich mir gerne von ihr die Kunstseite der Universität zeigen lassen würde." Als ich meinen Blick endlich hebe, grinst er wie ein Kind, das mit der Hand in der Keksdose erwischt wurde, und nicht wie ein erwachsener Mann, der mich dazu drängt, Zeit mit ihm zu verbringen. „Ich schätze, sie werden dich anrufen."

„Ich schätze, das werden sie", sage ich knapp.

EASTON

rille. Unordentlicher Dutt. Übergroßer Cardigan. Kein Make-Up, aber etwas Lipgloss auf den Lippen.
Shay hat sich bereiterklärt, mich Mittwochmorgen beim Kaffeestand in der Lobby der Universitätsbücherei zu treffen, und ich bin mir sicher, dass sie keine Ahnung hatte, dass ihr Outfit mir zu verdammt heißen Fantasien verhilft.

Sie greift sich ihre Jacke vom Stuhl und zieht sie über. „Gut. Du bist pünktlich. Wo willst du anfangen? Ich muss um zehn Uhr zurück ins Büro."

Ich grinse sie an. Ich werde mich von ihrer barschen Einstellung nicht verschrecken lassen. Ich habe eine ganze NFL-Mannschaft aufgezogen und drei Super Bowls gewonnen. Ich *bin* hartnäckig. „Kaffee?", frage ich und ignoriere ihre finstere Miene.

Sie öffnet den Mund, und ich weiß, dass sie das Angebot ablehnen will, wie sie es mit dem Bier getan hat, das ich ihr gestern Abend hochgebracht habe, aber es ist

Shay, und Shay *liebt* Kaffee. Ich kenne ihren Schwach-punkt. „Ich schätze, wir können trinken und laufen."

Ich werde sie mit einem kleinen Sieg nach dem anderen zurückgewinnen, und ich sehe das als meinen ersten Triumph. „Americano, etwas Sahne?"

Etwas in ihrem Ausdruck wird sanfter, aber sie hebt ihr Kinn und kämpft dagegen an. „Das wäre perfekt, danke."

Ich gehe auf den Tresen zu, um unsere Getränke zu kaufen, und sie bleibt am Tisch, wo sie ihr Handy raus-zieht, was mich mit Sicherheit in die Schranken weisen soll. Klar, sie muss mich vielleicht herumführen, aber sie wird nicht so tun, als wäre sie glücklich darüber.

„Was kann ich Ihnen bringen?", fragt der Barista mich. Sein Ton klingt genauso angewidert wie sein Gesichtsausdruck.

„Zwei grande Americanos. Einen schwarz, der andere mit Sahne."

Der Kerl verdreht die Augen. „Sie werden schwarz serviert. Sahne ist hinter Ihnen."

„Okay. Perfekt."

Die Bibliothek ist ein ungewöhnlicher Ort für einen Kaffeestand, aber anscheinend versucht die Universität, die Bücherei bequemer zu machen, damit Studenten sie nutzen, statt online zu recherchieren.

Ich drehe mich um und sehe, wie ein bärtiger Hips-ter-Kerl Shay anlächelt. Er ist älter – nicht alt genug, um das Fitnessstudio hinter sich zu lassen, bemerke ich, aber garantiert alt genug, um zu hören zu bekommen, dass der Männerdutt abgeschnitten werden sollte. Er stellt seine

Aktentasche auf den Tisch und macht einen Schritt auf sie zu. Es ist nicht gerade unangemessen, aber er ist definitiv in ihrer Privatzone. Als er ihren Schal richtet, schenkt sie ihm ein Grinsen, das ich seit viel zu vielen Jahren nicht mehr gesehen habe. Es ist ein Grinsen der Verehrung und puren femininen Zufriedenheit.

Was zum Teufel passiert hier?

Shay sagt etwas und nickt, bevor der Kerl mich ansieht und ich hören kann, wie er fragt: „Das ist er?", und Shay nur nickt.

„Hey." Der schlechtgelaunte Barista schiebt mir die Becher zu. „Hier."

„Danke." Ich schenke ihm ein Lächeln, das er nicht verdient, schnappe mir die Becher und füge etwas Sahne zu Shays hinzu, ehe ich rübergehe, um den Kerl kennenzulernen, der zu denken scheint, dass er Shay ansehen kann als ... als wäre sie *sein*. „Dein Kaffee", sage ich, als ich ihn ihr überreiche.

Sie lächelt mich angespannt an. „Danke. Easton, das ist Dr. George Alby. Dr. Alby ist ein Professor in der Englischabteilung und der Vorsitzende meines Dissertationsausschusses. Seine Kollektion an Aufsätzen über Bradburys Einfluss auf die zeitgenössische Literatur hat gerade die Reichart Auszeichnung für Exzellenz erhalten – eine der größten Auszeichnungen in unserem Fachgebiet."

„Ich bin beeindruckt", sage ich mit einem Lächeln, das klar sagt, dass ich das nicht bin. Aber wenigstens habe ich etwas, worüber ich lächeln kann. *Vorsitzender des Dissertationsausschusses.*

„Dr. Alby, ich möchte Ihnen Easton vorstellen. Er ist der Familienfreund, von dem ich Ihnen erzählt habe."

Ich habe eine riesige Liste von Karriereauszeichnungen, und sie hat ihn mit seinen Akkoladen vorgestellt, während ich nur ein „Familienfreund" bin. Alles klar. Ich biete George meine Hand an. „Schön, Sie kennenzulernen, George." Ich werde ihn garantiert nicht *Dr. Alby* nennen.

Georges Versuch, meine Hand fest zu schütteln, ist lachhaft. Der Kerl kennt sich vielleicht im Fitnessstudio aus und ist acht bis zehn Jahre älter als ich, aber seine Hände sind so weich wie die eines Fünfjährigen. Und ja, ich verurteile ihn. „Shay führt sie heute herum?", fragt er.

„Ja. Shay ist so nett, mir alles zu zeigen."

Sie sieht mich mit einem finsteren Blick an, der sagt, dass sie es *nicht* aus der Güte ihres Herzens tut.

„Sie werden hier verwöhnt", sagt George und strahlt sie an. „Shay ist die beste Begleitung, die man sich wünschen könnte."

„Ich weiß. Deswegen habe ich nach ihr gefragt."

Er legt einen Arm um ihre Schultern – schon wieder nicht gerade unangemessen, aber auf jeden Fall intimer als zwischen Kollegen. Körpersprache ist alles, und seine sagt, dass sie *ihm* gehört. Ich frage mich, ob er von ihrem geheimen Freund weiß. „Sie haben American Football gespielt?"

Ich lache fast bei seinem uninteressierten Ton – als würde er fragen, ob ich für das Team einer Buchhaltungsfirma gespielt habe –, aber ich schaffe es, ihn nicht auszulachen. „Ein bisschen."

Shay verdreht die Augen. „Easton war dieses Jahr der MVP. Er ist gerade zurückgetreten und hat eine beeindruckende Karriere mit mehr als vierhundert Touchdowns und circa fünfzigtausend Metern."

Ich grinse sie an. *Jemand hat aufgepasst.*

„Ich folge American Football nicht", sagt George. „Zuzusehen, wie erwachsene Männer einander Gehirnerschütterungen zufügen, klingt für mich nicht nach Spaß."

American Football ist nicht für jeden, und Gott, ich habe mehr als genug Gehirnerschütterungen gehabt, um um die Zukunft meines Gehirns besorgt zu sein. Niemand will in einem Pflegeheim enden und in Wackelpudding sabbern, bevor er fünfzig ist. Und doch wette ich, dass Georges „Spaß" genauso stimulierend ist, wie Farbe beim Trocknen zuzusehen.

George kann die Augen nicht von Shay lassen, und ich will ihm in die Fresse hauen. Etwas daran, wie er sie ansieht, ist so *besitzergreifend.* Sehen die meisten Dissertationsvorsitzenden ihre Studenten an, als würden sie planen, sie auszuziehen und dummzuficken? „Wir können uns nach meinem Termin um drei treffen, um das Kapitel, das du umschreiben sollst, zu besprechen."

Mir entgeht nicht, wie sie sich bei den Worten anspannt. „Ich habe heute keine Zeit. Ich habe Lilly versprochen, dass ich sie zum Turnen fahre und mir ihre neue Reckroutine ansehe."

„Dann komm in meinem Büro vorbei, sobald du mit der Führung fertig bist." Er zwinkert ihr zu, bevor er sich umdreht, ohne sich von uns zu verabschieden.

Der Kerl ist so schleimig, dass ich duschen will. „Das

ist also der Vorsitzende deines Dissertationsausschusses",
sage ich, als er die Bibliothek verlässt.

„Jap." Sie trinkt einen Schluck Kaffee.

„Konntest du entscheiden, mit wem du daran
arbeitest?"

Sie runzelt die Stirn. „Natürlich."

„Und du hast *ihn* gewählt?"

Sie verdreht die Augen. „Ich hatte Glück, mit ihm
arbeiten zu dürfen. Dr. Alby ist ein fantastischer
Mentor."

„Du findest ihn nicht unheimlich?"

Ihre Augen weiten sich. „George ist ein toller Kerl.
Sei kein Arschloch." Sie sieht nachdrücklich auf ihre
Armbanduhr und lächelt mich künstlich an. „Ich habe
nicht viel Zeit, und mein Chef würde mich umbringen,
wenn ich dich nicht herumführe, wie du wolltest, also
sollten wir besser gehen." Sie dreht sich um und geht auf
den Ausgang zu, als wäre sie auf einer Mission. Die
Aussicht ist nicht schlecht, aber ich bin so verstört von
der Ausstrahlung von Professor Arschkopf, dass ich fast
zu abgelenkt bin, um sie zu genießen.

Ich bin still, als ich ihr aus der Bibliothek folge. Der
Bürgersteig, der vor zehn Minuten noch voller Studenten
war, ist jetzt leer, und mit zwei langen Schritten hole ich
sie ein und gehe neben ihr her. „Ihr zwei seid …
interessant."

Sie begegnet meinem Blick. „Was ist interessant?"

Ich zucke mit den Schultern. „Ich hätte nicht
gedacht, dass jemand in seiner Position so besitzergreifend wäre." Die Antwort, nach der ich gesucht habe,

ergibt sich, als sie den Blick auf ihre Schuhe senkt. *Scheiße.* „Du bist mit ihm *zusammen?* Dem Hipster-Akademiker mit dem Männerdutt?"

Sie zuckt zusammen und sieht sich um, als würde sie sicherstellen, dass mich niemand gehört hat. „Kannst du leise sein?"

Ich senke die Stimme und versuche es erneut. „Sag mir, dass du nicht mit Professor Arschkopf zusammen bist."

„Ich bin mir nicht sicher, ob ich es als *zusammen sein* bezeichnen würde."

Ich versteife mich. „Du *fickst* ihn." Meine Worte ähneln eher einem Grunzen als dem informativen Ton, den ich nutzen wollte. Sie sieht mich nicht an, und ich weiß, dass es wahr ist. „Du fickst den Vorsitzenden deines Dissertationsausschusses. Ist das nicht ...?"

Sie schiebt die Hände in die Taschen ihrer Jacke, und ihre Schritte werden schneller. „Ist das nicht was?", fragt sie mit zusammengebissenen Zähnen, den Kopf nach vorne gerichtet. „Es bricht keine offiziellen Regeln, wenn du das meinst."

Richtig ... „Wieso dann diese Geheimnistuerei?"

Sie zieht die Schultern an. „Weil es nicht gern gesehen wird. Ich würde es zu schätzen wissen, wenn du es für dich behältst. Die Leute hier würden ... Schlussfolgerungen über uns ziehen."

„Schlussfolgerungen wie zum Beispiel, dass er dich aufgrund seiner Position ausnutzt."

Sie hält plötzlich an und dreht sich mit weit aufgerissenen Augen zu mir. „Niemand hat mich zu etwas gezwungen. Ich weiß, was ich tue."

„Tust du das?" Meine Hände ballen sich zu Fäusten, aber scheiß drauf. Ich kann ihr nicht so nahe sein und sie nicht berühren. Ich stecke eine Locke ihres Haars hinter ihr Ohr und streiche über die sanfte Haut. Shay schließt die Augen, dreht sich aber nicht weg. „Du siehst nicht aus, als wüsstest du im Moment, was du tust, Shayleigh."

Als sie mir in die Augen sieht, ist ihr Ausdruck resigniert und traurig. „Ob ich das tue oder nicht, geht dich nichts an."

Ich werde das ändern. „Du liebst ihn nicht." Vielleicht versichere ich es mir selbst. Vielleicht erinnere ich sie.

„Ich mag ihn. Wir mögen einander." Sie verengt die Augen. „Hör auf, mich anzusehen, als wäre ich eine Herausforderung. Du willst mich nur, weil du mich nicht haben kannst."

„Das ist kein bisschen wahr." Ich summe. „Warte, bevor ich es vergesse ..." Ich berühre meine Taschen und finde sofort, wonach ich suche. „Ich sollte dir das hier geben." Ich gebe ihr eine Visitenkarte. „Die Schwester von einem meiner Mitspieler bei den Demons ist eine Literaturagentin. Sie spezialisiert sich auf YA-Jugendliteratur und Romanzen. Wenn du immer noch in diesem Genre schreibst, solltest du ihr eine E-Mail senden. Füg seinen Namen zur Betreffzeile hinzu."

Sie starrt die Visitenkarte an. „Ich kenne diese Agentin. Callie Weiman repräsentiert große Namen in der Branche. Als ich zuletzt nachgesehen habe, suchte sie nicht nach neuen Autoren."

„Aber sie ist offen dazu, *dich* anzunehmen."

Sie blinzelt mich an. „Wieso tust du das?"

„Was?"

„Gerade genug, um mich am Haken zu haben. Gerade genug, dass ich dich nie *wirklich* gehenlassen kann."

Die Worte sind wie ein Messer in die Magengrube und zugleich Heilsalbe. Ich frage mich, ob sie realisiert, dass sie zugegeben hat, noch immer Gefühle für mich zu haben. Ich will sie nicht verletzen. Ich hasse es, dass ich es getan habe. Aber wenn es eine Chance für uns gibt, muss ich es versuchen. „Was, wenn ich nicht will, dass du mich gehenlässt? Was, wenn ich will, dass du deinen Professor vergisst und mir eine verdammte *Chance* gibst?"

Sie sieht mir so lange in die Augen, dass ich fast erwarte, dass sie zustimmt, aber dann macht sie einen Schritt nach hinten, um den Abstand zwischen uns zu betonen und atmet tief aus. „Komm schon, Easton. Lass mich dich herumführen."

SHAY

Operation „Vergiss ihn" ist gestorben, bevor die Führung begonnen hat. Easton setzt mich mit einer der besten Literaturagentinnen in Verbindung. Es führt vielleicht zu nichts – nichts ist wichtig, wenn das Buch nicht gut genug ist –, aber die Tatsache, dass er es getan hat, lässt die alten Gefühle zurückkommen. Ich habe verdammt schwer daran gearbeitet, mich von ihm fernzuhalten, aber zehn Minuten nach dem Beginn der Führung hat seine Tochter angerufen, und ich sah, wie sein Gesicht sich veränderte, als er mit ihr sprach. Ich habe nie gezweifelt, dass Easton ein guter Vater ist, aber die Liebe auf seinem Gesicht zu sehen, als er mit Abi gesprochen hat, hat es unmöglich gemacht, wütend zu bleiben.

Die Tour war von dort an ziemlich langweilig. Easton hat nicht geflirtet, und ich bin nicht zusammengebrochen und habe ihn angefleht, wegzubleiben, damit ich den schmerzhaftesten Teil meiner Vergangenheit ignorieren kann. Im Großen und Ganzen würde ich es als Triumph bezeichnen.

Wir wurden ein halbes Dutzend Mal von Studenten angehalten, die ihn erkannten und ein Autogramm wollten, und Easton hat sie alle mit seinem üblichen Charme und seiner Leichtigkeit für sich gewonnen, während er Baseballmützen, Papier und sogar die Schulter eines Mädchens, das zugegeben hat, dass sie es sich sofort tätowieren lassen würde, signierte.

Als ich die Führung vor der Bücherei, wo wir uns trafen, beendete, dachte ich, dass er mich erneut nach einer Verabredung fragen oder etwas Beschissenes über meine Beziehung zu George sagen würde, aber stattdessen starrte er mich nur einen langem Moment lang an. „Danke für heute, Shayleigh. Ich hätte das Gelände nicht durch die Augen eines anderen Menschen sehen wollen."

Und ich bin erneut dahingeschmolzen. Weil es Easton ist, und ich ihm gegenüber schon immer so weich wie schmelzende Eiscreme an einem Sommertag war. Die Jahre der Trennung haben viel geändert, aber anscheinend nicht das.

Ich klopfe an Georges Bürotür, bevor ich den Kopf durchstrecke. „Hey, du."

George sieht von den Papieren vor sich auf und grinst. „Hallo, Shay. Komm rein und schließ die Tür hinter dir."

Ich betrete den Raum und lehne mich gegen die Tür, als das Schloss einrastet. Es ist das erste Mal seit Sonntagnacht, dass wir allein sind, und ich fühle mich genauso unvorbereitet auf dieses Gespräch, wie ich es seinerzeit getan habe.

„Was hat es mit diesem Blick auf sich?", fragt George. Er steht auf und nimmt mir die Handtasche ab, ehe er sie auf den Stuhl wirft und sich zu mir dreht.

„Was für ein Blick?" Ich lächele, als seine Hände über meinen Rücken gleiten und mich an ihn ziehen. Ich blinzele, als ich realisiere, dass ... George einen *Steifen* hat. Es ist nichts, das ich noch nicht gespürt habe, aber George berührt mich normalerweise nicht auf dem Unigelände. Sogar der heutige Morgen war unüblich. Er ist kein Kerl, der in der Öffentlichkeit seine Zuneigung zeigt. Er ist auf jeden Fall kein ‚reib meinen Steifen in meinem Büro an dir'-Kerl.

Er steckt eine Strähne hinter mein Ohr und streicht mit der Fingerspitze über meinen Hals. „Als würdest du dir über etwas Sorgen machen. Wie war die Führung mit dem Sportler?"

Ich schlucke schwer und nicke. „Ganz okay. Ich habe gar nicht darüber nachgedacht, um ehrlich zu sein."

„Was dann?" Er senkt seinen Kuss auf meinen Hals und drückt mich gegen die Tür.

Er hat auf jeden Fall eine Erektion. Und will definitiv jetzt etwas dagegen tun. *Hier.*

Am Anfang unserer Beziehung hätte es mich heiß gemacht, von ihm in seinem Büro berührt zu werden, aber heute, mit meinen Gedanken in meiner Zukunft – und Easton, um ehrlich zu sein –, ist Bürosex mit George das Letzte, worüber ich nachdenken will.

„Sag mir, was los ist", murmelt er gegen meinen Hals, während seine Hände meinen Mantel aufknöpfen.

Ich beiße mir auf die Lippe. Soll ich ihn über den Ring fragen? Ich sollte ihm sagen, dass Easton mich Sonntagnacht geküsst hat. „Habe ich dir je erzählt, dass ich Fiktion schreibe?"

Er lehnt sich zurück und sieht mich mit geweiteten Augen an. „Ich glaube nicht, dass du es erwähnt hast. Das ist toll. Hast du darüber nachgedacht, das Buch an ein Literaturmagazin zu schicken, um deinen Lebenslauf zu erweitern?"

Natürlich würde er mein Geständnis zu einem Extrapunkt auf meinem Lebenslauf reduzieren. Es ist das Resumé für Akademiker, das wir so lang wie möglich gestalten wollen, indem wir jede Leistung hinzufügen, um unseren Selbstwert zu beweisen. „Es ist nicht die Art, die ein literarisches Magazin publizieren würde."

„Du bist zu bescheiden." Seine Augen mustern mein Gesicht, bis sie zu dem kleinen bisschen Dekolleté wandern, das von meinem Oberteil entblößt wird, und ich will ihm eine Ohrfeige verpassen, weil er sich nicht auf das Gespräch konzentriert. Versteht er nicht, wie wichtig es mir ist? „Du bist talentierter, als du denkst."

„Ich bin nicht bescheiden. Ich sage, dass es nicht das Richtige für ein literarisches Magazin ist, weil es nicht literarisch ist. Es ist Genrefiktion. Ich schreibe seit Jahren und habe mehrere Bücher beendet."

„Es gibt nichts Falsches daran, aus Spaß zu schreiben." Er senkt sein Gesicht und küsst über meine Brüste, bevor er ineffektiv an meinem Bleistiftrock zieht.

Ich lege die Hände auf seine Schultern und schiebe ihn sanft weg. „George, ich versuche, ein ernstes Gespräch zu führen."

Seine Augen sind benebelt mit Lust, aber er atmet tief ein und stellt sich vor seinen Schreibtisch, bevor er sich dagegen lehnt und die Arme verschränkt. „Tut mir leid." Seine Lippen zucken. „Erzähl mir von deiner Genrefiktion."

Aber das will ich nicht. Nicht, wenn er mich mit diesem selbstgefälligen Grinsen ansieht. Nicht, wenn ich weiß, dass das einzige Wort, das er mit mehr Spott aussprechen wird als „Genrefiktion", „Romanze" ist. Ich bin mir nicht sicher, ob es helfen oder alles schlimmer machen würde, meine Bücher als YA-Romanzen zu kategorisieren. „Ist schon gut." Ich schnappe mir meine Tasche und werfe sie über die Schulter. „Ich muss los, damit ich nicht zu spät komme zu Lillys Training."

Georges Ausdruck ändert sich – die Arroganz wird durch ... Panik ersetzt? „Shay, es tut mir leid. Erzähl mir mehr."

Ich nicke. Vielleicht sollte ich das. Vielleicht wird er respektieren, was ich getan habe, da er mich und meine Arbeit kennt. Oder vielleicht wird er denken, dass ich meine Zeit verschwende. Ich will gerade so oder so nicht in seiner Nähe sein. „Ein anderes Mal", sage ich und meide seinen Blick. „Es ist nicht wichtig."

Aber das ist es. Es ist wichtiger, als ich mir gegenüber selbst zugeben wollte. So wichtig, dass ich nur Easton mit dem Geheimnis vertraut habe, und er hat es all die Jahre für sich behalten. Ich verziehe das Gesicht. Ich weiß vielleicht nicht, was ich dieses Ding mit George nennen soll, und ich habe vielleicht zu viel Angst, wegen des Rings zu fragen, aber ich schulde ihm meine Ehrlichkeit. „Ich muss dir etwas sagen."

George legt den Kopf zur Seite. „Was?"

„Sonntagnacht, nachdem wir zu Abend gegessen haben, bin ich in die Bar gegangen. Easton war dort."

Sein Ausdruck wird schlaff, und er scheint blass. „Okay ..."

„Er hat mich geküsst." Ich habe mir gesagt, dass es kein großes Ding war, aber ich fühle mich beschissen, als ich Georges Gesicht sehe, während die Worte über meine Lippen taumeln. „Ich habe ihn nicht zurückgeküsst. Ich habe ihn weggeschoben und ihm gesagt, dass ich mit jemandem zusammen bin." Ich schlucke schwer, mache einen Schritt auf ihn zu und berühre seine Brust. „Es wird nicht noch einmal passieren, aber ich wollte es dir sagen."

Er presst eine Hand auf seine Brust, bevor er den Kopf senkt, um mich zu küssen. Der Kuss ist lang und andauernd, und ich warte darauf, dass ich von Wärme erfüllt werde. Aber es passiert nicht. Als er sich zurücklehnt, sind seine Augen verdunkelt. „Hat sein Kuss sich so angefühlt?"

„Nein", flüstere ich. Weil er das nicht hat. Eastons Kuss hat sich wie ein Versprechen angefühlt. Wie Lob und Vergötterung. In den zwei Sekunden, in denen seine Lippen meine berührten, war ich zerstört und wiederaufgebaut. Nein, Georges Kuss fühlt sich nicht wie Eastons an.

„Gut", flüstert er, und ich korrigiere ihn nicht. Ich kann mich nicht dazu bringen, zu erklären, dass es nicht gut ist. Es ist ein Schlamassel. *Alles* ist ein Schlamassel. „Kannst du nach Lillys Training zurückkommen? Ich will dich in meinem Bett."

Ich warte auf das Kribbeln, das mich durchdringen sollte – auf die Verführung von Georges Bett, die mich meine Pläne ändern wollen lässt. Aber. Es. Passiert. Nicht. *Fick dich, Easton.* „Ich muss wirklich an meinen Verbesserungen arbeiten. Ich werde sie vielleicht früher fertigbekommen, wenn ich mich konzentriere."

Er atmet tief ein und stellt sich auf. Ich kann fast sehen, wie er seine Erwartungen gedanklich anpasst. „Früher wäre gut. Du verdienst eine Pause."

Ich sehe mich um und mustere Georges Büro. Ich unterrichte seit zwei Jahren in einer temporären Stelle an der Starling Uni, also ist es nicht so, als wüsste ich nicht, wie mein Leben wäre, wenn ich mich für eine Professorenstelle entscheide. Unterrichten, benoten, Fakultätsmeetings, Studenten beraten und so verdammt viel Ausschussarbeit – an dieser Liste finde ich nur die Zeit im Klassenraum lohnenswert. Ich liebe es, zu sehen, wie meine Studenten eine Verbindung zu Literatur aufbauen – manchmal zum ersten Mal in ihrem Leben. Ich liebe es, ihre Hand zu halten und ihnen zu zeigen, dass sie die notwendigen Werkzeuge haben, um fesselnde Worte zu schreiben, auch wenn es ihnen Angst macht. Aber der Rest? *Ich erschaudere innerlich.* „Ich glaube, ich brauche etwas mehr Zeit, um über meine Optionen fürs nächste Jahr nachzudenken. Ich war so damit beschäftigt, mein

Doktorat zu beenden und meine Qualifikationen für eine Amtszeitposition zu erhalten, dass ich mir nicht sicher bin, ob ich wirklich darüber nachgedacht habe, ob ich das will."

„Shay ..." Er mustert mich, als seine Augenbrauen sich mit Enttäuschung senken. „Lass dir von diesem Kerl deine Pläne nicht ruinieren. Ich weiß, dass er aufregend ist und Geld hat, und ich bin mir sicher, dass es attraktiv klingt, weil du so hart gearbeitet und so wenig verdient hast, aber lass ihn nicht ruinieren, worauf du hingearbeitet hast." Er schlingt eine Hand um mein Handgelenkt und reibt mit dem Daumen über die Stelle, an der mein Puls pocht. „Lass ihn nicht die paar Monate ruinieren, die wir noch haben."

„Ich kann nicht leugnen, dass es mich verwirrt hat, Easton wiederzusehen." Meine Hand winkt zwischen uns. „Und das zwischen uns."

Er nickt. „Das habe ich bemerkt."

„Und es tut mir leid. Aber das Bedürfnis, meine Karriere zu überdenken, hat nichts mit Easton zu tun. Es geht um mich." Aber vielleicht habe ich Easton gebraucht, um mich daran zu erinnern, dass ich mehr als die Buchstabensuppe hinter meinem Namen bin, und dass ich mich nie so sehr um meine Karriere gesorgt habe wie um meine Familie.

Teil Fünf

VERGANGENHEIT

EASTON

*D*er Strand hat eine heilende Wirkung auf meine einsame Seele. Die hatte er schon immer. Ich bin an der Küste vom Lake Michigan aufgewachsen und habe meine Wochenenden barfuß in den Wellen verbracht und während der High School dort Mädchen im Sand geküsst. Lake Michigan ist nicht der pazifische Ozean, aber der See ist so groß, dass man nichts als Wasser am Horizont sieht. Die Wellen kommen den Monsterströmen hier nicht nahe, aber sie sind da, auch wenn sie nur kaum einen Meter hoch sind.

So schwer, wie es war, mein Zuhause zu verlassen, als ich von den Demons gewählt wurde, bin ich dankbar, dass ich am Meer lebe. Ich gehe immer zum Strand, wenn ich nachdenken muss. Es hilft mir, mich zu entspannen. Hilft mir, meine Gedanken zu organisieren.

Und heute Abend sind meine Gedanken bei meiner anderen Familie – bei der, die ich zurückgelassen habe, als ich Jackson Harbor verließ.

Es ist zwei Jahre her, seit ich sie gesehen habe. Ich dachte, ich würde sie besuchen, aber dann ist meine Mutter hergezogen, um in meiner Nähe zu sein und ... naja, meine guten Vorsätze waren nicht genug, um nach Hause zu fliegen.

Carter und ich haben in den letzten Monaten kaum miteinander geschrieben. Ich bekomme ab und zu eine SMS von Shay, aber nichts wie diese verdammten „Soll ich mit ihm schlafen?"-Nachrichten, die sie mir vor zwei Jahren mitten in der Nacht schickte. Sie ist immer noch mit Steve zusammen, also schätze ich, dass sie sich ihre Frage mittlerweile selbst beantwortet hat.

Wenn ich ehrlich bin, ist es ein großer Teil des Grundes, wieso ich nicht zurück nach Michigan fliege. Jedes Mal, wenn ich überlege, mir einen Flug zu buchen, denke ich daran, sie mit ihm zu sehen. Ich weiß, wie unfair und unlogisch meine Eifersucht ist. Sie gehört mir nicht. Hat sie nie. Ich sage mir, dass es einfacher ist, wegzubleiben, aber ich glaube, sich von Shayleigh fernzuhalten ist das Schwerste, was ich je getan habe.

Und diesen Monat ist sie zum ersten Mal in Paris. Mit der Uni und ... ihrem Freund.

Ich sehe auf mein Handy, um mich nach der Uhrzeit zu erkundigen.

Bei ihr ist es neun Stunden später, also isst sie wahrscheinlich zu Abend. Nutzt ihr Freund Paris, um sie vor dem Eiffelturm zu verwöhnen? Sagt er ihr, wie schön sie ist, als sie die Flure des Louvres erkundet? Glaubt sie ihm, oder zweifelt sie immer noch an ihrer Schönheit?

Scheiß drauf.

Ich entsperre mein Handy und öffne meine Nachrichten-App.

*E*aston: *Wie ist Paris?*
Shay: *Paris ist toll. Jungs sind dumm.*

*W*enn es je Zweifel gab, dass ich ein egoistisches Arschloch bin, dann ist mein riesiges Grinsen, das diese Worte hervorrufen, Beweis genug.

*E*aston: *Alle Jungs oder ein bestimmter?*
Shay: *Wer macht IN PARIS Schluss?*

*M*ein Atem strömt aus mir heraus. Verfickter Steve. Ich dachte, er war ein schlauer Kerl. Ich hätte meinen Instinkten vertrauen sollen.

*E*aston: *Ein sehr, sehr dummer Junge. Ist alles in Ordnung?*
Shay: *Ja. Ich schätze, ich hätte es kommen sehen sollen. Wir*

haben morgen frei, und ich hatte einen Plan. Wir hätten den Tag zusammen verbracht, aber jetzt sagt er mir, dass es vorbei ist und er den Tag mit Heather verbringen wird. Heather, meine Zimmergenossin. Heather, die angeblich meine FREUNDIN war.

Jungs sind die Schlimmsten. Und das war ihr Fehler – mit einem *Jungen* zusammen zu sein.

Shay: *Wieso konnte er das nicht tun, bevor wir hergeflogen sind? Jetzt bin ich hier und versuche, so zu tun, als wäre alles in Ordnung. Ich werde ihm nie vergeben, wenn er mir Paris ruiniert hat.*

Easton: *Was hast du für morgen geplant?*

Shay: *Eiffelturm natürlich. WEIL ES ROMANTISCH IST.*

Easton: *Tu es trotzdem.*

Shay: *Ich weiß. Ich weiß.*

Shay: *Es ist dumm, aber ich habe mir meinen ersten „auf der Spitze des Eiffelturms"-Kuss vorgestellt, seit ich zehn Jahre alt war.*

Ich grinse, aber ich kann nicht anders, als mich zu freuen, dass er so ein Idiot ist. Dieser Steve hat so viele von ihren ersten Malen bekommen. Er verdient dieses nicht.

Anscheinend antworte ich nicht schnell genug, weil ihre nächste SMS durchkommt, bevor ich etwas schreiben kann.

*S*hay: *Okay. Es IST dumm, aber ich kann nicht anders.*
Easton: *Er verdient dich und diesen Kuss nicht.*
Shay: *Oder vielleicht bin ich eine Langweilerin, die „zu viel studiert und keinen Spaß hat".*

*I*ch hoffe ernsthaft, dass Heather Filzläuse hat und Steve ansteckt. Das ist das Mindeste, das er verdient.

*E*aston: *Ne, ich habe diesmal recht.*
Shay: *Es ist Zeit für unsere Nacht-Bustour, also muss ich mein Handy weglegen. Bitte erzähl meiner Familie nicht, was passiert ist. Ich will nicht, dass sie sich um mich sorgen.*
Easton: *Du kannst mir immer mit deinen Geheimnissen vertrauen.*

SHAY

*I*ch sehe mein Handy finster an. Habe ich gedacht, dass Easton mir das ganze Wochenende lang simsen würde, weil mein Herz weh tut?

Er hätte wenigstens auf meine letzte Nachricht antworten können. Ich habe sie heute Morgen geschickt, weil ich mich bei *irgendwem* beschweren musste, dass Heather und Steve während der ganzen Tour rumgemacht haben und sie ihn auf unser Zimmer geschmuggelt hat, nachdem sie sich sicher war, dass ich schlief. *Arschlöcher*.

Easton hat nicht geantwortet. Klar, er ist in einer anderen Zeitzone, aber trotzdem. Es ist fast sechs Uhr abends hier, was bedeutet, dass es in Los Angeles fast neun Uhr morgens ist.

Bei einer Sache hat Easton aber recht. Ich sollte meinen Abend damit verbringen, alles zu tun, was ich geplant habe, und obwohl unsere Gruppe nächste Woche zum Eiffelturm geht, wollte ich wirklich allein herkommen, wenn ich den Professoren nicht dabei zuhören muss, wie sie über die architektonischen Wunder labern. Ich wollte das erste Mal genießen, und ich sollte es mir nicht entgehen lassen, weil Steve entschieden hat, dass er lieber mit Heather zusammen wäre.

Und ich werde mir garantiert nicht selbst leidtun, also ziehe ich eine enge, schwarze Jeans an, Sandalen mit Absätzen, die ich hoffentlich nicht bereuen werde, und ein lockeres, blumenbedrucktes Top. Ich trage mein Make-Up auf und mache mir die Haare, und als ich bereit bin, loszugehen, fühle ich mich ... *gut*. Ich werde nie einen Playboy Bunny Körper haben – und die dreizehn Kilo, die ich seit dem Beginn der Uni zugenommen habe, helfen nicht –, aber wenn ich mir Mühe gebe, statt mein Haar in einen unordentlichen Dutt zu binden und das nächste T-Shirt anzuziehen, glaube ich, dass ich nicht schlecht aussehe.

Auf meinem Weg nach draußen gehe ich an Steve und Heather vorbei. Steves Augen weiten sich, als er mich sieht. Ich habe es nicht getan, damit er bereut, mit mir Schluss gemacht zu haben, aber ihn so starren zu sehen, fühlt sich nicht *schlecht* an.

Ich bin nervös, die Metro allein zu benutzen, aber wir haben es mittlerweile ein paar Mal mit der Gruppe getan, und ich habe es mir online noch einmal angesehen. Ich muss nur eine Bahn nehmen, um vom Schlafsaal unserer Gastuni zum Eiffelturm zu gelangen.

Sobald ich im Zug bin, lächele ich.

Ich bin in *Paris*. Ich wollte herkommen, seit ich *Vergiss Paris* mit meiner Mutter geschaut habe, als ich zehn Jahre alt war. Vielleicht ist es gut, dass ich die Stadt ohne Steve erkunden kann. Ich will mich nicht darum sorgen, ob es ihm Spaß macht oder ihm die ständige Bestätigung geben, die er braucht.

Als ich aus dem Zug steige und die Stufen der Champ de Mars-Station besteige, ist die Menschenmenge intensiv. Ich halte meine Umhängetasche aus Gewohnheit fest. Ich habe zu viele Geschichten gehört über Frauen, deren Taschen an den Riemen abgeschnitten wurden.

Aber da ist der Eiffelturm. Genau vor mir, und er ist größer, als ich mir je hätte vorstellen können. Er ist *riesig*.

„Eine Blume für die hübsche Dame?", fragt ein Mann und hält sie mir wie ein Geschenk hin.

Ich schüttele den Kopf und gehe weiter, um mich hinter der langen Schlagen anzustellen und auf den Aufzug zu warten.

$\mathcal{E}$aston: *Wo bist du?*
　　Shay: *Oh, jetzt antwortest du also?*

$\mathcal{N}$icht einmal seine verspätete Antwort kann mir die Laune verderben. Ich schwebe auf meiner persönlichen Wolke 7.

. . .

172

*E*aston: *Ich hatte mein Handy nicht. Wo bist du?*
   Shay: *Auf dem Eiffelturm. Ich heule mir die Augen aus, weil es so verdammt schön ist.*

Easton: *Spezifischer.*

Shay: *Was kann spezifischer sein als der Eiffelturm?*

Easton: *Auf welchem Stockwerk? Gib mir die Details mit den Worten, die du so gut benutzt, Shayleigh.*

Shay: *Auf dem mittleren. Ich habe den letzten Aufzug noch nicht genommen, aber ich sehe mir gerade Paris an. Der Himmel ist so klar, dass ich das Sacré-Ceour sehen kann.*

*I*ch beiße mir zögernd auf die Lippe. Wäre es dumm, ein Selfie zu schießen? *Scheiß drauf.*

Ich hebe mein Handy hoch und schieße ein Foto von mir selbst, während mein Haar im Wind weht und die Stadt hinter mir liegt. Ich schicke es ab, bevor ich es überdenken kann.

*S*hay: *Da. Bist du froh?*

*U*nd weil es sonst nicht Easton wäre, antwortet er nicht, wodurch ich meine Handlung hinterfrage. Ich schüttele den Kopf und stecke mein Handy wieder weg.

Konzentrier dich auf den Moment, Shay. Du kannst Easton später simsen.

Ich atme tief ein, als ich die Stadt überblicke, von der ich so lang geträumt habe, dass ich versuche, sie einzuatmen. Ich will mich an alles erinnern – nicht nur den Ausblick, sondern das *Gefühl*. Meine Liebe für Paris ist nicht so unterschiedlich von den Gefühlen, die ich einst für Easton hatte – ein akutes Verlangen, das ich nie ganz erklären konnte, Jahre der Erwartung, dass es sich ändern würde, und dann dieses Gefühl der *Richtigkeit*, weil ich endlich hier bin.

Ich wische die Tränen weg und seufze. Ich bin emotional, aber ich liebe es. Ich kann Easton vielleicht nicht haben, aber ich habe diese Stadt. Sie gehört mir, und ich werde eines Tages zurückkommen – ohne Steve und die Universitätsgruppe.

„Ich werde wiederkommen, wenn ich dich komplett erkunden kann", flüstere ich. „Und wir werden einander richtig kennenlernen."

„Redest du mit dem Turm oder der Stadt?"

Mein Herz setzt aus, bevor es laut pocht. *Easton?* Ich drehe mich zu der tiefen Stimme, die ich so lang nicht mehr gehört habe.

Easton grinst mich breit an und macht einen Schritt auf mich zu. „Ich wollte dein Privatgespräch nicht unterbrechen."

Ich schüttele den Kopf und versuche, meine Kinnlade zu schließen. Das kann nicht echt sein. Auf keinen Fall.

Er geht einen weiteren Schritt auf mich zu. Sein Blick wandert über meinen Körper, und ich weiß nicht, ob er sicherstellt, dass es mir gut geht – als hätte das Ende meiner Beziehung körperliche Narben hinterlassen –, oder ob er mich *sieht*. Gott, ich will, dass es beides ist, aber der nörgelnde, unsichere Teil von mir erinnert mich an das Gewicht, das ich zugelegt habe und die göttlich schöne Popsängerin, mit der er zusammen ist.

„Paris steht dir."

„Was machst du hier?"

Er umrahmt mein Gesicht mit den Händen und wischt die Tränen mit den Daumen weg. „Du hast dein ganzes Leben auf diese Reise gewartet, und dieser Arsch hat es ruiniert. Das konnte ich nicht auf sich beruhen lassen."

Ich öffne den Mund, um zu erklären, dass ich nicht wegen Steve weine. Er ist beschissen, und das Timing war *noch* beschissener, aber unsere Beziehung war schon länger nicht mehr aufregend. Es sind Tränen der Freude. Aber ich habe keine Chance, es zu erklären, weil Easton den Kopf senkt und seine Lippen auf meine legt.

Ich *muss* träumen.

Kein Kuss kann sich so gut anfühlen. Die Zunge eines Mannes kann nicht dieselbe Wirkung haben wie die Spitze der Achterbahn. Die Art, wie seine Hand in mein Haar gleitet, sollte sich nicht so bequemlich anfühlen wie mein Bett am Ende eines langen, ermüdenden Tages.

Aber er lehnt sich zurück, und egal, wie oft ich ihn anblinzele, er ist immer noch hier. Easton Connor hat mich gerade auf dem Eiffelturm geküsst, und ich komme nicht damit klar.

Seine Augen mustern mich tausend Mal. „Tut mir leid."

„Was?"

Er nickt. „Ich hatte Angst, dass du annehmen würdest, es wäre ein Mitleidskuss. Du hättest Nein gesagt." Seine Lippen verziehen sich zu diesem Bad Boy-Grinsen, das ich so sehr liebe. „Also wollte ich nicht fragen."

Ich berühre meine Lippen mit den Fingern. Es ist *passiert*. „War es ein Mitleidskuss?"

„Gott, nein."

Ich bin mir ziemlich sicher, dass es nicht wahr ist, aber ich lächele trotzdem. „Du bist wirklich *hier*."

Er lacht. „Soll ich dich noch einmal küssen, um dich davon zu überzeugen?"

Ich öffne den Mund und schließe ihn wieder. Es ist zu viel und gleichzeitig nicht genug, und ich bin froh und gleichzeitig verblüfft. Ich will tausend Fragen stellen, aber dieser Moment ist so magisch, dass ich Angst habe, dass er unter dem Gewicht meiner Ungläubigkeit zerbricht.

„Shay? Wirst du etwas sagen?"

„Nein, das werde ich nicht."

Ihm vergeht das Lächeln. „So schlimm? Scheiße, ich wollte etwas Gutes tun und–"

Ich lege einen Finger auf seine Lippen und schüttele den Kopf. „Schh." Ich greife nach seiner Hand und verschränke unsere Finger, bevor ich mich der Aussicht zuwende.

Easton steht neben mir, seine Augen auf unseren

Händen. „Du bist nicht wütend, dass ich gekommen bin?"

„Ich bin nicht wütend." Ich lächele. Vielleicht werde ich für immer lächeln. „Ich kann nicht glauben, dass du nach Paris gekommen bist, weil mein Herz gebrochen wurde."

Er zuckt mit den Schultern. „Vielleicht war ich in der Nähe."

„Klar! Natürlich. Du bist ein berühmter NFL-Spieler. Du fliegst wahrscheinlich ständig nach Paris zum Abendessen."

Seine Lippen zucken erneut. „Klar doch."

„Kein großes Ding."

„Ne. Überhaupt nicht."

Ich schlucke schwer. „Großes Ding oder nicht ... danke. Es bedeutet mir viel."

Er drückt einen Kuss auf meinen Kopf. Die Geste ist fast brüderlich und das verwirrt mich. Ich atme tief aus und verspreche mir etwas – heute Nacht werde ich Paris genießen. Ich werde Eastons Kuss nicht analysieren. Ich will es nicht zu mehr machen oder mich morgen reinsteigern. Im Gegenzug für dieses Geschenk des Universums werde ich die Momente genießen und nicht mehr erwarten.

*Ü*ber die nächste Stunde sprechen wir kaum, während wir die Aussicht genießen, aber es ist keine seltsame Stille. Zumindest nicht für mich. Für mich ist es nur ein ehrfürchtiger Respekt, als ich versuche, mir jedes Detail zu merken – die sinkende Sonne am Pariser Horizont, das Gefühl seiner Finger auf meinen, und der Nervenkitzel, weil alles unter uns so klein aussieht. Es ist voll, aber ich bemerke kaum jemanden, und als Easton meinen Rücken an seine Brust zieht, könnten wir genauso gut die einzigen Menschen auf der Welt sein.

„Shay? Shayleigh, ist alles in Ordnung?"

Ich drehe mich um und blinzele Steve an.

Seine Augen weiten sich, als er Easton sieht. „Bist du ... Du bist nicht wirklich ... Ich meine, du kannst nicht ..."

Easton lächelt, als er sich zu Steve dreht. Er hält seine Hand hin, während er den anderen Arm um meine Taille geschlungen hält. „Easton Connor. Schön, dich kennenzulernen."

Steve blinzelt mich an, dann Easton. „Heilige Scheiße. Ich wusste, dass ihr euch ab und zu simst, aber ich wusste nicht ..." Seine dunklen Augen springen hin und her, als würde er versuchen, eine schwierige mathematische Formel zu lösen. Und ich verstehe ihn. Von all den Mädchen, die Easton wählen könnte, hält er mich in Paris in seinen Armen. Ich passe nicht. Ich bin eine mollige, seltsame, junge Frau, die ihm als Kind hinterhergerannt ist. Er verdient mehr – die Popprinzessin, die in Los Angeles an seinem Arm hing. Ich bin nur ... ich. Was der Grund ist, wieso heute Abend so besonders ist. Wieso ich weiß, dass dieser Moment ein Geschenk ist und nicht der Anfang von etwas Neuem.

Easton zieht mich näher. „Und du heißt?"

„Ich, äh ... Ich bin Steve."

Zuerst frage ich mich, ob Easton sich erinnern wird. Steve war über die letzten zweieinhalb Jahre ein riesiger Teil meines Lebens, aber Easton hat ihn nie getroffen. Ich sehe den Moment, als er den Namen wiedererkannt, weil seine Augen sich weiten. „Ah, okay."

„Ich bin ein riesiger Fan. *Riesig.* Ich kann nicht glauben, dass ich dich gerade treffe."

Ein Teil von mir ist froh, dass er stottert, aber der Rest will nur, dass er geht, damit ich meinen traumhaften Abend mit Easton genießen kann.

„Es ist immer schön, einen Fan zu treffen", sagt Easton nickend. „Schönen Abend noch." Er führt mich weg, und sein Arm verschwindet von meiner Hüfte, um meine Hand zu halten.

„Danke", flüstere ich.

„Wofür?"

Ich zucke mit den Schultern. „Dass du es aussehen lassen hast, als wären wir zusammen. Er wird sich jetzt wundern, ob er vielleicht etwas Gutes aufgegeben hat."

Easton hält an und dreht sich zu mir, die Hände erneut auf meinem Gesicht. „Ob und *vielleicht?*" Er schüttelt den Kopf. „Shay, er ist ein Narr. Und ein größerer, wenn er mich sehen musste, um es zu verstehen."

Ich schlucke schwer. „Danke."

Er verengt die Augen. „Aber du glaubst es nicht, oder? Du realisierst nicht, dass du Besseres verdienst als einen Kerl, der nicht einmal warten konnte, bis du bereit warst, und dich unter Druck gesetzt hat, mit ihm zu schlafen."

Ich blinzele ihn an. „Du erinnerst dich daran?"

„Natürlich tue ich das. Ich musste mich beherrschen, um nicht nach Hause zu fliegen und ihm die Meinung zu sagen." Er dreht sich in die Richtung, wo Steve verschwunden ist, der Blick finster. „Ich traue mich nicht, zu fragen, was passiert ist."

Ich lache. „Ich war zweieinhalb Jahre lang mit ihm zusammen. Was glaubst du denn?"

Er knurrt und rollt die Schultern zurück, aber ich drücke seine Hand. Ich will nicht, dass er den armen Steve vermöbelt.

„Es ist nicht in dieser Woche passiert. Er hat gewartet, bis ich bereit war." Ich ziehe an Eastons Arm, als er wieder meinem Blick begegnet. „Bitte guck nicht so."

„Wie?"

„Dieser ‚beschützerische große Bruder'-Blick. Hör auf. Wir sind in *Paris*. Zuzusehen, wie du für Mord verhaftet wirst, würde diesen ansonsten netten Abend versauen."

Er verzieht den Mund. „Du denkst, ich habe dich wie ein großer Bruder angesehen?"

„Nicht? Du bist so schlimm wie Carter. Er versucht auch, jeden Kerl zu verschrecken, der mich ansieht." Ich atme tief aus. „Kein Wunder, dass ihr euch so gut versteht. Ihr wollt beide, dass ich für immer eine Jungfrau bleibe."

Seine Augenbrauen schießen in die Höhe. „Ich ... habe nie gesagt, dass ich das wollte."

Meine Wangen werden rot, und ich will wirklich das Thema wechseln. Ich drehe mich weg, als ich leicht zittere. Die Sonne ist verschwunden, und die Luft ist kühler.

Dann steht Easton hinter mir und hält mich, um mir etwas Wärme zu spenden. „Vertrau mir, Shay, ich habe dich nie als kleine Schwester gesehen." Er atmet aus, und ich spüre es auf meinem Ohr. „Ich will dich wieder küssen."

Mein Magen dreht sich. Er ist nur hier, weil er nicht wollte, dass ich mir die Reise von Steve ruinieren lasse. Er will den Helden spielen, aber das bedeutet nicht, dass es *echt* ist. Ich drehe den Hals, um ihn anzusehen. „Ruinier es nicht mit Mitleidsküssen, East."

Er dreht mich in seinen Armen und hebt mein Gesicht mit einer großen Hand an. Seine Augen sind dunkler als bevor, die Lippen gespreizt. Ich will sie wieder auf mir spüren. „Denkst du das wirklich? Obwohl ich gesagt habe, dass es nicht aus Mitleid ist? Hast du das gedacht, nachdem ich dich bei der Neujahrsparty berührt habe?"

Mein Gesicht brennt. Wir haben nie über diese Nacht gesprochen.

„Ich wollte dich schon so lange küssen." Sein Blick fällt auf meinen Mund, dann auf mein Dekolleté, und ich fühle mich heiß. „Carter hat mich fertiggemacht, weil er es mir ansehen konnte, aber du warst zu jung, und ich musste dir widerstehen. Bis ich dich in meinen Armen hatte und nicht Nein sagen konnte."

Mein Herz schlägt so schnell, dass ich mich fühle, als

wäre ich die Treppe hier hochgelaufen. „Ich bin nicht mehr zu jung."

Seine Nasenlöcher weiten sich. „Ich weiß."

Küss mich. Küss mich jetzt. Ich könnte flehen, aber stattdessen frage ich: „Was jetzt?"

Ein Teil der Dunkelheit in seinen Augen weicht. „Jetzt werde ich dich zum Abendessen ausführen."

EASTON

Shays Lippenstift klebt an ihrem Weinglas, und ich kann mich nicht konzentrieren. Ich kann an nichts, außer ihre Lippen und wie sie gestöhnt hat, als ich sie küsste, denken.

Ich habe vergessen, wie es sich anfühlt, in Shays Nähe zu sein – wie sie mich berührt und meinen Magen vor Verlangen verknotet.

Ihr Herz wurde gebrochen, und sie ist nicht bereit.

Sie hat von Paris geschwärmt, seit wir uns gesetzt haben, hat über alles gequatscht, was sie die letzten Tage gesehen hat und was sie in den nächsten Wochen plant. Wenn ich schätzen müsste, würde ich sagen, dass sie zur Hälfte nervös und zur anderen enthusiastisch ist, als ihre Wangen rot werden und ihre Worte miteinander verschmelzen.

„Aber was ist mit *dir?*", frage ich. „Wie läuft es mit der Uni? Wie ist dein Leben?"

Sie greift nach dem Weinglas und schwenkt es. Sie ist

alt genug, um in Frankreich zu trinken, aber sie hatte nur ein paar Schlucke. „Ich bin nicht wie du, East. Ich bin nur ein durchschnittliches Mädchen mit einem durchschnittlichen Leben."

„Nichts könnte weiter von der Wahrheit entfernt sein. Du bist so verdammt schlau und talentiert. Alles, was du tust, ist interessant, und ich hasse es, dass du dich wegen ihm anzweifelst."

„Ich bezweifle es gerade nicht", sagt sie, während sie mich unter ihren Wimpern anblinzelt. „Was ist mit dir? Ich dachte, du warst mit einem Popsternchen zusammen."

Ich lege meine Gabel ab und trinke einen großen Schluck. „Scarlett", sage ich. Es gibt nicht genug Wein in der Flasche, um mich darauf vorzubereiten, über Scarlett Lashenta zu sprechen. „Das war ich eine Zeit lang."

„Und ...?"

Womit soll ich anfangen? Mit Scarletts konstantem Trinken? Mit ihrem Kampf mit der Sucht, von dem ich sicher bin, dass sie ihn nicht gewinnen will? Mit der Art, wie *alles* in ihrem Leben dramatisch ist und es ihr gefällt? „Wir haben uns getrennt, was du bestimmt bereits weißt."

„Ich versuche, keine Klatschblätter zu lesen", sagt sie, ihre Wangen ein strahlendes Pink, das sie verrät. „Aber manchmal ist es schwer zu widerstehen."

Ich lache. „Ich meinte, dass du es hättest wissen sollen, als ich dich geküsst habe, weil ich es sonst nicht getan hätte."

Ihre Wangen glühen fast. „Oh. Richtig."

Ich atme tief aus. „Es ist richtig unfair, weißt du? Du kannst Paris Hiltons Seite lesen, wenn du etwas über mein Leben wissen willst, aber woher soll ich wissen, was mit dir los ist? Du postest nicht einmal auf Facebook."

„Ich meine, als ich das letzte Mal nachgesehen habe, funktionierten Handys immer noch? Und es ist nicht so, als hätten wir nicht miteinander gesprochen, seit du weggezogen bist."

„Manchmal denke ich an dich und will wissen, was du tust, ohne mich in dein Leben einzumischen." Mein Lächeln verebbt. „Ich meinte es ernst, als ich dir gesagt habe, dass du deine Pläne nicht wegen mir ändern solltest. Ich konnte dich nicht an die UCLA gehen lassen, wenn du es vorher nie erwähnt hattest. Du lebst deinen Traum."

„Ich hätte nicht wirklich …" Sie seufzt und mustert mich, während die Stille zwischen uns zu pulsieren scheint. „Vielleicht hätte ich das, und vielleicht ist es gut, dass du mich nicht gelassen hast."

Aber wie verlockend war es? Ich konnte sie mir an der UCLA vorstellen – im Unterricht, zu Besuch bei der Trainingsanlage der Demons, abends zu Hause mit mir. Aber wie viele Möglichkeiten hätte sie verpasst? Und all die Tage, an denen ich mit dem Team verreise? Ich hatte nicht das Recht, mit ihrem Leben zu spielen. Ihre Brüder hätten mich dafür gehasst. *Ich* hätte mich dafür gehasst. „Wie geht es deiner Familie?"

Sie schiebt das Essen auf ihrem Teller umher. „Papa ist krank."

„Scheiße." Ich lehne mich zurück. Es ist schwer, mir

vorzustellen, dass Frank Jackson krank ist. Er ist pure Stärke und Stabilität. „Grippe oder was?"

Sie schüttelt den Kopf. „*Krank*, krank. Er ..." Sie atmet zittrig ein, als müsse sie sich beschützen, und ich weiß, was kommt. „Krebs."

Diese Information ist wie ein Schlag in die Magengrube. Frank Jackson war so ein wichtiger Teil meiner Kindheit. Er war wie ein Vater für mich. Er war das Vorbild eines Vaters, während mein eigener nie da war. „Ist es schlimm?" Ich weiß, dass es eine dumme Frage ist. Wenn es nicht so schlimm wäre, würde sie nicht aussehen, als würde es sie erdrücken. Ich bin mir nur nicht sicher, wie ich sonst fragen sollte.

„Er kämpft dagegen an." Die Worte klingen gepresst, als müsste sie sie zwischen den Tränen, die sie nicht vergießen will, herausschieben. „Aber an manchen Tagen bin ich mir nicht sicher, ob er gewinnen kann."

„Es tut mir so leid, Shay. Ich weiß, wie nahe ihr euch alle steht. Es muss sehr schwer sein."

„Ich bin überrascht, dass Carter dir nichts gesagt hat."

„Naja ..." Ich zucke mit den Schultern. Die Wahrheit ist, dass ich mich nicht genug bemüht habe, um mit ihm in Kontakt zu bleiben. Er wäre wahrscheinlich verletzt, wenn er wüsste, dass ich mehr mit Shay schreibe. Das, oder er würde mir in den Arsch treten. „Es ist schwer, in Kontakt zu bleiben, wenn wir einander nicht mehr sehen."

Sie legt den Kopf zur Seite. „Aber wir sind in Kontakt."

Weil ich dich nicht loslassen kann. „Vielleicht sollte ich mich mehr bemühen."

Die Aussage klingt so schwer wie meine Schuldgefühle, aber sie winkt es ab. „Ne, er ist auch beschäftigt. Er ist letzten Herbst der Jackson Harbor Feuerwehr beigetreten und liebt sein Leben."

Ich lache. „Ich kann mir vorstellen, wie Carter den Helden spielt."

„Er liebt es. Aber Mama hasst es. Sie ist natürlich stolz, aber sie ... macht sich Sorgen."

„Da bin ich mir sicher", sage ich grinsend, als ich an Frau Jackson denke. „Sie schickt mir zu Weihnachten immer noch Pakete mit selbstgebackenen Keksen." Mein Lächeln vergeht, als ich mich an letztes Weihnachten erinnere, als Scarlett das ganze Paket weggeschmissen und mich beschuldigt hat, sie fett machen zu wollen, um sie zu behalten. Ich war so wütend und sagte ihr, dass ich nicht vorhatte, die Kekse mit ihr zu teilen.

„Was ist los in deinem Kopf?", fragt Shay. „Du siehst ... verstört aus."

Ich atme tief ein und aus und stelle mir vor, den Stress wegzuschieben. „Ich habe dir nie gesagt, dass ... ich während meines ersten Jahrs bei der NFL einen Psychologen sehen musste", sage ich, als ich ihre Frage meide. „Ich hatte dich nicht, um mir zu helfen, also musste ich lernen, selbst mit sowas zurechtzukommen."

Sie zuckt zusammen. „Es tut mir leid."

„Nein, es war gut. Ich meine, ich habe endlich eigene Bewältigungsstrategien."

„Ich dachte, American Football war das eine, das dich nie nervös gemacht hat."

„Nicht die Spiele, aber alles andere." Ich sehe zur Decke und erinnere mich daran, wie überwältigt ich mich im ersten Jahr in der Liga gefühlt habe. Mein Agent half, aber es war immer noch zu viel. „Es war ein Brocken, aber ich habe es überstanden."

„Ich freue mich für dich. Ich schätze, du brauchst dein Trosttierchen nicht mehr."

„Ist das, was du gedacht hast? Dass du mein *Trosttierchen* warst?"

„Es hat mir nichts ausgemacht." Sie sieht mir nicht in die Augen und konzentriert sich stattdessen immer noch lächelnd auf ihr Essen. „Es ließ mich mehr sein als die kleine Schwester, die euch hinterherlief."

„Shay?" Ich warte, bis sie meinem Blick begegnet. Es dauert einen Moment, aber ich bin geduldig, und Shay ist neugierig. „Es gibt niemanden, für den ich alles einfach so fallen lassen würde. Niemanden, für den ich nach Paris geflogen wäre, nur um sie zu sehen. Für mich bist du schon sehr lange kein *hinterherlaufendes* Kind mehr."

Sie beißt sich auf die Lippe, und als sie sie freigibt, muss ich mich davon abhalten, die Bissspuren zu berühren. Dann lächelt sie mich an, und alles fühlt sich richtig an. „Du hast schon immer die richtigen Worte gefunden."

SHAY

$\mathscr{P}$aris schläft nachts nicht. Aber wenn es das tut, dann erst lange, nachdem ich eingeschlafen bin. Es ist elf Uhr, und Gäste sitzen um die Tische vor Bars, trinken Wein, rauchen und reden. Autos fahren an uns vorbei, und der Mond steht hoch am Himmel und bringt mich näher zu dem Moment, wenn ich mich verabschieden muss. Ich habe Angst vor dem Moment. Ich würde für immer mit ihm spazieren, egal ob meine Füße wehtun und mein Gehirn ermüdet ist, wenn es bedeutet, dass ich Eastons Hand nicht loslassen muss.

Das Abendessen war wundervoll. Nicht das Essen selbst – ich erinnere mich nicht daran, wie es geschmeckt hat –, sondern das Erlebnis. Ich bin seit vier Stunden mit ihm unterwegs und wieder das liebeskranke Mädchen, das ich war, als ich ihn das letzte Mal sah. Vielleicht schlimmer. Meine Brustschmerzt, wenn ich daran denke, mich heute Abend von ihm zu verabschieden. Ich kann immer noch nicht glauben, dass Easton nach Paris gekommen ist, wenn er nur eine Nacht hierbleiben kann. Er hat PR-Dinge zu erledigen – irgendein Event, dem er zugesagt hat –, also wird er vierundzwanzig Stunden nach seiner Landung abfliegen. *Verrückt.*

„Wann musst du wieder auf deinem Zimmer sein?", fragt er, als er von seinem Handy aufsieht.

„Ich bin ein großes Mädchen." Ich verkneife es mir, das Gesicht zu verziehen. *Großes Mädchen* ... „Ich habe keine Ausgangssperre."

„Wann *willst* du zurück?"

Ich schüttele den Kopf. Ich bin nicht in Eile, zu Heather und Steve zurückzukehren und zuzuhören, wie sie auf ihrem Bett rummachen. Und doch ist es nur sekundär zu meinem Verlangen, länger bei Easton zu bleiben. „Ich würde heute Nacht gar nicht zurückgehen, wenn es nach mir ginge."

Er lächelt, und es ist eines, das ich noch nicht oft gesehen habe. Es ist groß und breit und lässt seine Augen scheinen. „Willst du ... Würdest du bei mir bleiben? Ich habe ein Zimmer."

„Wir würden also nicht auf der Straße schlafen?"

Er kneift meine Seite. „Du bist so eine Nervensäge."

Ich winde mich und versuche, seinen kitzelnden Händen zu entkommen, aber er ist stärker und größer und dreht mich um. Dann bin ich in seinen Armen, sein Körper gegen meinen gepresst, sein Blick auf meinem Mund.

Ich hebe eine Hand und berühre seine Wange vorsichtig. „Wo ist dein Zimmer?"

„Keine Ahnung." Ich spüre sein Gelächter mehr, als ich es höre, und er nickt zum Häuserblock. „Aber mein Fahrer ist da drüben."

Sein Fahrer. „So ein Bonze."

Er grinst. „Ne. Ich versuche nur, ein Mädchen zu beeindrucken. Bist du dir sicher?"

„Bist *du* dir sicher?", frage ich mit leicht zittriger Stimme.

Er prustet. „Es ist nicht einmal eine Frage. Heute Abend will ich so viel von dir, wie du mir geben willst."

„Dann lass uns gehen."

Er führt mich zu dem Auto, und der Fahrer springt heraus und öffnet die Tür für uns. Ich gleite auf den Sitz, bevor Easton mir folgt.

Außerhalb des Fensters strahlen die Pariser Lichter und lassen diese Fantasie noch traumhafter erscheinen. Die Bustour von letzter Nacht war nicht annähernd so gut, wie in einem Privatauto mit Easton zu sitzen – und Steve und Heather haben nichts damit zu tun. „Es ist bezaubernd, nicht wahr?", frage ich.

„Das ist es. Ich kann sehen, wieso du dich so darauf gefreut hast."

Ich blicke über meine Schulter und finde seine Augen auf mir statt auf den Lichtern. „Du siehst besorgt aus."

„Ich bin mir nicht sicher, ob ich mir heute Nacht mit dir vertrauen kann. Du wirst mich vielleicht ans Bett fesseln müssen, damit ich mich kontrollieren kann."

„Wenn du das willst." Ich strecke die Zunge aus.

„Nein, Shayleigh. Das will ich nicht."

„Aber du hast mich nur einmal geküsst, als du mich gefunden hast."

Er runzelt die Stirn. „Dir wurde das Herz gebrochen. Ich will ein besserer Kerl sein als der, der ein hübsches Mädchen ausnutzt."

„Mein Herz ist nicht gebrochen." Ich schüttele den Kopf. „Ich bin wütend, und mein Ego schmerzt etwas, aber Steve und ich haben uns über die letzten Monaten auseinandergelebt. Wir haben diese Reise so lang geplant, und ich glaube, wir haben beide daran festgehalten, um Paris zu sehen. So schlecht, wie sein Timing war, ich bin jetzt in Paris in einem Auto mit Easton Connor, und mir gefällt diese Wendung."

Er fährt mit den Fingern über meinen Arm. „Dann komm her."

Ich rutsche über den Sitz und wende ihm meinen Körper zu.

„Näher", sagt er.

Ich rutsche weiter auf ihn zu, bis mein Oberschenkel gegen seinen gepresst ist.

Er lächelt. „Immer noch nicht nahe genug."

Ich lache. „Um noch näher zu kommen, müsste ich auf deinem Schoß sitzen."

Seine Hand fällt auf meine Hüfte. „Das ist ein Plan, der mir gefällt."

Ich versteife mich. Mir sind die dreizehn Kilos, die ich in den letzten zwei Jahren zugenommen habe, nur allzu bewusst – und die Tatsache, dass ich vorher nicht gerade schlank war. Aber statt es zu ruinieren, ziehe ich die Beine unter meinen Körper. Ich greife ihn bei den

Schultern und setze mich rittlings auf ihn, während ich versuche, das Gewicht auf meinen Knien zu halten, damit ich ihn nicht zerquetsche.

Er umfasst meinen Kiefer mit einer Hand, seine Augen fallen auf meine Brüste, und wenn ich es nicht besser wüsste, würde ich denken, dass ich jemand anderes geworden bin – ein neues Gesicht, ein anderer Körper. Ich fühle mich schön, als er mich so ansieht. Als er mich küsst, schmelze ich dahin und vergesse all meine Unsicherheiten.

Seine Hände fahren über meinen Rücken zu meinem Arsch und ziehen mich näher, bis ich seinen großen, steifen Schwanz durch meine Jeans spüren kann. „Erinnerst du dich an die Nacht in deinem Zimmer?", flüstert er, sein Atem warm auf meinem Ohr.

Erinnere ich mich? Gott, es ist von einer Erinnerung zu meiner Lieblingsfantasie geworden. Ich frage mich, wie oft ich mich bei dem Gedanken daran selbstbefriedigt habe. „Natürlich."

„Ich bin abgehauen, sobald du eingeschlafen bist."

„Wieso?"

„Weil ich mehr wollte. Und ich dachte, dass du es mir geben würdest, und dann hätte ich mich gehasst."

Ich fahre mit den Fingern über seinen Kiefer. Er hat sich nicht rasiert, bevor er hergeflogen ist, und die rauen Stoppeln kitzeln meine Haut. „Ich hätte dir alles gegeben." Der Gedanke ist erschreckend. Er hat mich berührt und mich zum Kommen gebracht, und ich war bereit, meine Pläne zu verwerfen und ans andere Ende des Landes zu ziehen, um ihm hinterherzulaufen. Wenn wir miteinander geschlafen hätten, wäre ich ein Häufchen Elend gewesen.

„Ich habe nie erwartet, dass du auf mich wartest, aber ich hasse es, dass er diesen Teil von dir hat."

Ich drehe mich und überblicke die Lichter der Straßen. „Geht es um meine Jungfräulichkeit? War das erste Mal, als ein Kerl in mir war, irgendwie wichtiger als das, was ich dir jetzt geben kann?"

„Nein. Ich bin einfach nur eifersüchtig, Shay. Verdammt eifersüchtig, dass das Timing für dich und ihn richtig war, und nicht für uns." Er hält mein Gesicht. „Eifersüchtig, dass du, egal was heute Nacht passiert, nach Hause gehst, und es für dich einfach sein wird, mit ihm zu sein als mit mir."

Easton ist eifersüchtig auf Steve. Es verblüfft mich. Die Hälfte meines Gehirns glaubt, dass es ein Traum ist, während die andere sich ziemlich sicher ist, dass ich irgendwie in ein alternatives Universum gefallen bin. „Ich wollte damals mehr", flüstere ich, weil ich in dieser Zeitleiste genau das sage, was ich denke. „Du hast mich berührt, und dann wollte ich ..." Ich schlucke schwer. „Mehr."

Seine Lippen streichen gegen meine, öffnen sich, und dann saugt er an meiner Unterlippe. Als er den Kopf zur Seite legt und an meinem Hals saugt, spüre ich die Gänsehaut auf meiner Haut. Er leckt über mein Ohrläppchen, bevor er es zwischen seine Zähne zieht. Ich lehne mich in diese Berührung, obwohl mir fast peinlich ist, dass mir ein Stöhnen entkommt. Aber Easton umarmt mich fester.

Ich schließe meine Augen, weil ich Angst habe, dass dieser Moment zu schnell verschwindet, wenn ich mich zu sehr darauf konzentriere. Wenn dies ein Traum ist, dann möchte ich niemals aufwachen.

Das Auto hält viel zu schnell an, und ich ziehe mich widerwillig von Eastons Schoß, als der Fahrer die Tür öffnet.

„Le Pavillon de la Reine", sagt er. „Ihre Taschen wurden bereits auf ihr Zimmer gebracht."

Ich steige aus, und Easton folgt mir, meine Hand in seiner, als er mich in dieses schöne, alte Gebäude und die Treppe hinaufführt. Er benutzt seinen Schlüssel, um das Zimmer aufzuschließen, und hält die Tür für mich auf.

Eastons Hotelzimmer ist spektakulär. Es ist natürlich eine Suite. Das Zimmer ist so schön, dass meine Nervosität verfliegt, als er das Licht anmacht, und ich umherwandere, um die Opulenz in mir aufzunehmen. Parkettböden, hohe Decken, große Fenster und Kronleuchter. Es ist nicht schick auf die amerikanische Art. Es besitzt den Schick des alten Europas. Ich bin ohne Entbehrungen aufgewachsen, aber ich war noch nie an so einem Ort. Ich wusste nicht einmal, dass es so große europäische Hotelzimmer gibt. Sie sind bekannt für ihre kleinen Räume.

Erst als ich zum Ende der Suite gelange und die weiche Bettwäsche bewundere, erinnere ich mich daran, was gleich passiert, und mein Magen verknotet sich.

„Was für ein schönes Zimmer", sage ich lahm, als ich mich zu ihm drehe.

Er sieht sich um, und plötzlich wird mir bewusst, dass

er so beschäftigt damit war, mich anzusehen, dass er den Raum zum ersten Mal wirklich erblickt. „Meine Assistentin hat das beste verfügbare Zimmer gebucht. Ich hatte Glück, dass jemand kurzfristig storniert hat."

Seine *Assistentin*. Ich frage mich einen Moment, ob ich diesen Easton überhaupt kenne – den, der sich nicht um Geld sorgen muss, der das beste verfügbare Zimmer in Paris buchen kann, der eine Assistentin und einen Fahrer hat. Aber dann verschwinden diese Gedanken. Er ist immer noch Easton. Der Junge, der mir zum fünfzehnten Geburtstag eine signierte Kopie von *Harry Potter und der Stein der Weisen* geschenkt hat. Der immer nach mir gesehen hat, wenn ich mit den Jungs am See schwimmen war, um sicherzugehen, dass es mir gut ging. Dank dem ich mich immer schön gefühlt habe, wenn er mich berührte.

„Willst du etwas Wein?", fragt er.

Ich ziehe die Schuhe neben der Tür aus und schüttele den Kopf. Ich will nichts, das mich auch nur irgendeinen Teil dieser Nacht vergessen lassen könnte.

Er streicht durch sein Haar. „Wir hätten beim Schlafsaal vorbeifahren und dir Klamotten holen sollen. Ich denke offensichtlich nicht klar. Ich würde es gerne auf den Jetlag schieben, aber" – er mustert mich von Kopf bis Fuß – „ich bin von deiner Anwesenheit abgelenkt."

Ich schnaube. Er sagt schon die ganze Nacht solchen Kram, also sollte ich mich vielleicht daran gewöhnen, aber das ist so unglaublich. Er ist von *mir* abgelenkt. „Ich kann einfach in einem deiner T-Shirts schlafen."

Er stampft auf mich zu, seine Augen auf meinem

Körper. „Es würde mir nichts ausmachen, wenn du nackt schläfst." Als er eine Haaresbreite entfernt ist, fahren seine Hände unter mein Top, und mir ist viel zu bewusst, dass seine großen Hände auf meinem weichen Bauch sind.

„Ich habe zugenommen", platzt es aus mir heraus.

Easton legt den Kopf zur Seite, als er mich eingehend mustert. „Machst du dir deswegen Sorgen?"

„Es ist halt die Uni, weißt du? Stress und Komfortessen und ... Bier." Ich lache nickend. „Da ist auf jeden Fall Bier in meinem Bauch. Naja, ich war vorher schon nicht wirklich dünn, und jetzt ..." Ich zucke mit den Schultern und hoffe die Geste sagt: *„Was du siehst, ist, was du bekommst."*

Er drückt meine Seite mit einer Hand und führt die andere zu meinen Lippen, bevor er einen Finger gegen sie presst. „Du denkst, dass ich mich wegen etwas Extragewicht nicht mehr zu dir hingezogen fühle? Ich finde dich wunderschön." Die Hand auf meiner Seite wandert zu meiner Brust, und sein Daumen spielt mit meiner Brustwarze. „Diese Kurven machen mich schon seit Jahren verrückt. In dem Sommer, bevor ich wegzog, konnte ich dich nicht ansehen, ohne schmutzige Gedanken zu haben. Jeden Tag in eurem Ferienhaus musste ich mit peinlichen Erektionen kämpfen und versuchen, meinen Schwarm vor Carter zu verstecken. *Erfolglos*, muss ich zugeben. Du kannst ihn fragen."

Die Aufregung, die dieses Geständnis auslöst, wirbelt Schmetterlinge in meinem Bauch auf. „Ich hatte keine Ahnung."

Er zuckt mit den Schultern. „Ich habe mir versprochen, dich nicht zu berühren, bis du achtzehn warst." Er lächelt mich schüchtern an. „Ich bin wirklich überrascht, dass ich es geschafft habe."

Ich sehe ihn an – suche nach einem Zeichen der Lüge oder Übertreibung –, finde aber nichts. Ich will glauben, dass Easton mich wirklich all diese Zeit attraktiv fand, aber es ist so gegensätzlich zu der Art, wie ich mich sehe, dass es mir schwerfällt. „Ich glaube, du bist verrückt", sage ich nervös lachend.

„Vielleicht bin ich das etwas. Wenn es um dich geht." Sein Kopf senkt sich, und seine Lippen streichen erneut über meinen Hals – kein Saugen, kein offener Mund, keine Zunge oder Zähne –, nur der leichteste Druck seiner Lippen. Ich bebe. „Du weißt, was du mit mir tust. Du hast es im Auto gespürt."

Die Erinnerung regt mich nur noch mehr an. Ich habe es gefühlt. *Ihn* gefühlt.

„Du machst mich so heiß. Das hat sich in den letzten zwanzig Minuten nicht geändert, aber wenn du nicht bereit bist–"

„Nein." Ich schüttele den Kopf. „Das ist es nicht. Easton, ich will es." *Ich weiß nicht, was morgen passiert. Ich weiß nicht, wie lange ich dich habe. Ich weiß nicht, ob ich jemals wieder diese Chance haben werde.* Das sind Sätze, die ich nicht über die Lippen bringe, also wiederhole ich: „Ich will es."

Ich nehme all meinen Mut zusammen und ziehe mein Top aus.

Easton macht einen Schritt nach hinten, und er hat

so viel Vergötterung in den Augen, als er mich ansieht, dass ich nachsehen muss, ob mein Körper nicht so ist, wie ich ihn in Erinnerung habe. Alles, was ich sehen kann, sind meine Brüste, die sich praktisch aus meinem schwarzen Satin-BH quetschen – ich brauche *wirklich* neue Unterwäsche –, meinen weichen Bauch und der Saum der Jeans, der sich fast in meine Hüften gräbt.

Easton greift mit zitternden Händen nach vorne, knöpft meine Jeans auf und lässt sich auf die Knie sinken, während er sie hinunterzieht. Ich trete aus der Jeans und sehe zu, als er sie zur Seite wirft, aber nicht aufsteht. Er ist immer noch auf Knien, seine Hände erst auf meinen Oberschenkeln, dann auf meinen Hüften. Seine rauen Handflächen gleiten immer wieder auf und ab, und als er die Kurve meines Hinterns berührt, verkrampft mein Körper sich. Da ist eine *Hitze* in seinen Augen, als er mich ansieht, seine Pose nahezu ehrfürchtig.

„Du verdienst es, vergöttert zu werden", murmelt er, als könne er meine Gedanken lesen. Dann ist sein Mund auf mir – erst auf meinem Knie, dann immer höher. Mund, Zähne und Zunge hinterlassen einen feuchten Pfad auf meinen Oberschenkeln und lassen mich nach ihm schmachten, als er Zentimeter für Zentimeter näher an mein Baumwollhöschen kommt.

Ich spreche ein stilles Dankgebet aus, dass ich mir süße Unterwäsche angezogen habe. Die Teile passen nicht zueinander oder sind super sexy, was der Fall gewesen wäre, wenn ich gewusst hätte, was heute Nacht passiert, aber ich hätte auch etwas Schlimmeres wählen können als einen schwarzen Satin-BH und ein lila Höschen mit schwarzer Spitze.

Ich bin von dem Anblick seines Mundes auf meiner Haut gefangen. Seine Zunge fährt über meine Hüfte – über die Spitze – und zur Innenseite meines Oberschenkels. Ich zittere so sehr, dass ich wahrscheinlich umfallen würde, wenn er mich nicht mit seinen großen Händen festhalten würde, als hätte er Angst, dass ich davonlaufen könnte. Er schmiegt sich genau zwischen meine Beine und atmet tief ein, als würde er versuchen, mich zu riechen. Der Anblick ist so erotisch, dass ich nicht weiß, ob ich atme.

„Du bist so feucht." Er sieht mir in die Augen. „Warst du so im Auto? Ich wollte dich dort berühren. Ich habe nie vergessen, wie es war, dich mit meiner Hand zum Kommen zu bringen."

Ich auch nicht.

Langsam – so langsam, dass ich weinen könnte – hakt er die Daumen in die Seiten meines Höschens und zieht es über meine Beine. Als seine Augen auf mir landen – auf meinem Geschlecht, nackt und entblößt –, flucht er. „Sieh dich an. So entblößt. Du bist voller Überraschungen."

„Steve mochte–"

Er kneift meinen Arsch, und ich atme tief aus, als ich den süßen Schmerz spüre. „Ich will seinen Namen jetzt nicht hören." Er hebt ein Bein nach dem anderen an, um das Höschen wegzuziehen, und dann bläst er genau zwischen meine Beine. „Wenn du an ihn denkst, bin ich nicht sehr gut."

Er steht auf und stupst mich nach hinten, bis meine Oberschenkel das Bett berühren. Ich lege mich auf den Rücken und hebe mich auf die Ellbogen, um ihn anzusehen – eine Mischung aus Verwunderung und Lust, die meinen Atem stocken lässt. Seine Fingerspitzen tanzen über meine Schultern, mein Schlüsselbein und zwischen meine Brüste, bis sie auf meinem Bauch ankommen. Er kniet sich neben das Bett und berührt meine Hüftknochen, ehe er meine Oberschenkel auseinanderschiebt und mit der Neckerei zwischen meinen Beinen weitermacht.

Seine Augen sind so dunkel, so hungrig, dass ich mich kaum erinnern kann, wieso ich so nervös war, als seine Hände erneut zwischen meinen Oberschenkeln ruhen. Außer seinen Händen und Fingern und meiner Mitte ist mir alles egal.

Ich bin nicht unschuldig. Es gibt nicht vieles, was ich nicht versucht habe, aber der Großteil meiner Erfahrungen war mit Steve. Und das ist *Easton*. Alles scheint neu. Alles scheint wie beim ersten Mal.

Als er meine Beine über seine Schultern hebt, ist sein Grinsen die perfekte Kombination aus Arroganz und Vorfreude. Er senkt seinen Mund zwischen meine Beine, und ich kann mich jetzt *wirklich* nicht ans Atmen erinnern.

Seine Zunge ist so geduldig wie seine Finger, und die Langsamkeit ist fast folternd. Ich muss darum kämpfen, die Hüften auf dem Bett zu behalten, aber dann gleiten seine Hände unter meinen Arsch und ziehen mich näher an die Bettkante. Er hält mich dort, während er mich verschlingt, sein kurzer Bart kratzt auf meinen Oberschenkeln. Als ich mich erneut vom Bett hebe, wird sein Griff an mir fester, und er stöhnt zustimmend, während er meine Klitoris mit der Zunge streichelt.

Oralverkehr zu erhalten war mir immer unangenehm – es ist zu verletzlich, zu intim –, aber seine Zunge lässt die Gedanken verfliegen. Zwei Finger gleiten in mich und berühren eine Stelle in mir, von der ich vorher gedacht habe, dass sie mythisch ist. Ich verliere die Kontrolle und komme auf seinem Gesicht, als meine Hüften sich fast gewaltsam vom Bett heben.

Er bleibt genau dort, leckt mich durch meinen Orgasmus und streichelt mich, als ich wieder meinen Weg zur Erde finde.

Als er aufsteht, sieht er mir in die Augen, während er seine Klamotten wegreißt und sich ein Kondom überstreift. Seine Augen sind auf mir, und er ... lächelt.

„Wieso der Blick?", frage ich mit roten Wangen.

„Ich realisiere gerade nur, dass ich dich morgen nicht gehen lassen will." Sein Blick fällt auf mein Geschlecht. „Gott, Shay. Ich will dich immer wieder zum Kommen bringen." Seine Finger berühren mich, und ich bebe. „Ich bin bei deinen Lauten fast gekommen."

Ich greife nach ihm. Will sein Gewicht auf mir spüren. Dieses Lächeln küssen.

„Eine Minute." Er führt meine Oberschenkel um seine Hüften, und ich warte darauf, dass er auf mich steigt, aber er steht vor der Bettkante, seine großen Hände auf meinen Hüften, als er sie vom Bett hebt und langsam in mich gleitet.

Mir stockt der Atem, und mein Körper dehnt sich um ihn. Ich bin so empfindlich von meinem ersten Orgasmus, dass es fast zu viel ist. Aber es ist so verdammt heiß, zu sehen, wie er nach unten guckt, die Augen auf einem Punkt fixiert – wo wir eins werden.

Er bewegt sich erst langsam. Seine Stöße sind sanft und forschend, als würde er planen, die ganze Nacht durchzuhalten. Aber ich brauche mehr, und als ich meinen Rücken wölbe, um nach ihm zu greifen, findet er meine Klitoris mit seinem Daumen und streichelt die Stelle, die zu empfindlich war für mehr. Mein Körper verspannt sich, und er kneift die Augen zu. „Verdammt, Shay. Du fühlst dich unwirklich an. Ich kann nicht einmal ...“ Seine Hüften zucken, und seine Geschwindigkeit nimmt an. Ich spüre, wie er versucht, sich zurückzuhalten, und liebe es, dass er es nicht schafft.

Ich bin an der Reihe, ihm zuzusehen, als er seinen Höhepunkt erreicht, und es ist wundervoll. Er versucht, mir in die Augen zu sehen, kann aber nicht anders, als den Kopf in den Nacken zu werfen und zu knurren, die Hände auf meinen Hüften, als hätte er Angst, ich würde verschwinden.

EASTON

„Kann ich dir ein Geheimnis verraten?",
fragt Shay.

Wir liegen im Dunkeln, und ich weiß nicht einmal, ob
sie es realisiert, aber sie hat nicht aufgehört, meinen
Bauch zu streicheln, seit ich zurück ins Bett gekommen
bin. Es ist, als könne sie nicht aufhören, mich zu berühren, und ich liebe es. „Was ist dein Geheimnis?"

„Ich schreibe einen Roman."

Ich grinse, auch wenn ich weiß, dass sie es nicht
sehen kann. „Natürlich tust du das. Du bist Shay."
Solange ich mich erinnern kann, hat sie schon immer
gelesen oder über ein Buch gesprochen. Sie kam immer
vom Bücherladen oder war in der Bibliothek. Bücher und
Shay passen nicht nur zusammen – ich kann nicht an eins
ohne das andere denken.

„Lachst du mich aus?"

„Nein. Ich finde es toll. Ich schätze, ich habe immer
gedacht, dass du ein Buch schreiben würdest."

„Du denkst nicht, dass es dumm ist?"

„Wieso sollte ich das denken?" Ich streiche ihr Haar zurück und wünschte, ich könnte sie sehen.

„Ich weiß nicht. Viele Leute schreiben Bücher, und nichts passiert. Ich bin mir nicht sicher, ob ich jemals gut genug sein werde, um publiziert zu werden, aber ich hatte diese Geschichte in meinem Kopf und wollte sie aufschreiben."

„Kannst du mir davon erzählen?"

Ich kann das Zögern in der Angespanntheit ihres Körpers spüren, aber sie atmet aus, und es ist wie verflogen. „Lach nicht."

„Das würde ich niemals."

„Es geht um dieses High School Mädchen, das immer die Nase in einem Buch hat, das sich in den besten Freund ihres Bruders verliebt. Er ist ein American Football-Spieler."

Ich grinse so breit, dass sie wahrscheinlich lachen würde, wenn sie mich sehen könnte. „Es gefällt mir. Etwas autobiografisch, Shay?"

Sie haut mir auf den Bauch. „Nein."

Ich schlinge die Arme um sie und rolle sie unter meinen Körper, bevor ich ihren Hals küsse, ihre Hände finde und sie in meinen halte, um sie über ihren Kopf zu ziehen. „Du hast mir einst gesagt, dass du in einen Freund deiner Brüder verknallt warst", murmele ich, ein Knie zwischen ihren Beinen. „Ich wollte glauben, dass du von mir gesprochen hast."

Sie wölbt sich gegen mich, und ich frage mich, ob sie weiß, wie heiß es mich macht, dass ihr Körper so schnell reagiert. So vollkommen. „Natürlich ging es um dich. Immer nur um dich, Easton."

Meine Kehle verschnürt sich mit allem, was ich sagen will. Ich wünschte, ich könnte ihr einfach mein Herz zeigen – ihre Hand berühren und telepathisch zeigen, was sie mir bedeutet. Sie ist die, die gut mit Worten umgeht. Ich weiß nicht, wie ich es tun soll, aber ich weiß, wie ich sie unterstützen kann. „Schreib dein Buch, Shay. Und wenn du fertig bist, musst du es mir sagen, damit ich dich daran erinnern kann, wie toll du bist und wie sehr die Welt Geschichten braucht, die nur du erzählen kannst."

Sie bebt unter mir, als hätte ich ihr gerade ein erotisches Geheimnis ins Ohr geflüstert. „Alle verdienen jemanden, durch den sie sich so fühlen, wie ich mich dank dir fühle."

„Es ist die Wahrheit."

„Dann musst du mir eine Frage beantworten."

„Ja?"

Sie ist einen Moment lang still, und ich nutze die Zeit, um einen Pfad von ihrem Ohr bis zu ihrem Schlüsselbein zu küssen, ihr Atem stockend. „Easton, ist es nur ein ‚Wir sind in Paris'-Ding?"

Ich hebe den Kopf widerwillig, bevor ich ihre Brüste erreiche. „Was? Was soll das bedeuten?"

Sie zieht sich aus meinen Armen, und ich spüre, wie sie mich in der Dunkelheit ansieht, obwohl ich sie nicht sehen kann. Wir sollten schlafen, aber ich hätte wissen sollen, dass ich neben ihrem nackten Körper nicht einschlafen könnte. Ich hätte das Licht anlassen sollen.

Ich will sie sehen. Alles von ihr. „Ist schon gut", sagt sie. „Wenn es etwas ist, das wir nur einmal tun. Ich verstehe."

Ich nehme ihr Gesicht in die Hand und streiche über ihre weiche Wange. „Weißt du, was ich mich gefragt habe, seit wir hergekommen sind?"

„Was?"

„Ob es einen Weg gibt, dich zu haben, ohne der Grund zu sein, weswegen du deine Träume aufgibst."

„Ich verstehe nicht. Wieso *willst* du mich überhaupt, Easton?"

„Weil du Shay bist."

Sie lacht. „Das ist keine Antwort."

„Wieso willst du *mich*?"

Sie schnaubt. „Weil mein Herz schneller schlägt, wenn du in meiner Nähe bist. Weil … jedes Mal, wenn ich weiß, dass ich dich sehen oder mit dir schreiben werde … wenn ich auf eine SMS von dir warte, fühle ich mich wie ein Kind an Weihnachten. Weil ich mich wie das glücklichste Mädchen auf der Welt fühle, wenn ich deine Aufmerksamkeit habe."

„Ja." Meine Stimme bebt, und mein Herz schlägt unregelmäßig in meiner Brust. Es ist so fragil, und ich habe Angst, dass ich es irgendwie vermassele. „Es ist für mich genauso."

„Du fühlst dich, als wärst du das glücklichste Mädchen auf der Welt?"

Ich lasse ihre Hand los und greife ihre Taille. Ich positioniere meine Knie auf beiden Seiten ihrer Hüften und kitzele sie, bis sie sich unter mir windet und lacht.

Dann drückt sie den Rücken durch, und unsere Körper sind aufeinander, das Gelächter lang verflogen.

Ich lege meinen Mund auf ihren und berühre ihre Brust. „Komm mich diesen Sommer besuchen", sage ich gegen ihre Lippen. „Besuch mich in Los Angeles, bevor ich zum Training muss. Ich weiß, dass du nicht bleiben kannst, weil du deinen Abschluss machen musst. Aber besuch mich, schlaf bei mir. Sei da, wenn ich abends nach Hause komme." Ich schlucke schwer. Ich weiß nicht, was ich tun werde, wenn sie Nein sagt. Ich wollte nie etwas so sehr. „Alles, was danach kommt, können wir dann sehen."

„Okay", sagt sie. „Ich werde zu dir kommen."

Ich grinse. „Bedeutet es, dass Shayleigh Jackson offiziell meine Freundin ist?"

„Ich weiß nicht. Ich bin so überzeugt, dass ich jeden Moment von diesem verrückten Traum aufwachen werde."

Ich verstecke mein Gesicht zwischen ihrem Hals und ihrer Schulter und zwicke ihre Brustwarze. „Dann lass mich beweisen, dass du nicht träumst."

SHAY

*P*aris mit Easton war traumhaft. Ich kann mir kein Leben vorstellen, in dem dieser Tag nicht eine meiner Lieblingserinnerungen ist.

Ich habe meinem Professor gesagt, dass ein Familienfreund in Paris war und mir wurde erlaubt, den Tag mit ihm zu verbringen, während meine Mitstudenten den geplanten Aktivitäten des Tages nachgingen.

Easton und ich haben jede Sekunde genutzt. Wir waren in einem Boot auf der Seine, haben den Berg zum Sacré-Coeur erklommen und uns ein Eis von einem Stand vor der Kunstgalerie in Montmartre geteilt. Wir sind vor seinem Hotel durch die Straßen von Le Marais gewandert, und er hat darauf bestanden, mir eine Lavendel-Zitronen-Seife und einen hübschen pink-lila Schal zu kaufen. Ich sage mir, dass es gut ist, dass er heute Abend fliegt. Wenn er es nicht täte, würde ich Ärger bekommen, weil ich mit ihm sein will. Aber ich will nicht, dass er fliegt. In Paris sind wir in dieser Blase – wo *Shayleigh*

Jackson und Easton Connor nicht irgendein absurder Witz sind, sondern eine Möglichkeit.

Sein Fahrer bringt mich zurück zu der Gastuniversität, bevor er Easton zum Flughafen fährt, und dieser küsst mich so innig auf dem Rücksitz der Limousine, dass ich mich erneut auf ihn setze.

Er knurrt und greift meine Taille so fest und mit dieser besitzergreifender Stärke, die ich so sehr liebe. „Ich werde noch zu spät zum Flughafen kommen."

„Tut mir leid." Ich werde rot, aber es ist keine echte Scham. Nicht nach allem, was wir gestern Nacht miteinander geteilt haben. „Ich weiß, dass du gehen musst, aber ich will, dass du bleibst."

Er steckt eine Strähne hinter mein Haar und mustert mich. „Ich will auch nicht gehen. Aber ich werde dich nächsten Monat sehen, ja? Du wirst nicht wieder absagen, oder? Nach Los Angeles fliegen? Bei mir in Laguna bleiben?"

Um ehrlich zu sein, habe ich Angst, Easton zu besuchen. Es fühlt sich viel mehr nach „Realität" an, als Paris es jemals könnte. Wird er dann realisieren, während wir inmitten seines luxuriösen Lebens sind, dass ich nicht dazu passe?

„Ich kann bereits sehen, dass du es überdenkst." Er fährt mit dem Daumen über meine Unterlippe. „Ich kann es an deinem Gesicht sehen."

„Ich kann nicht glauben, dass wir versuchen, es Wirklichkeit werden zu lassen."

„Glaub es, Shay."

„Ich habe Angst."

„Ich will es, und du willst es auch. Es wird vielleicht schwer sein, aber es sind nur ein paar Jahre, und dann können wir sehen, was als nächstes kommt." Er küsst mich noch ein letztes Mal fest auf die Lippen, bevor er flüstert: „Nächsten Monat. Du und ich."

Ich will, dass es wahr ist, aber es fühlt sich an, als würde ich zu viel wollen. Mir dreht sich der Magen um. Wie kann es funktionieren, wenn ich nicht in seine Welt passe?

Teil Sechs

GEGENWART

EASTON

ine Woche nach meiner Führung mit Shay bin ich wieder an der Starling Universität für ein Meeting. Wir wissen alle, dass ich die Stelle annehmen werde, aber wir müssen dieses ganze Theater machen, um sicherzugehen, dass sie wertschätzen, was sie bekommen.

Es ist zwar verdammt kalt, und mein Körper ist nicht mehr an Schnee und Eis gewöhnt, aber ich parke trotzdem auf der Seite des Geländes, auf der sich der Kunstbereich befindet, weil dann die – wenn auch geringe – Chance besteht, dass ich Shay über den Weg laufen könnte – weil ich pathetisch bin. Ich gehe in die Bücherei, um mir einen Kaffee zu bestellen und bin erleichtert, dass die schlecht gelaunte Bedienung vom letzten Mal mit einem anderen Kunden beschäftigt ist.

Ich gebe der Frau an der Kasse meine Thermosflasche. „Einen großen, schwarzen Kaffee, bitte."

„Alles klar." Sie zwinkert mir zu und dreht sich um, um die Flasche aufzufüllen.

Mein Blick fällt auf einen Mann am anderen Ende der Bar. George Arschloch Alby. Shayleighs geheimer Freund. Gott, was für ein hochnäsiger Arsch. Ich hasse ihn, und obwohl ich weiß, dass meine Gefühle darauf basieren, dass ich irrational eifersüchtig bin, sind sie da. Ich bin nicht daran interessiert, Energie zu investieren, um sie zu ändern.

„Ich vermisse dich auch", sagt er sanft ins Telefon. Scheiße. Redet er mit Shay? Sein Grinsen wird lüstern. „Spar es dir für heute Abend. Das Warten wird es wert sein. Ich verspreche es, Butterblume."

Gott, er redet *wirklich* mit Shay. Die Barista stellt meine Thermoskanne ab, um ihrem Kollegen dabei zu helfen, etwas unter dem Tresen zu finden, und ich versuche, ihr telepathisch zu vermitteln, dass sie sich beeilen soll. Ich glaube nicht, dass ich damit zurechtkommen kann, zuzuhören, wie Professor Arschkopf Shay bezirzt.

„Ne, sei nicht so", säuselt er. „Wir sind *beide* beschäftigt mit Klausuren." Er summt und schließt die Augen. Ich erwarte fast, dass er nach unten greift und seinen Schwanz vor der ganzen Bücherei richtet. „Was auch immer du willst." Er schmunzelt. „Du musst diesmal nicht einmal betteln."

Galle steigt in meinem Hals auf. Scheiß drauf. Kaffee ist sowas nicht wert. Sie können die Flasche behalten.

Ich drehe mich um, verlasse den Stand und schiebe mich aus der Bücherei. Und dann stoße ich fast mit Shayleigh Jackson zusammen.

Sie geht im letzten Moment einen Schritt zurück und bewahrt uns vor einem Zusammenstoß. „Easton, was machst du auf dieser Seite der Uni?" Sie runzelt die Stirn. „Hey, ist alles in Ordnung?"

Eifersucht bohrt sich durch meinen Magen. „Ja, ich wollte nur Kaffee."

Ihr Blick fällt auf meine leeren Hände, als die nette Bedienung mit einer dampfenden Thermosflasche aus der Bücherei eilt. „Herr Connor, Sie haben Ihren Kaffee vergessen."

Ich verziehe das Gesicht, als ich sie annehme. „Ach ja, danke."

Shay schnaubt. „Schlecht geschlafen?"

„Nicht ganz." Ich sehe zu, als die junge Frau wieder reingeht, während George das Handy von seinem Ohr nimmt. Ich gucke von ihm zu Shay. Beendet er bereits ein anderes Telefonat oder hat er mit jemandem geredet, der *nicht* Shay ist?

Ich werfe ihm einen weiteren Blick über meine Schulter zu. Professor Arschkopf ist immer noch am Kaffeestand und spricht jetzt mit einem anderen Mann, der aussieht, als wäre er ein Teil der Fakultät. „Hast du gerade mit deinem ... Freund telefoniert?" Da ich weiß, dass sie Angst hat, dass ihre Beziehung öffentlich wird, bevor sie ihre Dissertation verteidigt hat, nutze ich seinen Namen nicht.

„Nein." Ihre Augenbrauen senken sich, und ihre Lippen schmollen. Besessenheit nagt an mir. *Er verdient sie nicht.* „Wieso fragst du?"

Ich winke zum Fenster, wo der besagte Mann steht.

„Ich habe ihn gerade da drin gesehen. Er hat ein interessantes Gespräch mit jemandem geführt, den er *Butterblume* nennt."

„Okay ..."

„Nennt er dich so? *Butterblume?*"

„Nein." Sie schüttelt den Kopf. „Du bist seltsam, Easton."

„Wenn *du* nicht Butterblume bist, frage ich mich, wer das war." Ich verschränke die Arme. „Ich frage mich, mit wem er gerade gesprochen hat."

Sie seufzt und nimmt mich beim Arm, um mich von der Bücherei weg- und auf die andere Seite des Gebäudes zu ziehen. Sie legt den Kopf zur Seite. „Hör zu, ich weiß, dass du ihn nicht magst, aber das musst du nicht. Ich brauche dein Einverständnis oder deine Freundschaft nicht. Falls du dich nicht mehr erinnerst, ich habe über ein Jahrzehnt ohne dich gelebt."

„Nicht ganz ein Jahrzehnt", flüstere ich, als ich an die Nacht in Chicago denke. Sie hat jahrelang nicht mit mir gesprochen, aber als sie jemanden brauchte, kam sie zu *mir*. Das bedeutete etwas.

Sie verengt die Augen. „Hast du vor, mir meine Fehler unter die Nase zu reiben?"

„Shay–"

„Mir ist egal, ob du George magst oder ob du denkst, dass meine Beziehung zum Scheitern verurteilt ist, aber ich werde dich nicht irgendetwas anfangen lassen, wenn es kein Problem gibt."

„Ich fange nichts an. Ich habe dir nur die Tatsachen erklärt. Ich habe ihn am Telefon gehört, und er–"

Sie hält eine Hand in die Luft. „Hör auf. Bitte ...“ Sie schüttelt den Kopf, die Zähne fest zusammengebissen. „Bitte, hör auf.“

„Ich will nicht, dass er dein Herz bricht.“

„Genau, weil das deine Aufgabe ist.“

Der Schmerz ist genauso schlimm, wie sie beabsichtigte, und ich zucke zusammen. „Ich wollte nie dein Herz brechen.“ Das Wort fühlt sich so zerstört an wie ich.

Sie hebt ihr Gesicht zum Himmel, und ich kann nicht anders, als zu bemerken, wie rot ihre Wangen und Lippen in der Kälte sind. „Du denkst, dass wir gemeinsam zu Abend essen und alte Zeiten wieder aufleben lassen sollten, weil du wieder da und nicht verheiratet bist. Ich sollte mit meinem Freund Schluss machen und dich ein Teil meines Lebens sein lassen. Hey, vielleicht sollte ich dich nach Hause einladen, um dir zu zeigen, was ich in den letzten sieben Jahren gelernt habe, wenn es dir passt?“

Ich atme tief ein. „Du hasst mich wirklich, oder?“

„Du hast mich *zerstört*.“ Sie hätte mir genauso gut ein Messer in den Leib stechen können. Es würde nicht so weh tun, aber ich kann nur schlucken und mir ihre Worte anhören. Ich verdiene jedes einzelne. „Tut mir leid, dass ich keine Wiederholung will.“

Sie geht weg, und ich kann mich nur mit einer Hand über der Brust gegen die Wand lehnen.

SHAY

Es schneit schon wieder, und ich starre aus dem Fenster, als die Schneeflocken durch die Luft schweben, obwohl ich mich auf dieses sture Dissertationskapitel konzentrieren sollte.

George ist immer heiß und die Wohnung kühl, also sitze ich im Hoodie, Leggings und mit einer Kuscheldecke auf dem Sofa. George sitzt am Küchentisch, während er Klausuren benotet. Vor einem Monat war es mein Lieblingsort. Aber seit Easton nach Hause gekommen ist, fühlt sich meine Zeit mit George erzwungen an, als wäre ich in einer falschen Beziehung, die nie so weit hätte gehen sollen. Mein Handy vibriert neben mir auf dem Wohnzimmertisch. Als ich Eastons Namen sehe, dreht sich mein Magen.

. . .

*E*aston: *Ich bin ein paar Tage in Chicago, aber ich komme wieder, um den Hauskauf abzuschließen, und dann sind Abi und ich offiziell Jackson Harbor-Bürger.*

*I*ch gebe meinen alten Gewohnheiten die Schuld an meiner Reaktion. Ich habe so viel Zeit meines Lebens damit verbracht, ihn zu lieben und auf seine Aufmerksamkeit zu warten, dass mein Gehirn darauf trainiert ist, mir einen Adrenalinkick zu geben, wenn ich sie schließlich bekomme – aber dann sehe ich, dass es eine Gruppen-SMS an meine Brüder und mich ist.

Das macht auf jeden Fall mehr Sinn. Nach der Art, wie es gestern zwischen uns endete, ist er wahrscheinlich nicht daran interessiert, mit mir zu sprechen. Ich bin etwas überrascht, dass ich überhaupt miteingeschlossen wurde.

Nostalgie überkommt mich, als ich mich an seine ersten zwei Jahre in der NFL erinnere, als mein Handy unaufhörlich mit Nachrichten nach seinen Spielen vibrierte. Wieso hat das aufgehört?

*E*than: *Lilly freut sich riesig, Abi kennenzulernen.*
      Easton: *Du hast keine Ahnung, wie dankbar ich dafür bin. Abi hat Angst vor dem Umzug.*
      Carter: *Beeil dich. Ich brauche jemanden, der mich beim Training anspornt!*

Levi: *Fick dich, Carter. Ich habe dich heute Morgen fertig-gemacht.*

Jake: *Lass den alten Mann wahnhaft sein, Levi. Heute glaubt er, dass er mit einem Profisportler mithalten kann, aber wenn wir zehn Kilometer joggen wollen, hat er Ausreden.*

Brayden: *Richtig.*

Ethan: *Ihr wisst, dass ihr fit bleiben könnt, ohne euch umzu-bringen, während ihr versucht, den anderen zu übertrumpfen, oder? Ich tue das seit Jahren.*

Carter: *Ernsthaft, Ethan? Hebst du überhaupt Gewichte, Bruder?*

Ethan: *Ach, fick dich. Ich könnte jeden Tag mehr Gewichte heben als ihr alle.*

Levi: *Außer an allen Wochentagen.*

Easton: *Ihr habt keine Ahnung, wie sehr ich diesen Schwachsinn vermisst habe.*

*I*ch starre mein Handy grinsend an, als Georges Hand über meine Schulter streicht. „Du bist heute Nachmittag ganz schön auf dein Handy fixiert."

Scham macht sich in mir breit. George ist nicht anti-Technologie, aber er mag es nicht, wenn Menschen an ihren Handys kleben, und ab und zu benutzt er eine Schreibmaschine, um einen Artikel zu schreiben. Ich würde seine Abneigung auf sein Alter schieben, aber er ist nur zehn Jahre älter als ich. Er hat Computer seit seiner Schulzeit benutzt.

Ich rolle die Schultern zurück, um die Schuldgefühle

abzuwerfen. „Easton hat allen von seinen Plänen erzählt, und meine Brüder haben Scheiße gelabert."

Er hebt eine Augenbraue und wartet auf mehr, aber ich winke ihn an. „Sie sind Idioten."

„Hmm." Er senkt den Kopf und küsst meinen Hals. Ich lehne mich zurück, ohne nachzudenken, und sein Ausdruck wird kühl. „Was ist los mit dir?"

Gute Frage. „Nichts. Ich bin nur ... Ich habe im Moment viel auf den Schultern. Ich fühle mich immer noch etwas verloren in Bezug auf meine Zukunft." Wir haben seit letzter Woche in seinem Büro nicht mehr darüber gesprochen. Ich wollte es nicht ansprechen.

George richtet sich auf und verschränkt die Arme. Der verführerische George macht Platz für Dr. Alby. „Du bist eine Verteidigung davon entfernt, deine Dissertation zu beenden, und du hast ein halbes Dutzend Bewerbungsgespräche."

„Und?"

„Wieso freust du dich nicht? Du hast jahrelang darauf hingearbeitet."

„Wieso freust *du* dich? Macht es dir nichts aus, dass ich nächstes Jahr vielleicht nicht mehr hier leben werde? Dass ich vielleicht am anderen Ende des Landes leben werde?" *Wieso zum Teufel hattest du einen Ring in deiner Tasche? Und wer ist Butterblume?*

Etwas blitzt in seinen Augen hervor, und ich glaube nicht, dass er sich bewegt, aber ich kann seinen Rückzug spüren. „Shay, so funktioniert die akademische Welt. Wir nehmen, was wir kriegen können. Neue Doktorate bedeuten nicht, dass man eine Amtszeitstelle bekommt.

Wir können nicht wählerisch sein bezüglich unserer Wohnorte."

„Ich weiß."

„Dann erklär mir bitte, was in deinem Kopf vor sich geht."

„Wenn du nicht Butterblume bist, frage ich mich, wer das war." Ich schüttele mich mental. Ich habe vorher nie Georges Treue angezweifelt, und dann lasse ich mir von Easton so einen Unsinn einreden. Ich bin mir nicht sicher, was mich wütender macht – die Tatsache, dass Easton angenommen hat, dass ein netter Kerl, der mit mir zusammen ist, auch ein Fremdgeher sein muss, oder dass die Möglichkeit nichts in mir zerstört hat. George und ich sind vielleicht nicht für immer zusammen, aber ich wäre verletzt, wenn er untreu ist. Ich bin vielleicht nicht bereit für einen Ring, aber ich wäre zerstört, wenn er ihn jemand anderem geben wollen würde. *Oder nicht?*

Verdammt. Ich kann es nicht mehr vermeiden. „Als du deine Jacke im Restaurant vergessen hast, ist eine Ringschachtel herausgefallen."

Er schließt die Augen fest und schüttelt den Kopf. „Das war der Grund für deine Verrücktheit? Du hast meinen Ring gesehen und gedacht, ich würde dir einen *Antrag* machen? Shay, wir ..." Er verzieht das Gesicht, bevor er nach meiner Hand greift. „Ich mag dich, und ich kann nicht leugnen, wie gut es sich anfühlt, daran zu denken, dich nicht gehen lassen zu müssen, aber das ist kein Grund zum Heiraten, oder?"

„Ich habe nicht ..." Ich seufze, und er hebt eine

Augenbraue. „Ich konnte an keine andere Erklärung denken."

„Es ist ein Familienerbstück. Der Ring hat meiner Großmutter gehört, und ich habe ihn in meine Jacke gesteckt, um ihn zur Bank zu bringen. Wieso hast du mich nicht einfach gefragt?"

„Ich hatte Angst."

Er schiebt seufzend meinen Laptop auf den Kaffeetisch und zieht mich vom Sofa, bis ich vor ihm stehe, die kuschelige Decke auf dem Boden vergessen. „Was willst du von mir, Shay? Soll ich dir den Rest meines Lebens versprechen? Dich anflehen, hier zu bleiben, wenn du so hart daran gearbeitet hast, zu gehen?"

„Nein. Natürlich nicht." Aber es scheint seltsam, dass er mich so einfach loslassen zu können scheint. *Ich verstehe einfach nicht, wieso ich nie genug bin.* Aber es ist nicht fair, es auf George zu schieben, wenn er nicht der Mann ist, von dem ich will, dass er mich wählt.

Er macht einen Schritt auf mich zu, und seine Hände gleiten über meinen Rücken, um meine Hüften gegen seine zu ziehen. „Ich weiß, wie hart du dafür gearbeitet hast. Ich werde nicht erwarten, dass du dein ganzes Leben für mich änderst."

„Ich will nicht, dass du das tust." Ich schlucke. „Es ist nur komisch, dass es dir egal ist, dass die Sache zwischen uns bald vorbei ist."

„Ich dachte, wir haben Spaß. Wir *genießen* einander." Er legt seinen Mund auf meinen, und ich spanne mich an, stoße ihn aber nicht weg.

Ich küsse ihn innig und hoffe, dass es sich genauso

gut anfühlt wie vor Eastons Rückkehr. Aber jede Bewegung unserer Lippen und Zungen fühlt sich klinisch an. Ich will dahinschmelzen, aber George zu küssen, fühlt sich *falsch* an.

George geht aufs Schlafzimmer zu, sein Mund immer noch auf meinem. „Komm schon, Butterblume."

Ich lehne mich zurück. „Wie hast du mich gerade genannt?"

Er blinzelt, aber seine Wangen werden rot, bevor er das Gesicht an meinem Hals versteckt. „Ich weiß nicht."

„Du hast mich *Butterblume* genannt."

Er zuckt mit den Schultern. „Du bist süß."

„Du hast mich so noch nie genannt. Nennst du jemand anderen so?"

Er leckt mein Schlüsselbein, und ich hasse es, dass ich sein Gesicht nicht sehen kann. „Wen würde ich sonst so nennen?"

„Ich weiß es wirklich nicht." Ich stehe einfach da, während er meinen Hals küsst und meine Arme streichelt. *Butterblume.* Das kann kein Zufall sein.

„Komm mit mir ins Bett. Wir haben schon seit zwei Wochen keinen Sex gehabt."

Ich winde mich aus seiner Umarmung. *Butterblume.* Was ist es, das ich fühle? Es ist nicht Eifersucht. Es ist nicht einmal Schmerz. Es ist *Ekel.* „Stopp."

Er macht einen Schritt nach hinten und erlaubt mir, mich zurückzuziehen. „Den Ring zu sehen hat dir eine Ausrede gegeben, aber was ist es jetzt?"

„Ich brauche keine *Ausrede.* Ich habe keine Lust."

„Scheint, als hättest du nie Lust. Nicht, seit der

Sportler wiedergekommen ist." *Und da ist es.* Seine dunklen Augen sind kälter als der Schnee auf der Fensterbank. „Darum geht es, oder? Du hast Angst davor, eine Stelle anzunehmen und wegzuziehen, aber es ist nicht wegen deiner Laune, Genrefiktion zu schreiben, sondern weil du nicht von *ihm* wegziehen willst."

Da ist so viel in seiner Aussage, und ich beginne mit dem, was mich am meisten ankotzt. „*Laune,* Genrefiktion zu schreiben?"

Er verdreht die Augen. „Wie soll ich es sonst nennen?"

„Ich weiß nicht – vielleicht meine Romane? Meine potenzielle Karriere als Autorin? Meinen Traum, den mir diese verdammte Institution grundlos herausgeprügelt hat? Ich habe mit achtzehn Jahren angefangen, Bücher zu schreiben. Zwölf Jahre sind keine *Laune.*"

„Alles klar." Er hält die Hände hoch. „Gott, Shay, du kannst nicht wütend sein, dass ich etwas nicht ernst nehme, von dem du mir nie erzählt hast."

Weil ich niemandem davon erzählt habe. Nur Easton. „Das ist fair, aber ich habe dir *sehr oft* erklärt, wie wichtig mir meine Familie ist. Ich hasse den Gedanken, sie verlassen zu müssen, und ich werde mein Leben hier nicht für irgendeine Stelle aufgeben, die ich gar nicht will. Mir meine Optionen anzuschauen, ist nicht feige. Es ist klug."

„Klug? Denkst du es ist klug, Stellenangebote auszuschlagen, weil du einen Schwarm hast?" Er verzieht kopfschüttelnd das Gesicht. „Ich dachte, du wärst besser als dieser archaische Schwachsinn."

„Und wenn ich dir sage, dass meine Familie wichtiger ist als meine Karriere? Dass ich das Lehramt für immer verlassen würde, um in der Nähe meiner Brüder zu leben und meine Nichten und Neffen aufwachsen zu sehen?"

„Dann würde ich dir sagen, dass du kindisch bist und es bereuen wirst, dein Leben nach allen zu richten, statt dich auf dich zu konzentrieren."

„Du musst meine Entscheidungen nicht verstehen, um zu wissen, dass sie für mich richtig sind. Ich brauche deine Zustimmung nicht."

„Natürlich brauchst du das nicht. Das ist der Punkt. Leb' dein Leben. Triff keine Entscheidungen wegen anderer Menschen." Er greift nach meiner Hand. „Komm schon. Ich will nicht mehr streiten. Lass uns ins Bett gehen."

Ich ziehe meine Hand zurück. „Ich werde nach Hause fahren."

Er streicht durch sein Haar. „Du willst wütend nach Hause fahren." Er sagt es, als wäre es die dümmstmögliche Wahl.

„Ja, das tue ich." Ich rolle die Schultern zurück. „Ich glaube, wir sollten Schluss machen."

„Was?"

Ich winke zwischen uns umher. Gott, ich weiß nicht einmal, wie es begonnen hat. Teagan hat recht. Mit George zu schlafen, war nicht nur unvernünftig, es war nahezu absolut untypisch für mich. „Was auch immer das ist? Wir müssen eine Pause machen."

„Das würdest du nicht sagen, wenn der Ring für dich gewesen wäre, oder?" Sein frustrierter Ausdruck wird zu

Hohn. „Jetzt verstehe ich. Du *willst* einen Heiratsantrag. Du willst ein Liebesgeständnis und ein Versprechen, dass ich mich für immer um dich kümmern würde, als wärst du ein Kind und keine eigenständige Frau?"

Ich schnappe mir meine Tasche. „Du siehst mich überhaupt nicht."

„Ich sehe ein kleines, verängstigtes Mädchen."

„Fick dich, George."

SHAY

Offensichtlich kann ich von einem Moment auf den anderen von der liebenden Freundin zur rachsüchtigen Ex werden, denn nach meiner Trennung von George, habe ich entschieden, herauszufinden, ob es eine Butterblume gibt.

Eine Sache, von der ich weiß, dass ich sie der anderen Frau in Georges Leben schulde, ist, ihr zu sagen, dass George und ich miteinander geschlafen haben. Wenn er mir nicht von ihr erzählt hat, dann hat er ihr garantiert auch nichts über mich gesagt. Aber das Problem ist, dass ich keinen Namen habe – oder eine Möglichkeit, mich mit ihr in Kontakt zu setzen. Ich kann George ja nicht einfach nach ihren Kontaktdetails fragen. Ich bezweifle, dass er meine Mission unterstützen würde.

Also erwische ich mich dabei, dasselbe zu tun, was eine psychotische Ex-Freundin tut – ich warte darauf, dass George die Uni am Donnerstagabend verlässt, steige in mein Auto und folge ihm nach Chicago.

Es gibt Tausend Dinge, die falsch laufen könnten, und eins davon wäre, dass ich keine Resultate bekomme. Auch wenn er eine andere Freundin in Chicago hat, würde er gleich nach der Arbeit zu ihr fahren? Aber ich weiß sonst nicht, was ich tun kann, also folge ich ihm die zweieinhalb Stunden über die Autobahn, ein paar Autos hinter ihm, und hoffe auf das Beste.

Um die Wahrheit zu sagen, ist es ganz nett, mich nach Monaten voller Arbeit während der Fahrt entspannen zu können. Ich habe schon länger nicht aus Spaß gelesen, also lausche ich einem neuen Hörbuch von einer meiner Lieblings-Romanzenautorinnen. Als wir von der Autobahn abbiegen, habe ich ziemlich gute Laune.

Wenn er einfach nach Hause fährt und nicht zu seiner Freundin, werde ich ein paar alte Unifreunde aus der Gegend anrufen und mit ihnen zu Abend essen. Aber ich folge ihm in ein Wohngebiet, wo er in eine Garage fährt. Ich realisiere, dass ich etwas enttäuscht bin. Es ist sein Haus. Er hat mir davon erzählt, und ich erinnere mich an die große Veranda und die Schaukel im Vorgarten. *Genau, wie er es beschrieben hat.*

Ich parke ein paar Häuser entfernt, um nachzudenken. Ich habe versucht, mich auf diese Möglichkeit vorzubereiten, aber ich will es nicht unnötig in die Länge ziehen. Ich mag den Gedanken, schlechte Neuigkeiten zu überbringen, nicht, aber ich muss damit einfach fertigwerden. Was zum Teufel soll ich jetzt tun?

Ich passe kaum auf, als George mit seiner Tochter aus dem Haus kommt. *Das* kommt mir komisch vor. Ich dachte, sie lebt unter der Woche bei ihrer Mutter, also hätte er sie doch eigentlich abholen müssen. Hat die Mutter seiner Tochter ihn hier getroffen?

Eine Reifenschaukel hängt von dem großen Ahornbaum. Er hebt das Mädchen hinein und beginnt, sie anzuschubsen. Schuldgefühle überkommen mich. Ich bin eine rachsüchtige Ex, die die andere Freundin finden will, und George spielt einfach mit seiner Tochter. Ich mache das Auto resigniert an. Abendessen und Freunde klingen nicht mehr so gut. Ich will einfach nur nach Hause fahren.

Ich fahre gerade aus meiner Parklücke, als ich sehe, wie eine Frau aus dem Haus kommt. Sie hat dasselbe blonde Haar wie das kleine Mädchen – vielleicht ihre Mutter. Sie geht auf George zu, schlingt die Arme um seinen Hals und küsst ihn auf den Mund. Warte. Wer ist sie? Hat seine Freundin seine Tochter hergebracht? Mir ist nie in den Sinn gekommen, dass er und *Butterblume* in einer festen Beziehung sein könnten. Oder vielleicht ...

Vielleicht ist *sie* die Mutter seines Kindes.

Ich suche mein Gehirn nach dem Namen der Frau ab. *Merritt*. Er hat sie schon einmal erwähnt. Sie ist eine Professorin an der Loyola Universität.

Ich parke mein Auto erneut, diesmal in der anderen Richtung, damit ich mich in meinem Sitz umdrehen muss, um sie zu sehen. Ich schnappe mir mein Handy und google „Loyola Professorin Merritt" und klicke auf das erste Resultat. Merritt Reddy, Anthropologieprofessorin. Darunter ist ein Foto von derselben Frau, die gerade ihre Zunge in Georges Mund hatte.

Sind sie wieder zusammen? Mir kam nie so vor, als ob

es eine Trennung im Streit war, also schätze ich, dass es möglich ist. Aber es ist das erste Mal, dass er nach unserer *gestrigen* Trennung zu Hause ist.

Als ich in Richtung von Georges Vorgarten blicke, gehen die drei ins Haus.

Und dann klopft jemand an meinem Fenster. Ich zucke zusammen, als ich eine Frau vor meiner Autotür sehe, ihr Gesicht voller Missbilligung.

Scheiße. Ich drehe das Fenster runter. „Hallo."

„Kann ich Ihnen helfen?"

„Oh, nein. Ist schon gut." Ich lächele und lege die Finger auf den Fensterknopf, aber sie schüttelt den Kopf.

„Ich bin ein Teil der Nachbarschaftswache. Sie müssen mir sagen, was Sie hier tun, oder ich rufe die Polizei."

Wundervoll. Meine Wangen werden rot, und ich beschließe, die Scham zu meinem Vorteil zu nutzen. „Ich studiere an der Loyola Universität und bin hergefahren, um Dr. Reddy um eine Empfehlung für ein Doktorandenkolleg zu bitten, aber ..." Ich senke den Kopf. „Naja, ich habe sie mit ihrer Tochter gesehen und habe realisiert, dass ich sie während der Arbeitszeit fragen sollte." Ich drehe mein Handy um, damit sie sehen kann, dass ich Merritts Kontaktseite aufgerufen habe. Ihre Bürostunden stehen unter ihrem Foto.

„Sie verdient etwas Zeit mit ihrer Familie. Es ist gut, dass Sie sich umentschieden haben."

Ich nicke. „Das passt sowieso besser. Ich wollte ihr Theatertickets kaufen, um mich zu bedanken, aber ich wollte sichergehen, dass ich genug habe, damit sie ihre ganze Familie mitnehmen kann. Glauben Sie, dass sie ihren Freund und sein Kind mitnehmen will?"

Die Frau schürzt die Lippen. „Sie meinen ihren *Mann* und ihr *gemeinsames* Kind? Ja, das würde sie bestimmt. Sie sind beide vielbeschäftigt und verbringen nicht genug Zeit als Familie."

Mann? Mein Magen fällt zu meinen Füßen. „Ich wusste nicht, dass sie verheiratet ist. Ich dachte aus irgendeinem Grund, dass sie ... geschieden sind." *Ich dachte, sie hatten nur ein Kind zusammen. Ich dachte, sie waren nie in einer festen Beziehung.*

„Um Himmelswillen, nein. Sie sind ein komisches Paar, aber sie sind gleich nach ihrer Hochzeit vor fünf Jahren hier eingezogen und haben seither hier gelebt."

„Sie waren nicht ... getrennt oder so? Ich meine kürzlich?" Ich zwinge mich zu einem Lachen. „Ich bin so dumm. Ich dachte, sie wäre Single. Ich hätte mich so geschämt, nicht genug Tickets gekauft zu haben."

Sie winkt mich ab. „Sie sind nur verwirrt, weil er ein paar Tage pro Woche außerhalb der Stadt arbeitet." Dann stellt sie sich auf, als würde sie realisieren, dass sie solche Informationen nicht mit einer verdächtigen Fremden teilen sollte. „Sie sollten lieber verschwinden, bevor jemand denkt, dass sie etwas Böses im Sinn haben. Kontaktieren Sie sie einfach bei der Arbeit, und kommen sie nicht mehr her."

„Richtig. Sie haben natürlich total recht. Vielen Dank."

Ich habe mit einem verheirateten Mann geschlafen. Und sie sind nicht nur verheiratet. Sie sind verheiratet und haben ein Kind. Unreal. Mein Gehirn weigert sich, es zu verarbeiten. Es fühlt sich an, als würde ich mir eine Sendung ansehen oder einen Albtraum haben. Jedes Mal, wenn ich versuche, zu verarbeiten, was ich getan habe, schieben meine Gedanken es beiseite. So bin ich nicht. Sowas würde ich nicht tun.

Aber das habe ich. Und ich kann es nicht rückgängig machen.

Ich verlasse die Nachbarschaft und parke bei einer Tankstelle vor der Autobahn, bevor ich den Kopf aufs Lenkrad lege und weine.

EASTON

„*W*as für ein Mann geht mit seiner Ex auf Haussuche?", fragt Maven, das Gesicht, das alle Frauen lieben, vor Horror verzogen. Ich habe ihn heute Morgen zum Brunch in der Innenstadt in Chicago getroffen. Gott sei Dank, denn ich brauchte eine Pause von Scarlett und ihrem exzentrischen Geschmack, was Häuser betrifft.

Ich zucke mit den Schultern. „Ein Mann, der will, dass seine Tochter nur ein paar Stunden von ihrer Mutter entfernt lebt?"

„Besserer Mann als ich", murmelt er. „Plant sie immer noch, vollzeitig in Chicago zu leben?"

„Ne, sie will ihre Zeit zwischen Chicago und Los Angeles teilen. Aber wer weiß schon, was passieren wird. Du kennst Scarlett."

„Das tue ich", sagt er und schnappt sich sein Menü.

Ich folge meinem Kumpel und versuche, zu entscheiden, was ich zum Frühstück will. Es ist ein nettes Restaurant, aber all die „Waffel-Eisbecher" sind wie ein Hieb in die Magengrube. Wenn ich sowas sehe, vermisse ich meine Tochter noch mehr. Ich habe gestern Nacht mit ihr gesprochen, und es geht ihr gut. Es ist nicht so, als wäre ich noch nie weggewesen, aber ich bin bereit, unser Leben in Jackson Harbor zu beginnen und diese Trennungen zu Ausnahmen werden zu lassen.

„Du kannst Abi nächsten Monat herbringen", sagt Maven und liest meine Gedanken. Wir haben drei Jahre lang gemeinsam bei den Demons gespielt, bevor er vor zwei Jahren nach Chicago versetzt wurde. Er war mein Lieblings-Receiver, und als sie ihn ersetzten, war es, als müsste ich Spiele mit nur einem Arm gewinnen.

Ich tippe auf einen Schoko-Ahornsirup-Bacon-Eisbecher mit Schlagsahne. „Ich kann dir jetzt schon sagen, dass sie den hier bestellen wird. Und ihre Mutter würde ausrasten, weil ich ihr Zucker gebe."

Er lacht. „Schieß ein Foto und schick es ihr. Sag ihr, dass Onkel Maven sie ausführen wird, wenn sie mich besucht."

„Alles klar."

„Zwei Kaffees", sagt die Kellnerin, als sie zwei dampfende Tassen auf den Tisch stellt und ein kleines Notizbuch herauszieht. „Hatten Sie die Chance, das Menü anzusehen?"

„Wir brauchen noch einen Moment", sagt Maven, ehe er ihr ein lüsternes Lächeln schenkt. „Alles sieht *so gut* aus."

Die Frau wird rot. „Bin gleich wieder da."

Ich verenge die Augen. „Ernsthaft? Du kannst es

nicht durchs Frühstück schaffen, ohne mit der Kellnerin zu flirten?"

Maven grinst. „Ich meine, ich *könnte*, aber wieso sollte ich?"

Ich grunze und sehe wieder auf das Menü, als ich eine bekannte Gestalt aus dem Augenwinkel erblicke. „Das kann nicht wahr sein."

Maven folgt meinen Augen – super offensichtlich, aber das ist egal. „Was?"

Professor Arschkopf setzt sich an einen Tisch gegenüber von uns. *Verdammt klasse.* Das ist genau, wie ich meinen Morgen verbringen wollte.

„Wer ist das?"

„Professor Arschkopf", murre ich. „Was zum Teufel tut er hier?"

Mavens Augen weiten sich, und er mustert Shays Kerl abwertend, bevor er mich wieder ansieht. „Wenn wir schon davon sprechen, wie *läuft* dein Liebesleben?"

Ich wende meine Aufmerksamkeit von George ab und konzentriere mich auf Mav. „Was für ein Liebesleben?"

„Oh, du willst also so tun, als hättest du nicht gehofft, wieder mit der kleinen Schwester deines besten Freundes zusammenzukommen? Was ist los? Ist es zwischen ihr und Herr Männerdutt ernster, als du gedacht hast?"

„Ernsthaft genug, dass sie nicht mit mir reden will." Ich reibe meinen Nacken. Gott, Shays Weigerung hat wahrscheinlich nichts mit George Alby und alles damit zu tun, wie sehr ich reingeschissen habe.

Ich sehe blondes Haar, bevor ich mich wieder auf

Professor Arschkopfs Tisch konzentriere. Er steht auf und ... *heilige Scheiße*, er küsst sie. Ein richtiger Zungenkuss, der eher ins Schlafzimmer gehört.

Mavs Aufmerksamkeit folgt meiner, bevor er wieder zu mir sieht. „Aber das ist nicht dein Mädchen."

„Nein", sage ich. „Das ist *nicht* Shay." *Scheiße!* Ich kann nicht glauben, was ich da sehe. Soll ich ein Foto schießen? Würde das zu weit gehen?

„Ein Punkt für Team Easton. Weiß sie Bescheid?"

„Nein, ich glaube nicht."

„Heilige Scheiße, Kumpel. Du wirst es ihr aber erzählen, oder?"

Ich beiße die Zähne zusammen. „Ich glaube, das muss ich. Aber ich bezweifle, dass sie mir glauben wird." Sie hat es definitiv nicht wertgeschätzt, als ich ihr von Butterblume erzählt habe.

Er zischt. „Was für ein Scheißhaufen."

„Da hast du recht." Sie setzen sich auf dieselbe Sitzbank, aber sie können die Hände nicht voneinander lassen. Ich streiche mit einer Hand durch mein Haar und atme aus. „Macht es dir etwas aus, wenn wir uns verpissen? Ich habe plötzlich den Appetit verloren."

„Klar, ich verstehe schon." Maven zieht einen Zwanziger aus dem Portemonnaie und wirft ihn auf den Tisch, um für unsere Getränke zu bezahlen.

Ich stehe auf und gehe zur Tür, aber nach drei Schritten drehe ich mich um und stampfe auf Georges Tisch zu.

Er ist so mit seiner Begleitung beschäftigt, dass er nicht einmal bemerkt, dass ich ihn angewidert anstarre.

Ich räuspere mich. „Wie kann ich Ihnen–" Er blinzelt mich an. „Easton."

„Lassen Sie mich raten", sage ich. „Das ist Butterblume?"

Die Blondine runzelt die Stirn. „Wovon reden Sie?" Sie sieht zu George. „Wer ist das?"

George schüttelt nur den Kopf. „Jemand von der Arbeit."

„Wer ist Butterblume?"

Ich knurre. Scheiße, wie viele Frauen hat er an der Leine?

„Brauchen Sie etwas, Easton?"

Ich überdenke meine Optionen. Ich bin eine Haaresbreite zu zivilisiert, um ihm eine reinzuhauen, auch wenn er es auf jeden Fall verdient. „Ne, schon gut. Ich wollte nur, dass Sie wissen, dass ich hier bin." Ich halte einen Moment inne. „Und dass ich aufpasse."

Seine Verabredung hebt eine Augenbraue. „Wer denken Sie, dass Sie sind, unser Frühstück so zu unterbrechen?"

George lächelt mich an, total entspannt statt erschreckt. „Er denkt, dass er wichtig ist, weil er ein Sportler ist."

Oh, scheiß auf ihn. Er realisiert, dass ich es Shay erzählen werde, oder? „Shay verdient Besseres als Sie", sage ich, bevor Maven mich beim Arm zum Ausgang zieht.

„Komm schon, East. Lass uns verschwinden."

SHAY

Molly ist die letzte Person, von der ich erwartet hätte, dass sie eine kleine Hochzeit will. Ich weiß, dass Brayden alles mitgemacht hätte, und habe etwas Größeres erwartet.

Molly leitet das Jackson Brews Bankettzentrum und spezialisiert sich auf übertrieben schöne Hochzeiten. Sie ist so gut, dass ich angenommen habe, ihre eigene wäre auch so. Aber als Brayden sie letzten Herbst bat, ihn zu heiraten, und sie mit den Hochzeitsplänen begannen, machte Molly eins klar. Sie wollte keinen Aufwand. Alles, was sie wollte, war, ihre Mutter und alle Jacksons dabei zu haben. Sie wollte von Noah den Gang hinuntergeführt werden, und dass meine Geschwister ihnen zur Seite stehen, wenn sie einander ihre ewige Liebe schwören.

Das zu hören, brachte meine Mutter zum Weinen. Es ist gut, dass wir nicht um den ersten Platz kämpfen, denn Molly könnte Mamas Lieblings(schwieger)tochter werden.

Molly und Brayden haben sich entschieden, die Hochzeit in unserem Ferienhaus dreißig Minuten außerhalb von Jackson Harbor zu halten. Zu der Zeit habe ich mir nichts dabei gedacht. Sie planten eine Hochzeit im Frühjahr am See, und ich dachte an Molly in einem weißen Kleid und Brayden mit diesem verwunderten, verliebten Blick, den er hatte, seit Molly von New York hergezogen war. Ich dachte *nicht* daran, dass Easton Connor wieder hier sein würde. Ich dachte nicht an das Haus, wo wir „Ich hab noch nie" gespielt haben und er sich nach Mitternacht in mein Zimmer schlich, um neben mir zu schlafen. Ich dachte nicht an die Neujahrsparty.

Jetzt denke ich an diese Dinge. Da er praktisch zur Familie gehört, nehmen alle an, dass er kommt. So sehr, wie mir der Gedanke den Magen verdreht, wäre ich enttäuscht, wenn er nicht käme.

„Ich mag *das*, Shayleigh", sagt Mama.

Wir probieren Brautjungfernkleider an. Molly will nicht, dass sie zusammenpassen. Sie möchte, dass wir verschieden geschnittene, knielange Kleider in Frühlingsfarben tragen. Ich habe seit der Verkündung der minimalen Planung realisiert, dass ich in Pyjamas kommen könnte, und es wäre Molly egal. Alles, was für sie zählt, ist Brayden.

Ich sehe das Kleid an, das meine Mutter so liebt. Es ist ein pfirsichfarbenes, trägerloses Kleid mit hohem Hüftschnitt und einem bauschigen Rock, der mich an die Swingkleider der Fünfziger erinnert. Es offenbart meine Beine, die durchs Joggen und Gewichte heben wohlgeformt sind. Ich liebe meine Beine und fühle mich in diesem Kleid schön, was ein Bonus ist. Ich habe mehr Selbstbewusstsein, als ich je als Teenagerin hatte. Ich war damals in Easton verliebt, und Selbstbewusstsein war nicht meine Stärke.

Ich sehe zu Molly. „Gefällt es dir?"

„Du siehst *wundervoll* aus", sagt sie mit einem breiten Lächeln.

„Wann wirst du uns den Jungen vorstellen, mit dem du zusammen bist?", fragt Mama.

Ich zwinge mich zu einem Lächeln. *Junge* ist nicht das beste Wort für George Alby. „Ich glaube nicht, dass das passieren wird, Mama." Ich will nicht analysieren, wieso ich mich erleichtert fühle – wieso mir der Gedanke daran, George meiner Familie vorzustellen, Magenschmerzen bereitet hat. Und dieses Gefühl ist kein Produkt unserer Trennung. Es war schon immer da.

Aber wieso wollte ich ihn meiner Familie nicht vorstellen? Habe ich mich gesorgt, dass sie mich dafür verurteilen würden, mit dem Vorsitzenden meines Dissertationsausschusses zu schlafen? Gott, *ich* verurteile mich. Oder ist es, weil sie erkannt hätten, was ich instinktiv selbst wusste? George und ich passen nicht zusammen.

„Warum diese Geheimnistuerei?", fragt Ava, als sie aus der Umkleide kommt. Sie trägt ein einschultriges, rosa Kleid.

„Ich liebe dieses Kleid an dir, Av", sage ich, und meine Schwägerin strahlt.

„Es verdeckt meinen Mamibauch", sagt sie und tätschelt ihren Unterleib.

Ich schnaube. „Du hast *keinen* Mamibauch."

„Doch, und ich mag es, also halt den Mund!"

„Wechsel nicht das Thema", sagt Molly. „Wieso hältst du den Kerl geheim?"

„Es ist nicht ..." Ich verstumme, und schaue nach unten, um den Saum meines Kleides zu mustern. Ich realisiere erneut, wie wenig mich die Trennung von George belastet. Es sollte weh tun. Aber vielleicht funktioniere ich nicht richtig, weil es das nicht tut. Es tat nicht einmal weh, als Steve mit mir Schluss gemacht hat, und das war die längste Beziehung, die ich je hatte. Nein, es scheint, als wäre Easton der einzige Mann, der mich zerstören kann, wenn er mich verlässt. „Ich glaube nicht, dass wir einander wiedersehen werden."

„Es tut mir so leid", sagt Mama.

Teagan beobachtet mich. Sie war unnormal still, wenn es um George und Easton ging. Ich glaube, ich weiß, wieso. Sie hat George ein paar Mal getroffen, und ich glaube nicht, dass sie ihn mag. „Wollte er ... *mehr* oder so?", fragt sie.

Ach ja. Als ich letztes Mal mit Teagan über George sprach, dachte ich, dass er mir einen Heiratsantrag machen wollte. Weil ich eine Idiotin bin. „Nein. Wir waren nicht dafür bereit." Ich werde ihr den Rest erzählen, wenn wir allein sind. „Es ist kein großes Ding. Es war nie etwas Festes." Ich seufze. „Um ehrlich zu sein, war es nicht sehr schlau, mit jemandem von der Arbeit zu schlafen." Mama reißt die Augen weit auf, und ich realisiere, was ich gesagt habe. „Tut mir leid, Mama. Deine Tochter ist keine Jungfrau mehr."

Sie lacht. „Das habe ich auch nicht gedacht, Shayleigh."

„Es kann nur besser und größer werden", sagt Teagan nickend, bevor sie leise murmelt: „Mit der Betonung auf *größer*."

Ich versuche, nicht zu lachen, stupse sie mit dem Ellbogen an und wechsele das Thema, falls Mama meine Geheimnisse in der Röte meiner Wangen erkennen kann. „Und ich wollte mich sowieso an niemanden binden, wenn mein Leben vor einer riesigen Veränderung steht."

Meine Mutter runzelt die Stirn. „Wie läuft die Arbeitssuche?"

„Besser als erwartet." Vielleicht ist das das Problem. Wollte ein Teil von mir glauben, dass ich keine Stelle finden würde? Dass ich mich nicht um einen Umzug sorgen müsste, weil niemand mich wollte? „Ich habe am Montag ein Vorstellungsgespräch in Oklahoma und dann nächsten Monat eins an der Emmitson Universität in Los Angeles."

„Oklahoma? L.A.? Das ist so weit weg." Mama sieht aus, als hätte ich ihr gerade gesagt, dass ich den Teufel heiraten werde. „Du würdest dort nicht hinziehen, oder?"

„Mama ..."

„Ich habe gehört, dass es wirklich schwer ist, in deinem Spezialgebiet eine Stelle zu finden", sagt Ava als ewige Friedensstifterin.

Ich nicke. „Das kann es. Es gibt nicht gerade einen

Mangel an English Ph.Ds, also sollte man dahin ziehen, wo es Stellen gibt."

Mama wringt die Hände. „Aber wer würde dich nicht wollen? Ich dachte an Chicago oder Indianapolis – vielleicht Ann Arbor? Aber Los Angeles?"

Sie dachte, ich würde in der Nähe bleiben. Oh Gott. Wäre das nicht toll? Ich müsste das Sonntagsbrunch nicht verpassen. Ich würde meinen Nichten und Neffen beim Aufwachsen zusehen können. „Ich weiß nicht, was ich davon halte." Vielleicht ist Ehrlichkeit am besten. „Ich habe wirklich hart daür gearbeitet, diesen Abschluss zu erhalten, und es macht Sinn, einer guten Anstellung zu folgen. Das war immer der Plan. Aber ich kann nicht so tun, als würde ich mich freuen, am anderen Ende des Landes zu leben und nur ein paar Mal pro Jahr zu Besuch zu kommen."

Mama wird ganz blass. „Ein *paar* Mal?"

Mein Herz rast. Ich habe immer angenommen, dass sie davon wusste. „Ich habe noch keine Entscheidungen getroffen, aber ..." Ich starre meine nackten Füße an, während mir bewusst ist, dass ich von allen beobachtet werde. „Ich realisiere langsam, dass meine erste Entscheidung sein muss, ob ich im akademischen Zweig arbeiten möchte."

„Du musst nicht sofort eine Stelle finden, oder?", fragt Teagan. „Vielleicht brauchst du eine Pause, um dich zu entscheiden. Ein Brückenjahr."

„Ich brauche einen Catering-Manager im Bankettzentrum", sagt Molly. „Ich meine, du bist natürlich übertrieben überqualifiziert, aber wenn du eine Pause brauchst, kannst du die Stelle haben."

„Oh, das gefällt mir." Sagt Mama und klatscht in die Hände. Es ist offiziell – Molly ist *auf jeden Fall* ihre Lieblingstochter. Sie dreht sich zu mir. „Du könntest für Molly arbeiten, bis du etwas in der Nähe findest, Shayleigh."

Die Idee zieht mich in zwei verschiedene Richtungen. Auf der einen *will* ich mein Zuhause nicht verlassen. Auf der anderen fühlt es sich wie Versagen an, mein Doktorat zu beenden und ins Klo zu schmeißen. „Vielleicht werde ich mich bewerben", sage ich zu Molly. „Ich weiß noch nicht."

„Kein Druck." Sie grinst. „Es ist nur eine Option."

Ich nicke. „Optionen sind gut." Mein Handy vibriert, und ich beuge mich vor, um es aus meiner Tasche in der Ecke zu ziehen.

*E*aston: *Ich komme früher aus Chicago zurück. Wir müssen reden. Und bevor du Nein sagst, es geht nicht um uns. Es ist etwas anderes.*

„*I*st alles in Ordnung?", fragt Mama. Sie hat diesen sechsten Sinn, wenn es um ihre Kinder geht. Sie weiß immer, wenn etwas falsch läuft. Ich schwöre, ich habe meiner Familie nie ein Wort über meine Beziehung mit Easton gesagt, aber ich wäre nicht schockiert, wenn meine Mutter wüsste, dass etwas zwischen uns passiert ist. So ist sie halt.

„Alles ist gut." Ich zwinge mich, sie anzulächeln und stopfe mein Handy in die Tasche, ohne zurückzuschreiben. Ich will *wirklich* aufhören, über mich zu sprechen. „Lieben alle ihre Kleider?"

Molly sieht uns an, und wir nicken alle fröhlich. „Ich glaube schon."

„Dann lass mich meine Mädels zum Mittagessen ausführen", sagt Mama, bevor sie zu mir sieht. „Ich weiß, dass du viel zu tun hast, aber komm mit, Shay. Du musst essen."

„Das werde ich. Mittagessen klingt super." Das ist eine Lüge. Nichts hört sich gut an. Heute Morgen habe ich versucht, Haferflocken zu essen und habe fünfzehn Minuten über der Toilette gewürgt. Ich bin froh, dass ich in der High School nicht wusste, was Stress meinem Appetit antut, denn ansonsten hätte ich mich einfach nur gestresst, um Gewicht zu verlieren.

Ich gehe wieder in die Umkleidekabine und hoffe, dass die Tür zwischen meiner Mutter und mir ihre Sinne dämpft.

„Shay", ruft sie, als ich den Reißverschluss aufmache. *Verdammt.* Sie wird realisieren, dass mir übel ist, und sobald sie es tut, wird sie mich zwingen, zum Arzt zu gehen. Das würde ich, aber es macht keinen Sinn. Nach Papas Beerdigung war mir wochenlang übel. Es ist nicht das erste Mal.

„Ja, Mama?" Ich hänge das Kleid auf und versuche, meine Stimme heiter klingen zu lassen.

„Ich denke, dass du und dein Freund rechtzeitig Schluss gemacht habt."

Ja, weil es nie schlechtes Timing gibt, um herauszufinden, dass man mit einem verheirateten Arschloch geschlafen hat. Gott, wenn Mama das jemals herausfindet, werde ich wegziehen *müssen*. Ich kann ihr so schon kaum in die Augen sehen. „Wieso?"

„Weil Easton Carter über dich ausgefragt hat. Carter hat gesagt, dass er ganz klar plant, etwas mit dir anzufangen. Erinnerst du dich daran, wie sehr du ihn gemocht hast? Du bist ihm wie ein kleines Hündchen gefolgt, als du klein warst. Es war so süß."

Ich ziehe mein Pulloverkleid mit einer unnötigen Menge an Gewalt über. „Auf keinen Fall, Mama."

„Wieso nicht? Er ist ein wunderbarer Mann, und das weißt du."

„Ich bin nicht interessiert."

„Sag mir nicht, dass du ihn nicht mehr attraktiv findest."

Wieso ist das mein Leben? Ich komme aus der Umkleidekabine heraus, und statt mir ein breites Grinsen zu schenken, sieht meine Mutter mich mit besorgten Augen an. Ich nehme ihre Hand in meine und drücke sie. „Lass mich herausfinden, wo ich nächstes Jahr leben werde, bevor ich mir einen neuen Freund suche, ja?"

Sie lächelt, aber etwas an der Art, wie sie die Augen verengt, lässt mich denken, dass sie mich durchschaut. „Weißt du ... Steves Mutter hat mir gesagt, was Easton getan hat, nachdem Steve mit dir in Paris Schluss gemacht hat." Sie legt den Kopf zur Seite. „Es war so nett, und doch ... hast du es mir nie erzählt?"

Es ist eine Frage, die ich nicht beantworten kann. Ich liebe meine Mutter, und ihre Anerkennung bedeutet mir alles. George würde sagen, dass es kindisch ist, aber so bin ich nun einmal. „Es ist lange her", sage ich und versuche, den Schmerz in ihren Augen zu ignorieren, als sie realisiert, dass ich nicht vorhabe, mehr zu sagen.

EASTON

*J*ch hatte nicht geplant, vor Sonntag nach Jackson Harbor zurückzukommen, aber nachdem ich Professor Arschkopf mit seiner ... *was auch immer* die Frau von heute Morgen war, gesehen habe, konnte ich nicht erwarten, mit Shay zu sprechen. Nicht, dass sie auf meine Nachrichten geantwortet hat.

Ich habe darüber nachgedacht, sie in ihrer Wohnung aufzusuchen, aber wenn ich eins in den letzten paar Wochen gelernt habe, ist es, dass sie dort kaum Zeit verbringt. Es scheint, als wäre sie immer bei der Arbeit, in der Bar oder an ihrem Laptop oben in der Wohnung.

Ich bin nicht überrascht, sie zu sehen, als ich aus der Kälte ins Jackson Brews trete. Ich *bin* überrascht, zu sehen, dass sie arbeitet, und nicht an ihrem Laptop. Sie zapft Bier, nimmt Bestellungen entgegen und mixt Drinks wie ein Profi.

Ich bin bereits ganz oben auf ihrer Liste der am meisten gehasstesten Menschen, und ich habe mir diesen

Platz vor Jahren gesichert, indem ich ihr etwas gesagt hatte, das sie nie hätte wissen wollen. Es war ein Fehler, und ich bereue es bis heute, aber das hier ist etwas anderes, oder?

Egal, wie sehr ich darüber nachdenke und meine Worte plane, ich weiß, dass sie den Überbringer der Nachricht genauso hassen wird, aber was, wenn ich es ihr nicht sage, und sie herausfindet, dass ich ihr verheimlicht habe, dass ihr Freund ihr mit mindestens einer anderen Frau fremdgeht? Ich habe keinen Zweifel, dass es schlimmer wäre.

Ich setze mich auf einen Hocker, und mir ist allzu bewusst, wie sie sich versteift, als sie realisiert, dass ich hier bin. „Hallo, Shayleigh."

Sie blickt schnell zu mir, und Gott, wenn der Kühlschrank kaputt geht, kann Jake Shay benutzen, um das Bier kalt zu halten. „Was kann ich dir bringen?" *Eiskalt.*

Sie hasst mich bereits. Ich kann mich genauso zum meist gehassten Feind machen, indem ich ihr alles erzähle. *Scheiße.* Es ist nicht nur schlechte Nachricht. Es ist die *beschissenste* Nachricht. „Können wir reden?" Ich wiederhole mich an dieser Stelle nur noch.

Sie seufzt, aber es klingt eher müde als genervt. „Nicht jetzt, Easton."

Ich erblicke ihren Bruder, der aus der Küche kommt. „Hey, Jake."

Er hebt das Kinn in meine Richtung und serviert einem Paar am anderen Ende des Tresens einen kleinen Korb mit etwas Frittiertem, bevor er zu uns kommt. „Was ist los?"

„Kann ich mir Shay kurz ausleihen? Ich muss mit ihr etwas Wichtiges besprechen. Es geht um ... ihren Dissertationsausschuss."

Er nickt schnell. „Bitte. Sie sollte nicht einmal hier sein." Ich habe es nicht bemerkt, aber jetzt, da er es erwähnt hat, fällt mir auf, dass Shay nicht einmal Arbeitskleidung trägt. Alle, die hier arbeiten tragen Jeans oder einen Rock und das Jackson Brews T-Shirt, aber Shay trägt ein Pulloverkleid, das an ihren Kurven klebt, als hätte der Designer es geschaffen, um mich zu foltern. „Cindy ist pissig, dass sie weniger Trinkgeld bekommt, weil sie mit Shay arbeitet."

„Ich habe ihr bereits gesagt, dass sie das Trinkgeld behalten kann."

„Und ich habe dir gesagt, dass du nicht gebraucht wirst", sagt Jake, bevor er sich zu mir dreht. „Sie ist nur hier, weil sie sich vor der Dissertation drückt."

„Glücklicherweise kann ich damit helfen", sage ich mit einem Lächeln zu Shay. „Wieso schnappst du dir nicht einen Drink und triffst mich da hinten?" Ich deute zu einer Ecke in der Bar und gehe wortlos hin, damit sie nicht Nein sagen kann.

Ich setze mich, wissend, dass sie mir vielleicht nicht folgen wid.

Als sie es tut, setzt sie sich nicht, sondern steht am anderen Ende des Tisches, als wäre sie meine Kellnerin oder so. „Was?"

Alles klar. Wir machen es auf ihre Art. Ich atme tief ein. „Ich bin gerade aus Chicago wiedergekommen."

„Offensichtlich."

„Ich habe Professor A– George gesehen, als ich dort war."

Sie hebt eine Schulter. „Seine Tochter lebt in Chicago. Er verbringt die Hälfte der Woche dort."

George hat eine Tochter. Das hätte ich nicht gedacht. Ich frage mich, ob die Blondine davon weiß. Oder vielleicht ist die Tochter eine Lüge, um ein Doppelleben zu führen. „Shay, er hat eine andere Freundin."

Sie verschränkt die Arme und runzelt die Stirn. „Hast du ihm *nachspioniert?*"

Es ist offiziell. Shay denkt, dass ich ein Psycho bin. Kann ich es ihr verübeln? „Es war ein Zufall, dass wir im selben Restaurant waren. Aber es ist gut, wenn du darüber nachdenkst. Ich weiß, dass es mich nichts angeht. Ich weiß, du willst, dass ich mich aus deiner Beziehung raushalte–"

„Und doch sind wir hier."

„Er hat an ihr *geklebt*."

Sie starrt mich nur an.

Gott, lag ich falsch? Haben sie und der Kerl eine offene Beziehung? Das klingt überhaupt nicht nach ihr. „Es macht dir *nichts* aus?"

Ich könnte schwören, dass ich Schmerz in ihren Augen erkenne, bevor sie wegsieht. „Es ist egal."

Wie zum Teufel kann es egal sein? „Weil ihr Schluss gemacht habt?"

„Weil wir ... uns mit anderen Menschen treffen."

„*Er* trifft sich offensichtlich mit anderen Frauen. Welche Männer triffst du?"

Die Hände fallen zu ihren Seiten. „Schönen Abend

noch, Easton. Ich habe Sachen zu erledigen. Und nur um klar zu sein, du kannst nicht in mein Leben eindringen und versuchen, alles zu reparieren."

„Wann wirst du aufhören, so zu tun, als ob wir nichts zu besprechen haben?"

„Wenn ich dafür bereit bin."

„Was kann ich tun, damit du dafür bereit bist, Shay? Sag es mir." Ich senke meine Stimme. „Wenn du mir nur einmal zuhörst, dann will ich mich wenigstens wegen der Beerdigung deines Vaters entschuldigen. Ich hätte es dir nie erzählen sollen. Es war falsch, und ich war egoistisch. Ich wünschte, ich könnte es zurücknehmen."

Sie starrt durch mich hindurch, und der Schmerz in meiner Brust wird mit jeder Sekunde stärker. „Du hast recht. Es war egoistisch, und ich wünschte auch, dass du es zurücknehmen könntest. Aber das kannst du nicht. Du kannst nichts ändern, also hör bitte auf, zu versuchen, es an die Oberfläche zu drängen." Sie dreht sich um und geht. Ich kann nicht wegsehen, als sie entschlossen auf den Tresen zustampft und in der Küche verschwindet.

Scheiß drauf. Ich stehe auf, um ihr zu folgen.

„Hey, East. Wie geht's?", fragt Carter. Sofern ich ihn nicht übersehen habe, als ich hergekommen bin – was, um ehrlich zu sein, möglich ist –, muss er hergekommen sein, während ich mit Shay gesprochen habe.

„Ich versuche, deine Schwester dazu zu bringen, mir etwas Zeit zu widmen."

Er hebt das Kinn, die Zähne zusammengebissen. Ich frage mich, ob Carter überhaupt bemerkt hat, dass seine

Schwester erwachsen ist. Aber dann sagt er: „Viel Glück damit."

Ich betrete die Küche und finde Shay mit den Händen auf den Stahltresen gestemmt vor, ihr Kopf gesenkt. „Wenn du hier bist, um mir deine Meinung über George zu sagen, kannst du es dir sparen."

„Du verdienst jemand Besseres als ihn. Ist das wirklich das, was du willst? Eine Beziehung mit einem Mann, der nicht einmal realisiert, wie wundervoll du bist? Wenn du mein wärst ..." Mir dreht sich der Magen um. Sie war mein. Für den kürzesten Moment gehörte Shay *mir*. Und ich habe sie verloren. Ich wusste, dass ich es verkackt hatte, aber zu der Zeit, tat ich, was ich tun musste. Und ich kann es nicht bereuen, weil ich dadurch meine Tochter bekam. „Ich wünschte, ich wäre damit besser umgegangen."

Sie atmet tief aus und schüttelt den Kopf.

„Was?"

„Nichts."

„Shay?"

Als sie sich umdreht, um meinem Blick zu begegnen, sehe ich nur noch Verbitterung in ihren. „Du musstest nicht mit mir schlafen. Du musstest mich nicht einmal küssen. Du hättest einfach der Held sein können, indem du in Paris auftauchtest, als ich einen Freund brauchte. Dann wäre nichts davon ..."

„Willst du, dass ich die Nacht bereue oder mich dafür entschuldige, was danach passiert ist?" Ich gehe auf sie zu und versperre ihren Ausweg. Ihre Brüder sind auf der anderen Seite der Küchentür und könnten jeden

Moment reinkommen. Ich senke meinen Mund zu ihrem Ohr, bevor ich fortfahre: „Ich bereue es nicht, mit dir geschlafen zu haben. Es tut mir nicht leid, dass ich dich dazu gebracht habe, meinen Namen zu stöhnen, auch wenn der Laut mich immer noch heimsucht. Auch wenn ich dich dadurch noch mehr vermisse."

Sie entspannt ihre Hände an meinen Schultern, schubst mich aber nicht weg. Ich streiche mit der Hand über ihren Kiefer, und Shays Atem ist zittrig.

„Fühlst du es wirklich nicht? Ist es vorbei für dich?" Ich schließe die Augen. Ich muss mich entfernen, aber ich will nicht. Sie lässt sich von mir berühren. Lässt mich in ihre Nähe. „Weil es für mich nicht vorbei ist. Ich glaube nicht, dass es jemals enden wird."

Sie starrt mich lange an, bevor sie zwischen mir und der Arbeitsfläche hinaus gleitet und sich zum Büro neben der Küche dreht. Soll ich ihr folgen oder sie gehen lassen?

Gott, wenn ich wüsste, wie ich Shay gehen lassen kann, hätte ich es vor zehn Jahren getan. Ich folge ihr und schließe die Tür hinter mir. „Wir müssen damit zurechtkommen."

Sie dreht sich zu mir, ihre Augen voller Feuer. „Tu es selbst."

Ich pruste, als ich auf sie zugehe. „Was hast du gesagt?"

Diese trotzigen Augen sind voller Tränen, und ihre Unterlippe bebt. „Ich habe gesagt: *Tu. Es. Selbst.* Ich habe nichts zu sagen, aber du bist der, der so überzeugt ist, dass wir dieses Gespräch führen müssen."

Ich komme näher. Shay drückt sich gegen die Wand, aber ich halte nicht an, bis wir nur ein paar Zentimeter voneinander entfernt sind. „Echt erwachsen, Shay." Ich umrahme ihre Wangen mit den Händen und streichele ihre Unterlippe mit meinem Daumen, während ich sie mustere. „Ist es das, was du willst?" Ich senke den Kopf, bis mein Mund eine Haaresbreite von ihrem entfernt ist. „Willst du, dass ich dich in die Ecke dränge, um dich zum Reden zu bringen? Vielleicht muss ich dich daran erinnern, wie gut wir zusammen sind." Ich lege den Kopf zur Seite und streiche mit meinem Nasenrücken gegen ihren. „Du versuchst, mich zu hassen, aber du schaffst es nicht ganz, wenn ich dir nahe bin, also frage ich mich, was passiert, wenn ich näherkomme."

Ihr Atem ist so süß auf meinen Lippen, und sie greift meine Arme, um ihre Finger in meinem Bizeps zu vergraben.

„So ist es also? Du willst, dass ich dich gegen diese Wand presse und dich küsse, bis du nicht mehr deinen eigenen Namen kennst und dir nicht die Schuld geben kannst, dass dein Schutzschild gescheitert ist?"

Ihr Puls schlägt schneller unter meinen Fingern, und ihr Rücken drückt sich durch, als sie sich an mich schmiegt. „Wir haben nichts zu besprechen."

„Schwachsinn. Aber vielleicht willst du, dass ich diesen Ficker finde, mit dem du schläfst – bei dem es dir nichts ausmacht, dass er sich mit ‚anderen Frauen trifft'? Ich könnte ihn etwas rumschubsen. Er würde dich bestimmt in Ruhe lassen, weil er sich nicht mit mir rumschlagen will." Meine Nase fährt über ihre Wange, bis mein Mund an ihrem Ohr liegt. „Dann müsstest du ihm nicht einmal sagen, dass du ihn nicht willst. Du müsstest nicht zugeben, dass du *mich* immer noch mehr willst, als du ihn jemals wolltest – selbst nach all den Jahren und nach all dem Scheiß, den das Schicksal uns in den Weg geworfen hat, und nach all den Fehlern, die ich gemacht habe."

Sie schluckt schwer, und als sie einatmet, glaube ich, dass sie es leugnen wird. Aber sie sagt kein Wort. Ihre einzige Antwort ist, eine Hand auf meinen Nacken zu legen. *Scheiße, ja!*

„Das werde ich nicht für dich tun." Ich muss jedes bisschen meiner Stärke nutzen, um einen Schritt nach hinten zu gehen. „Ich will, dass du mit mir redest. Ich will, dass du mich für jede meiner beschissenen Entscheidungen anschreist. Dann will ich, dass du mich küsst und mir sagst, dass ich noch eine Chance kriege. Ich will, dass du mit diesem Arschloch Schluss machst und mit mir zusammenkommst, aber ich werde es nicht für dich tun." Ich gehe einen weiteren Schritt auf die Tür zu. „Du musst diese Entscheidung selbst treffen."

Meine Hand ist auf der Türklinke, als sie sagt: „Easton, stopp."

Ich drehe mich wieder zu ihr, was sie erwartet hat, weil sie genau vor mir steht. Sie stößt mich mit ihren Händen gegen die Tür. Dann hat sie eine Hand in meinem Haar und zieht meinen Mund auf ihren. Ihr Geschmack ... *Verdammt!* Sie schmeckt besser, als ich es in Erinnerung habe, und sobald ihre Lippen sich unter meinen öffnen, küsse ich sie mit mehr Intensität, als ich jemals jemanden zuvor geküsst habe.

Unsere Münder sind bereit und verzweifelt, knabbern und streicheln. Wir lieben einander nicht mit unseren Mündern. Wenn Ficken ein Äquivalent beim Küssen hat, dann wäre es das. Ihre Hände verfangen sich und ziehen an meinem Haar, während sie sich gegen mich presst, als würde sie versuchen, uns für immer miteinander zu verschmelzen.

Aber ich bin zu groß und brauche sie noch näher. Ich greife ihre Oberschenkel und hebe sie hoch, bevor ich mich umdrehe und sie gegen die Tür presse. Shay verschränkt die Knöchel hinter meinem Rücken und schließt uns zusammen – genau dort, wo wir zusammen-passen. Sie schaukelt sich an mir auf, und *Gott*. So gut. Ihr Körper. Ihre Hände. Ihr Mund. Alles. Überall.

Ich weiß, was sie sagt. Es hat für sie auch nicht aufge-hört. Sie fühlt etwas, wenn ich in der Nähe bin. Trotz meiner Fehler hat sie nie aufgehört, mich zu wollen.

Ich halte an meiner Selbstkontrolle fest, verlangsame den Rhythmus und streiche mit einer Hand über ihre Seite, bis ich die Kurve ihrer Brust mit dem Daumen erreiche. Sie zieht fester an meinem Haar und beißt meine Unterlippe, bis es brennt. Ich werde ihr alles geben, was sie will. Sie könnte mich bitten, auszubluten, und ich könnte es ihr nicht abschlagen. Mein Rhythmus passt sich ihrem innerhalb von Sekunden an. Ich bin wild, fieberhaft. Ich fürchte, dass sie mich wieder verlässt.

Ich zwicke ihre Brustwarze durch den dünnen BH

und verschlucke gierig ihr Stöhnen. Sie reibt sich gegen mich, sucht genauso verzweifelt diese Verbindung wie ich. Als ihre Hand zwischen unsere Körper rutscht und sie meine Hose aufknöpft, knurre ich. „Shay. Verdammt. Mach langsamer." Ihre Hand ist in meiner Hose, streichelt und drückt mich.

„Kondom", sagt sie.

Ich lehne mich zurück und schüttele den Kopf. Ich habe keins. „Tut mir leid. Ich war nicht vorbereitet." Aber das ist besser, oder? Wir müssen eine Pause einlegen. Kurz durchatmen und darüber reden, was hier passiert.

„Oberste Schublade." Sie nickt zum Schreibtisch.

Ich will sie nicht loslassen, aber ich weiß, was sie sagt. „Gut zu wissen." Ich küsse mit offenem Mund über ihren Hals. Ich bin so stolz auf mich. Es kostet mich übermenschliche Kraft, zu ignorieren, dass Kondome nur ein paar Meter entfernt sind. Ich könnte innerhalb von einer Minute bereit und in ihr sein. Stattdessen streichele ich ihre Brustwarze, die ich gerade gezwickt habe, und lecke langsam über ihren Hals. „Du bist so süß, wie ich in Erinnerung habe", sage ich, obwohl ich jeden Zentimeter kosten will, um sicherzugehen.

Sie knurrt frustriert, bevor sie wiederholt: „Kondom."

„Shay ..."

Sie entwirrt sich von mir, lässt die Füße auf den Boden fallen und schiebt mich weg.

Ich streiche mit einer Hand durch mein Haar und versuche, durchzuatmen – einen klaren Gedanken auf die Reihe zu bringen, der nicht *Kosten*, *Saugen*, *Ficken* involviert –, aber sie öffnet eine Schublade, zieht ein Kondom heraus, und es ist um mich geschehen.

Sie sieht mir in die Augen, als ihre Hand unter ihr Kleid wandert und ihr Höschen runterzieht. Es ist schwarz, hat Spitze und ist verdammt heiß, aber Shay ist das Heißeste. Sie geht auf mich zu, Herausforderung in ihren Augen. Ich bin ein verzweifelter Trottel, weil ich nur zusehen kann, als sie meinen Schwanz aus meiner Unterwäsche befreit, komplett sprachlos and hingerissen, und das Latex rüberrollt.

Ihre Hände sind erneut in meinem Haar, sie zieht mich zu sich hinunter. Ich versuche, sie sanft zu küssen, doch sie steigert das Tempo, und ich kann nicht anders als es ihr gleichzutun – knabbern, saugen, beißen. Ich könnte sie auffressen. Und verdammt, das will ich.

Sie schlingt ein Bein über meine Taille und ich spüre, wie sie sich gegen mich presst – ihre Körperwärme und ihre feuchte Fotze. Ich kann nicht widerstehen. Ich hebe sie hoch und drehe uns um, bis sie gegen die Wand gepresst ist. Ich halte ihrem Blick stand, als ich sie langsam auf meinen Schwanz senke. Mein Atem verlässt mich, als sie sich um meine Erektion verengt.

„Du fühlst dich so gut an", flüstere ich, und sie verdeckt meinen Mund mit ihrem und bewegt die Hüften in einer stillen Bitte nach Bewegung.

Es ist nicht die Wiedervereinigung, von der ich fantasiert habe. Es ist ein primitives Bedürfnis – ihre Nägel auf meinem Rücken, die Zähne in meinem Hals, atemloses Flehen nach „*fester*" und „*mehr*", als ich sie gegen die Bürotür ihres Bruders nehme. Nicht, was ich mir vorgestellt habe, aber es ist gut. *So gut.* Ich verliere mich etwas und vergesse, wo wir sind und wieso es eine schlechte Idee ist – wieso es zu früh und zu schnell ist. Meine Gedanken konzentrieren sich auf die primitivsten Instinkte, um zu stoßen und mich zurückzuziehen, meine Aufmerksamkeit darauf konzentriert, wie perfekt ihr Körper zu meinem passt und wie sie stöhnt, als sie das Gesicht in meinem Hals vergräbt.

Sie steht kurz davor. Ich kann die plötzliche Verspannung ihres Körpers spüren, und wie sie sich um meinen Schwanz verengt. Ich lasse eine Hand zwischen unsere Körper gleiten und finde ihre Klitoris. Sie hat den Rhythmus zwar bestimmt, aber ich werde verdammt sein, wenn sie dieses Büro verlässt, ohne gekommen zu sein. Ich streichele kleine Kreise über diese empfindliche Stelle, und ihr Atem stockt, während ihre Hüften sich verschieben, um sich dem Druck entgegenzustemmen. Als ich ihr gebe, was sie will, wölbt sie sich wild gegen mich. Ihr Körper drückt mich so fest, als sie kommt, dass ich vergesse, richtig zu atmen. Und dann komme ich einen Moment später, meine Hüften unerbittlich – kaum atmend, kaum denkend, kaum mehr als ein Tier, das nach Erlösung sucht.

Ich halte sie fest, als ich mein Gesicht gegen ihren Hals presse. Ihr Duft ist eine Droge. Ich will ihn auf meinem Kissen. Ich will ihn in meinem Haus. Ich will jeden Morgen zu diesem Duft aufwachen.

Shay greift meine Schultern und drückt sie, bevor sie mich wegschiebt. Ich senke sie langsam zu Boden. Sie sucht mein Gesicht ab, und ich warte, während ich mich frage, was sie in meinen Augen sehen kann. Sieht Shay, was ich für sie empfinde, oder sieht sie nur den Mann, der sie verletzt hat?

„Danke", flüstert sie, als sie sich ein Lächeln verkneift.

Ich schnaube. „Äh, gern geschehen?"

Ich höre Pfannen hinter der Tür klappern und zucke zusammen. *Ach ja.* Wir hatten gerade Sex in der Bar ihrer Familie. In Jakes Büro.

„Habt ihr Easton gesehen?"

Shay und ich starren einander voller Horror an, als wir Carters Stimme hören.

Jemand räuspert sich. „Ne, hab' ihn nicht gesehen." *Jake.*

Wenn ich raten müsste, bedeutet „hab' ihn nicht gesehen", dass er ganz genau weiß, wo ich bin, und versucht, mich vor einer Tracht Prügel zu bewahren. Ich schulde ihm auf jeden Fall etwas.

„Wenn du ihn siehst, sag ihm Bescheid, dass Scarlett Lashenta draußen nach ihm fragt."

Es fühlt sich an, als hätte mir jemand in die Magengrube geschlagen. Nicht wegen Scarlett. Ich komme mit ihr zurecht. Sondern weil Shays gerade noch rote Wangen kreidebleich sind. Weil es beschissenes Timing ist. *Schon wieder.*

Ich begegne ihrem Blick, schüttele den Kopf und flüstere: „Raste nicht aus."

Jake hustet. „Scarlett ist *hier*?"

„Jap", erwidert Carter. „Und sie versucht nicht einmal, nicht aufzufallen. Sie steht vor dem Tresen und wartet."

„Das muss ich sehen", sagt Jake.

Ihre Stimmen verblassen, bis ich annehmen kann, dass sie die Küche verlassen haben.

„Gerade rechtzeitig", sagt Shay mit einem brutalen Lächeln auf den Lippen.

„Sie ist gern unberechenbar", sage ich ihr. „So mag sie es."

Shay prustet und beugt sich vor, um ihr Höschen vom Boden zu heben. „Du solltest am besten in die Bar gehen, bevor sie hier nach dir sucht. Ich wette, sie hat lebensverändernde Neuigkeiten."

„Tu das nicht. Schließ mich nicht aus." Ich schlucke schwer. „Shay, was zwischen uns passiert ist ... Es war zu schnell. Es tut mir leid."

Sie zieht ihre Unterwäsche über die Beine und glättet ihr Kleid, ohne mich anzusehen. „Sei nicht so prüde. Wir wollten Sex, und jetzt können wir es vergessen."

Will sie mich verarschen? „Du ziehst mich hier rein, flehst mich an, dich zu ficken, und dann bist du erneut *eiskalt*? Hasst du mich?"

Sie zuckt mit den Schultern. „Das tun wir am besten, Easton. Wir *ficken*. Befriedigen einander." Sie mustert meinen Körper von oben bis unten. „Und du bist gut. Das muss ich dir lassen. Aber ich erinnere mich an eine Zeit, als du mehr Ausdauer hattest."

Ich lasse mich nicht provozieren. Wenn sie mich verurteilen will, weil ich nicht länger als zehn Minuten durchgehalten habe, weil ich sie Jahre lang gewollt habe, kann sie es verdammt nochmal tun. Das ist nicht der Teil ihrer Ansprache, der mich verletzt. „Wir müssen immer noch reden." Es klingt lächerlich, während ein benutztes Kondom von meinem Schwanz hängt und meine Ex-Frau im nächsten Raum wartet. Ich schnappe mir ein Taschentuch vom Schreibtisch, ziehe das Kondom ab und mache meine Hose wieder zu.

Als ich mich zu ihr drehe, steht sie wie erstarrt vor der Tür, als wolle sie weglaufen und mir gleichzeitig eine reinschlagen.

„Was denkst du?"

„Ich denke, dass ich die offensichtlichste Person war, die du in dieser kleinen Stadt in dein Bett kriegen konntest, aber jetzt ist Scarlett hier, also kann ich gehen."

Ich presse die Handfläche gegen die Wand, um mich festzuhalten. „Das ist verdammt unfair, und das weißt du. Ich habe nie angenommen, dass du mit mir schlafen würdest. Ich wollte, was wir *hatten*."

„Wir haben geredet. Dann haben wir gefickt." Sie legt den Kopf zur Seite, die eiskalte Shay so schnell wieder da, dass ich fast ein Schleudertrauma bekomme. „Erinnerst du dich nicht, wie es weiter ging? Als nächstes gehst du."

„Shay–" Ich reiche nach ihr, aber sie zieht sich aus meinem Griff und schiebt sich an mir vorbei und durch die Tür, bevor ich zusehe, wie sie durch den Hintereingang verschwindet.

Teil Sieben

VERGANGENHEIT

SHAY

DREIZEHNTER JUNI, VOR ZEHN JAHREN

ch bin todmüde. Ich bin gestern nach einem Monat in Paris zurückgekommen. Mama ist nach Chicago gefahren, weil sie mich vom Flughafen abholen und als Erste von meiner Reise hören wollte. Wir haben den Abend damit verbracht, in einem ihrer liebsten Restaurants am See zu essen, während sie mich über *jedes Detail* ausfragte.

Ich konnte mich nicht dazu überwinden, ihr von Easton zu erzählen. Die Erinnerungen an unsere gemeinsame Nacht und den Tag, den wir miteinander verbracht hatten, sind so kostbar, dass ich sie für mich behalten wollte, als wären sie seltene, alte Bücher, deren Seiten von einer einzigen Berührung zerstört werden könnten.

Dann bin ich letzte Nacht ins Bett gefallen, sicher, dass ich die nächsten zwölf Stunden wie im Koma verschlafen würde, stattdessen konnte ich nicht zur Ruhe kommen. Nachdem ich mich sechs Stunden im Bett wälzte, gab ich auf, kochte Kaffee und wünschte, ich hätte nicht diese schreckliche, schmerzende Sorge in meiner Brust wegen Eastons Schweigen.

Als ich es nicht mehr aushalten kann, schreibe ich ihm.

*S*hay: *Hast du Zeit? Ich muss mit dir reden.*

Easton: *Gib mir zwei Minuten, und ich rufe an.*

*I*ch lege mein Handy auf den Kaffeetisch und schließe die Augen. Zwei Minuten.

Eine weitere Welle der Ermüdung überkommt mich, und ich lehne mich gegen das Sofa und lege eine Hand flach auf meine Brust. Ich will einfach nur nach Hause fahren – mein Jackson Harbor zu Hause, nicht diese Mietwohnung in Chicago, die ich mir mit drei anderen Mädchen teile. Ich will mich in mein Bett einkuscheln und mich unter meinen eigenen Decken verstecken. Ich will, dass Easton mich dort findet, zu mir ins Bett kriecht und mir sagt, dass alles gut werden wird. Dass er mich nicht gemieden hat.

Easton hat mir geschrieben, als er zu Hause ange-kommen war, aber dann wurden seine Nachrichten ... selten. Er sagte, dass wir reden würden, wenn ich zurück in die Staaten kam, und dass er mich während meiner

Reise nicht stören wollte, aber etwas fühlte sich nicht richtig an.

Mein Handy vibriert, und ich springe auf, um danach zu greifen. Eastons grinsendes Gesicht starrt mich an. Es ist ein Foto von ihm, als wir in Montmartre Eis aßen. Er grinst darauf und hat Schokolade im Mundwinkel. Das Foto erfüllt mich mit widerstrebenden Emotionen, die so intensiv sind, dass ich mich in zwei gerissen fühle – Freude, weil es der beste Tag meines Lebens war, und Sehnsucht, weil das, was wir in Paris hatten, bereits verblasst.

Es vibriert erneut, und ich wische über den Bildschirm, um den Anruf entgegenzunehmen. „Hallo?"

„Hey, Shay. Was ist los?" Seine Stimme ist schwer vor Schlaf.

„Tut mir leid. Bist du wach?" *Dumme Frage für fünfhundert Punkte, Alex.* Ich zucke zusammen, als ich auf die Uhr sehe. Es ist hier kurz vor acht, was bedeutet, dass es in Los Angeles nicht einmal fünf Uhr morgens ist. „Ich meine, das bist du jetzt offensichtlich, aber ich ..."

„Nein, ist schon gut. Ich wache normalerweise sowieso um fünf auf. Ist alles in Ordnung?"

Nein. Du hast kaum mit mir gesprochen, seit du Paris verlassen hast. „Ich wollte nur deine Stimme hören." Ich hasse das Schluchzen in meiner Kehle.

„Ja ... Hör zu, es tut mir leid, dass ich nicht angerufen habe. Ich bin wiedergekommen und alles war chaotisch. Ich musste mich darum kümmern. Ich bin froh, dass du mir geschrieben hast. Ich wollte diesen Anruf heute machen."

Diesen Anruf. Es fühlt sich an, als gäbe es ein spezifisches Gespräch, das er abhaken muss, statt eins der hunderten, die er mit mir geplant hat. „Wa– Wieso? Was ist los?" Aber ich weiß es bereits. Ich höre es in seiner Stimme. *Wir können in der echten Welt nicht zusammen sein.*

„Es geht um Scarlett. Sie ist ..." Er atmet tief ein. „Ich kann dir die Details nicht sagen. Sie ist eine sehr private Person, aber sie braucht mich gerade. Ich glaube ..."

„Du glaubst was?" Meine Stimme bricht. Ich weiß es. Er muss es trotzdem sagen.

„Ich glaube, ich muss für sie da sein. Ich muss ihr helfen."

„Okay ... aber das bedeutet nicht, dass du nicht anrufen kannst."

„Scheiße", murmelt er, und ich stelle mir vor, wie er sich das Gesicht reibt. „Shayleigh, ich wusste schon immer, dass du zu gut bist."

„Nein." Tränen laufen über meine Wangen. „Fang nicht damit an."

„Wieso nicht? Ist es nicht wahr?"

„Nein. Es ist nicht wahr, und es ist eine dumme Ausrede. Falls du Angst hast vor dem, was zwischen uns in Paris passiert ist, dann ist das dein Pech. Tu nicht so, als würdest du mich wegstoßen, weil ich *so toll* bin. Tu nicht so, als würdest du mir einen Gefallen tun."

„East?" Ich kann die leise Stimme im Hintergrund kaum hören. Weiblich, besorgt. „Wer ist das? Kommst du zurück ins Bett?"

„Ich komme gleich", sagt er.

Mir wird schlecht. Ich fühle mich, als wären meine

Eingeweide gerade pulverisiert worden. „Mit ‚helfen‘ meinst du, sie ficken? Ist das ein Codewort oder so?"

„Gott, Shay, so ist es nicht. Sie ist ..." Er atmet tief aus. „Scarlett ist schwanger."

Ich bin mir einen Moment lang sicher, ihn falsch verstanden zu haben. Ich bin mir sicher, dass es nicht wirklich passiert.

„Shay? Bist du noch da?"

„Sie ist schwanger." Die Worte zu sagen, macht es nicht einfacher. *Wie? Wie, verdammt nochmal, konnte das passieren?*

„Ja." Ich presse eine Hand auf meinen Magen und bin fast überrascht, dass ich kein Blut sehe. *Sie ist schwanger mit Eastons Baby.* Alles, was ich hören kann, ist rauschender Atem am anderen Ende der Leitung. Er atmet genauso schwer wie ich.

„Ich bin ohne meinen Vater aufgewachsen. Ich habe mir immer versprochen, dass es meine erste Priorität wäre, falls ich mal Vater würde. Verstehst du?"

Ich nicke, obwohl er mich nicht sehen kann. Ja, ich verstehe. Ich weiß, dass Easton die Art von Vater sein will, der immer für alles da ist – der sein Kind an erste Stelle setzt. Er würde nie ein Kind verlassen, und in einer Situation zu sein, wo er es tun müsste, würde ihn zerstören. Ja, ich verstehe ihn allzu gut.

„Shay?"

„Herzlichen Glückwunsch, Easton." Das Schluchzen steigt in meinem Hals auf, aber ich verschlucke es. „Ich weiß, dass du ein wundervoller Vater sein wirst."

Teil Acht

GEGENWART

EASTON

*J*ch bin Shay auf den Parkplatz gefolgt, aber sie war bereits in ihrem Auto und fuhr weg.

Scheiße. Scheiße. Scheiße!

Ich werde sie finden müssen. Wir können es nicht so lassen, nach allem, was gerade passiert ist. Aber zuerst muss ich mich um die Frau kümmern, die in der Bar auf mich wartet.

„Easton! Überraschung!" Scarlett gleitet von ihrem Barhocker und schiebt sich durch die Menschenmenge, die sich um sie versammelt hat. Ich habe in den letzten Jahren eine gute Beziehung zu meiner Ex-Frau aufgebaut, aber ich werde ihr Bedürfnis nach Überraschungen nie verstehen. Und der heutige Besuch im Jackson Brews ist *definitiv* eine Überraschung.

Sie schlingt ihre Arme um meinen Bauch und umarmt mich fest. Jake und Carter beobachten jede Bewegung. Jake sieht wütend aus, Carter verwirrt.

„Was tust du hier?", frage ich Scarlett, als ich mich von ihr entwirre. Sie ist eine zuneigungsvolle Person, und während ich weiß, dass sie alle umarmt, will ich nicht, dass Shays Brüder denken, dass wir wieder zusammenkommen. Als ich entschieden habe, unsere Haussuche in Chicago frühzeitig abzubrechen, dachte ich, dass sie ohne mich weitersuchen würde. Es ist schwer, in Chicago nach einem Haus zu suchen, wenn man nicht ... in *Chicago* ist.

„Ich habe darüber nachgedacht, und wieso sollte ich ein Haus in Chicago kaufen, wenn ich eins *hier* kaufen kann, um in deiner und Abis Nähe zu sein?"

Ich presse auf den verspannten Knoten in meinem Nacken. „Wieso hängst du nicht ein paar Tage in Jackson Harbor rum, bevor du diese Entscheidung triffst?" Chicago ist viel zu „Kleinstadt" für Scarlett, und Jackson Harbor ist überhaupt nicht ihr Ding.

Sie strahlt und flippt ihr langes, rotes Haar zur Seite. „Ist das eine Einladung?"

„Es ist nicht meine Stadt, Scar. Tu, was du willst."

„Ich meine, lädst du mich ein, bei dir und Abi zu bleiben, während ich meine Entscheidung treffe?"

Oh, *verdammt nein*. Scarlett und ich verstehen uns nicht nur tausend Mal besser, wenn wir getrennt leben, ich würde es Shay auch nicht antun. „Nein. Du kannst dir ein Hotel suchen oder eine temporäre Wohnung finden, aber wir funktionieren nicht unter einem Dach. Weißt du nicht mehr?"

Sie schmollt. „Das ist *deine* Meinung."

Ich sehe auf meine Armbanduhr. Jede Minute, die

vergeht, ist eine Minute, die Shay nutzen kann, um zu entscheiden, dass wir einen Fehler begangen haben. Ich greife nach meinen Schlüsseln. „Ich muss weg, aber du kannst Jake oder Carter nach den besten Hotels fragen."

*S*hay lebt in der dritten Etage ein paar Straßen von der Bar entfernt. Das weiß ich dank Frau Jackson, die sich nur allzu sehr gefreut hat, dass ich vorbeikommen und Shay Abendessen bringen wollte, da sie in letzter Zeit so hart gearbeitet hat. Um mein Versprechen einzuhalten, habe ich eine Pizza und einen Sixpack Bier gekauft, bevor ich hergekommen bin.

Aber als ich ankomme, antwortet niemand.

Eine grauhaarige Frau öffnet die Tür gegenüber von Shays. „Sie ist noch nicht zu Hause."

Ich schlucke schwer. „Wissen Sie, wo sie ist?"

Sie schüttelt den Kopf. „Sie schläft kaum hier, soweit ich weiß."

Weil sie bei George ist? Ist sie da gerade? Gott, ich kann diese Nacht nicht glauben. „Hier." Ich halte die Pizza hoch. „Mögen Sie Peperoni und Jalapeños?"

Sie nimmt die Schachtel und zieht ein Stuck heraus, als sie wieder in ihre Wohnung geht. „Danke. Ich werde Shayleigh sagen, dass Sie hier waren."

Ich stehe mindestens zehn Minuten wie ein Vollidiot vor ihrer Wohnung. Als sie nicht nach Hause kommt, schreibe ich ihr.

. . .

*E*aston: *Ich habe Scarlett nie dir vorgezogen. Sie würde jedes Mal verlieren. Ich habe meine Tochter über mich gestellt.*

SHAY

„Ich habe mit Easton geschlafen", platzt es aus mir heraus, als Teagan die Tür öffnet.

„Entschuldige, was?" Sie sieht mich an wie ein Fisch, während sie versucht und daran scheitert, etwas zu sagen. „Du hast mit ihm ... *geschlafen.*"

Ich verziehe das Gesicht. „Vielleicht ist ,schlafen' nicht das richtige Wort. Wir haben nicht geschlafen, und es gab kein Bett." Ich streiche mit den Fingern durch mein Haar und ziehe daran. „Nur eine Wand und sehr athletisches Ficken."

Ihre Augen sind weit aufgerissen. Ich habe sie richtig schockiert. „Okay. Naja, das ist nicht genau das, was ich im Sinn hatte, als ich dir gesagt habe, dass du keine Entscheidungen treffen solltest."

„Ich weiß." Ich reibe meine Stirn. „Das weiß ich wirklich. Es ist nur ... Oh mein Gott, Tea, mein Leben ist durcheinander. Ich habe mit George Schluss gemacht, und dann hat Easton gedroht, mich zu küssen, bis ich über *uns* rede, und dann habe ich ihn in Jakes Büro gezogen und praktisch verlangt, dass er mich gegen die Tür fickt."

„Ich bin mir sicher, dass es ihm sehr schwergefallen ist. Sollten wir zu Hallmark gehen und ihm eine Karte kaufen?"

Ich habe nicht einmal den schlimmsten Teil zugegeben. *Ich habe gerade realisiert, dass ich mit einem verheirateten Mann geschlafen habe.* Mir wird wieder übel, und ich schiebe mich an ihr vorbei, den Flur entlang und in das Gästebad neben der Garage. Ich schleudere meine Handtasche auf den Boden und werfe mich gerade rechtzeitig auf die Knie, um auszukotzen, was ich zum Mittagessen runtergewürgt habe. Ich höre, wie Teagan hinter mir den Wasserhahn anmacht.

Sie wischt mein Haar zur Seite und legt ein nasses, kühles Tuch auf meinen Nacken. „Reagierst du immer so auf athletischen Türsex?"

Ich spucke den Speichel aus und spüle die Toilette. „Ich weiß nicht. Das war das erste Mal."

„Na, du hast etwas verpasst." Sie räuspert sich. „Ich meine, ich schätze, du stimmst zu? War es gut?"

Ich kann sie nicht ansehen. Ich habe zu viel Angst, dass sie sehen kann, wie zerstört ich bin. „Es war toll, bis seine Ex-Frau aufgetaucht ist."

„Warte. Scarlett Lashenta war im *Jackson Brews*?"

Sie ist so lange still, dass ich realisiere, dass es keine rhetorische Frage war, und meine Augen öffne. „Teagan, konzentrier dich. Sie ist der Bösewicht in der Geschichte."

„Der Bösewicht mit echt guten Liedern", sagt sie, bevor sie den Kopf senkt, um meinem finsteren Blick zu entgehen. „Okay, okay. Also, was ist passiert, nachdem das böse Sternchen aufgetaucht ist? Hat sie euch erwischt? Oh Gott, war sie wütend? Habt ihr euch gestritten?"

Ich verziehe das Gesicht. „Du genießt das zu sehr."

Sie schnaubt. „Sagt die Frau, die tollen, athletischen Türsex hatte."

„Teagan!"

„*Deine* Worte, nicht meine."

„Wir waren im Büro und haben gehört, wie Carter und Jake nach Easton suchten, weil sie in der Bar war." Meine Wangen werden rot, als ich mich daran erinnere. Ich hatte ihn gerade in mir, habe nach *mehr* gefleht. Und dann hörte ich ihren Namen. „Ich habe es nicht gut verkraftet."

„Will ich wissen, was du getan hast?" Sie greift sich einen weiteren Waschlappen von der Kommode, macht ihn nass und reicht ihn mir.

„Danke", flüstere ich. Ich lasse den ersten Lappen auf meinem Nacken und wische mit dem zweiten über meine verschwitzte Stirn. „Ich habe ihm gesagt, dass wir nur gut sind im Ficken und bin davongelaufen."

Sie nickt, als wäre es eine normale Reaktion.

„Du bist die Beste, Teagan. Und ich sage das nicht, weil du dich nicht versteckt hast, als ich mich übergeben musste."

Sie seufzt. „Äh ... ich bin mir nicht sicher, ob du es weißt, aber als deine beste Freundin bin ich nicht genug informiert. Würdest du bitte von vorne anfangen und mir erklären, wie du mit George Schluss gemacht hast, oder noch weiter gehen und mir von deiner Vergangenheit mit Easton erzählen?"

„George, schätze ich."

„Okay. Du hast deiner Mutter gesagt, dass ihr nicht mehr zusammen seid, aber was genau ist passiert? Was war mit dem Ring?"

„Er hat *gesagt*, dass der Ring ein Familienerbstück ist und er ihn zur Bank bringen wollte." Ich drücke eine Hand über den Mund, als mir wieder schlecht wird. „Es hat sich herausgestellt, dass er ein Lügner ist, also kann ich es nicht wissen."

Sie nickt langsam. Ich bin so dankbar, dass sie nicht ausflippt. „Also George ist ein Lügner. Das ist ein guter Grund für eine Trennung."

„Das ist es ja. Ich kannte nicht einmal die Wahrheit, als ich Schluss gemacht habe. Alles ist so kompliziert, und jetzt gibt es noch mehr Variablen. Ich war mir nicht sicher, ob ich wollte, dass George eine davon ist." Ich stöhne auf. Ich bin so wütend auf mich selbst. „Und es hat mich angekotzt, als er gesagt hat, dass es kindisch wäre, nicht im Lehramt zu arbeiten."

Teagan setzt sich auf den Boden und lehnt sich gegen die Kommode. „Was für ein Arschloch."

„Das ist noch nicht alles. Da ist auch noch der Teil, wo Easton George mit jemandem am Telefon gehört hat. George hat sie *Butterblume* genannt, und als George mich geküsst hat, hat er *mich* so genannt, was er noch nie zuvor getan hat."

„Du denkst, dass er dir fremdgegangen ist?"

„Es ist noch schlimmer", flüstere ich. „Er ist fremdgegangen, aber nicht mir. *Mit* mir."

Sie knurrt. „Wer kann das schon sagen, wenn ihr nicht voneinander wusstet?"

„Nein, Tea. *Ich bin die andere Frau.* George ist verheiratet."

„Wow." Sie schlingt die Arme um ihre Knie. „Ich glaube, du bist erwachsener als ich. Ich wäre wahrscheinlich schon im Gefängnis."

„Ich muss ihr sagen, dass er mit mir geschlafen hat." Ich atme tief ein. „Es ist der einzige Weg, mir zu verzeihen, dass ich mit einem verheirateten Mann zusammen war."

„Entspann dich etwas. Du konntest es nicht wissen."

Logisch gesehen, weiß ich, dass sie recht hat. Es ist nicht meine Schuld. Aber wenn es um Ehen und Familien geht, habe ich immer gedacht, dass alle Schuld sind. „Ich hasse ihn. Wir haben nicht einmal Kondome benutzt. Wenn er wirklich mit anderen Frauen schläft, könnte er mir irgendeine Krankheit an den Hals gehängt haben."

Sie reißt die Augen auf. „Ihr habt keine Kondome benutzt?"

„Ich nehme die Pille, und er hat gesagt, dass er getestet wurde. Ich dachte, dass das ganze ‚Wir ficken sonst niemanden' vorausgesetzt war."

„Shay, hast du deine Symptome bemerkt? Die Übelkeit? Die Abneigung gegenüber Alkohol? Die konstante Müdigkeit?" Sie deutet zur Toilette. „Das Kotzen?"

Ich wische mir ein letztes Mal über die Stirn. „Es ist

der Stress. Mein Magen tut immer weh, wenn ich gestresst bin."

„Aber ihr habt keine Kondome benutzt."

Ich winke sie ab. „Mach dir keine Sorgen, *Mama*. Ich nehme die Pille."

„Aber–"

„Und ich habe keine Regelblutung verpasst."

Ihre Lippen beben mit einem dramatischen Ausatmen. „Gott sei Dank. Tut mir leid, aber ich denke immer sofort daran." Ihr vergeht das Lächeln. „Aber du weißt, dass du auf Geschlechtskrankheiten getestet werden solltest, oder? Nur für den Fall?"

Ich wische mir über das Gesicht. „Ich weiß. Ich werde meinen Arzt anrufen." Meine Handtasche vibriert auf dem Badezimmerboden, und ich runzele die Stirn.

Teagan hebt eine Augenbraue. „Ist das dein Handy oder ein fehlerhaftes Sexspielzeug?"

Ich verdrehe die Augen, aber mein Lächeln vergeht. „Ich habe Angst, dass es Easton ist. Ich habe ihm ziemlich beschissene Sachen an den Kopf geworfen, und ich bin nicht bereit, eine erwachsene Frau zu sein und mich zu entschuldigen."

„Er hat dir mit Küssen gedroht und wurde gezwungen, mit dir Sex zu haben, also wäre es vielleicht schlau, eine Pause einzulegen, bevor du mit ihm redest."

Ich nicke. Sie hat recht. Aber ich starre meine Tasche an und will, dass es immer wieder vibriert, als würde mir jemand etliche Nachrichten auf einmal schicken. Aber es war nur die eine SMS.

„Soll ich nachsehen?", fragt sie. Ich nicke und sehe

aufgeregt zu, als sie mein Handy aus der Tasche zieht, es entsperrt und die SMS liest. Ihre Stirn ist in Falten gelegt, als sie sie liest.

„Ist sie von ihm?"

„Ja." Sie dreht das Handy um, damit ich sie lesen kann.

*E*aston: *Ich habe Scarlett nie dir vorgezogen. Sie würde jedes Mal verlieren. Ich habe meine Tochter über mich gestellt.*

*M*ir stockt der Atem, und die Übelkeit kommt wieder.

„Okay. Es gibt also vieles, das ich nicht über dich und Easton weiß", sagt Teagan, bevor sie meine Hand nimmt und sie drückt. „Du weißt, dass du mir die Wahrheit sagen kannst, oder? Ich werde dich nicht verurteilen, wenn ..."

„Wenn Easton und ich eine Affäre hatten? Wenn er Scarlett mit mir fremdgegangen ist?"

Sie verzieht das Gesicht wegen meiner Wortwahl. „Ich verstehe besser als viele anderen, dass viele Situationen komplizierter sind, als sie erscheinen."

„Wie mit dir und deinem Ex?" Ich weiß nicht alles über Teagans Vergangenheit – ich schätze, wir haben beide unsere Geheimnisse –, aber ich weiß, dass sie und Carter zusammengekommen sind, als er so tat, ihr Freund zu sein, um sie vor ihrem Ex zu beschützen.

„So in der Art", sagt sie.

Ich lese Eastons SMS erneut. Und erneut. Ich wusste, dass er sein Kind gewählt hat. Wie kann ich ihm erklären, dass seine wahre Begründung es noch schwerer macht? Ich konnte ihn nicht hassen. Ich konnte nicht wütend sein über seine Entscheidung, wenn es die einzige Wahl war, die er hatte. „Vor zehn Jahren haben er und Scarlett nach sechs Monaten Beziehung Schluss gemacht", sage ich. „Und kurz danach hat mein langjähriger Freund sich von mir in Paris getrennt."

„Ernsthaft?"

„Ja, und ich wollte nicht, dass meine Familie sich um mich sorgt, also habe ich nur Easton davon erzählt. Er hat mich damit überrascht, dass er in Paris auftauchte, und wir waren zum ersten Mal zusammen. Wir wollten ein echtes Paar sein – trotz der Entfernung und dem Unterschied unserer Leben. Wir wollten es versuchen. Aber dann fand er heraus, dass Scarlett schwanger war, und all unsere Pläne ... Sie waren nicht mehr relevant." Ich wische mit dem Daumen über seine Worte. „Ich wusste, dass er nicht Scarlett wählte, sondern Abi, was praktisch bedeutet, dass ich eine schreckliche Person bin."

„Nein", sagt Teagan. „Überhaupt nicht."

„Tea, ich wollte, dass er mich seinem Kind vorzog, und dann habe ich es ihm jahrelang übelgenommen, als er es nicht tat." Ich fühle mich mit der Schande ekelhaft und senke den Kopf, um mein Gesicht zu verstecken. „Wer tut sowas?"

Sie verzieht das Gesicht. „*Ist* das wirklich, was du

wolltest? Dass er dich dem Kind vorzog? Du hast ihn nicht gebeten, sie im Stich zu lassen und sich vor seiner Verantwortung zu drücken."

„Für Easton wäre es genauso schlimm gewesen, nicht mit der Mutter seines Kindes zusammen zu sein, wie sein Kind zu verlassen. Er hatte als Kind keine Familie. Sein Vater war beschissen. Er rief an, wenn es ihm passte, ignorierte Easton aber den Rest der Zeit. Er wollte ein besserer Vater für seine Tochter sein."

„Aber Abi ist nicht einmal sein Kind, oder? Und habe ich nicht gelesen, dass er es *wusste*?"

Ich schüttele den Kopf. „Zuerst nicht. Ich weiß nicht, wann genau er es herausgefunden hat, aber als er Scarlett geheiratet hat, dachte er, dass sie mit seinem Kind schwanger war. Ich glaube, als er die Wahrheit herausfand ..." Ich zucke mit den Schultern. „Easton ist ein guter Kerl, und ich bin mir sicher, dass er ein toller Vater ist. DNA würde seine Liebe für sein kleines Mädchen und seinen Sinn für Verantwortung nicht ändern."

„Mach dir keine Vorwürfe. Easton hat Entscheidungen getroffen, und diese Entscheidungen haben sich auf dich ausgewirkt. Du hattest jedes Recht, wütend zu sein."

Ich zucke mit den Schultern. „Vielleicht. Vielleicht nicht. Aber ich kann nicht ändern, was ich damals empfunden habe, nur wie ich mich jetzt benehme."

„Interessant."

Ich kenne dieses Gesicht. Teagan hat *Meinungen*, und sie teilt sie nicht. „Sag mir, was du denkst."

Sie beißt sich auf die Unterlippe und schüttelt den

Kopf. „Ich weiß nicht, ob du meine Gedanken hören willst."

„Das tue ich. Ernsthaft. Ich bin den ganzen Tag mit meinen gefangen." Ich tippe auf meinen Kopf. „Ich mache mich verrückt und will eine zweite Meinung hören."

Sie atmet tief aus. „Okay. Ich denke, dass du dir geschworen hast, nichts mit Easton zu tun haben zu wollen, aber sobald er wieder da ist, machst du mit deinem geheimen Freund Schluss. Währenddessen ist Easton überall – beim Brunch, in der Bar. Er nimmt sogar eine Stelle bei deiner Uni an. Und deine Reaktion auf einen Streit mit ihm ist, es mit ihm zu treiben. Was sagt dir das?"

„Es sagt mir, dass ich durcheinander bin und dass der sechzehn Jahre alte Schwarm in meinem Gehirn noch nicht vergangen ist."

„Oder ... vielleicht hast du immer noch Gefühle für ihn."

Ich werde ihn vielleicht für immer lieben. „Ich habe nicht mit George Schluss gemacht, um mit Easton zusammenzukommen."

„Aber *willst* du?"

„Mit ihm *zusammen sein*?" Mein Lachen klingt ein bisschen verrückt. „Nichts, das ich von Easton will, könnte so einfach sein, aber ich glaube, ich habe heute Abend einen Moment lang gedacht, dass wir es schaffen könnten. Aber dann ist Scarlett aufgetaucht, und ich bin ausgeflippt."

Teagan steht auf und hält mir ihre Hand entgegen. „Willst du hier übernachten?"

„Arbeitet Carter?"

„Nein, er trifft sich mit ein paar Freunden in der Bar. Er wird bald wieder da sein."

Ich schüttele den Kopf. Ich will nicht, dass mein Bruder sieht, wie zerstört ich bin – nicht im Hinblick auf seine Beziehung zu Easton und seinen brüderlichen Instinkten. „Ich glaube, ich werde nach Hause gehen. Es war ein langer Tag, und ich fliege am Montag für ein Vorstellungsgespräch nach Oklahoma."

„Scheiße, ich habe das total vergessen. Du wirst nicht absagen?"

„Ich weiß noch nicht, was ich tun will, also wäre es dumm, abzusagen." Ich schätze, es bedeutet, dass ich Easton erst wiedersehen werde, wenn er mit seiner Tochter einzieht. Ich zwinge mich zu einem Lächeln. „Außerdem wird es mir guttun. Ich muss überlegen, wie ich mich bei Easton entschuldigen kann, weil ich mich heute Abend so schrecklich benommen habe."

Und ich muss herausfinden, was ich fühle. Weil ich dachte, wir könnten es versuchen, als ich das Kondom aus der Schublade holte, und dann mein ganzes Selbstbewusstsein verlor, als ich Scarletts Namen hörte. Ich muss entscheiden, was ich von ihm will, und im Moment habe ich zu viel Angst, diese alten Fantasien zu fühlen, dass ich meinem Urteilsvermögen nicht vertrauen kann.

EASTON

*I*ch bin wieder im Jackson Brews, Scarlett ist in ihrem Zimmer im Tiffany B&B, und Shay ist Gott-weiß-wo. Ich hänge rum in der Hoffnung, sie zu erwischen. Sie hat nie auf meine SMS geantwortet, und mein Magen dreht sich jedes Mal, wenn ich es in Erwägung ziehe, dass sie bei Professor Arschkopf sein könnte.

Jake räuspert sich und nickt zur Küche. „Kannst du mir mit etwas in der Küche helfen, East?"

„Klar." Ich stelle mein Bier ab und folge ihm.

Er verzieht das Gesicht, als er sich gegen die Arbeitsfläche lehnt und mit einer Hand durch sein Haar fährt.

„Was brauchst du?" Ich sehe mich in der Küche nach etwas Schwerem um, das ich tragen könnte, um zu erklären, wieso ich hier bin. Was ich *nicht* tun sollte, ist, zu seinem Büro zu sehen oder in dessen Nähe zu kommen. Ich werde nicht an den Ort des Verbrechens zurückkehren, während Jake dabei zusieht.

Nicht, dass es sich wie ein Verbrechen angefühlt hat. Es fühlt sich nie falsch an, mit Shay zusammen zu sein.

Jake atmet tief ein, öffnet den Mund und … schließt ihn wieder. Was zum Teufel?

„Was ist los, Jake?"

„Hör zu." Er zuckt zusammen, als würden die Worte ihm weh tun. „Ich musste nie das ganze ‚überbesorgter Bruder'-Ding tun. Ich respektiere Shay und weiß, dass sie ihre eigenen Entscheidungen treffen kann."

Ich hebe eine Augenbraue. „Wieso fühle ich mich, als würde am Ende dieses Satzes ein *Aber* warten?"

„Ich habe dich und Shay in meinem Büro streiten gehört." Er legt den Kopf zur Seite. „Dann habe ich euch … nicht streiten gehört."

„Oh." Unter anderen Umständen wäre ich froh, darüber zu reden, was ich mit seiner kleinen Schwester getan habe, aber ich habe das Gefühl, dass Jake nicht hören will, dass Shay mich zu einem Hass-Fick gegen seine Bürotür verführt hat.

„Oh? Das ist alles, was du zu sagen hast? Ernsthaft?" Er murmelt eine bewundernswerte Menge an Schimpfworten. „Jetzt solltest du mir sagen, dass es nicht das ist, was ich denke. *Verdammt.*"

Ich wische mir übers Gesicht. „Jake …" Aber was soll ich sagen? *Ja, ich habe deine Schwester in deinem Büro gefickt. Aber nur, weil sie darauf bestanden hat? Mach dir keine Sorgen, wir haben ein Kondom aus deiner Schublade benutzt?*

„Zuallererst, egal wie das Gespräch endet, es ist *mein Büro*. Ich werde das ganze Zimmer desinfizieren lassen müssen. Der einzige Sex, der in dieser Küche erlaubt ist, ist zwischen mir und meiner Frau. Verstanden?"

Ich lache, aber es ist gezwungen. Dieses Gespräch ist schmerzhaft. Ich hatte Hodenuntersuchungen, die weniger unangenehm waren. „Klar."

Er verschränkt die Arme. „Ist es dir ernst mit ihr, oder ist sie nur einfacher Sex für dich?"

Meine Augenbrauen schießen in die Höhe. „Du machst Witze, richtig?"

„Natürlich mache ich keinen Witz. Denkst du, dass ich dieses Gespräch genieße? Es ist *Shay*, Easton. Sie ist ..." Er schüttelt den Kopf. „Erinnerst du dich an den Kerl, mit dem sie in der Schule und während der Uni zusammen war?"

Steve. Wie könnte ich den Arsch vergessen, der sie so nervös gemacht hat, dass er Schluss machen könnte, wenn sie ihm nicht ihre Jungfräulichkeit gab? Der Kerl, der mit ihr zusammengeblieben ist, bevor er *in Paris* Schluss machte? Ich wette, ich weiß mehr über Steve als die Jackson-Brüder. „Ja, ich erinnere mich an ihn."

„Sie waren, was ... drei Jahre zusammen?"

„Zweieinhalb." Ich frage mich, ob sie ihrer Familie jemals erzählt hat, dass ich für sie nach Paris geflogen bin. Offensichtlich hat sie ihnen nicht erzählt, was wir dort getan haben, aber sie hätte zugeben können, dass wir miteinander Zeit verbracht haben. Verdammt, nach der Bombe, die ich ihr entgegengeworfen habe, als sie wieder in die Staaten gekommen war, wollte sie bestimmt nicht darüber reden. So ist Shay. Sie würde lieber so tun, als wäre sie nicht verletzt, als meine Beziehung zu ihrer Familie zu gefährden.

„Und dann ist da der Kerl von der Arbeit, mit dem sie zusammen ist. Ich nehme an, sie war immer noch mit dem Kerl zusammen, als ihr ..." Er verzieht das Gesicht. Er muss den Satz nicht beenden, damit ich weiß, was er meint. Er hat das Gesicht eines Bruders, der mehr darüber weiß, wie seine Schwester beim Sex klingt, als ihm lieb ist.

„Sie treffen sich mit anderen." Die Worte schmecken ekelhaft. Shay ist nicht die Art von Frau, die sich durch die Gegend schläft. Ich würde sie nicht verurteilen, wenn sie es täte, aber so ist sie nicht. Sie mag Beziehungen. Ich weiß, dass sie das tut. Wir haben über ein Jahrzehnt lang etwas füreinander empfunden. Aber als der Kerl, der gerade einen Quickie in dem Barbüro mit ihr hatte, bin ich mir nicht sicher, ob ich es verurteilen kann, dass sie ab und zu mit irgendeinem Arschloch-Professor schläft.

Jake schüttelt den Kopf, bevor er sich umdreht und die Teller auf die Servierlinie stellt. „Weißt du, dass sie schon immer in dich verliebt war?"

Ich begegne seinem Blick. „Immer? Wann?"

Jake zuckt mit den Schultern. „*Immer*, immer."

Ich bin mir ziemlich sicher, dass es beidseitig war. „Hat sie es dir gesagt?"

„Sie redet nie über sowas. Zumindest nicht mit mir. Aber sie musste nichts sagen. Ich konnte es sehen. Sie ist dir immer hinterhergerannt, wenn du da warst. Nachdem du weggezogen bist, hat sie an jedem Wort gehangen, wenn Carter über dich gesprochen hat."

Ich verschlucke den Kloß in meinem Hals, als ich mich erinnere, wie viel ich verlor, als ich es mit ihr verkackt habe. Aber sogar mit dem Schmerz dieses Wissens kann ich es nicht bereuen, den Weg eingeschlagen zu haben, der mich zu Abi geführt hat. „Ich bin schon so lange in Shay verliebt." Es ist lächerlich, dass ich es gegenüber niemandem außer Shay zugegeben habe. Carter wusste nur, dass ich nicht die Augen von seiner Schwester lassen konnte. Er verstand nicht, dass es mehr als nur körperliche Anziehung war.

„Ist das, was es ist?", fragt Jake. „Es geht um deine *Gefühle* für meine Schwester?"

Ich lehne mich etwas zurück. „*Starke* Gefühle." Die Worte sind zu schwach, also versuche ich es erneut. „Ich mag Shay. Sehr."

Er mustert mich von oben bis unten. „Gut. Weil du ein ziemlich großer Kerl bist, und ich nicht weiß, ob ich es überleben würde, dich zu verprügeln. Aber ich müsste es versuchen, wenn du meine kleine Schwester für Sex ausnutzt."

Ich benutze *sie* für Sex? *Ich glaube, du verwechselst da etwas, Jake.* „Ich will etwas Echtes mit ihr. Eine Beziehung. Ich wollte es schon seit langer Zeit, und jetzt passt das Timing endlich. Aber es könnte zu spät sein. Ich tue alles, was ich kann, sie davon zu überzeugen, mir eine Chance zu geben."

Jake nickt. „Okay. Aber von jetzt an fick bitte *nie wieder* in meinem Büro." Er schaudert. „Das kann ich nicht vergessen."

„Alles klar."

„Ich vertraue dir, dass du sie nicht verletzt", sagt er, was ein richtiger Tritt in die Eier ist. „Entschuldige mich, bitte. Ich muss einen Neurologen finden, der jegliche Erinnerung an heute Abend aus meinem Gehirn schneiden kann."

SHAY

*I*ch habe gebacken. Ich erinnere mich nicht an das letzte Mal, als ich mir etwas mit Zucker und Mehl erlaubt habe. In der High School? Mittelstufe?

Ich habe damals immer mit Mama gebacken. Ich habe es geliebt – wie die süßen, buttrigen Leckerbissen auf meiner Zunge schmolzen, wenn sie frisch aus dem Ofen kamen. Und meine Liebe für sie zeigte sich auf meinem Bauch und meinen Hüften.

Aber letzte Nacht, als ich nicht schlafen konnte, stieg ich aus dem Bett, um Schoko-Chip-Kekse für Ethan und seine Tochter zu backen. Weil nichts „Tut mir leid, für den Hass-Fick" sagt wie ein Teller selbstgebackener Köstlichkeiten.

Oklahoma war scheiße. Ich wusste von dem Moment an, als sie mich vom Flughafen abholten, dass es nicht funktionieren würde. Ich habe keine gute Erklärung – es hat sich einfach nicht richtig angefühlt. Sie haben gesagt, dass sie sich im May mit einer Entscheidung melden würden, aber ich weiß bereits, dass ich meine Familie für die Stelle nicht verlassen werde. Wenn George mich dafür verurteilen will, dann soll er das tun.

Ich parke neben Eastons Lakeview Drive Haus und schnappe mir mit zitternden Händen die Kekse vom Beifahrersitz. Ich fühle mich etwas wie eine süße Hausfrau, die die neue Familie in der Nachbarschaft begrüßt. Ich bin meine Rede ein Dutzend Mal im Kopf durchgegangen. *„Ich weiß, dass ich nicht sehr freundlich war, als du hier warst, und es tut mir leid. Wenn du in Jackson Harbor lebst, wirst du ein Teil meines Lebens sein, und ich will, dass wir Freunde sind."*

„Freunde" ist vielleicht zu viel. Ich denke nicht, dass ich mit Easton Connor *befreundet* sein kann. Es würde zu sehr weh tun. Aber mein Verhalten während seines letzten Besuches hat mir Magenschmerzen bereitet. Ich bin nicht stolz darauf.

Ich atme tief ein, gehe die Treppe hinauf und klopfe an seiner Tür.

Ich bin bereit für Eastons Wut oder seinen entwaffnenden Charme. Ich bin bereit, ihn ohne T-Shirt oder im Anzug zu sehen.

Ich bin *nicht* bereit, eine strahlende, zwanzigjährige Schönheit zu sehen.

„Kann ich Ihnen helfen?", fragt sie. Sie trägt ein T-Shirt, das über ihrem Nabel aufhört und Shorts, die weniger verdecken als das Höschen, das ich unter meiner Jeans trage. Ihr Haar ist in einen hohen Pferdeschwanz gebunden, ihre Augen strahlen, und ihr Lächeln ist ... perfekt.

Ich bin so eine Idiotin.

Ich stolpere einen Schritt zurück. „Ich glaube ... Es tut mir leid, ich ... Falsches Haus." Ich bin so eine Lügnerin. Es ist auf jeden Fall das richtige Haus. Ich habe mir die Adresse von Ellie bestätigen lassen, bevor ich hergekommen bin, außerdem wissen alle in der Stadt, dass dieses Haus dem zukünftigen NFL „Hall of Fame"-Sportler Easton Connor gehört.

Ich drehe mich um und eile die Stufen hinunter, die verdammten Kekse immer noch in meinen Händen. Ich fühle mich beschissen genug, dass ich sie essen würde, wenn es mir nicht ständig so schlecht ginge. Dieser Stress wird mich noch umbringen, wenn selbst Kekse nicht gut klingen.

Ich stolpere gegen Easton, der kein T-Shirt trägt, und die Kekse fliegen durch die Luft. Es ist gut, dass ich sie nicht selbst essen wollte. „Scheiße. Tut mir leid. Scheiße." *Erwischt.*

„Shayleigh." Er sagt meinen Namen so sanft. Nicht wie ein Schimpfwort – was ich verdiene, so, wie ich ihn behandelt habe –, sondern wie ein Lied.

Ich sinke auf die Knie und hebe die Kekse auf, um ihm nicht in die Augen sehen zu müssen.

„Was tust du hier?"

„Ich wollte nur ... Ich ..."

Er kniet sich neben mich, und als ich einen Haufen von Stücken auf den Teller lege, nimmt er meine Hand in seine. „Wolltest du sie mir bringen?"

„Ja." Ich atme tief ein. „Sie waren für dich und Abi."

Er hebt wartend eine Augenbraue, und ich versuche,

die Worte zu sagen: *„Es tut mir leid, dass ich dich wie ein Sexspielzeug behandelt habe. Es tut mir leid, dass ich so getan habe, als gäbe es zwischen uns nichts als Sex. Es tut mir leid, dass ich ausgeflippt bin, als deine Frau aufgetaucht ist."*

Aber sie kommen nicht. Stattdessen bleiben meine Augen auf seiner nackten Brust, von der Schweißperlen kullern – von seinen Brustmuskeln zu seinem Waschbrettbauch. Profisportler zu sein, ist gut für diesen Mann, und da ich jeden Zentimeter diesen Mannes kenne, kann ich bezeugen, dass die Vorteile mehr als nur ästhetisch sind.

„Shay, meine Augen sind hier oben." Ich hebe mit verzogener Miene die Augen. Er lacht. „Willst du das Haus sehen?"

„Äh, deine ... Freundin ist da." Ich bezweifle, dass sie seine *Freundin* ist, aber sie als Sexfreundin zu bezeichnen scheint unhöflich.

„Meine was?"

Gott, ich bin so eine Vollidiotin. Nach allem, was ich ihm an den Kopf geworfen habe, wollte er sicherlich nicht auf mich warten, aber sie sieht nicht einmal bekannt aus. Kommt sie von hier? Oder hat er sie aus Los Angeles mitgebracht? „Blondine, gute Brüste." Ich halte meinen kleinen Finger in die Luft. „Circa so dünn."

„Redest du über *Tori?*"

Ich wende mich den Keksen zu. „Weiß nicht. Hab´ nicht nach ihrem Namen gefragt. Sie ist zur Tür gekommen."

„Die Blondine, die die Tür aufgemacht hat, ist Tori. Mein *Kindermädchen*", sagt er und betont das letzte Wort.

Er sagt nicht nur, dass sie das Kindermädchen ist, er sagt, dass ich verrückt bin, anzunehmen, dass etwas zwischen ihnen wäre. Ich weiß, dass er nicht lügt, also streite ich nicht weiter.

„Oh." Ich zucke mit den Schultern. „Dann dein Kindermädchen. Mein Fehler, aber ich bin mir sicher, dass ich nicht die Einzige bin, die das angenommen hat."

„Da sie kaum zwanzig Jahre alt ist, hoffe ich nicht, dass das der Fall ist."

Ich sehe ihm in die Augen. „Ich war zwanzig, als wir in Paris waren."

Er lässt sich auf die Hacken fallen, atmet tief ein und steht auf. Weil ich so eine Fotze bin. Offensichtlich. *Scheiße.*

Schuldgefühle überkommen mich. Ich lasse die Kekse liegen und stelle mich neben ihn. „Ich ruiniere alles. Ich bin hergekommen, um mich bei dir zu entschuldigen."

Er hebt eine Augenbraue. „Wirklich? Wofür wolltest du dich entschuldigen?"

Er wird mich zwingen, es auszusprechen. Hundesohn. „Für den *Sex*", stoße ich hervor.

Seine Lippen zucken schon wieder, aber dann hört er auf, dagegen anzukämpfen, und lächelt. „Du musst dich nicht für den Sex entschuldigen." Er mustert mich einen Moment. „Ich *mochte* den Sex, Shay. Du hast recht. Wir passen gut zusammen. Der Sex war nicht das Schlimme. Was mir etwas ausgemacht hat, waren die Annahmen, die du gemacht hast, und dass du dich geweigert hast, mit mir zu reden."

Ich schlucke schwer. *Und jetzt mache ich noch mehr Annahmen.* „Du hast recht."

Er deutet zum Haus. „Willst du reinkommen? Ich kann dir Kaffee machen und ..." Er reibt sich über den Nacken, und die Bewegung tut nur Gutes für seine Muskeln. Versucht er absichtlich, seinen Körper gegen mich zu verwenden? Er zerstört meine Theorie, als er sagt: „Abi ist zu Hause. Du könntest sie treffen. Wenn ... Wenn du willst."

Er ist verletzlich, und ihn so zu sehen, stellt etwas mit mir an. Er ist nicht gerade unsicher, sondern eher vorsichtig und hoffnungsvoll, und ich realisiere, dass ich nicke.

Er strahlt, nimmt mir das Tablett voller zerbrochener Kekse ab und geht an mir vorbei, bevor er das Haus betritt. Ich folge ihm, während ich fast glaube, dass ich einen schrecklichen Fehler gemacht habe.

Ich bin ein paar Schritte im Haus, als das *Kindermädchen* – ich bin so *dumm* – mich zum zweiten Mal begrüßt. „Hallo nochmal!" Sie sieht von mir zu Easton und wieder zu mir. „Sie haben doch das richtige Haus gefunden."

Ich höre Eastons leises Kichern. „Sie war noch nie hier, Tori." Er gibt Tori den Teller. „Wir hatten einen Unfall mit den Keksen, aber niemand wurde verletzt. Kannst du dich darum kümmern? Ich werde Shay das Haus zeigen."

„Okay! Abi hat Frühstück gegessen, und jetzt organisiert sie ihr Make-Up im Badezimmer."

Easton grinst. „Super."

Er nimmt mich bei der Hand, und der Körperkontakt

sendet eine Schockwelle der Wärme durch mich, die mich gleichzeitig die Hand wegreißen und ihn umarmen lassen will. Mein Körper hat noch nicht realisiert, dass letzter Samstag ein Fehler war, und Easton und ich nicht wirklich zusammen sind.

Es erschreckt mich so sehr, so eine starke Reaktion auf ihn zu zeigen. Wenn mich jemand vor sechs Monaten gefragt hätte, hätte ich gesagt, dass ich über ihn hinweg bin – oder so sehr, wie ich es sein kann. Ich glaube, man nennt sowas „absichtlich ignorant". Es ist zu schwer, über Easton hinwegzukommen. Vielleicht kann ich es auf einer zellulären Ebene nicht.

„Ich verspreche, dass du deinen Kaffee in einer Minute bekommst", sagt er, als er mich die Treppe hinauf zieht. „Ich will dich zuerst Abi vorstellen."

Der Stolz auf seinem Gesicht lässt meine Eierstöcke explodieren, und ich weiß in diesem Moment, dass jegliche Verbitterung und aller Ärger über sein Leben in Los Angeles nicht mit seiner Tochter zusammenhängen. Ich weiß, dass es egal ist, dass Scarlett gelogen hat. Es macht keinen Unterschied, dass Abi nicht seine DNA teilt, weil sie sein ist. Sie ist auf jede Art seine Tochter.

Ich folge ihm die hölzerne Treppe hinauf. Ich liebe, wie warm das Haus sich anfühlt. Es ist kein Marmor-Schaustück, das alle mit seinem Reichtum begeistern soll. Es ist sein *Zuhause* – wo seine Tochter mit ihren Freunden rennen und spielen und rumhängen wird. Sie wird hier aufwachsen und wissen, dass sie – egal, was in der Welt passiert – hier sicher ist und geliebt wird. Es wird auch sein sicherer Ort sein. Der Anfang seines neuen Lebens.

Sobald wir oben ankommen, dreht er sich nach rechts und klopft zweimal an der hölzernen Tür, bevor er sie aufschiebt. „Abi?"

„Ich bin im Badezimmer", ruft sie.

Er deutet ins Zimmer, und ich folge ihm hinein. Das Zimmer seiner Tochter ist voller weißer Möbel, und die Meerjungfrauenbettwäsche wird von Paillettenkissen umgeben. Vor der Wand steht immer noch ein Stapel Kisten, während weitere im Zimmer verteilt sind. Und doch hat das Zimmer bereits den Charakter der Bewohnerin aufgenommen. Meerjungfrauen, Pailletten, Aquamarin und Türkis *überall*. Die zwei großen Bücherregale sind leer, aber ich lächele sie an. Sieht aus, als hätte Easton eine Leseratte.

Ich folge ihm in das verbundene Badezimmer und sehe Abis langen, roten Pferdeschwanz. Sie sitzt vor dem kleinen, weißen Schminktisch, der einen ovalen Spiegel und eine ganze Menge hochwertiger Make-Up-Produkte und Nagellacke hat.

„Ich organisiere meine Nagellacke nach Farben", sagt sie. „Dann kaufe ich nicht dieselbe Farbe, bis die Flasche leer ist."

Easton schüttelt den Kopf, ein schiefes Lächeln auf dem Gesicht, als er seine Tochter ansieht. „Nur du hast so viel Nagellack, dass du sie organisieren musst. Wirst du dasselbe mit deiner Lipgloss-Sammlung tun?"

„Klar." Sie grinst, als sie eine Nagellackflasche

vorsichtig in die Schublade stellt. „Es ist nicht meine Schuld, dass Mama mir gerne hübsche Sachen kauft."

„Solange es nur zum Spielen ist, habe ich damit kein Problem. Aber kein Make-Up in der Schule."

Sie verdreht die Augen. „Mama lässt mich Make-Up tragen, wann auch immer ich will."

Easton zuckt unbeeindruckt mit den Schultern. „Deine Mutter hat ihre Regeln, und ich habe meine."

„Ja, ja." Sie hebt endlich den Kopf, und ihr Lächeln vergeht, als sie mich sieht.

„Ich wollte dir meine Freundin Shay vorstellen", sagt ihr Vater und schenkt mir dasselbe warme Lächeln, das sie eben genossen hat.

„Hey", sage ich.

„Ich habe von dir gehört", antwortet sie.

Das ist unerwartet. „Hast du?"

„Ja. Du bist Papas Freundin. Das Mädchen, das am hübschesten und schlausten ist und Bücher schreibt."

Mein Atem stockt, und ich sehe zu Easton, der nur mit den Schultern zuckt und mir ein schiefes Grinsen schenkt.

Sie seufzt. „Ich habe versucht, ein Buch zu schreiben, als ich sieben war, aber ich habe es nicht beendet. Vielleicht werde ich es schaffen, wenn ich zehn bin."

„Du hast mehr getan als die meisten Menschen, indem du angefangen hast", sage ich. Um ehrlich zu sein, fühle ich mich etwas heuchlerisch, ihr zu diesem Thema Rat zu geben. Ich kann Bücher schreiben, aber dann lege ich sie weg und sehe sie nie wieder an. Wenn ich wirklich eine Autorin sein will, muss ich die Entwürfe herausholen, mich den Schwachpunkten stellen und an ihnen arbeiten, bis sie besser sind. Und dann muss ich jemanden das Buch lesen und bewerten lassen, ob es gut genug ist. Stattdessen habe ich eine Möglichkeit in der Hand, eine Traumagentin anzufragen und etwas Neues zu schreiben, statt alten Kram zu überarbeiten. „Ich wette, du könntest es schaffen, wenn du willst. Du müsstest dich nur bemühen."

„Papa sagt dasselbe. Aber ich bin nicht in Eile."

„Das musst du auch nicht sein. Genieß deine Kindheit."

„Papa hat das auch gesagt." Sie steht auf, und ich realisiere, wie klein sie ist. Ich frage mich, ob es genetisch ist oder weil sie krank war. Ich spüre einen Stich in meiner Brust, als ich daran denke, wie es für Easton gewesen sein muss, als sie im Krankenhaus war.

Vielleicht ist es, weil sie mich an Lilly erinnert, aber ich liebe sie bereits.

„Shay hat das Haus noch nicht gesehen", sagt Easton. „Ich dachte, du könntest ihr eine Haustour geben?"

Ihre Augen weiten sich. „Liebend gerne!"

*N*ach der besten Tour, die ich mir vorstellen könnte – mit „Hier kann ich turnen" und „Das ist der Esstisch, aber wir haben unseren alten Esstisch nur zum Puzzeln benutzt, also wird es hier bestimmt auch so sein" –, ist Abi wieder in ihr Zimmer gerannt, um die Kisten weiter auszupacken, und Easton hat mich in die Küche geführt und mir die versprochene Tasse Kaffee gegeben.

„Danke", sage ich, als er eine Packung Milch aus dem Kühlschrank holt. Ich bereite meinen Kaffee vor und sehe zu, wie er seinen trinkt. „Abi ist wirklich süß."

Sein Ausdruck wird sanfter. „Sie ist ziemlich toll, und wenn man alles in Anbetracht zieht, glaube ich, dass sie mit dem Umzug gut zurechtkommt. Wir waren beide bereit für diese Veränderung."

Ich sehe zur Treppe. „Ich weiß, dass ihr immer noch einzieht, aber wieso ist sie nicht in der Schule?"

„Als die Neuigkeiten über ihren ... biologischen Vater ..." Er atmet tief ein, als würden die Worte weh tun, aber dann schüttelt er den Schmerz ab. „Die Kinder in der Schule waren brutal, und wir haben entschieden, sie zu Hause zu unterrichten. Sie wird dieses Jahr weiter zu Hause unterrichtet, und in der Zwischenzeit werde ich die Schulen in Jackson Harbor besuchen, um zu sehen, was am besten ist. Ich freue mich, dass sie zu Hause lernt, aber ich glaube nicht, dass es auf Dauer am besten ist für Abi."

„Du wirst es schon hinbekommen." Ich schenke ihm ein hoffentlich ermutigendes Lächeln. „Wer weiß? Vielleicht schickst du sie sogar zur gleichen Schule, die wir besucht haben."

Das bringt ihn zum Lächeln und er starrt in seinen Kaffee. Ich frage mich, ob er sich an diese Tage erinnert. Vor der Uni. Vor der NFL. Als noch alles einfacher war in seinem Leben und in meinem. „Ich schulde dir eine riesige Entschuldigung, Shay", sagt er, als er mir in die Augen sieht.

Ich stelle die Tasse ab. *Richtig, der Grund, wieso ich hergekommen bin.* „Ich bin mir ziemlich sicher, dass du das verwechselt hast."

„Ich hatte kein Recht, etwas über deine Beziehung mit George zu sagen. Ich weiß, dass es nichts entschuldigt, aber ich konnte nicht damit leben, dass du mit jemandem zusammen bist, der dich nicht richtig behandelt. Ich habe getan, was ich für richtig gehalten habe."

„Ich hätte nicht ausflippen sollen, als wir vor der Bücherei waren. Du hattest jedes Recht, dich zu sorgen."

„Ich habe jedes Wort verdient. Ich wollte dich nie denken lassen, dass du nicht deine eigenen Entscheidungen treffen kannst." Er atmet ein und zögert so lange, dass ich den Eindruck bekomme, dass ihm der nächste Teil schwerfallen wird. „Ich muss akzeptieren, dass es nichts gibt, das sich richtig anfühlen wird, wenn du mit jemand anderem zusammen bist. Aber das bedeutet nicht, dass ich das Recht habe, deine Beziehung zu verurteilen. Du kennst dich. Du weißt, was richtig für dich ist."

Ich weiß nicht, wieso ich ihm gesagt habe, dass George und ich uns mit anderen Leuten treffen. Ich wollte nicht, dass er die Wahrheit wusste, aber ich hätte einfach sagen können, dass wir Schluss gemacht haben. Ich glaube, dass ich Abstand zwischen uns schaffen wollte, aber ich bin mir ziemlich sicher, dass ich versagt habe, sobald ich begann, seine Hose in Jakes Büro aufzuknöpfen. „George und ich sind nicht zusammen."

Er richtet sich auf. „Nicht? Seit wann?"

„Seit bevor du und ich ..." Ich ziehe einen Kreis mit der Hand. „Und du hattest recht. Über George. Naja, zum Teil."

„Was bedeutet das?"

Ich atme aus. „Er ist mir nicht mit jemandem fremd-gegangen. Er ist jemandem mit *mir* fremdgegangen." Meine Augen brennen, als sich bei der Erinnerung Wut in mir breit macht. *Dieser lügende Hundesohn.* „Er ist verheiratet."

Easton blinzelt. „Du machst Witze."

„Ich wünschte es wäre so." Ich habe Tränen in den Augen, aber nicht, weil mein Herz gebrochen wurde. Mein Stolz ist so zerschlagen, dass er humpelt. „Nachdem wir Schluss gemacht haben, habe ich beschlossen, herauszufinden, wer Butterblume ist, und ..." Ich zucke hilflos mit den Schultern. „Ich schätze, ich weiß es jetzt."

„Was für ein verdammtes Arschloch. Gott, Shay, es tut mir so leid." Seine Augen sind voller Wut, aber er schüttelt den Kopf, als würde er versuchen, seine Gefühle zu regulieren. „Falls es etwas bringt, es macht mir keinen Spaß, recht zu haben."

Die Ehrlichkeit in seiner Stimme lässt die Tränen fallen. „Ich fühle mich wie ein Vollidiot."

Easton stellt seine Tasse hin, umrahmt mein Gesicht mit beiden Händen und wischt die Tränen weg. „Es bringt mich um, dich weinen zu sehen. Zu wissen, dass er dein Herz hatte und es brach ... Er hat dich nicht verdient."

„Ich war nicht in ihn verliebt. Ich schäme mich, und mein Leben ist gerade etwas verwirrend, aber mein Herz ist nicht gebrochen." *Nicht wie zu dem Zeitpunkt, als du mich verlassen hast.* „Weißt du, was am meisten weh tut?"

Er schüttelt den Kopf. „Was?"

„Dass er mich zur anderen Frau gemacht hat. Ich hatte keine Option, und jetzt muss ich seiner Frau die Wahrheit sagen. Sie verdient es, davon zu erfahren."

Etwas blitzt in seinem Gesicht auf. *Schmerz. Reue.* Ich weiß, dass er an die Nacht nach Papas Beerdigung denkt. Ich konnte nicht aufhören, daran zu denken, seit ich George nach Hause gefolgt bin. Damals fühlte ich mich, als hätte Easton mich mit seinen Worten zerstört.

„Ich weiß, was du denkst", sagt er. „Aber es ist nicht dasselbe. Deine Situation ist anders."

„Seine Frau verdient es trotzdem, es zu wissen."

„Natürlich", sagt er. „Tu, was du für das Beste hältst."

Ich trete von seiner Berührung zurück und atme tief ein. „Es tut mir leid, dass ich dich über meine Beziehung angelogen habe. Ich war zu feige, um die Wahrheit zuzugeben."

Er lächelt mich mit diesem schiefen Grinsen an und macht einen Schritt auf mich zu. „Bedeutet das, dass du mir eine Chance gibst?"

Wenn es nur so einfach wäre. Ich beiße mir auf die Unterlippe und mustere sein gutaussehendes Gesicht – diese blaugrünen Augen, die harten Züge seines Kiefers, die Stoppeln, die er heute nicht wegrasiert hat. Ich kann keine Beziehung anfangen, bis ich weiß, was als nächstes kommt. Ob es in Jackson Harbor ist oder irgendwo anders ... „Ich glaube, wir sollten einander nur berühren, wenn wir in Paris sind. Ich verliere den Verstand, wenn wir es in den Staaten tun."

Schmerz blitzt in seinen Augen auf. „Shayleigh, was in Chicago passiert—"

Ich lege die Finger auf seinen Mund, bevor er mehr sagen kann. „Sag nicht, dass es ein Fehler war."

Er zieht meine Hand sanft weg und drückt die Finger. „Der einzige Fehler war, dass ich nicht hart genug versucht habe, dich *und* meine Tochter zu wählen."

Ich schmelze dahin. „Du machst mir diese ‚keine Berührungen'-Regel wirklich schwer, East."

„Ich habe nicht vor, es dir leicht zu machen."

„Ich habe gerade mit einem verheirateten Mann Schluss gemacht, ich stehe kurz davor, meine Dissertation zu verteidigen, und ich muss entscheiden, wo ich nächstes Jahr leben werde — angenommen, mir *wird* eine Stelle angeboten. Du und ich? Wir können gerade nicht passieren. Aber wir können befreundet sein."

Er mustert mich, und die Zärtlichkeit in seinen Augen lässt mich ihn über die frisch gemalte Grenze ziehen wollen. „Damit kann ich leben."

Teil Neun

VERGANGENHEIT

SHAY

ZWEIUNDZWANZIGSTER FEBRUAR, VOR SIEBEN JAHREN

„Wie geht es Papa heute?", frage ich im Flüsterton, als ich die Tür leise hinter mir schließe.

Meine Mutter senkt den Kopf. Es ist eine kleine Bewegung, aber sie spricht lauter als alle Worte. Sie bereitet sich darauf vor, mir schlechte Neuigkeiten zu übermitteln. „Er will mit dir sprechen."

Ich lege meine Tasche auf den Tisch im Flur. „Er ist wach?"

„Ja. Geh rein."

Aber ich will nicht. Ich weiß bereits Bescheid. Ich kann es in ihrer Stimme hören.

Die Trauer ist nicht neu. Wir haben in den letzten vier Jahren alle immer wieder getrauert, während dieser Krebs uns immer wieder fertigmachte. Aber was ich heute höre, ist anders. Sie hat aufgegeben. Die Hoffnung fehlt.

Meine Kehle schnürt sich mit einem Schluchzen zu, und meine Augen brennen, aber ich hebe das Kinn, schlucke die Tränen zurück und richte mich auf. Ich kann nicht helfen, aber ich kann für sie beide stark sein. Es ist das Einzige, was ich anbieten kann.

Der Tod hat einen Geruch – Verfall und Fäulnis –, und ich rieche ihn sofort, als ich das Schlafzimmer meiner Eltern betrete. Papas Krankenhausbett wurde aufgerichtet, damit er sich aufsetzen kann, und seine knochigen Hände sind um einen Becher Wasser geschlungen.

„Hallo, Papa."

Seine Hände zittern noch mehr, als er sein Wasser auf dem Nachttisch abstellt. „Shayleigh." Sogar seine Stimme ist schwach. Diese Krankheit hat ihm alles genommen – seine Karriere, seine Stärke und seinen Stolz. Aber nicht seine Familie. Scheiß auf Krebs. Nie uns. „Komm her."

Ich weiß nicht, wie meine Beine mich von der Türschwelle zu dem Stuhl neben seinem Bett tragen. Ich glaube bei jedem Schritt, dass ich zusammenbreche. Aber ich schaffe es, jeder Schritt fester, als ich mich fühle, und setze mich auf den Stuhl, bevor ich seine Hand in meine nehme. „Schlechte Nacht?", frage ich. Es ist eine Lücken-füllerfrage. Ich muss nicht fragen, denn jede Nacht seit Monaten war schrecklich. Und jeder Tag.

Ich frage für mich selbst. Weil ich ein paar Worte brauche, bevor mir bestätigt wird, was ich seit Wochen befürchtet habe – wir können nicht dagegen ankämpfen, und die Behandlung wird ihn nur noch kranker machen. Es ist Zeit, ihn gehen zu lassen.

„Nicht so schlecht", sagt er.

Ich lache trocken. „Du Lügner."

Er schlingt seine Finger um meine Hand. Mein Vater war so stark. Diese Hände haben mich hunderte Male aufgehoben. Sie griffen meine Knie, wenn er mich auf seinen Schultern trug, zeigten mir, wie man einen Baseballschläger hält, berührten meine Stirn, um zu sehen, ob ich Fieber hatte und blätterten durch meine geliebten Gute-Nacht-Geschichten. „Wir haben mit den Ärzten gesprochen."

Ich nicke. Weil ich weiß. Weil ich hoffe, dass ich die Worte nicht hören muss, wenn ich ihm zeige, dass ich ihn verstehe. Ich weiß, was als nächstes kommt, und mein Herz tut weh, bis es mir schwerfällt, zu atmen.

„Ich will, dass du weißt, dass ich Jahre leiden würde, wenn ich den Krebs besiegen könnte. Ich würde es für euch Kinder tun. Wenn ich eine Chance hätte, würde ich es tun, damit ich zu deiner Hochzeit kommen und dich zum Altar geleiten kann. Ich würde es tun, um dich zur Mutter werden zu sehen."

Tränen kullern über meine Wangen. Ich versuche, stark zu sein, aber ich kann es nicht. „Ich will nicht, dass du leidest", flüstere ich. „Mach dir keine Sorgen um mich."

Er streichelt meine Hand mit dem Daumen. „Ich mache mir Sorgen um dich. Mein einziges Mädchen. Mein Sonnenschein. Du hast immer so viel für deine Brüder getan. Warst immer da, um ihnen mit ihren

Emotionen zu helfen, wenn sie es nicht leicht hatten. Du bist wie deine Mutter. Ein Licht in der Dunkelheit."

Meine Brust bebt, und ich atme zittrig ein. Und dann noch einmal. Eine Träne fällt auf meinen Handrücken, und Papa wischt sie mit einem zitternden Daumen weg.

„Ich hoffe, du weißt, wie stolz ich auf dich bin."

„Das tue ich. Ich weiß."

„Ich weiß, dass du mehr im Kopf hast als Jungs und dich zu verlieben, aber da ich nicht hier sein werde, will ich, dass du mir versprichst, dass du dein Herz beschützen wirst. Gib es niemandem, der es nicht beschützen kann. Lass dich nicht auf jemanden ein, der deine Seele nicht zum Singen bringt."

„Papa ..." Ich schüttele den Kopf. Es ist nicht fair, aber wir hatten Jahre, von denen wir nicht gedacht haben, sie jemals zu bekommen, und ich weiß, dass es soweit ist. „Ich liebe dich."

Er streichelt meinen Handrücken. „Ich liebe dich auch, mein süßes Mädchen. Bis zum Mond und zurück."

Ein weiteres Schluchzen platzt aus mir heraus, und ich knie mich neben sein Bett, während mein Papa meinen Kopf mit einer Hand streichelt, die einst so stark war. Ich lasse mich ein letztes Mal von ihm trösten, während meine Tränen über mein Gesicht fließen.

EASTON

„Können Sie ihm nicht etwas ausrichten? Ihm sagen, wer ich bin und dass ich ihn sehen will?"

„Niemand darf ohne vorherige Erlaubnis die Zimmer der Spieler betreten."

Ich dachte, ich kannte die Stimme, als ich aus dem Aufzug kam, aber ich kann meinen Augen kaum glauben, als ich sehe, wie Shayleigh Jackson mit dem Sicherheitsdienst des Hotels streitet.

„Bitte? Wir sind Freunde. Er wird mich sehen wollen."

„Wenn Sie befreundet sind, sollten Sie ihn anrufen."

„Sie gehört zu mir, Troy." Ich eile auf Shay zu, bevor sie etwas Leichtsinniges tun kann. Ich kann ihr Gesicht nicht sehen, aber ich höre die Verzweiflung in ihrer Stimme, und ich weiß, was als nächstes kommt.

Shay schwingt herum und wirft die Arme um meine Mitte. Ich drücke sie gegen mich und schließe die Augen, um mir das Gefühl zu merken. Es ist so lange her und ... Gott, wann wurde sie so schmal? Sie fühlt sich in meinen Armen nahezu winzig an.

Troy hebt fragend die Augenbraue, und ich nicke ihm zu, um ihm zu versichern, dass sie willkommen ist.

Ich streiche ihr Haar zurück und hebe ihr Gesicht. Die Tränen auf ihrem Gesicht schneiden mich entzwei und tun fast genauso sehr weh wie Carters gestriger Anruf. „Lass uns irgendwo hingehen, damit wir reden können."

„Es tut mir leid", sagt sie. „Ich konnte mich vor meiner Familie nicht so gehenlassen. Ich konnte es ihnen nicht antun."

Ich küsse ihren Kopf. „Du kannst vor mir zusammenbrechen. Komm mit." Ich halte ihre Hand in meiner und ziehe sie in mein Zimmer.

„Wusstest du es? Dass Papa im Hospiz ist?"

Die Tür schließt sich mit einem ominösen Laut hinter uns, und Shay dreht sich um, die Arme verschränkt, als sie mein Gesicht mustert und ich nur nicken kann. Ich bin seit Jahren nicht zu Hause gewesen, aber morgen, wenn die Demons mit dem Teamflugzeug nach Los Angeles fliegen, werde ich mir ein Auto mieten und nach Jackson Harbor fahren. Ich muss Frank ein letztes Mal sehen. „Carter hat angerufen. Er ist am Boden zerstört."

„Ich auch."

„Komm her." Sie bewegt sich nicht, lässt die Arme nicht fallen und eilt nicht auf mich zu, um das Gesicht in meiner Brust zu verbergen wie im Flur.

Es ist, als würde sie ihre Entscheidung hinterfragen, weil wir jetzt allein sind, und ich kann damit nicht umgehen. Ich gehe auf sie zu und schließe sie in die Arme, ihre immer noch gegen die Brust gefaltet, aber ich streichele über ihr Haar und ihren Rücken. „Es tut mir so leid", sage ich. „Es ist nicht fair."

Und das tut es. Es tut mir *so* leid. Frank Jackson war der Vater, den ich nie hatte – was traurig ist, da der Mann, der mir seine Hälfte der DNA gegeben hat, immer noch am Leben ist.

Ich spüre den Moment, als Shay dem Bedürfnis nach Nähe nachgibt. Sie lässt die Arme fallen und schlingt sie um mich. Sie hört auf, den Damm zu verstärken, und lässt ihn brechen. Ihr kleiner Körper bebt, als sie in meinen Armen schluchzt und sich an mir festhält, als wäre ich das Einzige, das sie davor bewahrt, vor Trauer zu ersticken.

Ich weiß nicht, wie lange wir hier stehen – in meinem Hotelzimmer, die Arme um sie geschlungen, mein Hemd von Tränen benetzt –, aber als sie sich zurücklehnt, atmet sie tief ein und hebt das Kinn auf eine Art, die mir sagt, dass sie stark sein will.

Ich mustere sie – diese tiefen, schokoladenfarbenen Augen, von denen ich so viele Nächte geträumt habe, und diese süßen, pinken Lippen, die schmollen, ohne, dass sie es versucht. Sie sucht meine Augen ab, und ich frage mich, ob sie mich genauso sehr vermisst hat wie ich sie.

„Ich sollte wahrscheinlich gehen. Deine Frau ..."

Ich lege den Kopf zur Seite und warte, dass sie den

Satz beendet. Als sie nichts über die Lippen bringt, sage ich: „Scarlett würde es vielleicht nicht mögen, dass du hier bist, aber da sie mit Grant Holland lebt, kann sie nichts sagen."

Shay verzieht das Gesicht und sieht weg.

„Das wusstest du bereits."

Sie zuckt mit den Schultern. „Ich folge Promiklatsch nicht und glaube den Gerüchten zum Großteil nicht."

Gott sei Dank. Seit ich der NFL beigetreten bin, wurde ganz schön viel unglaublicher Scheiß über mich geschrieben. Aber die neueste Runde an Gerüchten über Scarlett ist zum Teil wahr. Es gibt viele Spekulationen über unsere kürzliche Trennung, und die meisten besagen, dass ich kalt, untreu, ein Arsch oder alles zusammen bin. Niemand hat die Wahrheit erraten – dass ich sie geheiratet habe, weil sie mit meiner Tochter schwanger war und wir nie verliebt waren. Oder dass man einsam ist, wenn man mit jemandem verheiratet ist, der einen nicht liebt – ein Gefühl, dass ich genauso gut kenne wie Scarlett.

„Wir haben uns getrennt." Ich zucke mit den Schultern, als wäre es nichts. Als hätte ich nicht Jahre damit verbracht, alles aufzuopfern, um zu versuchen, meiner Tochter die Familie zu geben, die ich für sie wollte. Aber es hat nicht funktioniert.

„Es tut mir leid, Easton." Sie schluckt schwer. „Wie geht es deiner Tochter? Abigail, richtig?"

Ich nicke. „Sie ist wundervoll. Sie redet und singt ständig. Aber sie hat diese pingelige Phase, in der sie nichts essen will, und ich glaube, sie hat abgenommen."

Ich schüttele den Kopf. Abi hat am Dienstag einen Arzt-termin. „Ich bin mir sicher, dass alles in Ordnung ist. Sie ist stur, und wenn sie nicht essen will, will sie nicht essen. Aber der fürsorgliche Vater in mir braucht einen Arzt, der das bestätigt."

„Das ergibt Sinn." Sie tritt von einem Fuss auf den anderen. „Ich wette, du bist ein toller Vater."

„Ich versuche es. Ich habe zum Großteil alles durch Erfahrungen gelernt."

„Als ein Mädchen, das von einem wundervollen Vater aufgezogen wurde, muss ich sagen, dass das *alles* ist." Mehr Tränen fallen über ihre Wangen, und mir zerreißt es das Herz.

Ich weiß nicht, wann ich ihr Gesicht mit den Händen umrahmt habe, aber ich sehe zu, als mein Daumen ihre Tränen fortwischt. *Sie ist zu mir gekommen.* „Ich bin froh, dass du hier bist." Meine Brust fühlt sich zu eng an. Verdammt, ich habe sie so sehr vermisst. „Es tut mir so leid, wie ich mit der Schwangerschaft umgegangen bin, aber ich habe versucht, Scarlett von den Drogen wegzu-halten und hatte Angst davor, ein Vater zu werden. Und–"

Sie presst einen Daumen auf meine Lippen. „Nicht heute Nacht, okay? Ich will gerade nicht darüber reden."

Richtig. Auf ihren Schultern lastet bereits genug.

Ich nicke, aber sie bewegt ihren Daumen nicht. Statt-dessen drückt sie, bis die Spitze in meinem Mund ist, fast zwischen meinen Zähnen. Ich berühre sie mit meiner Zunge, und ihre Augen werden dunkler. Ich will mehr als eine kleine Kostprobe. Mehr, als ich haben kann. Ich weiß nicht, wie lange wir so stehen – ihr Daumen zwischen meinen Zähnen, ihr Gesicht in meinen Händen, unsere Körper so nah beieinander, dass ich ihre Zitronen-Lavendel-Seife riechen kann.

Ich bin mir nicht sicher, ob ich atme, bis sie einen Schritt nach hinten macht, und meine Hände hilflos zu meinen Seiten fallen. Sie zieht ihre Unterlippe zwischen die Zähne und sieht mir in die Augen, während sie ihr Oberteil aufknöpft und es über die Schultern fallen lässt. Meine Situation mit dem Sauerstoff wird kein bisschen besser.

Mein Mund wird trocken, als ich ihre elfenbeinfarbene Haut erblicke, ihre Brüste von einem einfachen, weißen Baumwoll-BH verborgen. Ich folge ihren Händen und sehe zu, als sie die Jeans aufknöpft und sie über die Hüften schiebt.

Ich habe so viel verschissen, wenn es um Shay geht, und heute Abend ist sie am Boden zerstört zu mir gekommen. Trauernd. Vielleicht wäre es richtig, ihr zu sagen, dass sie die Klamotten anbehalten soll. Vielleicht ist es unverzeihlich, sie sich ausziehen zu lassen. Aber ich kann es akzeptieren – jeden Schlag gegen meinen Charakter und jeden Hieb gegen mein Ego –, wenn es bedeutet, dass ich sie berühren kann.

Sie tritt aus ihrer Jeans, und ich kann die Augen nicht von ihr lassen. Ich liebe, dass ihr BH simpel ist, fast jungfräulich. Liebe es, dass ihr Höschen nicht dazu passt und stattdessen hellrosa ist. Es sitzt hoch auf ihren Hüften und verdeckt kaum ihren Hintern. Ich liebe, wie einfach und unkalkuliert es ist. Sie hat nicht die heißeste Unterwäsche angezogen und ist hergekommen, um mich zu verführen. Sie trägt, was auch immer sie trägt. Aber wem will ich etwas vormachen? Sie könnte ein Nachthemd und einen Keuschheitsgürtel tragen, und ich bin mir ziemlich sicher, dass mein Schwanz immer noch steinhart wäre.

Ich kann ihre Veränderungen aber nicht ignorieren. Ich habe sie mir in Paris mit den Augen, den Händen und meinem Mund eingeprägt, und ich kenne jeden Zentimeter von ihr. Sie hat abgenommen. Zu viel. Ich will fragen, ob es ihr gut geht, ob sie krank war – Carter hat nichts gesagt, aber verdammt, sie ist so zerbrechlich –, aber ich sage nichts. Sie war immer so unsicher wegen ihres Aussehens, und ich will nicht, das sie denkt, dass sie nicht schön ist, wenn sie mir den Atem in jeder Größe raubt.

„Sag etwas", flüstert sie, und ich realisiere, dass ich sie einfach nur angestarrt habe, als ich versuchte, die Veränderungen zu verarbeiten, während ihre Hände zitterten.

„Du bist so schön." Gibt es sonst etwas zu sagen? Aber der ehrliche Teil meines Gehirns flüstert, dass es so viel mehr gibt. *Ich will dich. Ich brauche dich. Ich habe dich verdammt vermisst.*

Sie sieht zu Boden und schluckt schwer. „Besser, hm?"

Mein Magen verkrampft sich. Ich hasse es, dass sie sich nie so gesehen hat wie ich es tue. „Du warst schon immer schön. Das habe ich dir bereits gesagt."

Ihre Lippen spreizen sich, als sie langsam ausatmet. „Ich werde nie wie deine Scarlett Lashenta aussehen."

Die Worte sind wie ein Tritt in die Eier. Sie sind eine

Erinnerung daran, dass ich dieses Mädchen – diese *Frau* – mit meinen Entscheidungen verunsichert habe. „Darüber bin ich froh." Der Name meiner Frau schwebt durch das Zimmer als Erinnerung daran, dass ich in einer anderen Welt lebe als Shay. In einer grausamen Welt. Was mich erneut daran erinnert, dass wir nicht zusammen gesehen werden können, ohne dass die Welt sich über sie hermacht. „Shay ..."

Sie schenkt mir ein kleines, trauriges Lächeln, dreht sich um und geht auf das Bett zu.

Ich schließe die Augen und zähle meine Atemzüge. *Rein. Raus. Rein. Raus.* Ich weiß, wieso sie jetzt hier ist – ich verstehe, was sie von mir will. Und ich will es auch. Gott, ich will es so sehr. Ich will ihr geben, wofür sie hergekommen ist. Aber mehr als das, ich will *sie*. Aber mein Leben ist ein Chaos, und ich kann sie nicht mit reinziehen. Scarlett ist zwar ausgezogen, aber unsere Leben sind immer noch miteinander verbunden. Ich muss meine Situation in den Griff bekommen, damit ich Shay mehr als eine Nacht geben kann.

Als ich mich endlich entscheide, folge ich ihr ins Zimmer und sehe, dass sie vor der Minibar kniet. Der Anblick von Shay in ihrer Unterwäsche, während sie stirnrunzelnd eine Flasche Tequila ansieht, bringt mich zum Grinsen.

Sie hält sie hoch. „Es gibt nicht viel, aber macht es dir etwas aus?"

„Bedien dich."

Sie schraubt die Flasche auf, trinkt einen Schluck und verzieht das Gesicht. „Scheiße."

Als sie sie mir anbietet, schüttele ich den Kopf. Ich trinke während der Saison nicht viel, aber auch wenn ich es täte, vertraue ich mir heute Abend nicht. Ich habe bereits jetzt kaum Selbstkontrolle, und auch nur ein Schluck Alkohol könnte diese komplett zerstören.

Sie zuckt mit den Schultern. „Wie du willst." Sie trinkt einen weiteren Schluck, während sie das Zimmer mustert. „Ich habe wirklich erwartet, dass du eine schicke Suite hast oder so. Das hier ist fast ... ein normales Hotelzimmer."

Ich schmunzele, setze mich auf einen Stuhl gegenüber der Minibar und überkreuze die Füße. „In meinem ersten Jahr musste ich mir mein Zimmer mit einem Zimmergenossen teilen. Ich mag das hier auf jeden Fall lieber."

Sie hebt die kleine Flasche an. „Du hast es geschafft und dein eigenes Zimmer." Sie trinkt den Rest des Tequilas aus und wandert zum Fenster, wo sie die Gardine beiseite zieht, um die Aussicht zu bewundern. Ich kann nicht aufhören, sie anzusehen – ihre perfekten Brustwarzen, die sich gegen die dünne Baumwolle pressen, ihre nackten Beine, die perfekt lila bemalten Zehennägel. Ich hätte sie mir nicht schöner vorstellen können. Wenn sie gefragt hätte, hätte ich ihr gesagt, dass sie kein Gewicht verlieren sollte. Dass sie perfekt war. Aber jetzt? Sie steht größer, ihr Kinn höher gehoben. Sie wandert halbnackt durch mein Zimmer, das Selbstbewusstsein das eine, das ihr gefehlt hat. Es ist dieses Selbstbewusstsein, das sie zum Strahlen bringt und ihrem dünneren, stärkeren Selbst mehr gibt als der alten Shay. Ich frage mich, ob sie das weiß. Oder ob sie denkt, dass die Männer sie nur anstarren, wenn sie den Raum betritt, weil ihr Bauch flacher und ihre Hüften schmaler sind.

Sie geht langsam auf mich zu, die Augen auf meine konzentriert. Jeder Schritt stiehlt mir den Atem aus den Lungen. Ich kann kaum durchatmen, und ich weiß, dass ich erst erleichtert sein werde, wenn ich sie berühre. Sie hält vor mir an, schwingt ein Bein über mich und setzt sich auf meine Oberschenkel. Es wäre so einfach, mich vorzubeugen, meinen Mund gegen ihren Bauch zu pressen und meine Hand über ihr pinkes Höschen zu legen. Ich könnte ihre Hüften greifen und sie stillhalten, während ich mich zwischen ihren Beinen auf den Boden setze und das Gesicht zwischen ihre Beine stecke. Ich will sie kosten. Ich will meinen Kopf mit ihren Lauten und ihrem Geschmack erfüllen. Verdammt, ich will sie zum Kommen bringen und sie auf die primitivste Art zu meiner machen.

„Ich warte darauf, dass du mich rauswirfst", flüstert sie. Sie schluckt, stemmt die Knie neben meine Seiten und senkt sich auf meinen Schoß. Die kleine Tequilaflasche ist immer noch in einer Hand, als sie die andere um meinen Hals schlingt.

„Du kannst so lange bleiben, wie du willst." Als sie die Hüften bewegt, presst sie sich gegen meinen Schwanz, und mein Atem verlässt mich.

„Du bringst mein neues Ego um. Das weißt du, oder?"

Ich hebe eine Augenbraue, als meine Finger sich in die Armlehnen krallen. „Wie das?"

„Ich sitze hier, denke, dass ich süß bin, dass du mich

berühren wollen wirst, wenn ich mich ausziehe. Es scheint dir nichts auszumachen, dass ich fast nackt bin, und doch ..." Sie wirft die leere Flasche aufs Bett, bevor sie den Kopf zur Seite legt und mich studiert. „Ich sitze auf deinem Schoß, und du hast mich nicht einmal berührt." Etwas wie Reue blitzt in ihrem Blick hervor. „Soll ich gehen?" Die Frage ist geflüstert, als wolle sie sich vor der Möglichkeit verstecken.

Ich lasse die Armlehnen los und lege die Hände sanft auf ihre Taille. „Nur, wenn du willst." Sie presst sich gegen meine Erektion, und meine Augen flattern zu. *Verdammt.* „Aber Shay, wir sollten heute Nacht nicht miteinander schlafen."

Sie erstarrt. „Sollten nicht? Oder du willst nicht?"

Ich versuche, zu lachen, aber mir stockt der Atem, und es klingt eher wie ein Grunzen. „Vertrau mir, es gibt nichts, das ich gerade mehr will." Ich verstärke meinen Griff auf ihrer Hüfte. „Aber ich habe es bereits mit dir vermasselt, und ich will es nicht erneut tun. Gott, du hast *jahrelang* nicht mit mir gesprochen, und jetzt sitzt du auf meinem Schoß."

Sie beißt sich auf die Lippe. „Ich war schon immer ein ‚alles oder nichts'-Mädchen. Das weißt du."

„Ja." Ich streichele mit dem Daumen über die weiche Spitze am Saum ihres Höschens, während mein Gehirn mit meinen primitivsten Instinkten kämpft. „Lass mich diesen Scheiß mit Scarlett klären. Lass mich ... mein Leben reparieren. *Dann* kann ich dir geben, was du verdienst."

Sie verschränkt die Finger in meinem Haar und zieht

leicht daran. „Tut mir leid, dass ich nach Paris nicht mit dir sprechen konnte." Sie sieht weg. „Es tut mir wirklich leid."

„Hey." Ich nehme ihr Kinn in die Hand und drehe ihr Gesicht zu meinem. „Ich bin der, dem es leidtut. Du schuldest mir keine Entschuldigung."

Sie greift nach dem Saum meines Hemdes und zieht es mir aus, bevor sie mit den Fingern einen unsichtbaren Pfad über meine Brust zeichnet und die blauen Flecke auf meiner Brust berührt. „Woher kommen die?"

„Volltreffer."

„Trägst du nicht deine Polster?"

Ich lache. „Ja, aber Polster retten dich nicht vor blauen Flecken, wenn ein hundertzwanzig Kilo schwerer Lineman dich rammt."

Sie gleitet von meinem Schoß, beugt sich vor und küsst zärtlich die lila und rote Haut. Es fühlt sich an, als wäre ihr Mund auf meinem Schwanz und nicht auf meinen Rippen.

Als sie mich ansieht, sind ihre Augen voller Lust und Verzweiflung. Und vielleicht Trauer. „Ich habe solche Angst und bin allein", flüstert sie. „Ich will bei dir liegen und mich für ein paar Stunden verlieren. Der Rest kann später kommen."

Meine Hand gleitet in ihr Haar, um ihren Mund zu meinem zu führen. Meine Muskeln verspannen und entspannen sich bei der Berührung. Sie schmeckt wie Tequila und riecht nach Zitrone und Lavendel, und ich habe sie so sehr vermisst. „Du bist ein ‚alles oder nichts'-Mädchen, und du verdienst *alles*."

Sie atmet ein, ihre Lippen auf meinen. „Ich will keine Nacht voller nichts.“

Ich schlinge die Arme um sie, stehe auf und trage sie zum Bett. Ich weiß nicht, wann ich ihr alles geben kann, das sie verdient, aber heute Nacht kann ich ihr das hier geben.

Teil Zehn

GEGENWART

EASTON

Ich verbringe den Anfang der Woche damit, auszupacken und zu versuchen, das Haus zu *unserem Zuhause* zu machen, aber am Mittwoch musste ich für ein paar Meetings nach Grand Rapids fahren. Ich fange offiziell nicht bis zum Sommer an, aber ich bin in der Rekrutierung involviert, und ich bin gern bei den Trainings- und Athletenmeetings anwesend.

Ich gehe von der Garage ins Haus und lege die Schlüssel im Vorraum ab, bevor ich dem Geruch von frischgekochter Spaghettisauce in die Küche folge und Tori sehe. Sie rührt das Abendessen, aber Abi ist nicht da.

„Wie ging es meinem Mädchen heute?"

„Es war in Ordnung. Sie ist oben", sagt Tori. „Ich glaube, sie hat etwas Heimweh."

„Deswegen die Sauce?" Ich deute zu dem Topf mit dem Lieblingsgericht meiner Tochter.

Sie zuckt mit den Schultern. „Vielleicht wird es helfen."

Ich wundere mich nicht, dass es passiert ist, aber meine Brust fühlt sich trotzdem nicht leichter an. Auch wenn ich weiß, dass es im Großen und Ganzen das Beste ist, hasse ich es, dass Abi dieser Übergang schwerfällt. „Danke, Tori."

Ich gehe auf die gewundene Treppe vor der Eingangstür zu. Als ich ein Kind war, bin ich an den großen Häusern am Lakeshore Drive in Jackson Harbor vorbeigefahren und habe davon geträumt, wie es wäre, dort zu leben und eine Familie zu haben, um eins dieser Häuser auszufüllen. Eins von beidem ist nicht schlecht, und auch wenn Abi und ich für immer allein hier leben, kann ich damit umgehen.

Ich finde meine Tochter in ihrem Zimmer. Sie liegt auf dem Bett und sieht sich Fotos ihrer Freunde auf ihrem iPad an. „Hey, Kleine. Wie geht's?"

Sie sieht mich mit gerunzelter Stirn an und lehnt sich gegen das Kopfteil ihres Bettes. „Ich habe hier keine Freunde."

„Noch nicht." Ich versuche, meine Stimme fröhlich zu halten, obwohl die Tränen in ihren Augen mich umbringen. „Aber das wirst du bald."

„Woher weißt du das? Was, wenn ich niemals Freunde haben werde? Was, wenn mich hier niemand mag?"

„Du hast Lilly vor ein paar Tagen getroffen, und sie mag dich."

Sie zuckt mit den Schultern. „Hm."

Ich sehe auf meine Uhr. Es ist unter der Woche, aber

es ist erst fünf Uhr. „Vielleicht könnte Lilly zum Abendessen kommen und ihr könnt danach etwas spielen. Möchtest du, dass ich frage?"

Sie nickt erfreut, also schenke ich ihr ein aufmunterndes Lächeln und ziehe mein Handy aus der Tasche, um Ethan zu schreiben. Er antwortet schnell.

*E*than: *Shay bringt Lilly um sechs Uhr zur Gymnastik. Du solltest Abi hinfahren. Alle Kinder bekommen Probetraining, bevor du einen Vertrag unterschreiben musst.*

*I*ch drehe mein Handy um, damit meine Tochter die SMS lesen kann, und sie lächelt zum ersten Mal, seit ich ihr Zimmer betreten habe. „Kann ich *bitte* hin?"

Den Abend mit Shay verbringen? *Macht mir nichts aus.*

*D*ie Mädels kichern aufgeregt, als sie nach dem Training die Flipflops wieder anziehen.

„Wie hat es dir gefallen, Abi?", frage ich meine Tochter.

„Ich *liebe* es!" Sie bebt fast vor Aufregung, als sie Lillys Hand ergreift. „Ich will aber in Lillys Klasse sein."

„Ich werde mit den Mädels bei der Rezeption reden und sehen, was ich tun kann."

„Es ist ein einleitender Kurs", sagt Shay. „Da sie

gerade erst angefangen hat, wäre es gut für sie, und wir könnten eine Fahrgemeinschaft gründen."

„Fahrgemeinschaft?"

„Naja, ich fahre Lilly nicht jede Woche, aber sie mag es, wenn ich ihr zusehe, also tue ich es öfter. Wenn ich fahre, kann ich Abi abholen."

Ich hebe eine Augenbraue. „Du denkst wirklich, dass ich es versäumen werde, jede Woche eine Stunde mit meiner neuen Freundin zu verbringen?" Ich schüttele den Kopf. „Jetzt, da wir Freunde sind, werde ich diese Stunde genießen."

Shays Wangen werden rot.

„Ist Abis Vater dein *Freund*, Tante Shay?", fragt Lilly.

Abi dreht sich um und starrt mich an. „Wirklich?" Sie klingt nicht wütend oder traurig über diese Möglichkeit, was um ehrlich zu sein eine Erleichterung ist.

„Noch nicht", sage ich und zwinkere Shay zu, deren Wangen fast glühen. „Im Moment sind wir nur Freunde, aber man weiß nie, was auf einen zukommt."

Shay leckt sich über die Lippen. „Wir sind gute Freunde. Wir müssen nicht mehr sein." Ich glaube, dass sogar die Acht- und Neunjährigen, die uns ansehen, wissen, dass Shay sich selbst zu überreden versucht.

„Wäre es in Ordnung, wenn wir mit Lilly Eis essen gehen?", frage ich.

Shay nickt. „Das wäre in Ordnung."

„Was denkt ihr Mädels? Eis?"

Das Jubelgeschrei der Mädchen erfüllt den Flur, und ein halbes Dutzend Eltern sehen uns unzufrieden an, als ich meine Schlüssel aus der Tasche ziehe. „Kommt schon.

Wir können zusammen fahren, und dann kann ich Lilly und Shay zu ihrem Auto bringen. Es geht auf meine Rechnung."

Die Mädels wollen beide Bananensplits, aber Shay und ich sind gleicher Meinung, dass es zu viel Zucker wäre. Die Mädels finden, dass es unfair ist, da es „zur Hälfte Früchte" sind, also einigen wir uns, dass sie sich einen teilen können.

Ich bestelle mir einen Karamell-Eisbecher, und Shay entscheidet sich für eine kleine Waffel mit Vanilleeis. Ich weiß, dass sie mich nicht absichtlich sexuell frustriert, also versuche ich, nicht zu starren. Aber ich kann nicht leugnen, dass ich Fantasien im Kopf habe, als ihre Zunge und Mund an ihrem Eis arbeiten. Ich bin hoffnungslos.

Der Eisladen hat hinten einen kleinen Spielplatz, und nachdem die Mädchen ungefähr die Hälfte aufgegessen haben, betteln sie, dort spielen zu dürfen. Es ist heute warm genug, dass sie ihre Jacken nicht tragen wollen, aber kühl genug, dass Shay und ich darauf bestehen, dass sie es trotzdem tun. Wir sehen ihnen beim Spielen zu und reden.

Lilly fragt Abi über die Schule aus, und Abi sagt ihr, dass sie ab nächstem Herbst zur Jackson Harbor Schule gehen wird. Lilly erzählt ihr von all ihren Lehrern und den Kindern in ihrer Klasse und fleht sie an, an *ihre* Schule zu kommen. Ich sehe ihnen zu und hoffe, dass Abi in Lilly eine Freundin gefunden hat, auf die sie für immer zählen kann, wie ich es mit Carter konnte.

„Wann wird sie ihre Mutter sehen?", fragt Shay mich leise. „Oder ist Scarlett nicht ...?"

„Oh, nein. Scarlett ist involviert. Sie wird sie sehen."
Ich löffele etwas Eiscreme vom Becher. „Das war der
Grund, wieso ich in Chicago war. Ich wollte ihr helfen,
ein Haus zu finden, damit sie ihre Zeit zwischen Los
Angeles und Chicago aufteilen kann. Dann kann Abi ihre
Mutter am Wochenende besuchen und muss keinen vier-
stündigen Flug dafür in Kauf nehmen. Und naja, es wäre
gut für Scarlett, von dieser Szene wegzukommen."

„Ich bin so froh, das zu hören. Ich weiß, dass du ein
wundervoller Vater bist und Abi alles gibst, was sie
braucht, aber es ist gut, dass ihre Mutter eine Beziehung
mit ihr will."

„Sie haben eine tolle Beziehung. Scarlett verwöhnt sie
etwas, aber sie liebt sie sehr." Ich mustere Shays dunkle
Augen und fühle Reue, weil ich nicht versucht habe, in
Kontakt zu bleiben, als ich in Los Angeles war. Sobald
ich sie ein zweites Mal gehen ließ, konnte ich mir einfach
nicht mehr vertrauen. Aber egal, was zwischen uns
passiert, ich will, dass wir Freunde sind, und sie weiß
nichts über die Mutter meiner Tochter. „Scarlett ist kein
schlechter Mensch, Shay. Sie ist nur ... Sie ist in L.A.
aufgewachsen, inmitten von Geld und Ruhm. Ihre Eltern
waren nicht wie unsere. Sie hatten falsche Prioritäten
und verstanden nicht, wie normale Menschen leben.
Scarlett ist erwachsener geworden, seit sie Abi auf die
Welt gebracht hat."

„Ich dachte, dass sie nett war, als ich sie traf."

Ich runzele die Stirn. „Du hast sie getroffen? Als sie
kürzlich in Jackson Harbor war?"

„Nein, ich habe sie nach Papas Beerdigung getroffen.

Sie ..." Sie legt den Kopf zur Seite. „Du wusstest nicht, dass sie hergekommen ist, um mit mir zu reden?"

Oh, verdammt. „Nein, das wusste ich nicht." Die Worte kommen verbissen heraus und das hat Shay nicht verdient.

Shay schüttelt den Kopf. „Es war kein großes Ding. Sie wollte nur, dass ich verstand, wieso ihr verheiratet bleiben wolltet."

Mir wird schlecht. „Das hätte sie nicht tun sollen. Ich wollte es dir selbst sagen."

„Aber ich bin nicht ans Handy gegangen."

Ich sehe weg. Es tut weh, sich an diese Tage zu erinnern. Die Verluste von Frank an den Krebs und Shay wegen der ... Umstände. Die Panik und Angst, als ich meiner Tochter zusah, wie sie um ihr Leben kämpfte.

„Hallo, Shayleigh."

Ich blinzele die Erinnerungen weg, als Professor Arschkopf zu der Bank kommt, auf der Shay und ich sitzen.

„George", sagt sie knapp. „Was tust du hier?"

„Ich war gerade bei deiner Wohnung. Ich wollte nach dir sehen." Er mustert sie eingehend, und ich will ihm eine verpassen. Das Arschloch ist *verheiratet*, und er ist gerade bei ihr zu Hause vorbeigefahren. Ich könnte mein Haus in Laguna darauf verwetten, dass er sie dazu überreden wollte, mit ihm in die Kiste zu steigen, während er „nach ihr sah". „Wie läuft es mit deinen Korrekturen?"

Sie zuckt zusammen, und ich frage mich, ob es wegen der Dissertation oder Wut ist. „Alles ist gut. Ich bin fast fertig."

„Sie müssen bis Montag eingereicht werden."

„Kein Problem."

Er hebt den Blick zu mir und schmunzelt kopfschüttelnd, bevor er wieder zu Shay sieht. „Scheint, als hättest du recht gehabt, was ihn betrifft."

Shay versteift sich. „George—"

„Was soll das bedeuten?", frage ich.

George zuckt mit den Schultern. „Sie hat gesagt, dass du sie nur fickst, wenn es dir passt. Und da bist du. Ich habe mir gedacht, dass sie deswegen Schluss gemacht hat, aber sie wollte es nicht zugeben." Er lacht erneut, als er geht. „Viel Spaß euch beiden."

Als ich von dem Hipster-Arschloch weg- und zu Shay sehe, starrt sie ihre Füße an. „Du hast ihm gesagt, dass ich dich nur ficke, wenn es mir passt?"

Sie schließt die Augen. „Er hat mir die Worte in den Mund gelegt. Sie haben sich zu der Zeit vielleicht wahr angefühlt, aber ich habe es nicht gesagt."

Ich zucke zusammen. *Sie haben sich wahr angefühlt.* „Du hast ihm nicht gesagt, dass du von seiner Frau weißt, oder?"

„Nein", flüstert sie. „Ich habe ihn nicht gesehen und wollte es nicht." Sie steht auf und wirft den Rest ihres Eises in den Müll, bevor sie die Arme um ihre Mitte schlingt und zittert. „Kannst du Lilly und mich zu meinem Auto fahren? Ich will nach Hause."

„Was wirst du tun, wenn er auftaucht?" Ich sollte nicht eifersüchtig sein. Oder wütend. Aber ich lasse mich trotzdem von meinen Emotionen lenken. „Du hast gesagt, dass dein Herz nicht gebrochen ist, aber Shay, wenn du sehen könntest, was ich sehe, wenn du ihn anguckst–"

„Er hat es nicht gebrochen, Easton." Sie schluckt, und ihre Augen sind voller Tränen. „Es hat mir das Herz gebrochen mit dem, was er aus mir gemacht hat, indem er seine Ehe verheimlicht hat. Ich habe es seiner Frau noch nicht einmal erzählt." Sie presst eine Hand über ihren Mund. „Ich versuche, damit zurechtzukommen ... Ich habe den Mann weggestoßen, den ich ..." Sie schluckt schwer. „Ich habe *jahrelang* nicht mit dir gesprochen, weil ich nicht der Grund sein wollte, dass deine Tochter ihren Vater verlor, aber jetzt könnte ich der Grund sein, aus dem dieses Mädchen ihren Vater verliert. Und ich habe ihn nicht einmal geliebt."

Sie bringt mich um. „Shay–"

„Ich kann nicht mehr darüber reden."

Ich will sie halten, aber jedes Mal, wenn ich ihre Worte verarbeite, höre ich die Wahrheit. Ich bin der Grund für diesen Schmerz. *„Ich habe den Mann weggestoßen, den ich liebte."* Sie hat mich geliebt. Sie hat das Wort nicht gesagt, aber ich höre es trotzdem. Ein Teil von mir hat es immer gewusst, auch wenn sie es nie gesagt hat. Jetzt muss ich nur noch herausfinden, ob sie mich jemals wieder lieben kann.

EASTON

Scarlett hat Abi fürs Osterwochenende abgeholt und mit nach Chicago genommen. Sie hat eine Suite im Four Seasons gemietet und die beiden werden übers Wochenende shoppen und ins Aquarium gehen. Und jetzt bin ich das ganze Wochenende allein in Jackson Harbor, bis Abi Sonntagmorgen nach Hause kommt – aber ich bin nicht daran interessiert, es allein zu verbringen.

Als ich die Treppe zu Shays Wohnung hinaufsteige, fühle ich mich wie ein Teenager, der vor seiner ersten Verabredung steht. Ich habe wieder Pizza gekauft, aber ich hoffe, dass ich sie dieses Mal nicht der Nachbarin geben muss. Als ich ihr vorhin gesimst habe, hat Shay gesagt, dass sie zu Hause sein würde, und hat nicht versucht, mir auszureden, vorbeizukommen. Da ich mich auf die kleinen Triumphe mit ihr konzentriere, hat es sich echt gut angefühlt.

Ich bewege die Pizzaschachtel zur Seite und klopfe

mit meiner freien Hand. Shay öffnet ihre Wohnungstür in einer Flanellhose und einem Spaghettitop mit einem Bild von Shakespeare, das sagt „OMG. I *literary* can't even". Ihr Haar ist in einen unordentlichen Dutt gebunden, und ihr Make-Up wurde weggewaschen. Sie sieht jünger aus. Verletzlicher. Und ich hasse mich für jedes Mal, wenn ich sie verletzt habe.

„Tolles Oberteil", sage ich.

Sie sieht runter, als hätte sie vergessen, was sie trägt. „Danke. Lilly hat es mir zu Weihnachten geschenkt." Sie lehnt sich gegen die Tür und hebt eine Augenbraue. „Was willst du?"

Dich. „Ich dachte, wir könnten rumhängen. Reden. Egal was. Abi ist dieses Wochenende bei ihrer Mutter."

Sie verschränkt die Arme. „Ich bin mir nicht sicher, ob es eine gute Idee ist, dich reinzulassen."

„Es ist eine tolle Idee. Das ist, was *Freunde* tun. Aber wenn du es vorziehst, können wir im Flur rumhängen." Ich grinse, aber innerlich bin ich durcheinander. Wenn sie nur mit mir befreundet sein kann, werde ich es akzeptieren. Ich würde als Shays Überbleibsel überleben, wenn es bedeutet, dass ich sie nicht gehenlassen muss. Nach dem, was sie am Mittwochabend gesagt hat – dass sie mich damals für Abi ignoriert hatte –, fühle ich mich glücklich, dass sie überhaupt mit mir redet.

„Was, wenn ich die Tür einfach zumache?" Ich kann sehen, dass sie versucht, nicht zu lachen, diesen Kampf aber verliert.

„Kennst du den Achtzigerfilm mit John Cusack? Wo

er die Stereoanlage vor ihrem Fenster hochhält? Es wäre genauso, aber für Freundschaft."

Sie verdreht die Augen. „Ich bin mir sicher, dass du *Teen Lover* nachmachen würdest, um mich dazu zu bringen, mit dir zu reden."

Ich grinse sie arrogant an. „Soll ich?"

Sie starrt mich einen langen Moment an, als würde sie entscheiden, ob ich bluffe. Gott, da sie jetzt an mir zweifelt, hoffe ich, dass sie mich dazu zwingt. Aber ich werde eine Anlage von Target kaufen müssen. Ich hoffe, sie verkaufen sie immer noch. Ein iPhone mit einem Bluetooth-Lautsprecher hochzuhalten, hätte nicht denselben Effekt.

Sie geht einen Schritt zurück, öffnet die Tür und winkt mich rein. „Komm rein."

Ich folge ihr in die Wohnung, als wäre ich schon hundert Mal hier gewesen. Ich gehe weiter, bis ich am anderen Ende ihres kleinen Wohnzimmers und vor der Küche ankomme, wo ich die Pizzaschachtel auf die Arbeitsfläche lege und öffne. „Ich hab' deine Lieblingspizza mitgebracht. Peperoni und Jalapeño. Und diese mit Käse gefüllten Brotstangen."

Als ich mich umdrehe, steht sie auf der anderen Seite der Kücheninsel. „Nein, danke."

Scheiße. Ich hätte wahrscheinlich nach ihren Vorlieben fragen sollen. Ich lasse die Pizza liegen und gehe auf sie zu. „Kann ich dir etwas anderes bestellen? Chinesisch? Thai? Wings?"

„Ich hatte Haferflocken."

„Zum *Abendessen*?"

Sie zuckt mit den Schultern und öffnet den Kühlschrank, der nicht viel beinhaltet – etwas Melone, Hüttenkäse, Salat und Jackson Brews Bier. „Willst du eine Flasche?"

„Klar." Ich ziehe eine Scheibe Pizza heraus und beiße rein. Ich hasse es, vor ihr zu essen, aber ich bin am Verhungern.

Sie öffnet eine Flasche und gibt sie mir, aber ich bemerke, dass sie sich keins nimmt. „Es riecht so gut." Sie schließt die Augen und stöhnt.

Und jetzt ist mein Schwanz hart. „Es *schmeckt* gut. Du solltest ein Stück essen."

Sie starrt die Schachtel sehnsüchtig an. „Ich esse sowas nicht mehr."

„Wieso nicht?"

Sie deutet zu ihrem Körper, als würde es alles erklären. „Weil es besser ist. Ich bin zwar darüber hinweg, aber fettiges Essen erinnert mich immer noch an meine Fressattacken, die von Hungertagen gefolgt waren."

Ich runzele die Stirn, während ich sie mustere. Sie war immer unsicher wegen ihres Gewichts. Und dann hat sie zwischen Paris und der Nacht in meinem Hotelzimmer in Chicago abgenommen. Ich erinnere mich daran, mir Sorgen gemacht zu haben, als es mir auffiel. „Du hattest eine Essstörung."

Sie lacht, aber der Klang ist dunkel und kalt. „Jap. Zwischen meiner Kontrollsucht, als Papa im Sterben lag und meinen lebenslangen Verunsicherungen über meinen Körper ..." Sie zuckt mit den Schultern.

„Ich habe nie verstanden, wieso du so unsicher warst."

„Ich weiß." Sie hält eine Hand hoch und schüttelt den Kopf. „Intellektuell weiß ich, dass du mich immer für schön gehalten hast und so."

„*Und so?* Ich habe dich so geliebt, wie du warst." Ich hasse den Gedanken, dass sie sich krank gemacht hat.

„Weiß deine Familie davon?"

„Ja, Mama weiß es. Sie hat mich zu einem Psychologen gebracht, nachdem Papa gestorben ist. Sie hat gesagt, dass ihr Herz sich nie wieder erholen würde, wenn sie mich nach Papas Verlust auch dahinschwinden sehen würde. Ich habe sie gebeten, meinen Brüdern nichts zu sagen. Aber es geht mir besser, also sieh mich nicht so an."

„Aber du isst immer noch keine Pizza?" Ich beiße erneut rein, während ich zusehe, wie sie überlegt, was sie sagen soll.

„Ein Teil meiner Genesung war, Auslöser zu identifizieren – emotionale Auslöser, Essensauslöser. Es ist nicht so, als hätte ich eine gesunde Beziehung zu Essen gehabt, bevor ich abgenommen habe. Die Anorexie war nur eine neue Manifestation von bestehenden Problemen." Sie zuckt mit den Schultern. „Als es mir besser ging, musste ich mit diesen Problemen zurechtkommen und neue, gesunde Angewohnheiten schaffen. Ich habe entschieden, nichts zu essen, weswegen ich danach auf mich selbst wütend sein könnte. Aus irgendeinem Grund kann ich Bier trinken oder ab und zu Eis essen, ohne, dass mein Leben außer Kontrolle gerät. Ohne mich zu fühlen, als wäre Essen eine Sünde. Aber ich assoziiere Pizza mit ...“ Sie beißt sich auf die Lippe, als würde sie versuchen, die Worte aufzuhalten.

„Womit?“

„Selbsthass?“ Sie lacht, und ich weiß, dass es ihr unangenehm ist, es mit mir zu teilen.

„Macht es dir etwas aus, dass ich vor dir Pizza esse?“

„Überhaupt nicht. Ernsthaft, es geht mir viel besser. Ich habe gelernt, meinen Körper durch Training zu lieben. Ich liebe, was ich tun kann – wie ich mich nach dem Joggen oder Kniebeugen mit Gewichten fühle.“

Größer oder erschreckend dünn, sie war in meinen Augen immer unglaublich schön, aber ich muss zugeben, dass die gesunden Kurven ihres Hinterns und die Muskeldefinition in ihren Schultern toll aussehen. Und die selbstbewusste Art, wie sie die Hüften schwingt, ist noch besser.

Sie zuckt mit den Schultern. „Ich habe immer noch meine Momente, aber ich bin ziemlich gesund.“

„Das freut mich. Vielleicht können wir zusammen joggen gehen.“

„Ich bin nicht wie meine Brüder. Ich trainiere gerne, will mich aber nicht umbringen.“

Ich habe einige Male mit ihren Brüdern trainiert. Sie mögen ihr CrossFit-Training und sie wollen sich immer gegenseitig übertreffen. Als lebenslanger Sportler liebe ich es, aber das ist nicht immer, was ich im Fitnessstudio tun will. „Ich werde nicht um die Wette rennen. Versprochen.“ Ich sehe mich in der Küche um, während ich das zweite Stück Pizza aufesse. Der Raum ist klein, aber aufgeräumt. Ein kleiner Stapel Bücher steht neben ihrem Laptop auf dem Tisch. „Hast du gearbeitet?"

Sie nickt. „Ich habe gerade die letzten Verbesserung bearbeitet und die Dissertation ans Komitee abgeschickt."

„Das ist wunderbar! Wieso feierst du nicht?"

Sie schnaubt. „Ein Abend ohne Arbeit ist meine Art von Feier. Und außerdem ist es nicht offiziell, bis ich die Dissertation verteidigt habe."

„Aber dein Komitee hat sie bisher gelesen, oder?"

„Ja, sie haben Teile gelesen und mir Feedback gegeben. George hat alles bis auf die letzten Verbesserungen gelesen."

„Dann sollte es kein Problem sein, oder?"

Sie schlingt die Arme um sich. „Vorausgesetzt, dass George es mir nicht vorhält, dass ich es seiner Frau erzählen werde."

Ach, Scheiße. „Denkst du, das wird er? Solltest du nicht etwas warten?"

„Wenn ich warte, dann tue ich es nur, um mich selbst zu beschützen, und das wäre falsch. Ich hätte nie mit ihm schlafen sollen. Ich habe vielleicht nicht gewusst, dass er verheiratet ist, aber ich bin mit ihm ins Bett gestiegen, obwohl er der Vorstand meines Dissertationsausschusses ist. Das ist ein Teil des Schlamassels, ob es mir gefällt oder nicht. Und ich kann nicht warten, einer Frau zu sagen, dass ihr Mann ihr untreu ist, bis es mir besser passt." Sie ordnet einen Stapel Papiere auf der Arbeitsfläche. „Es zu wissen und nichts zu sagen, macht mich zu seiner Komplizin."

„Was passiert, wenn George es dir übelnimmt? Was, wenn er dich nicht ... bestehen lässt oder wie auch immer es heißt."

„Dann bekomme ich mein Doktorat nicht und bin plötzlich unterqualifiziert für all die Stellen für die ich Vorstellungsgespräche hatte."

Stellen, die sie von Jackson Harbor wegbringen werden. Ich schließe die Pizzaschachtel, als ich darüber nachdenke. Ich bin so egoistisch. Ich will nicht, dass sie wegzieht, aber wenn sie das will ... „Hast du der Agentin geemailt?"

Sie senkt den Kopf, und ich kenne die Antwort, bevor sie sagt: „Noch nicht."

Ich schnappe mir eine Serviette und wische mir die Finger ab. „Wieso nicht?"

Sie mustert ihre Unterlagen und ordnet sie erneut. „Weil Lesen und fiktives Schreiben immer mein Zufluchtsort waren. Die Geschichten, die ich als Kind las, haben mich durch die High School unterstützt, als ich dachte, dass meine Körpermaße mich unwichtiger gemacht haben als dünnere Mädels. Und das Schreiben half mir in der Uni – als ich so gestresst war, hat es mich entspannt." Sie sieht mich durch ihre Wimpern an. „Es hat mir geholfen, über den Verlust von dir hinwegzukommen. Beide Male. "

„Das wird es immer noch tun, oder nicht? Auch wenn du es professionell tust?"

Sie schluckt und sieht weg. „Es gibt eine wirklich gute Chance, dass ich nicht gut genug bin. Die meisten Menschen sind es nicht."

Ich durchquere die kleine Küche und nehme ihr Kinn in meine Hand, um sie zu zwingen, mir in die Augen zu sehen. „Ich glaube an dich."

„Du hast meine Bücher noch nicht einmal gelesen."

Ich zucke mit den Schultern. „Das würde ich gerne, wenn du mich lässt. Aber auch ohne sie gelesen zu haben, glaube ich daran, dass du tolle Geschichten erzählen kannst. Du bist mit einem Buch in der Hand und einem Stift in der anderen aufgewachsen. Es ist mittlerweile ein Teil deiner DNA."

Sie mustert mich, und dann fällt ihr Blick auf meinen Mund. Die Energie im Raum verändert sich, als die Spannung zwischen uns fast zum Greifen spürbar ist.

„Wenn wir nicht nur Freunde wären", sage ich zärtlich, „würde ich dich jetzt küssen."

Ihr stockt der Atem. „Ach?"

„Ja, aber das wäre nur der Anfang. Sobald ich dich gekostet habe, würde ich mehr wollen, und dann würde ich dich auf die Arbeitsfläche setzen, damit du die Beine um mich schlingen kannst." Ich stecke eine Locke hinter ihr Ohr, bevor meine Finger über ihr Ohr bis zu ihrem Hals streichen. „Dann würde ich dich hier küssen, weil ich weiß, wie sehr du es magst."

Ihre Lippen öffnen sich, und ihre Pupillen weiten sich. „Du hast immer gewusst, was ich mochte."

„Weil es *mich* heiß gemacht hat, herauszufinden, was *dich* heiß macht. Aber sobald ich dich gekostet hätte, würde ich gierig sein, und dann würde mein Gesicht zwischen deinen Beinen sein, damit ich dich lecken kann, bis du mich anflehst, dich zu ficken."

Ihre Brust wölbt sich mit einem zittrigen Atemzug. „Aber wir sind nur Freunde."

Vorerst. Ich streiche nickend über ihre Unterlippe. „Ich werde der beste Freund sein, den du jemals hattest, Shayleigh Jackson."

„Hmm, ich schätze, das werden wir sehen."

Ich erlaube mir eine letzte Berührung, bis ich die Hand fallen lasse und ihr den Platz erlaube, den sie braucht. „Naja, es ist Freitagabend, und dein bester Freund ist hier, um deine vollendete Dissertation zu feiern. Was jetzt?" Ich lächele, um zu verheimlichen, dass ich befürchte, dass sie mich bittet, nach Hause zu gehen.

Sie sieht ins Wohnzimmer und dann wieder zu mir. „Bevor du hergekommen bist, wollte ich einen Film schauen. Hast du Lust darauf?"

Ich grinse. *Kleine Triumphe.* „Klingt gut. Was guckst du?"

„*Die Braut des Prinzen.* Es ist einer meiner Lieblingsfilme. Ist das in Ordnung? Wenn nicht, können wir–"

„Das ist super." Sie hätte sagen können, dass sie einen Dokumentarfilm über trocknende Farbe schauen will, und ich würde mich einfach nur freuen, mit Shay Zeit zu verbringen.

Wir setzen uns aufs Sofa – ein freundschaftlicher Abstand zwischen uns –, und sie zieht die Füße an, als sie den Film anschaltet.

Ich beobachte, wir ihre Körperhaltung immer lockerer wird und ihre Augenlider schwerer werden. Der Film spielt noch nicht einmal dreißig Minuten, als ihre Augen zufallen. Sie bewegt sich im Schlaf und lehnt sich gegen mich, mein Arm ein Kissen. Ihr Hals ist unbequem angewinkelt, und ihr Körper ist angezogen. Ich hasse es, mir vorzustellen, wie verspannt ihr Hals sein wird, wenn sie länger so liegt, also schnappe ich mir ein Kissen, lege es auf meinen Schoß und lege ihren Kopf darauf.

Dann, wie jeder andere Freund, verbringe ich den Rest des Films damit, ihr beim Schlafen zuzusehen. *Total freundschaftliches Verhalten.*

Nachdem der Abspann vorbei ist und der Bildschirmhintergrund anspringt, weckt die plötzliche Stille sie auf.

Shay blinzelt mich an. „East?"

„Hey."

„Wie lange habe ich geschlafen?"

„Der Film ist vorbei."

Sie reibt sich die Augen, zuckt aber nicht weg, also sehe ich das auch als Sieg. Ich lege langsam, damit sie mich aufhalten kann, falls sie es nicht will, eine Hand auf ihr Gesicht und streichele ihren Kiefer bis zum Ohr nach.

„War es so gut wie die ersten Dutzend Male?", fragt sie verschlafen.

„Ich habe jeden Moment genossen", sage ich, auch wenn ich keine Sekunde damit verschwendet habe, den Fernseher anzusehen, als sie auf meinem Schoß schlief. Sie streckt die Arme über ihren Kopf, drückt den Rücken durch, und mein Blick bleibt an ihren harten Brustwarzen unter dem dünnen T-Shirt hängen. Ich könnte ab jetzt immer eine Erektion bekommen, wenn ich Shakespeares Gesicht sehe, und das ist zu seltsam.

„Ich sollte schlafen gehen", sagt sie.

„Wenn du willst."

Die Stille pulsiert um uns herum, die sexuelle Anspannung fast zu viel. „Und du solltest am besten nach Hause gehen."

„Wenn du willst."

„Tue ich nicht", flüstert sie.

Ich sehe es als Zustimmung und sehe ihr in die Augen, als meine Hand über ihren Hals, bis zu ihren Brüsten und Brustwarzen fährt. Sie lehnt sich vor und stöhnt bei der zarten Berührung sanft.

„Ich kann dir gerade nicht mehr als Freundschaft geben", sagt sie, als sie sich trotzdem gegen mich wölbt.

„Kein Problem."

„Wir könnten wirklich tolle Freunde sein."

Ich rolle ihre Brustwarze unter meinem Daumen. „Die besten."

„Dann sollten wir das tun." Sie keucht, als ich die andere Brustwarze zwicke. „Verstößt das gegen die Regeln?"

„Nur, wenn du das sagst." Ich fahre mit den Fingern zwischen ihre Brüste und über ihren Bauch, bevor sie unter den Saum ihrer Flanellhose gleiten. „Was sagst du? Ist es erlaubt?"

Sie wölbt die Hüften vom Sofa als Einladung.

Ich streichele sie unter dem Bund der Hose und umkreise ihren Bauchnabel mit dem Daumen. „Du hast die Wahl, Shayleigh. Du machst die Regeln."

„Ich kann nicht ..." Sie windet sich unter meiner Hand, während sie zweifellos gegen den Instinkt ankämpft, meine Hand dort hinzuführen, wo sie sie braucht. „Es wäre dir gegenüber nicht fair. Ich lebe hier vielleicht nicht mehr lang."

Der Gedanke an ihren potenziellen Umzug ist wie ein Tritt in die Brust, aber ich schiebe den Schmerz beiseite. „Als dein bester Freund, bin ich mir sicher, dass ich dich nicht wegziehen lassen will, ob ich dich berühre oder nicht."

Ihre Augen schließen sich und ihre Zungenspitze taucht zwischen den Lippen hervor. Ich kann kaum atmen, so sehr will ich sie.

„Kann dein bester Freund dich berühren?", frage ich, die Verzweiflung deutlich in meiner Stimme zu hören. „Kann ich dich zum Kommen bringen?"

Sie öffnet die Augen und mustert mich. „Bitte?"

Das ist alles, was ich brauche. Ich lege eine Hand zwischen ihre Beine. Sie ist so feucht, und ich habe kaum angefangen. Sie spreizt ihre Beine und gibt mir einfacheren Zugang zu ihrer Mitte. Ich umkreise ihre Öffnung. Einmal. Zweimal. Sie wimmert, und ich stoße einen Finger in sie. Shay ist so heiß und feucht und eng. Sie schließt die Augen erneut, und diese weichen, pinken Lippen öffnen sich. Ich will sie küssen, aber so, wie unsere Körper positioniert sind, kann ich es nicht, also beobachte ich sie, meine Augen einen Moment auf meiner Hand, dann auf ihrem Gesicht.

Ich streichele ihre Wange mit meiner freien Hand. Ich habe in der Bar nicht gelogen, als ich ihr sagte, dass ich wollte, dass sie mich wählt. Aber ich habe gelogen, als ich andeutete, nicht dreckig zu spielen. Wir haben zu viele Jahre getrennt verbracht, und wenn dieser heiße

Funke, den wir schon immer zwischen uns hatten, das ist, was sie dazu überredet, mir eine Chance zu geben, dann werde ich ihn komplett ausnutzen.

Ich füge einen zweiten Finger hinzu und finde ihre Klitoris mit dem Daumen. Ihr Körper spannt sich an, und mein Schwanz pulsiert.

„Als dein Freund", sage ich, mein Blick auf ihren Hüften, während sie meine Hand fickt, „finde ich, dass du wissen solltest, dass du eine perfekte Muschi hast."

Sie greift die Hand, die ihre Wange streichelt und dreht den Kopf, um meinen Zeigefinger in den Mund zu nehmen. Sie leckt und saugt, und ich stelle sie mir auf meinem Schwanz vor – wie sie saugt und wie heiß ihre Lippen dabei aussehen würden.

Meine Hand wird ohne Absicht schneller, und ich ficke sie mit den Fingern immer tiefer und härter. Ihre Zähne kratzen über meinen Knöchel, als sie keucht, ihr Körper verspannt, bevor sie endlich loslässt und ihr Orgasmus um meine Finger pulsiert.

Meine Berührung wird zarter. Langsamer. Ich lasse sie langsam wieder runterkommen, bis ich die Hand wegziehen muss.

Als Shay die Augen öffnet, sind sie vor Lust benebelt, und auf ihren Lippen zeigt sich ein kleines, zufriedenes Lächeln. „Du bist ein verdammt toller Freund."

Ich grinse. „Hab' ich dir doch gesagt."

Sie entfernt meine Hand aus ihrer Hose, und ich grunze. Ich könnte sie die ganze Nacht berühren, aber wenn es vorbei sein muss ...

Ich hebe meine Finger an die Lippen und sauge ihren

Geschmack ab. Shay sieht mich mit weit aufgerissenen Augen an und wimmert auf eine Art, die viel lauter spricht als ein Schrei. Ich bin nicht der Einzige, der mehr will.

Sie setzt sich auf und dreht sich zu mir, eine Hand auf meinem Bauch. „Du bist dran."

Ich stehe vom Sofa auf und richte meinen Schwanz in der Jeans. Ich bin so verdammt hart. „Ich sollte gehen."

„Bist du dir sicher? Ich kann ..." Sie schüttelt den Kopf, und ich kann sehen, dass sie versucht, zu entscheiden, was für sie in Ordnung wäre. Wie weit wir ihre Regeln dehnen können. „Ich kann mich gern revanchieren."

Ich stemme die Hände aufs Sofa und lehne mich vor, bis meine Lippen ihre fast berühren. „Nächstes Mal, wenn du mich berührst, Shay, wird es nicht sein, weil du dich revanchierst. Es wird passieren, weil du es willst. Kein Zögern."

„Ich ..."

Ich lehne mich zurück. Als ich sie letztes Mal befriedigt habe, änderte sich alles so schnell, dass ich nicht einmal genießen konnte, wie schön sie so errötet und erfüllt aussah. Heute will ich ein Foto schießen und es über mein Bett hängen. „Bis Sonntag."

Sie blinzelt mich an. „Sonntag?"

„Jackson-Osterabendessen. Im Ferienhaus." Ich lächele und mustere sie, während ich mich an Tequila, Trinkspiele, erste Küsse und überschrittene Grenzen erinnere. Ich erkenne, dass sie sich auch daran erinnert. „Ich freue mich *wirklich* sehr darauf."

SHAY

$\mathcal{D}$as Jackson-Familien-Brunch findet jeden Sonntag um zehn Uhr statt. Wenn jemand nicht kommen kann, ist es kein Problem, aber es beginnt jede Woche zur selben Zeit. Die einzigen Ausnahmen sind, wenn Weihnachten auf einen Sonntag fällt und an Ostern, wenn wir uns stattdessen zum Abendessen im Ferienhaus treffen.

Dieses Ostern wird das bisher größte Festmahl sein. Alle werden hier sein, sogar Easton und Abi. Auch wenn ich nervös bin, Easton nach unserem „nur Freunde"-Versprechen zu sehen, bin ich froh, dass er und Abi den Feiertag mit uns verbringen können.

Jake ist in der Küche und arbeitet am Schinken und einem Kartoffel-Sauerrahm-Auflauf. Nic backt ein halbes Dutzend Torten, weil sie uns damit zeigt, wie sehr sie uns liebt. Ich hoffe, mein Magen wird damit zurechtkommen. Es ist nicht nur köstlich, sondern ich habe auch den Verdacht, dass ich Gewicht verloren habe, und ich will mich nicht wieder toll fühlen, wenn die Wage eine kleinere Nummer zeigt.

„Rot- oder Weißwein mit dem Schinken?", fragt Teagan, als sie beide Flaschen hochhält. Sie trägt heute ein rosa Frühlingskleid und strahlt genauso wie der sonnige Tag.

Ich lege die letzte Gabel auf den Tisch und zucke mit den Schultern. „Ich glaube nicht, dass es einen Unterschied macht."

Sie presst eine Hand, den Wein immer noch fest im Griff, auf meine Stirn. „Was ist los mit dir? Du solltest *beide* sagen."

Ich lache. Sie hat recht. Normalerweise wäre das meine Antwort, aber ich trinke heute Abend nicht. Zum Teil, weil Easton da sein wird, und ich Angst habe, dass der kleinste Schluck meine Disziplin untergräbt und mich in seinem Bett landen lässt, aber zum Großteil, weil mein Magen weh tut und ich meine Chance auf ein gutes Essen nicht ruinieren will. Ich bin es leid, keinen Appetit zu haben und nichts, außer trockenen Toast zu essen. Sogar Kaffee tut meinem Magen weh. Sehr traurig. „Ich bin für eine Stressreduktion, damit ich endlich wieder essen und trinken kann."

Teagan stellt beide Flaschen auf den Tisch und stemmt ihre Hände in die Hüften. „Warst du schon beim Arzt?"

Ich sehe über meine Schulter zu Jake, der in der Küche ist, und zu den Mädels im Wohnzimmer, um sicherzugehen, dass niemand zuhört. „Kannst du bitte deine Stimme senken?"

Sie hebt eine Augenbraue.

„Noch nicht. Ich war beschäftigt, aber ich werde am Montag anrufen."

„Das hast du schonmal gesagt."

„Ich weiß, ich weiß." Vielleicht lasse ich mir absichtlich Zeit. Jedes Mal, wenn ich vor meinem Laptop döse oder zwölf statt der normalen sieben Stunden schlafe, denke ich daran, wie müde Mama war, bevor sie herausgefunden hat, dass sie Krebs hatte. Ich denke daran, wie Papa seinen Kampf verlor. Vielleicht weiß ein Teil von mir, dass ich es ernst nehmen muss, und ich habe Angst, herauszufinden, was es ist.

Ich höre, wie die Tür aufgeht, als Carter Easton und Abi reinbittet.

Teagan grinst mich an. „Carter hat gesagt, dass Easton ihm erzählt hat, dass ihr Freitagnacht einen Film geschaut habt", sagt sie flüsternd.

Meine Wangen werden bei der Erinnerung an Easton auf meinem Sofa ganz rot. Seine Hand ... Sein verdammt versauter Mund ... „Was hat er ihm noch erzählt?"

Sie grinst. „Nichts, das dich *so* rot werden lassen sollte. Was ist passiert? Er hat Carter gesagt, dass du nur befreundet sein willst, aber er hat deinen Brüdern von seinen Gefühlen erzählt. Er will mehr, und er möchte, dass sie wissen, was er von dir will, damit sie nicht diese ‚beschützerische Brüder'-Scheiße machen, wenn er endlich eine Chance bekommt."

Ich weiß, was Easton empfindet. Er hat es nicht gerade verheimlicht. Aber Teagan so sprechen zu hören, verursacht bei mir Schmetterlinge.

„Abigail!" Lillys Schrei wird von rennenden Schritten begleitet.

„Kein Rennen im Haus", ruft Nic.

„Lilly! Als ich mit meiner Mama in Chicago shoppen war, hat sie mich zum American Girl Geschäft gebracht und mir eine neue Puppe gekauft. Gefällt sie dir?"

„Sie ist so schön! Ich habe oben eine. Komm mit, ich werde sie dir zeigen. Hat dir Chicago gefallen? Ich war da schon einmal, und es ist so riesig. Es gibt so viele Menschen."

„Es ist nicht wie Los Angeles", sagt Abi. „Es gibt dort viel mehr Menschen."

„Was?"

Ihre Stimmen verblassen, als sie nach oben gehen, und Teagan und ich lächeln einander an.

„Sie sind süß, oder?", fragt Easton.

Ich drehe mich um und sehe ihn an der Türschwelle des Esszimmers, die Hände in die Hosentaschen gesteckt. Er mustert mich langsam, und seine blaugrünen Augen werden dunkler. „Frohe Ostern, Easton", sage ich. Er sieht ... *zum Fressen* gut aus. Maßgeschneiderte, schwarze Hose, himmelblaues Hemd, dessen oberster Knopf offen ist, die Ärmel aufgerollt. Seine Unterarme sind ein Kunstwerk, und mein Mund wird ganz trocken, als ich sie anstarre und mich daran erinnere, wie seine Muskeln sich wölbten, als seine Hand zwischen meinen Beinen war.

„Frohe Ostern." Seine tiefe Stimme gehört in meine feuchten Träume. Oder vielleicht ist es die Erinnerung an

das, was wir auf meinem Sofa getan haben. *Oder beides.*
„Danke für die Einladung."

„Ich habe euch nicht eingeladen."

Seine Lippen zucken. „Das ist wahr."

„Easton", ruft Carter. „Bist du immer noch eine Lusche beim Billiard? Komm runter, damit ich dir den Arsch versohlen kann."

„Schimpfwort!", ruft Lilly von oben, und Easton lacht, total angetan von dem Verweis.

„Brauchst du Hilfe?", fragt er mich, als er sich den Tisch ansieht. Er ist schön gedeckt, wenn ich es so sagen darf.

„Geh und spiel mit Carter", sage ich. „Er hat seinen Kumpel all die Jahre vermisst."

Easton zieht die Unterlippe zwischen seine Zähne und mustert mich von Kopf bis Fuß, bis meine Haut kribbelt. „Wie du willst." Er zwinkert mir zu, bevor er in den Keller geht.

Teagan schnappt sich einen Teller und fächert sich damit zu. „Heilige sexuelle Spannung, Shayleigh. Ihr zwei werdet die Fenster noch beschlagen lassen, wenn ihr einander weiterhin so anseht."

Ich ziehe einen Stuhl heraus, weil mir plötzlich schwindelig ist.

Teagan schmunzelt. „Alles in Ordnung?"

„Ich bin ..." Ich lege einen Finger auf meine Lippen. Ich bin so viele Dinge.

„Lass mich raten, es beginnt mit einem *R* und reimt sich auf *schattig*."

Ich greife mir eine Serviette und werfe sie damit ab,

aber der Stoff flattert ineffektiv vor ihren Füßen zu Boden.

Sie hebt sie lachend auf, faltet sie erneut und legt sie auf den Teller, aber ihr Gesicht ist ernst, als sie sagt: „Es ist in Ordnung, ihm eine weitere Chance geben zu wollen. Er lebt hier. Er hat das Sorgerecht für seine Tochter. Alles ist anders."

Ja, das ist es wirklich. Dieses Mal könnte ich die sein, die in Los Angeles leben wird, während er hier ist.

*D*as Abendessen war wie immer chaotisch und laut mit etlichen Gesprächen, die gleichzeitig stattfanden, und genug Essen, um eine ganze Armee vollzustopfend.

Ich übernehme den Küchendienst nach dem Essen, weil ich eine der wenigen hier bin, die kein Kind hat und weil ich die Zeit gebrauchen kann, um meine Gedanken zu ordnen. Der Tag war toll, und alle sind draußen, um das milde Wetter und den Sonnenschein beim Wasser zu genießen. Ich ertappe mich dabei, wie ich mir Zeit lasse – alles mit dem Handtuch abtrockne, das Geschirr weglege, statt es aufzustapeln, die Arbeitsflächen ein zweites Mal abwische und sogar den Abstellraum organisiere.

Ich verstehe nicht, wieso, bis ich aus dem Fenster blicke und sehe, wie die Mädels Noah barfuß im Sand jagen, während meine Brüder um das Lagerfeuer herum quatschen. *Es könnte mein letztes Ostern sein, während ich in Jackson Harbor lebe.*

Der Gedanke schneidet wie ein scharfes Messer durch die wenige Energie, die ich habe. Ich ziehe einen Stuhl heraus und setze mich.

„Wieso so traurig, Kleine?"

Ich drehe mich vom Fenster, als Easton sich gegenüber von mir hinsetzt. „Ich bin nicht traurig."

„Das ist eine Lüge."

Ich schüttele den Kopf. Ich bin nicht traurig, sondern enttäuscht, dass ich die Wahrheit nicht früher gesehen habe. Es ist mir etwas peinlich, aber ich bin nicht traurig. „Ich denke einfach nach."

„Erzähl mir, was los ist."

Ich deute zu meiner Familie. „So will ich mein Leben verbringen." Ich schlucke schwer, als ich von der Richtigkeit meiner Entscheidung überflutet werde. „Nicht mit akademischen Artikeln und Papierkram. Nicht mit Unterricht und Postdoktorand-Kram. Ich habe es genossen, mein Doktorat zu machen, aber wenn ich entscheide, was als nächstes kommt, will ich das hier nicht aufgeben."

Er folgt meinem Blick. „Ich kann es dir nicht verübeln."

„Du denkst nicht, dass es mich zur Aufgeberin macht? Oder zum Feigling?"

„Ich schätze, es kommt darauf an." Er atmet tief ein, und ich frage mich, ob es fair ist, ihm diese Frage zu stellen. Ich weiß bereits, dass er will, dass ich hierbleibe. „Gibst du einen Traum auf? Schlägst du eine Stelle aus, die du willst, weil du Angst hast, irgendwo neu anzufangen?"

„Eine Uniprofessorin zu sein, war nie mein Traum. Es war nur eine ... Stelle." Ich lache. „Und dem Doktorat nachzugehen, war die beste Weise, meine Schuljahre in die Länge zu ziehen, als ich noch nicht für die echte Welt bereit war."

Easton beobachtet mich. „Schließ die Augen."

„Wieso?"

„Zur Visualisierung. Tu es einfach."

„Okay." Ich gehorche und warte. Was tut er?

„Ich weiß, dass es schwer ist, aber versuch, zu vergessen, was dich gerade stresst. Stell dir vor, dass alles einfach klappt und fünf Jahre vergangen sind. Der Stress ist weg. Entscheidungen wurden getroffen, und du bist glücklich."

Ich lächele. Es ist eine Erleichterung, diesen Moment meines Lebens überstanden zu haben. Es ist nicht schwer, mir vorzustellen, die Sorgen, meine Karrierewahl, die Verteidigung und George und seine Frau, der ich die Wahrheit sagen muss, hinter mir zu lassen.

„Fünf Jahre später", sagt Easton, und seine tiefe Stimme hilft mir, mich zu entspannen. „Du hast heute frei und wachst ohne einen Wecker auf. Du rollst aus dem Bett und verlässt dein Schlafzimmer. Wo bist du? Wer ist da? Wie fühlst du dich? Wie willst du den Tag verbringen?"

„Ich ..." Das Bild ist so klar, dass mein Herz schmerzt, weil ich es so sehr will. *Diese* Zukunft.

„Halt' die Augen geschlossen", sagt er sanft. „Sieh

dich um. Geh nach draußen, wenn du willst. Schnapp dir deinen Terminkalender und öffne den Kalender – was steht diesen Monat an? Das ist das Leben, das du aufgebaut hast, und du liebst es. Sieh dir alles genau an. Was bringt dich zum Lächeln? Es gibt in jedem Leben Gutes und Schlechtes, aber was sind die Dinge, die die schweren Momente besser machen? Was macht dich glücklich? Hier in diesem Moment, fünf Jahre später, kannst du all die Antworten finden, die du brauchst."

Es ist einfacher, als ich es mir vorgestellt habe. Alles ist so klar – das sonnige Zimmer, in dem ich aufwache, der Geruch von Kaffee, das warme Gefühl, von jemandem von hinten umarmt zu werden, bevor ich mich lächelnd umdrehe. Ich öffne die Augen und sehe Eastons Augen. „Das war unbeschreiblich."

„Hat es geholfen?"

Ich nicke. „Ich habe mich bereits entschieden, aber ja. Die Visualisierung hat echt geholfen. Danke."

Sein Kehlkopf zuckt, als er schluckt. „Wo warst du?"

„In Jackson Harbor, und ich habe eine Familie." Ich mustere ihn und wundere mich, ob ich eine Idiotin bin, weil ich dieselben Träume für meine Zukunft habe, die ich als zwanzigjährige Studentin in Paris hatte. Der Gedanke, nach Los Angeles zu ziehen, macht mich nicht glücklich, aber hier zu bleiben und meine Entscheidungen von meiner Familie lenken zu lassen? Ist es wirklich wichtig, ob es mich zu einem Kleinstadtmädchen macht? Oder ob es altmodisch ist? Vielleicht sind diese Dinge nicht schlimm. Vielleicht sind sie einfach … *ich*.

„Das klingt wie ein guter Anfang", sagt Easton.

„Ich glaube, das ist es für mich. Es gibt Menschen, die es lieben, wenn ihr Leben sich um eine Karriere dreht, aber es gibt keine Karriere, die ich genug will."

„Was ist mit deinen Büchern?"

Ich lächele. Natürlich weigert Easton sich, meine geflüsterten Träume zu vergessen. „Ich bin mir nicht sicher, ob eine Karriere als Schriftstellerin wichtig genug wäre, um ein Leben ohne die Menschen, die ich liebe, zu führen. Aber das ist egal, oder? Das kann ich überall tun ... wenn ich das Glück habe, es anzustreben. Und bis dahin brauche ich eine Stelle, die genug einbringt, damit ich meine Rechnungen begleichen und mein Leben leben kann. Es gibt so viele Stellen im Familiengeschäft, die mir gefallen würden. Eine Stelle, durch die ich mich zufrieden fühlen würde und meine Freizeit mit meinen Lieblingsmenschen genießen könnte." Ich zucke mit den Schultern. „Gute und schlechte Zeiten – das ist genug für mich."

Easton nimmt meine Hand und streichelt mit dem Daumen über meine Knöchel. Er ist lange stumm, und als er spricht, atmet er zuerst tief ein. „Willst du spazieren gehen?"

„Gerne, aber musst du Abi nicht Bescheid sagen?"

Er schüttelt den Kopf. „Ne. Ich habe Carter gesagt, dass ich dich auf einen Spaziergang einladen wollte, also behält er sie im Auge."

Ich trage Ballerinas zu meinem Kleid, also ziehe ich mir ein Paar Turnschuhe an, das vor der Tür steht. Die frische Luft fühlt sich wundervoll an, und die Sonne nach dem langen Winter ist unbeschreiblich. Ich spüre, wie mein Lächeln breiter wird, als wir über das Grundstück spazieren. Es gibt so viel zu tun und zu entscheiden, aber ich fühle mich nach meiner Entscheidung bereits besser. Ich werde die Emmitson Universität nächste Woche anrufen und mein Vorstellungsgespräch absagen müssen. Ich muss weder ihre noch meine eigene Zeit verschwenden.

Wir wandern am Haus vorbei und weg vom Strand und auf die Scheune zu, wo wir die Schneemobile, das Boot und andere Ausrüstung für den See während des Winters lagern. Easton kennt das Grundstück genauso gut wie ich, weil er seine Sommer und Wochenenden als Teenager hier verbracht hat.

„Danke, dass du mir die Visualisierung vorgeschlagen hast", sage ich, nachdem wir eine Weile umhergegangen sind. „Es war sehr hilfreich."

„Ich habe es mir nicht selbst ausgedacht. Als ich entschied, ob ich in Ruhestand gehen wollte oder nicht, hat mein Psychologe mir mit dieser Übung geholfen. Ich fand es ... aufschlussreich."

„Und deine Vision hat dich hierhergebracht?"

„Ja." Er sieht auf mich herab. „Ich glaube, das haben wir gemeinsam. Ich glaube, dass es die richtige Entscheidung war. Es ist so erleichternd, Abi glücklich zu sehen, aber es ist nur dank deiner Familie. Ihr habt uns alle so herzlich willkommen geheißen. Wir fühlen uns ...

Ich lächele. „Willkommen?"

Er gibt mir einen leichten Klaps auf den Hintern. „Du Pest. Ich wollte sagen *nicht allein*."

„Naja, ich glaube, Freunde tun sowas." Ich nehme

seine Hand und verschränke die Finger mit meinen. „Ich bin gern mit dir befreundet, Easton." Und vielleicht könnten wir daran arbeiten, mehr zu sein, wenn ich bleibe.

Etwas blitzt in seinen Augen auf, aber er sieht weg, bevor ich die Emotion zuordnen kann. „Äh ..."

Wir gehen weiter, aber ich drücke seine Hand. „Was?"

Easton hebt unsere Hände und sieht sie an. Meine ist so klein in seiner, aber ich finde es perfekt. Er schüttelt den Kopf. „Nichts."

Ich sehe über meine Schulter zur Scheune und lächele. „Komm mit." Ich ziehe ihn hinter mir her, aber er folgt mir sowieso.

Ich tippe den Sicherheitscode ein und betrete sie. Es ist dunkel, und das einzige Licht kommt von den hohen Fenstern der Garagentüren, aber ich kann genug sehen, und es ist immer noch kühl – im Gegensatz zum Sommer, wenn die Metallwände die Scheune zum Ofen machen.

Ich schließe die Tür und lächele zu ihm auf. „Als ich eine Teenagerin war, waren wir hier einmal allein. Du warst in deiner Schwimmhose – ohne T-Shirt –, und ich habe nach einem großen, aufblasbaren Ding für den See gesucht."

„Ich erinnere mich. Du hast einen schwarzen Badeanzug getragen und ..." Er beißt sich dramatisch auf die Knöchel, und ich lache. „Carter war an dem Tag so wütend auf mich."

Ich setze mich auf die Arbeitsfläche ganz hinten. „Ich hatte keine Lust mehr, weiterzusuchen, und habe mich hier hingesetzt", sage ich. „Ich war so unsicher wegen meines Körpers, aber ich dachte ..." Ich beiße mir auf die Unterlippe. Sogar nach zwölf Jahren und einer ganzen Welt voller Selbstbewusstsein ist es immer noch schwer, die Worte über die Lippen zu bringen. „Ich dachte, du hattest mich angesehen."

Er stampft auf mich zu. Langsam. *Zu* langsam. „Das habe ich."

„Ich denke, ich glaube dir jetzt, aber damals habe ich das nicht. Das konnte ich nicht. Also tat ich, was ich immer getan habe, um mich aufzuheitern. Ich habe mir eine Geschichte erzählt."

Easton hält zwei Schritte vor mir an und legt den Kopf zur Seite. „Was für eine Geschichte?"

„Ich habe mir vorgestellt, die Art von Mädchen zu sein, die du ansehen–"

„Das warst du sowieso."

„Und dass du mich verzweifelt küssen wolltest."

„Das wollte ich."

„Ich habe mir eingeredet, dass du Jakes altes Rad in Ruhe lassen und mich hier bemerken würdest."

Seine Nasenlöcher weiten sich. „Ich habe dich bemerkt."

„Wenn wir damals Freunde gewesen wären – wie jetzt –, hätte ich vielleicht den Mut gehabt, dir zu sagen, dass ich von dir geküsst werden wollte."

„Vielleicht hätte ich die Eier gehabt, dich zu fragen." Er macht einen Schritt auf mich zu, und sogar auf der Arbeitsfläche muss ich nach oben schauen, um ihm in die Augen zu sehen. Er spreizt meine Oberschenkel und stellt sich zwischen sie. Er streichelt einen Pfad über meine Oberschenkel und schiebt mein Kleid beiseite. „Willst du, dass ich dich küsse, Shay?"

„Wir sind Freunde, richtig?", flüstere ich. „Ich bin gern mit dir befreundet. Gefällt es dir?"

Er vergräbt sein Gesicht in meinem Hals, und ich keuche auf, als ich seine Zunge auf der empfindlichen Stelle hinter meinem Ohr spüre. „Es gefällt mir." Er saugt mein Ohrläppchen zwischen die Zähne. „Und das hier auch."

Ich wimmere. „Ja, mir auch." Ich drehe den Kopf zur Seite, um nach meinem Mund zu suchen, und er küsst mich fest. Seine Hände sind in meinem Haar, und unsere Zungen stoßen aufeinander. Verzweifelt. Suchend.

„Als dein Freund", sagt er, die Stimme tief und rau, „kann ich nicht ignorieren, wie du mich heute Abend angesehen hast."

„Wie habe ich dich angesehen?"

„Als wäre diese Freundschaft nicht genug. Als hättest du daran gedacht, wie ich dich auf deinem Sofa zum Kommen gebracht habe. Als hättest du gedacht, dass du nächstes Mal mehr willst."

Mir stockt der Atem, als seine Knöchel über die feuchte Baumwolle zwischen meinen Beinen gleiten. „Ich kann nicht aufhören, daran zu denken", gebe ich zu und kämpfe dagegen an, mich gegen ihn zu wölben.

„Ich auch nicht." Er senkt den Kopf zu meinen Brüsten – genau über dem Saum –, öffnet den Mund und beißt sanft zu.

Ich atme zittrig aus. „Ich will dich berühren."

Er grunzt gegen meine Brust, und ich winde mich, um von meinem Sitz zu springen. Easton dreht sich und sieht mir zu, als ich mich auf die Knie sinken lasse und an seinem Hosenstall arbeite. „Gott", flüstert er, hält mich aber nicht auf. Die Verzweiflung in seinen Augen ist genug, um eine Lustwelle durch mich hindurchzusenden.

Ich befreie ihn aus seiner Jeans und keuche fast auf, als ich ihn in meiner Hand fühle – hart und seiden auf meiner Handfläche. Steif. *Für mich.*

Er wölbt sich stöhnend gegen mich. „Shay. Verdammt, es ist so gut."

Ich lehne mich nach vorne und presse den Mund auf seine Spitze. Die Art, wie er auf meinen Lippen zuckt, lässt mich machtvoller fühlen als jemals zuvor. Als könnte ich alles tun. Meine Zunge fährt über die Unterseite, als ich die Basis seiner Erektion in der Hand halte. Und dann nehme ich ihn in den Mund.

Vielleicht ist es leichtsinnig, aber wir haben die Grenze bereits überschritten, und in diesem Moment will ich nichts mehr, als ihn zum Kommen zu bringen.

Seine Finger gleiten in mein Haar – nicht, um mich zu leiten, sondern um sich festzuhalten, um den Kontakt zu bewahren. Ich bewege meinen Mund über ihm, ziehe ihn für ein paar Sekunden tiefer, bevor ich ihn loslasse und mit der Zunge über seine Spitze lecke.

Als ich ihn wieder tiefer aufnehme, zieht er leicht an meinem Haar. „Shay."

Ich sehe auf und gebe etwas nach, als er so laut stöhnt, dass die Metallwände um uns herum vibrieren.

Er schließt die Augen. „Scheiße, ich will in dir kommen."

Ich lasse ihn los und streiche mit der Faust über seinen feuchten Schwanz. „Kondom?" Das Wort bricht auf meiner Zunge, weil ich es auch will.

Er verzieht das Gesicht. „Verdammt. Es tut mir leid. Nimmst du die Pille oder so?"

Ich beiße mir auf die Lippe. Es ist so verführerisch. „Ja, aber ich wurde nicht getestet, seit ich von Georges ... Fehltritt erfahren habe. Bis ich weiß, dass ich gesund bin, sollten wir es nicht riskieren."

Er schluckt schwer und nickt. „Ich verstehe."

Ich grinse. Er denkt, dass es vorbei ist, aber ich bin noch nicht fertig. „Genieß es, mich meine Teenagerfantasien ausleben zu lassen", sage ich, und dann höre ich ein weiteres Stöhnen, als ich ihn wieder in den Mund nehme und so viel Lust aus ihm sauge, wie ich kann.

„*W*as wolltest du vorhin sagen?"

Wir gehen wieder zum Haus, und die Sonne geht unter. Es ist ein schöner Abend, aber ich wollte die Scheune nur ungern verlassen.

Easton grinst mich an. „Wenn du denkst, dass ich mich auch nur an ein Wort erinnern kann nach dem, was du gerade mit der Zunge getan hast ..."

Ich haue ihm auf den Arm, meine Wangen knallrot. „Halt die Klappe." Ich sehe mich um, aber wir sind allein. „Bevor wir in die Scheune gegangen sind, habe ich gesagt, dass ich gerne mit dir befreundet bin, und du hast so getan, als wolltest du etwas sagen. Ist es ... Du würdest mir sagen, wenn es zu komisch wäre, richtig?"

Er greift nach meiner Hand, als bräuchte er die Unterstützung. Ich hasse es nicht. „Erinnerst du dich, wie ich gesagt habe, dass mein Psychologe mir mit der Übung geholfen hat?"

„Ja."

Er drückt meine Finger sanft. „Als ich mir meine Zukunft vorgestellt habe, habe ich nicht nur Jackson Harbor gesehen. Ich sah dich."

Mein Magen überschlägt sich. Ich habe ihn auch gesehen. Ich hatte nur zu viel Angst, um es zuzugeben. Ich habe immer noch Angst.

Seine Schritte werden langsamer, und dann hält er an, als er sich zu mir dreht. „Wenn du wirklich meine Freundin sein willst und sonst nichts, werde ich es akzeptieren und mich glücklich schätzen. Aber ich werde nicht mehr so tun, als wäre ich nicht in dich verliebt."

Kann der Magen einem in die Kniekehlen sinken und gleichzeitig tanzen? Weil meiner es tut. Wir haben diese Worte nie gesagt. Und jetzt ... „East."

Er verzieht das Gesicht und schüttelt den Kopf. „Ich habe es zweimal verkackt, und ich bereue es, dass es dich verletzt hat, ich kann meine Entscheidungen nicht bereuen, weil ich Abi habe. Sie ist vielleicht nicht meine leibliche Tochter, aber sie ist mein ..." Sein Blick hebt sich zum Himmel, und mein Herz zieht sich zusammen, als ich sehe, dass seine Augen sich mit Tränen füllen. „Sie ist mein ganzer Stolz."

„Sie ist wundervoll", sage ich. „Und du auch, Easton. Sie hat Glück, dich als Vater zu haben." Es ist wirklich so einfach. Ich liebe es, wie er mit ihr umgeht. Ich liebe es, wie zweifelsfrei er sie an erster Stelle hält. Ich liebe ... *ihn.* Und jetzt, als ich ihm in die Augen sehe, während die kühle Frühlingsbrise mein Haar um meine Schultern wirbelt, weiß ich, dass ich ihn schon immer geliebt habe. Sogar als mein Herz gebrochen war und ich versucht habe, es wegzusperren, um mich zu beschützen, habe ich nie aufgehört, ihn zu lieben.

Er hebt mein Kinn an und mustert mich. „Ich dachte nie, dass ich in der Position war, euch beide zu wählen, also habe ich mich gezwungen, wegzubleiben. Ich habe Abstand gehalten, bis ich eine Chance haben konnte, die tatsächlich *bestehen* würde. Etwas Solides, um zu überleben. Ich will diese Chance, Shayleigh."

Ich will all das, aber ich kann nicht leugnen, dass es einen Teil in mir gibt, der zögert. Dieser vorsichtige Teil meiner Seele, der Warnsignale sendet, dass wir einst an diesem Punkt waren. Ich habe dem Unglaublichen geglaubt und wurde zerstört. *Zweimal.* „Wieso willst du mich, Easton?" Es ist die einzige Frage, die mir über die Lippen kommt, und ich realisiere, dass es nicht das erste Mal ist, dass ich sie stelle. Ich habe ihn gefragt, als wir in Paris waren.

„Wegen allem, was du bist. Weil wir zusammenpassen."

„Aber wieso?"

Er verzieht das Gesicht und schüttelt den Kopf. „Ich bin nicht so wortgewandt."

Ich versuche, nicht zu zerbrechen. Ich will nicht, dass es etwas bedeutet, aber er hat sich so gut geschlagen, und ich habe gefragt und alles ruiniert. „Ich glaube, du bist besser, als du dir zurechnest."

„Du bist die Autorin." Er führt meine Hand zu seinem Mund und küsst meine Finger. „Denkst du, ich könnte die Vergangenheit wieder gutmachen? Denkst du, du könntest mich auch lieben?"

Ich reiche nach oben und streichele über die Stoppeln auf seiner Wange. „Easton, ich habe nie aufgehört, dich zu lieben." Er senkt den Kopf, aber ich stoppe ihn mit den Fingerspitzen auf seinem Mund. „Dich zu lieben ist ein Teil von mir."

Er muss das Zögern auf meinem Gesicht sehen, weil ihn die Sorge nicht verlässt. „Aber ...?"

„Aber ich habe Angst."

„Sogar nach deiner Entscheidung, nicht wegzuziehen? Du bist immer noch ... Du vertraust mir nicht."

„Ich vertrau dem *Leben* nicht. Ich vertraue all den Dingen, die ich nicht kontrollieren kann, nicht. Dinge passieren und Entscheidungen müssen getroffen werden und ..."

„Dann werde ich es dir beweisen." Er nickt, und ich sehe die Entschlossenheit in der Art, wie er die Zähne zusammenbeißt. „Ich werde dir beweisen müssen, dass du mir vertrauen kannst. Dass ich dich nicht wieder verletzen werde."

Ich presse die Hände gegen seine Brust und hebe mich auf Zehenspitzen, während ich sie über seine Schultern gleiten lasse.

Easton senkt seinen Kopf, hält aber eine Haaresbreite vor meinen Lippen an. „Als du dir heute deine Zukunft vorgestellt hast ... konntest du in ihr für mich Platz schaffen?"

„Nein, Easton." Ich schüttele den Kopf, und sein Ausdruck wird traurig. „Ich muss keinen Platz schaffen, weil du bereits dort warst."

Er schlingt die Arme um meinen Rücken und hebt mich vom Boden, als er meinen Körper gegen seinen zieht und mich küsst. Ich küsse ihn zurück und versuche, das Gefühl, dass ich den Herzschmerz in mein Leben eingeladen habe, zu ignorieren.

SHAY

*W*ird die Temperatur beim Arzt absichtlich runtergedreht, wenn Frauen im Untersuchungszimmer in dünnen Kitteln rumsitzen? Weil ich, während ich auf der Tischkante sitze und auf meinen Arzt warte, praktisch vor Kälte zittere. Ich glaube, meine Zehen sind blau.

Ich schlinge die Arme um meine Mitte und seufze. Die Tatsache, dass ich überhaupt hier bin, statt nur einen Test für Geschlechtskrankheiten zu bekommen, sagt mehr aus über meine Hypochondrie. Symptome? Ermüdung. Übelkeit. Ich kann überall einschlafen.

Ich bin eine Doktorandenkandidatin, die ihre Dissertation in weniger als einem Monat verteidigen wird. Ich muss nicht mit meiner Ärztin sprechen. Ich brauche ein Nickerchen. Oder zumindest habe ich mir das die letzten paar Wochen eingeredet. Aber auch wenn ich Schlaf zu einer größeren Priorität gemacht habe, hat es nichts geändert. Und laut der Waage des Arztes habe ich abgenommen.

Bitte sei nicht Krebs.

Furcht greift meine Lungen mit einer eiskalten Hand.

Jemand klopft an der Tür.

„Kommen Sie rein", rufe ich.

Dr. Hassell betritt den Raum und schließt die Tür hinter sich. „Wie geht es Ihnen, Shayleigh?"

Ich lächele. Ich mag meine Ärztin. Ich habe sie zum erstem Mal getroffen, als ich studierte und der Gewichtsverlust meinen Körper zerstörte. Es ist so seltsam. Alle haben mich dafür gelobt, abgenommen zu haben, aber es hat mich fast umgebracht. Mein Haar fiel in Büscheln heraus, meine Regelblutung stoppte, und ich konnte meine Rippen sehen, wenn ich nackt vor dem Spiegel stand. Lustig, dass Eitelkeit mich endlich akzeptieren lassen hat, dass ich eine Essstörung hatte und Hilfe brauchte, um sie zu überwinden. „Ich bin ... müde." Ich lache, da es der Grund für meine Anwesenheit ist. „Aber das wissen Sie bereits."

Ich erwarte, dass sie sich hinter den Laptop stellt und sich meine Symptome notiert, aber das tut sie nicht. Stattdessen setzt sie sich neben den Tisch, damit sie mich ansehen kann.

„Ich weiß, dass es lachhaft ist, herzukommen, weil ich müde bin, aber ich habe meinen Vater wegen Krebs verloren, und das erste Symptom meiner Mutter war Müdigkeit, und–"

„Shay, es ist verständlich."

Meine Wangen werden rot. „Ich fühle mich hypochondrisch."

„Wann war Ihre letzte Regelblutung?"

„Vor ein paar Wochen?"

„War es eine volle Periode oder eine leichte Blutung?"

Ich zucke mit den Schultern. Ich war fett und ich war magersüchtig. Meine Tage kamen nie regelmäßig, bis ich beides unter Kontrolle hatte und die Pille nahm. „Sie war leicht, glaube ich. Es ist nicht ungewöhnlich." *Scheiße.* Meine Augen füllen sich sofort mit Tränen. Werde ich eine Hysterektomie haben müssen, bevor ich eine Chance hatte, meine Familie zu gründen? Ich wische mir über die Wangen. „Wenn es Gebärmutterkrebs ist, glauben Sie, dass ich ... trotzdem Kinder haben kann?"

Dr. Hassell greift sich eine Schachtel Taschentücher vom Tresen und gibt sie mir. „Shayleigh, ich glaube nicht, dass Ihre Symptome auf Krebs hinweisen – Gebärmutter oder anderweitig."

Ich wische mir sanft über die Wangen und putze mir die Nase mit der Anmut eines Elefanten. „Tut mir leid. Ich bin nur wirklich gestresst und emotional." Ich zwinge mich zu einem Lachen. „Und ich mache anscheinend unrechte Annahmen. Es ist nur Stress, oder? All das ...?" Ich deute auf mich.

„Stress könnte eine Rolle spielen, aber laut der Urinprobe, die Sie meiner Krankenschwester gegeben haben, sind Sie schwanger."

Ich blinzele sie an. „Ich bin ... Entschuldigung? Was?"

Sie lächelt mich sanft an. „Schwanger."

Mein Gehirn braucht so lange, um dieses Wort zu

verarbeiten, dass es genauso gut eine Fremdsprache sein könnte. „Wie könnte ich ... Ich bin nicht einmal ... Ich nehme die Pille. Ich habe keine Regelblutung verpasst."

„Manche Frauen haben am Anfang der Schwangerschaft leichte Blutungen." Sie steht auf, um zu ihrem Computer zu gehen. Sie tippt etwas und sieht sich meine Akte an. „Sie nehmen zwar die Pille, aber es ist nicht hundertprozentig, und die Wirkung lässt nach, wenn sie Antibiotika nehmen. Wurde Ihnen etwas wegen einer Nasennebenhöhlenentzündung verschrieben oder—"

Ich schüttele den Kopf. „Nein. Keine Antibiotika. Sind Sie sich sicher? Vielleicht haben sie die Proben verwechselt?" Aber sogar als ich es sage, erinnere ich mich an die Konferenz in Florida vor ein paar Monaten. Ich hatte eine Lebensmittelvergiftung und habe tagelang gekotzt. Ich vergesse fast nie, die Pille zu nehmen, und ich habe sie in Florida auf jeden Fall immer genommen, aber was bringt es, wenn man nichts im Magen behalten kann? „Ich habe mich übergeben", flüstere ich.

Sie nickt mitfühlend. „Das kann passieren."

Ich habe nach der Vergiftung zwei Wochen lang Kondome benutzt. Nur für den Fall. Aber das hilft nicht, wenn ich Sex vor dem Kotzen hatte. Und bevor ich die schlechten Meeresfrüchte aß, die das Wochenende zum Kotzfest machten, war es eher ein Sexfest. *Mit einem verheirateten Mann.*

„Ich bin keine Gynäkologin mehr", sagt sie, „aber ich kann Ihnen eine Überweisung schreiben, wenn Sie die Schwangerschaft fortsetzen wollen, oder auch wenn Sie sich nicht sicher sind."

„Ich bin mir sicher", sage ich schnell. Ich verstehe, wieso sie mir die Frage stellt – eine alleinstehende Frau ohne Freund –, aber von all den Dingen, die ich in letzter Zeit hinterfragt habe, war mein Wunsch nach einer Familie immer sicher. Als ich mir meine Zukunft vorgestellt habe, sah ich immer Kinder.

Ich nahm nur immer an, dass sie Eastons wären.

Tränen kullern über meine Wangen, als ich mir sein Gesicht vorstelle, wenn ich ihm davon erzähle. „Scheiße", flüstere ich. „Sie müssen denken, dass ich eine Vollidiotin bin."

„Überhaupt nicht. Sie hatten allen Grund, die Veränderungen ihrer Energiewerte ernst zu nehmen. Und ich bin froh, dass Sie es getan haben. Wir werden sichergehen, dass alle Werte gut aussehen und sie an ihren Gynäkologen schicken, sobald sie einen wählen. Meine Angestellten könnten Ihnen einen Termin organisieren." Sie tippt auf ihrer Tastatur, bevor sie zögert. „Haben Sie ... eine Präferenz?"

„Nicht mein Bruder", platzt es aus mir heraus. Sogar wenn ich bereit *wäre*, meiner Familie davon zu erzählen – und *hallo*, das bin ich nicht –, würde ich ihn nicht als meinen Arzt haben wollen. Ich weiß, dass er gut ist, aber es wäre zu seltsam. Meine Familie steht sich nahe, aber nicht „Lass mich nachsehen, wie weit dein Muttermund sich geweitet hat"-nahe.

„Ich würde niemandem vorschlagen, ein Familienmitglied zu wählen. Ich bin mir sicher, dass Ihr Bruder das genauso sieht."

Ich nicke, als sie mir die Grundlagen erklärt und

nehme die Broschüren entgegen. Aber ich bin in meinem eigenen Verstand gefangen, während ich von Übelkeit zerrissen werde, weil ich gerade realisiert habe, dass ich George sagen muss, dass ich schwanger bin. Ich muss es seiner *Frau* erzählen.

Ich bin die Art von Frau geworden, die ich mir geschworen habe, nie zu werden.

Teil Elf

VERGANGENHEIT

SHAY

FÜNFZEHNTER OKTOBER, VOR SIEBEN JAHREN

*J*ch hatte Monate – *zur Hölle, Jahre* –, um mich darauf vorzubereiten, aber es fühlt sich immer noch unecht an, meinen Vater in diesem Sarg zu sehen.

In den letzten Tagen gingen wir langsam auf eine Ziellinie zu, die wir nicht sehen wollten. Als er sie endlich überquerte und wir sahen, wie seine Schmerzen endeten, waren wir alle ... *erleichtert*. Wir haben getrauert und werden weiterhin trauern, aber der Tod selbst war willkommen.

Nach einem vierstündigen Besuch schreien meine Füße, und meine Finger tun weh von all dem Händeschütteln. Ich will einfach nur nach Hause gehen und mich auf Mamas Sofa mit einer Tasse Kakao einkuscheln, als wäre ich ein Kind nach einem schweren Tag in der

Schule und nicht eine erwachsene Frau, die kurz davorsteht, ihren Vater zu beerdigen.

„Fast fertig", sagt Mama neben mir und schenkt mir
ein zittriges Lächeln.

Ich nicke. *Fast fertig.* Und dann werden wir morgen
für die Beerdigung wiederkommen und meinen Vater in
die Erde legen. Meine Kehle schnürt sich bei dem
Gedanken zu.

Es war ein Tag voller Geflüster und respektvoller
Stille, aber ich richte mich auf, als sich das Geflüster
ändert und alle zur Tür sehen ... wo Easton Connor
erschienen ist und Carter so fest umarmt, wie nur ein
Freund, der deinen Schmerz versteht, es tun kann.

Ich wusste nicht, dass Easton kommen würde. Ich
habe nicht gefragt. Habe bis jetzt nicht einmal an ihn
gedacht.

Mir läuft eine Gänsehaut über die Arme, als ich ihn
ansehe. Er sieht so breit aus in seinem schwarzen Anzug,
doch meine Gedanken beginnen sofort, ihn auszuziehen
und sich an ihn in seinem Hotelzimmer zu erinnern, als
seine rauen Hände meine Oberschenkel hielten, während
ich ihn ritt.

Mama drückt meine Hand. „Du bist ganz rot. Musst
du dich setzen?"

Ich schüttele den Kopf. „Ist schon gut. Es ist fast
vorbei."

Easton arbeitet sich langsam durch meine Familienmitglieder und kommt uns mit jeder Beileidsbekundung
näher.

Als er mich erreicht, ist es nicht die Erinnerung an

den Tag vor drei Wochen, die meine Knie weich werden lässt, sondern die Gefühle in diesen ozeangrünen Augen. Ich war über die letzten Wochen so auf Papa und meine Familie konzentriert, dass ich keine Zeit hatte, mit Easton zu sprechen oder überhaupt in Erwägung zu ziehen, wie ihn dieser Verlust beeinflussen könnte. Wie konnte ich so egoistisch sein und vergessen, was mein Vater Easton bedeutete? Er war immer da, wenn Eastons eigener Vater hätte da sein sollen.

Easton sagt nichts. Er zieht mich einfach in seine Arme und vergräbt das Gesicht in meiner Schulter, während sein Körper leicht bebt. „Es tut mir so leid", flüstert er.

Ich streichele seinen Rücken immer und immer wieder, und als er sich endlich zurücklehnt, fließen die Tränen, die ich in seiner Stimme gehört habe, über seine Wangen.

„Easton", sagt Mama und ergreift seinen Arm. „Vielen Dank, dass du hergekommen bist."

Easton sieht mich lange an, bevor er sich endlich zu ihr dreht. „Ihr Mann war ein wundervoller Mensch. Ich bin so dankbar, dass er ein Teil meines Lebens war."

„Komm schon", sagt Jake, als er meine Hand nimmt. „Lass uns nach Hause gehen und etwas essen."

Ich schlucke schwer und sehe Easton ein letztes Mal an, als würde ich ertrinken und er ist mein Rettungsring. Mama hat ihn zum Sarg gezogen und erzählt ihm die Geschichte des Anzugs, den er trägt. Er hatte gemeint, dass er zu teuer war, aber Mama bestand darauf, dass er mit seinem Körperbau etwas Maßgeschneidertes brauchte. Papa verkündete, dass der Anzug ihm bei diesem Preis besser bis zu seiner Beerdigung passen und ihn so gut wie George Clooney aussehen lassen müsste.

Jake zieht an meiner Hand. „Mama schafft es schon", sagt er. „Außer du willst wieder mit Easton sprechen?"

Was gibt es noch zu sagen? Will ich die Beerdigung meines Vaters nutzen, um ihm zu gestehen, dass ein Teil von mir schon immer auf ihn gewartet hat? Dass ich wahrscheinlich immer auf ihn warten würde? „Nein. Lass uns gehen."

*E*aston kam zum Haus, und es war wie früher. Es gab so viel Gelächter und Essen und Erinnerungen, dass es sich wie ein Feiertag anfühlte statt einer Totenwache. So hätte Papa es gewollt, aber ich erwischte mich immer wieder dabei, darauf zu warten, meinen Vater durch die Tür kommen zu sehen.

Es ist komisch, wie unsere Gehirne funktionieren, weil der Vater, den ich die letzten paar Jahre hatte, öfter krank war als nicht. Dünn und schwach. Kahlköpfig. Aber wenn ich ihn mir in der Küche vorstelle, denke ich an den großen, starken Vater meiner Kindheit. Papa vor der Krebserkrankung. Selbst zum Ende hin traf mich die Realität seiner Krankheit nur in kurzen Augenblicken. Den Großteil der Zeit vernahm mein Gehirn die Veränderungen nicht. *Konnte nicht.*

Wenn er hier wäre, würde er den Geräuschen der Stimmen in die Küche folgen. Papa rannte immer der

Menge nach – liebte es, wenn das Haus voll war und war glücklicher im Chaos als allein mit einem Buch wie ich. Er würde direkt auf Mama zugehen, als müsste er sie berühren und sich überzeugen, dass sie echt war, weil eine Lebenszeit mit ihr nicht genug sein konnte. Dann würde er sich an den Tisch setzen und zuhören. Das war, was er an großen Gruppen am meisten liebte. Er wollte nicht das Zentrum der Aufmerksamkeit sein oder ständig reden. Er liebte es, sich Geschichten anzuhören. Und wenn er sprach, hörte man zu, weil man wusste, dass jedes Wort zu gut war, um es zu verpassen.

„Alles in Ordnung?"

Ich habe nicht realisiert, dass ich ins Leere gestarrt habe, blinzele mich aber wieder in diese Realität und drehe mich zu Easton. Seine Augen sehen mich so zärtlich an, während seine warme Hand sich auf meine Schulter legt. Ich nicke. „Ich glaube, es wird zehn Jahre dauern, bis ich akzeptieren kann, dass er nicht mehr hier ist." Ich sage es so sanft, denn ich weiß, dass die Worte alle um uns herum zum Weinen bringen würden.

„Ich verstehe dich." Er deutet zur Hintertür. „Brauchst du frische Luft?"

„Ja, bitte." Ich greife mir ein paar Bierflaschen aus dem Kühlschrank und folge Easton nach draußen. Es ist dunkel, nach Sonnenuntergang, aber wir wollen die Lichter nicht anmachen. Er bleibt auf der Terrasse stehen, aber ich schüttele den Kopf und führe ihn zum Baumhaus, bevor ich die alte Treppe hinaufsteige, um das private Häuschen zu erreichen, das mein Vater für uns gebaut hat.

Ich lasse mich auf den Boden sacken und ziehe den Flaschenöffner aus meiner Hosenstasche, als ich höre, wie Eastons Füße über die Stufen kratzen, und seinen Kopf sehe.

„Ich glaube nicht, dass ich hier oben gewesen bin, seit ich zehn Jahre alt war", sagt er, als er sich hochhievt. Er ist zu groß, um zu stehen, also kriecht er zur gegenüberliegenden Seite und streckt die Beine aus, bis sie neben mir liegen.

„Du hast wahrscheinlich nicht mehr reingepasst", sage ich, als ich ihn durch die Dunkelheit anblicke und lächele. Ich schnappe mir die batteriebetriebene Laterne von der Wand und mache sie an. Es ist nicht viel, aber es ist genug, um warmes Licht über uns zu werfen – genug, dass ich sein Gesicht sehen kann. „Du passt jetzt kaum rein."

Er sieht zur Decke, die viel zu nahe an seinem Kopf ist, obwohl er sitzt. „Ach, es gibt genug Platz." Er nickt zu den Flaschen neben mir. „Ist eins davon für mich?"

„Wenn du willst." Ich öffne beide und gebe ihm eine.

Sein Seufzen erfüllt den Raum, bevor seine Traurigkeit sich breitmacht. „Es ist das erste Mal, seit ich der NFL beigetreten bin, dass ich während der Saison mehr als einen Drink hatte."

„Dein Körper ist ein Multimillionen-Tempel."

„Dieser Tempel ist alles, was ich habe. Ohne ihn habe ich einen Scheißdreck." Seine Worte sind etwas gelallt, und ich frage mich, wie viel Bier er hatte. Ich weiß, dass er getrunken hat, während er mit meinen Brüdern gesprochen hat. Ich hatte selbst ein paar Flaschen. Ich will mich betrinken, aber Mama ist hier, und es würde ihr nicht gefallen.

„Du hast immer gedacht, dass du ohne Fußball nichts wärst", sage ich. „Ich habe das nie geglaubt."

Er schenkt mir ein kleines Lächeln und seufzt erneut. „Danke." Sein Zeigefinger fährt über den Flaschenmund, und ich weiß, dass er etwas Wichtiges sagen will. Etwas, das ich gerade wahrscheinlich nicht hören will. „Es tut meiner Mutter leid, dass sie nicht kommen konnte. Sie wollte hier sein."

Ich lächele. Ich kann über Frau Connor sprechen. Easton ist zwar ohne einen Vater aufgewachsen, aber seine Mutter hat alles in ihrer Macht stehende getan, um es wiedergutzumachen. „Wie geht es ihr?"

„Sie ist beschäftigt. Glücklich. Sie geht endlich ihrer Leidenschaft nach, statt über die Runden zu kommen."

„Kunst, oder?"

Er nickt. „Sie ist im Moment von Wasserfarben besessen. Sie ist wirklich talentiert, glaubt aber nicht an sich." Er hebt seine traurigen Augen. „Wie du, schätze ich."

Er ist in meiner Nähe, aber mit den ausgestreckten Beinen zwischen uns, fühlt er sich so weit weg an, also rolle ich mich auf die Knie und rutsche über den Holzboden, um neben ihm zu sitzen, Schulter an Schulter. „Ich liebe es, dass du dich um sie kümmerst – wie du es nicht hinterfragt hast, als du der Liga beigetreten bist. Du hast es einfach getan." Als ich den Kopf hebe, um ihn anzusehen, erwische ich ihn dabei, wie er mich mustert, sein

Blick auf meinen Lippen. „Du bist ein guter Sohn. Ich wette, du bist auch ein toller Vater."

Er blinzelt. „Wir müssen über Chicago sprechen."

„Ich würde jetzt lieber nicht darüber sprechen", flüstere ich, während ich mich auf die Frösche im Hintergrund und die Grillen in den Bäumen konzentriere.

„Ich muss mit dir sprechen." Er schlingt einen Arm um meine Schultern und küsst meinen Kopf. „Ein guter Vater zu sein, ist mir am wichtigsten. Ich werde nie wie dein Vater sein – ich reise dafür zu viel –, aber ich will versuchen, so gut zu sein, wie ich kann. Alles, was ich darüber weiß, wie man ein guter Vater ist, kam von ihm."

Ich atme tief ein, bevor ich mich auf die Knie aufrichte und mich auf ihn setze. Seine Augen weiten sich und sein Mund klappt auf, und für einen Moment ist der bewundernde Blick in seinen Augen all die Jahre des Wartens wert. Die Gefühle, dass er außerhalb meiner Reichweite war, sind wie verflogen.

Er greift meine Hüften und fährt mit seinen rauen Daumen unter mein Shirt, wo er abwesend Kreise zieht. Seine Augen sind glasig, die Wangen rot. „Shay, ich meine es ernst. Ich muss es dir erklären."

Ich schüttele den Kopf und küsse ihn. Ich weiß, dass es kompliziert ist. Ich bin an der Uni, er ist in der NFL. Ich bin nur ein durchschnittliches Mädchen, und Models klopfen an seiner Tür. Und die Reaktion meiner Familie ... Ich streiche mit den Lippen erneut über seine. „Nicht heute Nacht", sage ich. Sein Mund ist zart, aber sein Griff wird fester. „Ich weiß, dass wir viel zu klären haben, aber das können wir ein anderes

Mal tun." Ich ziehe seine Unterlippe zwischen die Zähne.

Er stöhnt, schiebt mich aber weg – und zwar nicht sanft. „Scheiße. Es tut mir leid. Wir können nicht ..."

Ich krieche zur gegenüberliegenden Wand, als mein Ego sich zu erholen versucht.

„Verdammt. Es tut mir so leid, Shay." Easton reibt seinen Mund mit dem Handrücken. Er könnte mir genauso gut eine Ohrfeige gegeben haben. Reibt er meinen Kuss weg? „Scheiße, Scheiße, Scheiße."

Meine Entschuldigung liegt mir auf der Zunge, aber ich halte sie dort gefangen. Als er gesagt hat, dass wir reden müssen, meinte er nicht, dass wir die Details planen müssen. Er meinte, dass er mir erklären muss, dass es kein *Uns* geben wird. Ich bin so eine Idiotin. Wieso habe ich etwas anderes erwartet?

Ich ziehe die Knie an und schließe meine Augen.

„Shay", flüstert er. „Gott, ich habe es verschissen."

„Hör auf."

„Du bist verdammt toll. Und wenn es anders wäre ..."

„Hör bitte auf."

„Weißt du, was ich an deinem Vater am meisten bewundere?"

Ich drücke die Stirn gegen meine Knie. Ich komme damit gerade nicht zurecht – dieses Gespräch, diese *Zurückweisung*. Und wenn er versucht, meinen Vater mit reinzuziehen, werde ich zerbrechen.

„Er war da. Für all seine Kinder. Für seine Frau."

Ich presse die Knie zusammen und versuche, ihn auszublenden, weil die Worte die Tränen zurückbringen –

sie den Tiefen meines Bauches entlocken und in mein Herz führen, wo Chaos herrscht. Ich zittere und hoffe, dass er es nicht sehen kann. Wieso habe ich ihn geküsst? Wieso dachte ich, dass er mich wählen würde?

„Und als alles zwischen ihnen zerfiel, *blieb* er."

Ich schaue hoch, während meine Augen brennen und mein Magen wehtut. *Diese Worte.* „Was? Wovon redest du?"

„Du denkst, dass er und deine Mutter immer glücklich waren? Du denkst, sie hatten keine schweren Zeiten? Sie sind menschlich, Shay, und sie haben beide Fehler gemacht. Und als er dachte, dass er in eine andere Frau verliebt war, ließ er sich davon nicht abhalten, das Richtige zu tun."

„Papa war nie in jemand anderen verliebt."

„Ann, seine Assistentin bei der Baufirma. Sie war die beste Freundin meiner Mutter und hat ihr alles erzählt. Sie waren verliebt, aber dein Vater wollte deine Familie nicht zerstören. Er hat die Firma verkauft, um deiner Mutter zu beweisen, dass er neu anfangen wollte."

„Nein, du hast es missverstanden." Ich schüttele den Kopf und rutsche auf die Leiter zu. „Du hast keine Ahnung, wovon du sprichst."

„Er wollte, dass ihr alle zusammenbleibt. Frank wusste, dass seine Kinder *immer* beide Eltern gebraucht haben. Das ist, was ich für Abi will."

„Halt die Klappe." Ich kümmere mich nicht um die Tränen. Ich muss hier weg – weg von seinen giftigen Worten. Ich rase die Leiter hinunter und rutsche an der letzten Stufe hinunter. Schmerz sticht durch mein Bein und bleibt an meinem Knöchel hängen.

Ich falle zu Boden, greife nach meinem Knöchel, und rolle zur Seite.

Easton ist sofort neben mir. „Shay, sieh mich an. Was tut weh?"

Ich muss geschrien haben, als ich landete, weil ich schwere Schritte neben mir höre. „Ist sie in Ordnung?" Es ist Carter. „Shay, was ist los? Ist es dein Knöchel?"

Es ist mein Herz. „Ich bin falsch gelandet", sage ich, wobei ich Eastons Blick meide, obwohl ich ihn spüre.

„Hier, ich helfe dir auf." Carter schiebt eine Hand unter meine Schulter und zieht mich auf die Füße. Ich keuche, sobald ich mein Gewicht auf den schmerzenden Knöchel verlagere. „Müssen wir ins Krankenhaus fahren?"

„Nein, ich brauche nur Eis. Ist schon gut."

Easton stellt sich auf meine andere Seite, und weil ich nicht will, dass Carter Fragen stellt, nehme ich seine Hilfe an.

Aber Carter fragt trotzdem. „Was habt ihr da oben gemacht?" *Wie immer der überfürsorgliche, große Bruder.*

„Wir haben geredet", sagt Easton. Er greift nach vorne, um die Tür zu öffnen, und ich stolpere nach vorne, als sie mich halb reintragen. „Ich werde Eis holen", sagt er, als ich mich setze.

Carter greift um mich herum, um die Rückenlehne zu verstellen, damit ich den Fuß hochlegen kann.

„Was ist passiert?", fragt Jake.

„Sie ist aus dem Baumhaus gefallen", erklärt Carter.

Ich haue meinem Bruder auf den Arm. „Ich bin nicht rausgefallen. Ich habe ein paar Stufen verpasst und bin falsch gelandet." Das scharfe Stechen ist zu einem pochenden, dumpfen Schmerz geworden. „Ich habe den Knöchel verdreht. Macht euch keine Sorgen."

Easton kommt mit Eis und einem Gesicht voller Entschuldigungen wieder. Seine Augen sind glasig, und er ist eindeutig betrunken. Er hat wahrscheinlich keine Ahnung gehabt, was er da gelabert hat. Mein Vater hat nie jemanden außer meiner Mutter geliebt. Er hätte nicht–

Mein Magen dreht sich. „Ich glaube, ich muss kotzen."

Jake greift sich eine leere Schüssel vom Tisch und schiebt sie vor mich, bevor die drei Bier, die ich heute getrunken habe, hochsteigen und in einem ekelhaften Alkohol-Magensäure-Cocktail in die Schüssel planschen.

„Es tut mir so leid, Shay", sagt Easton, aber ich kann ihn nicht ansehen.

Carter verspannt sich neben mir und sieht wütend in seine Richtung. „Was hast du getan? Du hast sie da oben angemacht, oder? Du Ficker. Hast du mir nicht *gerade* gesagt, dass du und Scarlett an eurer Ehe arbeiten wollt?"

„Hör auf", sage ich, aber die Worte werden von einem Schluchzen begleitet, dass ich nicht zurückhalten kann. *Er will mit seiner Frau an ihrer Ehe arbeiten.* Und Gott, es tut weh, aber nichts fühlt sich richtig an in einer Welt, wo das, was er über meinen Vater gesagt hat, wahr ist. *„Und als er dachte, dass er in eine andere Frau verliebt war ..."*

„Bist du dir sicher, dass alles in Ordnung ist? Du musst nicht in die Notaufnahme?", fragt Carter.

Nichts ist in Ordnung. Aber es gibt in der Notaufnahme niemanden, der mir helfen kann.

Scarlett Lashenta sitzt vor meiner Tür.

Nein. Das kann nicht wahr sein.

Ich streiche mit der Hand über meine Augen und versuche, den Schlaf wegzureiben. Aber als ich sie erneut öffne, ist sie immer noch da – sitzt vor der Tür meiner zwei-Zimmer-Wohnung, die ich mit meinen Freunden miete. „Kann ich Ihnen helfen?"

Scarlett streicht eine seidene, rote Locke hinter ihr Ohr und schenkt mir ein schwaches Lächeln. „Sie sind Shayleigh Jackson? Können wir uns duzen?"

„Ja und gern."

„Ich habe Eastons Fotos von euch beiden in Paris gesehen. Du bist sogar noch hübscher in natura." Sie beißt sich auf die Unterlippe. Ihre *perfekte* Unterlippe. Wenn ich so einen roten Lippenstift tragen würde, sähe ich aus wie ein Clown. Diese Frau sieht photoshop-perfekt aus. „Ich hatte gehofft, wir könnten reden? Über Easton."

Mein Magen verkrampft sich. Ich habe ihn nicht mehr gesehen, seit er Mamas Haus nach Papas Beerdigung verlassen hat. Er hat mir gesimst und gesagt, dass er mit mir reden wollte, aber ich habe ihn ignoriert. „Geht es ihm gut?"

„Oh, ja. Alles ist in Ordnung. Naja, so in Ordnung, wie es geht. Du kennst Easton. Jedes Mal, wenn es eine riesige Veränderung in seinem Leben gibt, muss er damit fertigwerden, also geht ihm der neue Quarterback-Trainer auf die Nerven."

Ich wusste nicht, dass er einen neuen Trainer hat. Jetzt, da ich darüber nachdenke, schätze ich, dass wir kaum über sein Leben geredet haben.

„Du scheinst ein wirklich nettes Mädchen zu sein, Shayleigh. Zumindest lassen mich das Eastons Geschichten glauben."

„Danke." Es ist so unreal. Scarlett Jackson sitzt hier und sagt mir, dass ich *ein nettes Mädchen* bin. Vor zwei Nächten habe ich mich auf den Schoß ihres Mannes gesetzt und versucht, ihn zu verführen.

„Du kommst mir nicht wie eine Person vor, die eine Familie auseinanderreißen würde." Ihre blauen Augen füllen sich mit Tränen. „Ich will nicht glauben, dass du willst, dass ein kleines Mädchen ihren Papa verliert. Deswegen bin ich hier."

Vielleicht *ist* es ein Traum. Oder ein Alptraum. Es war schlimm genug, dass Easton mich beiseite gestoßen hat. Ich muss es nicht auch noch von Scarlett hören. „Ich weiß nicht, was du damit meinst."

„Ich weiß, was zwischen euch in Chicago passiert ist." Sie schwenkt ihr Handy durch die Luft, als würde es alles erklären. „Aber als er mit dir geschlafen hat, wusste er nicht, was er jetzt weiß."

„Okay?" Wieso ist sie hier? Easton hat seine Pläne klar gemacht. Er will bei Scarlett bleiben, weil er zu denken scheint, dass ich genauso bin wie die Frau, in die mein Vater sich laut ihm verliebt hat. *Er war betrunken und hat Schwachsinn erzählt. Papa hat nie eine andere Frau geliebt.*

Sie legt seufzend den Kopf zur Seite. „Er hat es dir nicht erzählt, oder?"

„Mein Vater ist gerade gestorben."

„Über Abigail." Sie spielt mit ihrer Perlenkette. „Sie hat Leukämie."

Mein Magen fällt zu Boden. „Was?"

Sie dreht sich weg und starrt auf die überwachsenen Rosenbüsche der Veranda. Die Blüten sind braun und ausgetrocknet, und das ganze Blumenbett sieht schrecklich aus. Als sie sich wieder zu mir dreht, glitzern Tränen in ihren Augen. „Wir müssen gerade eine Familie sein, und ich bin hier, um dich zu bitten, dich aus seinem Leben rauszuhalten."

Die Worte sind wie ein Messer im Herzen. „Das wird kein Problem sein."

„Bist du dir sicher?"

„Wieso bist du hier? Easton hat mir bereits gesagt, dass er sich nicht scheiden lassen wird."

Sie wischt ihre Tränen weg. „Wir wissen beide, dass meine Ehe keine Chance hat, wenn du im Bild bist, und sie muss gerade funktionieren. Für Abi." Ihr Blick fällt auf ihre Schuhe, und sie schüttelt den Kopf. „Ich will dich nicht verletzen. Ich bitte dich um Gnade. Ich hoffe, du verstehst, wieso ich dich bitte, es ihm nicht schwerer zu machen, als es bereits ist. Wieso ich dich bitte, ihn sich auf sein Kind konzentrieren zu lassen."

Teil Zwölf

GEGENWART

SHAY

ie erste Person, die eine Frau sehen will, nachdem sie herausfindet, dass sie schwanger ist, sollte der Vater ihres Kindes sein. Und doch finde ich mich auf den Stufen zu Eastons schönem Haus wieder, die einlullenden Geräusche des Sees hinter mir.

Als ich an der Tür klingele, weiß ich nicht, was ich zu sagen plane, aber mein Körper ist vor Sorge verspannt. Jedes Mal, wenn er in greifbarer Nähe ist, zieht ihn etwas weg, und es sieht aus, als wäre es diesmal nicht anders.

Aber sobald Easton die Tür öffnet und lächelt? Ein seltsamer Frieden überkommt mich. Er mustert mich von Kopf bis Fuß, bevor er meine Hand in seine nimmt und mich in sein Haus zieht.

„Abi und Tori sind heute Nachmittag in der Bücherei", sagt er grinsend. Und dann ist sein Mund auf meinem. Seine Hände gleiten unter mein Oberteil, und meine unter seins. Wir schaffen es nicht einmal weiter als bis ins Foyer, bevor wir nackt auf dem Boden liegen –

gierige Hände und Münder und Verzweiflung als Hintergrund zu der schweren Atmung.

Ich bin mir nicht sicher, ob ich mich jemals daran gewöhnen kann, dass Easton mich so will – dass ich ihn haben kann, wann auch immer ich will. Oder konnte. *Bevor.*

Ich schiebe den Gedanken beiseite und konzentriere mich auf die rauen Hände auf meinen Hüften und die feuchte Zunge auf meinen Brustwarzen.

„Ich habe den ganzen Tag an dich gedacht", murmelt er, als er meinen Bauch küsst. „Ich weiß nicht, ob ich letzte Nacht überhaupt geschlafen habe. Ich wollte dich in meinem Bett."

Meine Finger gleiten in sein Haar und ziehen ihn hoch. „Easton."

Er senkt seinen Mund auf meinen und küsst mich, bis alles andere in Vergessenheit gerät. Seine Küsse und Berührungen – seine Anbetung – hören nur auf, damit er sich ein Kondom überziehen und sich zwischen meinen Beinen positionieren kann. Er hält inne, so nah an der Stelle, wo ich ihn brauche, und umrahmt mein Gesicht mit den Händen. „Wir tun es wirklich", sagt er sanft und ehrfürchtig.

Ich hebe meine Hüften suchend und verzweifelt. *Ein letztes Mal.*

Er gleitet in mich hinein und bewegt sich so zärtlich, dass meine Augen mit Tränen brennen. „Ich liebe dich."

„Ich liebe dich." Ich kann nur mein Gesicht in seinem Hals verbergen und mich festhalten, weil es Liebe ist und niemals genug sein wird.

Und als wir ausgelaugt und atemlos auf dem Boden liegen, als mein Steißbein wehtut, dreht er uns, damit ich auf ihm liege, und schlingt die Arme um mich.

„Tut mir leid", sagt er.

Ich schließe die Augen und konzentriere mich auf seine Brust, die sich mit schweren Atemzügen hebt und senkt. „Wieso?"

„Ich habe an dich gedacht, und dann warst du da." Er schmunzelt. „Ich weiß nicht, Shay. Nach all den Jahren, die ich mit meinen Gedanken an dich verbracht habe, dich vermisst und gewollt habe, wird es schwer sein, mich zu zügeln, weil du endlich mein bist."

Emotionen schnüren meinen Hals, zu und ich kann nicht antworten. Ich kann kaum atmen. *Weil du endlich mein bist.* Aber wie viel länger?

Easton dreht uns zur Seite, bevor er aufsteht und mir auf die Füße hilft. Er hebt unsere Klamotten auf und fragt mit gehobener Augenbraue: „Kaffee?"

Ich beiße mir auf die Lippe und schüttele den Kopf. „Nein, danke."

Er haut mir auf den Arsch. „Dann geh ins Bett. Wir haben drei Stunden, bevor Abi nach Hause kommt, und ich will diese Zeit mit dir nackt zwischen den Laken verbringen."

Ich versuche, ihn anzulächeln, aber der Arzttermin liegt mir schwer im Magen, und meine Lippen gehorchen mir gerade nicht. Es ist eine Vorschau auf alles, was hätte sein können, und ich werde von innen zerrissen.

„Hey." Er legt eine Hand auf meine Wange. „Habe ich dir weh getan? Ist alles in Ordnung?"

„Du hast mich nicht verletzt." *Aber nichts ist in Ordnung.* „Komm schon." Ich will es ihm nicht erzählen, während wir nackt im Eingangsbereich seines Hauses stehen. „Ich werde nach oben gehen und mich sauber machen. Ich sehe dich im Bett?"

Seine Augen blitzen hungrig auf, und sie wandern über meinen ganzen Körper, aber ich drehe mich weg, bevor ich seinem Blick begegnen kann. Dieses Gefühl in meiner Brust, wenn er mich so ansieht und ich weiß, was ich ihm sagen muss? Es ist, als würde mein Herz entzweibrechen.

EASTON

*I*rgendwas ist los mit Shay, und ich glaube, ich weiß, was es ist.

Ich öffne die Gardinen vor den deckenhohen Fenstern in meinem Schlafzimmer und gebe den Blick auf Lake Michigan frei. Ich habe keinen Spaß gemacht, als ich sagte, dass ich den Nachmittag mit ihr im Bett verbringen wollte. Während sie sich im Badezimmer sauber wäscht, renne ich nach unten, um einen Teller mit Früchten – Trauben, frische Erdbeeren, Mandarinen – zu holen und Kaffee zu kochen, falls sie ihre Meinung ändert.

Als ich wiederkomme, ist Shay in meinem Bett. Sie liegt auf der Seite, während sie den Klappentext meines Militärbuchs liest.

„Ich mag dieses Buch", sagt sie.

Ich lächele. Ich werde es lieben, zu versuchen, mit ihr mitzuhalten. „Ich hätte nicht gedacht, dass du Zeit hast, aus Spaß zu lesen, während du an deiner Dissertation arbeiten musstest."

Sie schnauft humorlos. „Vielleicht hätte ich sie schon vor ein paar Jahren beendet, wenn ich mir nicht die Zeit für solche Bücher genommen hätte."

Ich stelle den Teller mit den Früchten und die Kaffeekanne auf die Kommode, bevor ich mich zu ihr ins Bett geselle. „Du bist wirklich hier." Ich ziehe ihren Rücken an meine Brust und presse eine Hand gegen ihren Brustknochen.

„Das bin ich", sagt sie. „Es kommt mir fast unwirklich vor. Ich habe nicht gedacht, dass wir jemals ..."

Ich presse einen Kuss auf ihre nackte Schulter. Sie hat nicht geglaubt, dass wir es jemals schaffen würden. Eine Nacht in Paris und dann die Nacht in meinem Hotelzimmer in Chicago, bevor ihr Vater starb. Ich will, dass wir eine Chance haben, und es geht immer schief, bevor wir uns aneinander gewöhnen können.

„Wir werden es dieses Mal schaffen", sage ich. Sie versteift sich in meinen Armen und ich halte sie instinktiv fester. „Ich weiß, dass du Angst hast. Ich weiß, dass du nicht ganz glaubst, dass es funktionieren wird, aber ..." Ich zwinge mich, meinen Griff zu lockern. „Ich kämpfe damit, nicht egoistisch zu sein. Ich will dich immer in meinen Armen, aber ich weiß, dass du diese Woche andere Dinge zu erledigen hast."

„Du bist der selbstloseste Mensch, den ich kenne", sagt sie zärtlich.

„Vielleicht verstecke ich es nur gut." Es ist als Witz

gemeint, klingt aber nicht so. „Ich war ziemlich egoistisch, wenn es um dich ging."

„Nicht mit Abi. Nicht mit Scarlett."

Ich zucke mit den Schultern. Ich will nicht wirklich über meine Ex-Frau reden, während Shay in meinen Armen ist, aber es gibt so viel von unserer Vergangenheit, das wir noch nicht verarbeitet haben. Wenn sie jetzt darüber reden will, werden wir das. „Ich hatte meine Momente, aber mach mich nicht zum Märtyrer, weil unsere Situation ungewöhnlich ist."

Sie dreht sich in meinen Armen und legt eine Hand auf meine Brust, als würde sie meinen Herzschlag messen. „Wann hast du rausgefunden, dass Abi nicht deine leibliche Tochter ist?"

„Als Abi krank war, wollte ich sehen, ob ich Knochenmark spenden könnte. Eltern passen oft nicht, aber ich wollte es trotzdem versuchen. Scarlett hatte Angst, dass es wie ein DNA-Test war oder so und sie mir gesagt hätten, dass ich nicht Abis leiblicher Vater bin." Ich schließe die Augen, als ich mich daran erinnere, wie sie mich in der Tür aufhielt. Ihre Panik. Ihr tränenreiches Geständnis. Die Art, wie sie mich anflehte, sie nicht zu verlassen. „Sie hat mir erzählt, dass sie gelogen hat, weil sie ihrem Kind das beste Leben bieten wollte und glaubte, dass ich dafür bestimmt war, Abis Vater zu sein."

„Was hast du getan?"

„Ich habe etwas getrauert, glaube ich. Nicht, dass es *wirklich* wichtig ist. Sie ist meine Tochter, aber als ich herausfand, dass sie leiblich nicht zu mir gehörte, musste ich mein Denken ändern. Meine Ehe und wie viel ich opfern wollte, um daran zu arbeiten, und wie lang ich diese Lüge leben wollte ... Scarlett und ich waren nur zum Schein verheiratet. Als sie nach Abis Diagnose wieder eingezogen ist, habe ich darauf bestanden, dass sie in einem anderen Zimmer schlief, während wir daran arbeiteten, herauszufinden, was wir wirklich wollten. Am Tag ihres Geständnisses wurde es von verheiratet bleiben für meine dreijährige Tochter zu verheiratet bleiben, weil ich Angst hatte, dass sie mir Abi wegnehmen würde, wenn wir uns hätten scheiden lassen. Was konnte ich schon sagen, weil ich nicht ihr leiblicher Vater bin?"

„Das ist schrecklich."

Ich streichele Shays Haar und drehe mich, um ihre Stirn zu küssen. „Ich glaube nicht, dass sie es getan hätte. Gott, sie hat kaum darum gekämpft, das Sorgerecht zu behalten, als wir uns endlich scheiden ließen." Ich seufze. „Scarlett wusste – wusste, bevor Sie Abi überhaupt zum ersten Mal hielt –, dass ich die beste Wahl für ihre Tochter war. Ich hasse die Lügen und Manipulation, aber ich verstehe, dass Abi ihre Priorität war. Genauso wie sie meine war."

„Kann ich dich etwas fragen?"

Als sie nicht sofort fortfährt, sage ich: „Natürlich."

Sie zieht die Unterlippe zwischen ihre Zähne und mustert mich lange Zeit, bevor sie wieder spricht. „Denkst du je über deine Entscheidung nach, wenn du alles gewusst hättest, als Scarlett schwanger war?"

Mir stockt der Atem. *Schmerzhaft.* Ich denke oft an meine Entscheidung, bei Scarlett geblieben zu sein, aber in Bezug auf Shay denke ich fast zwangsläufig daran.

Wenn ich die Vergangenheit umschreiben könnte, hätte ich einen Weg gefunden, Abis Vater zu sein, ohne Scarlett zu heiraten. Aber sogar von diesem Blickwinkel aus kann ich nicht sehen, wie das passiert wäre. Scarlett wollte nicht allein sein, und wenn ich vor ihrer Geburt gewusst hätte, dass Abi nicht meine Leibliche Tochter ist, hätte ich nicht so schwer daran gearbeitet, uns zu einer Familie zu machen.

Shay mustert mein Gesicht. „Ich verurteile deine Entscheidung nicht", sagt sie, als sie meine Stille als Verteidigung missinterpretiert. „Ich habe mich nur gewundert, ob du denkst, dass du damit klargekommen wärst, wenn du die Wahrheit gewusst hättest. Was hättest du getan, wenn du gewusst hättest, dass Abi nicht deine leibliche Tochter ist?"

Meine Brust verengt sich.

„Ich meine nicht wegen uns", sagt sie eilig. „Ich meine, ob du Scarlett trotzdem geheiratet hättest."

Ich lehne mich zurück, um ihr Gesicht zu sehen. „Aber da *war* ein Uns."

„Kaum." Sie sieht weg, als sie das Wort sagt, und ich frage mich, ob es sich für ihr Herz auch wie Verrat anfühlt.

Ich nehme ihr Kinn in die Hand und sehe ihr in die Augen. „Nicht kaum."

„Es war eine Nacht in Paris, Easton."

„Ist es dadurch weniger echt?" Ich nehme ihre Hand und lege sie auf meine Brust. „Zählt das, was ich hier gefühlt habe nicht, weil ich nur ein Wochenende hatte, um dich zu berühren? Dich zu halten? Was wir hatten, war echt. Vielleicht hat es nicht lang angehalten, aber es war das Echteste, das ich jemals für eine Frau empfunden habe. Selbst als ich gedacht habe, dass Abi meine leibliche Tochter war, warst du ein Teil der Formel. Es war keine einfache Wahl."

„Aber was, wenn ich keine Rolle gespielt hätte und du gewusst hättest, dass sie nicht dein Kind war? Wärst du geblieben? Wärst du trotzdem Abis Vater geworden?" Sie verzieht ihr Gesicht. „Das ist keine faire Frage, oder?"

„Sie ist meine Tochter auf jede Art, die zählt, Shay. Ich kann mir nicht vorstellen, wie mein Leben ohne sie wäre, und das will ich auch gar nicht." Ich schlucke den Kloß in meinem Hals hinunter. Sie stellt mir eine ernste Frage und verdient eine ehrliche Antwort. „Nein. Wenn ich gewusst hätte, dass sie nicht meine leibliche Tochter ist, wäre ich nicht geblieben. Das Kind eines anderen Mannes großzuziehen, ist ein Schmerz, den ich nicht in Kauf genommen hätte, wenn ich davon gewusst hätte."

Sie nickt langsam.

Ich schlinge die Arme um sie, weil ich fühlen kann, wie sie sich zurückzieht. „Macht es dir etwas aus? Der Gedanke, mit einem Mann zusammen zu sein, der bereits ein Vater ist? Macht es dir etwas aus, dass Abi meine Priorität ist, obwohl wir nicht dieselbe DNA haben?"

„Nein, das macht mir nichts aus." Ich sehe die Wahrheit in ihren Augen, aber das erklärt nicht, wieso ihr Körper so angespannt ist.

„Was ist mit Scarlett? Wird es dir etwas ausmachen, dass sie ab und zu hier sein wird?" Ich atme tief aus, als ich realisiere, dass ich Scarletts potenziellen Umzug nach

Jackson Harbor lieber früher als später ansprechen sollte. „Wird es dir etwas ausmachen, wenn sie entscheidet, ihr zweites Haus in Jackson Harbor zu kaufen und nicht in Chicago?"

Sie blinzelt mich an. „Sie denkt darüber nach, *hier*herzuziehen?"

Ich nicke langsam. „Ich habe versucht, es ihr auszureden, aber ich bin mir nicht sicher, was passieren wird."

„Oh, ich schätze, es wäre gut für Abi."

Aber nicht für sie? Ist es das, was sie denkt? „Scarlett kann nebenan leben, und es würde nicht ändern, dass ich dich will."

Sie legt den Kopf auf meine Brust und schließt ihre Augen.

Ich streichele ihren Rücken. „Hey, Kleine. Rede mit mir. Ist alles in Ordnung?" *Bitte hab' keine Angst. Bitte gib nicht auf, bevor wir eine Chance hatten, überhaupt anzufangen.*

„Kannst du ... mich einfach nur etwas halten?"

„Natürlich. Du redest mit dem Kerl, der dich für immer halten will, schon vergessen?"

SHAY

Dr. Merritt Reddy
Professorin der Anthropologie
Bürostunden – Montag, Mittwoch, Freitag von
zwei bis fünf Uhr

Ich halte den Atem an, als ich vor Dr. Merritt Reddys Büro stehe. Ich habe meine Entscheidung, herzukommen, ein Dutzend Mal hinterfragt und habe fast auf der Autobahn umgedreht. Ich hätte zuerst George treffen sollen, um ihm alles zu erzählen und ihn entscheiden lassen, was er seiner Frau sagen wollte. Aber kann ich ihm vertrauen, ihr die Wahrheit zu sagen? Wenn ich es ihm überlasse und er ihr nichts sagt, werde ich auf ewig schuldig sein. Sie verdient es, davon zu wissen, wie ich es verdient hätte, von *ihr* zu wissen.

Ich hasse ihn dafür, dass er mich in diese Position

gebracht hat, aber ich weigere mich, mich selbst zu hassen. Ich muss es tun.

Ich hebe die Faust, um an ihrer Tür zu klopfen, aber bevor ich es tun kann, stehe ich vor der Frau, die ich George in seinem Vorgarten küssen gesehen habe. Ihr langes, blondes Haar ist in einem Zopf, und die Brille auf ihrer Nase rutscht höher, als sie das Gesicht verzieht.

„Kann ich Ihnen helfen?"

„Äh, ja. Ich bin ... Ja. Dr. Reddy, ich heiße Shayleigh Jackson und ich habe mich gefragt, ob wir miteinander sprechen könnten?"

Sie rollt seufzend die Schultern zurück und öffnet die Tür ganz, um mich hereinzubitten. „Ich wollte eine Tasse Kaffee holen, aber ich schätze, ich kann einen Moment warten."

„Danke." Meine Stimme zittert, und ich fürchte, ich könnte auf ihren hübschen, blauen und grauen Teppich kotzen. *So fühlt es sich also an, eine Familie zu zerstören.* Ich bin eine tickende Zeitbombe und sie hat mich gerade in ihr Büro hineingelassen.

Sie deutet zu den grauen Stühlen und wartet, bis ich mich gesetzt habe, bevor sie mir gegenüber Platz nimmt. „Sie sind Georges PhD-Kandidatin, nicht wahr? Ich habe gehört, dass Sie den ganzen Ausschuss mit ihrer Dissertation beeindruckt haben. George ist sehr stolz auf Sie."

Mir kommt die Galle hoch. Sie macht es nicht einfacher. „Ich bin überrascht, dass er über mich redet", gebe ich zu.

„Oh, natürlich tut er das. George lebt für seine

Studenten. Sie waren in den letzten Jahren eine Art Leidenschaftsprojekt für ihn."

Sie haben keine Ahnung. „Sind Sie und er … schon lange zusammen?"

Sie lächelt. „Es ist alles relativ, schätze ich. Wir haben zehn Jahre zusammengelebt und sind seit fünf Jahren verheiratet. Unsere Tochter ist vier Jahre alt."

Mir ist schwindelig, und es fühlt sich an, als würde der Raum sich drehen. Ich atme tief ein.

„Sie sehen blass aus, meine Liebe. Kann ich Ihnen ein Glas Wasser anbieten?"

„Nein, ist schon gut." Ich will es einfach hinter mich bringen. „Es tut mir leid, einfach so hergekommen zu sein, Dr. Reddy. Ich will, dass Sie wissen, dass ich sehr lange darüber nachgedacht habe, bevor ich mich entschied, herzukommen."

Sie hebt eine Augenbraue. „Okay?"

„Bevor ich mehr sage, will ich nur, dass Sie, egal wie Sie sich entscheiden, wissen, dass ich nicht gern in dieser Position bin. Familie bedeutet mir alles. Aber ich musste herkommen."

Sie faltet die Hände in ihrem Schoß und mustert mich mit zur Seite gelegtem Kopf. „Vielleicht sollten sie von Anfang an beginnen. Sie ergeben keinen Sinn."

Eine weitere Welle der Übelkeit steigt in mir auf, und Schweiß bricht auf meiner Stirn aus. Ich schließe die Augen und konzentriere mich auf meine Atmung. *Rein und raus. Rein und raus.* „George und ich haben …" Gott. Ich kann es nicht sagen. Ich kann nicht der Grund sein, weswegen ihre Familie zerstört wird. Kann nicht der

Grund sein, wegen dem diese Frau ihren Mann verliert und ihr Kind ihren Vater.

Zu spät, Shay.

Sie hält eine Hand in die Luft. „Bevor Sie das tun, will ich, dass Sie sich fragen, ob Sie wirklich die Art von Frau sein wollen, die manipuliert und lügt, um einen verheirateten Mann zu stehlen, der sie nicht einmal will." Die Freundlichkeit von eben ist verschwunden.

„Was?" Meine Wangen fühlen sich heiß an. Denkt sie ich bin hier, um Lügen zu verbreiten? Um ... *George zu stehlen?* Weiß sie, dass wir miteinander geschlafen haben?

„Er hat mir gesagt, dass Sie eher kindisch sind."

Was genau hat er ihr gesagt? Ich fühle mich, als hätten sie hinter meinem Rücken gelacht, und es fühlt sich ... hässlich an.

Ihre Lippen zucken. „Süße, ich bin mir nicht sicher, für was für einen Mann Sie George halten, aber er ist glücklich verheiratet und hat eine Tochter, die er vergöttert. Er will Sie nicht."

„Es tut mir so leid. Sie haben keine Ahnung, wie schrecklich ich mich fühle und wie sehr ich bereue, was ich zu sagen habe, aber es ist nichts als die Wahrheit."

Sie hält eine Hand in die Luft, und ich bemerke den Ring an ihrem Finger. Den Ring, von dem ich gedacht habe, dass er für mich war. Den Ring, den er zur Bank bringen wollte. *Was für ein Lügner.* „Hören Sie auf. Bitte. Mein Mann hat mir bereits gesagt, dass Sie sich ihm an den Hals geworfen haben und er Sie abblitzen lassen hat. Und jetzt versuchen Sie, die Vergangenheit umzuschreiben, damit ich– was? Zur Seite trete, damit Sie ihn für sich haben können? Sie können jetzt aufhören. Ich schäme mich für Sie, und diese ganze Szene ist beleidigend für mich und meinen Mann."

„Es tut mir leid. Ich ... Was?"

„Was wollen Sie von mir? Mitleid? Die arme Studentin hat sich in ihren Professor verliebt und will ihn nicht gehen lassen." Sie schüttelt den Kopf. „Er hat mir von Ihnen erzählt. Wie viel Angst Sie vor dem nächsten Schritt haben und dass Sie nach einem Mann suchen, der Sie beschützen kann. Ich glaube, er hat es klar gemacht, dass er es *nicht* ist, als Sie versucht haben, ihn zu verführen."

Ich fühle mich, als wäre ich geohrfeigt worden, aber gleichzeitig lässt mich die Wut die Finger in meine Handflächen graben. Dieser verdammte *Lügner* hat seiner Frau gesagt, dass ich versucht habe, mit ihm zu schlafen. Ist das irgendein verrückter Traum? Bin ich immer noch mit Easton im Bett? Vielleicht bin ich eingeschlafen und habe nur geträumt, dass ich Ausreden erfunden habe, um zu gehen. Vielleicht bin ich noch gar nicht nach Chicago gefahren. Aber ich schlucke, hebe das Kinn und sage, was ich zu sagen habe so klar, wie ich kann. „Ich weiß nicht, was Ihr Mann Ihnen gesagt hat, aber ich bin nur hier, weil ich dachte, dass Sie die Wahrheit verdienen. George und ich haben miteinander geschlafen. Bis letzte Woche waren wir in einer Beziehung."

„Natürlich." Sie seufzt. „Sie sind ein nettes Mädchen, und ich kann verstehen, wieso Sie an meinem Mann interessiert sind. Ich war nicht überrascht, als er mir erzählt hat, dass Sie sich an ihn rangemacht haben. Sie sind nicht die erste Studentin, die romantische Wahnvorstellungen hat."

Mein Gesicht ist so heiß, und ich kann nicht entscheiden, ob ich mich schäme, wütend bin oder eine andere Emotion spüre, als ich inmitten dieser komischen Realität stehe. Sie glaubt ernsthaft, dass George mir eine Abfuhr erteilt hat und ich hier bin, weil ich eifersüchtig bin.

„Ich weiß, dass es intensiv sein kann, eine Dissertation zu beenden, und ich bin mir sicher, dass Sie gerade mit vielen Emotionen kämpfen. Aber ich bin mir nicht sicher, was Sie gehofft haben, hier zu erreichen, indem Sie versuchen, eine gute Ehe zu zerstören. Denke Sie, dass er Sie dadurch wollen wird?"

Ich schnappe mir meine Tasche vom Boden und werfe sie über die Schulter. „Ich werde jetzt gehen." Ich stampfe auf die Tür zu, halte aber an, als meine Hand auf der Klinke liegt und drehe mich langsam um. „Wenn Sie die Wahrheit wüssten, wenn Sie nur zuhören würden, wären sie genauso wütend auf ihn wie ich."

„Kind–"

„Nein. Sie können mich nicht wie ein Kind behandeln. Ich bin dreißig Jahre alt. Es geht nicht darum, dass ich in Ihren Mann verknallt bin. Das Problem hier ist, dass er mir nie gesagt hat, dass er verheiratet ist. Nicht, als wir begannen, miteinander zu schlafen. Nicht danach. Ich wusste bis letzte Woche nicht von ihrer Existenz." Ihr Mund öffnet sich, und ich glaube, ich habe sie endlich schockiert, aber ich schiebe mich an der milden Befriedigung vorbei und fahre fort: „Wenn Sie weise wären, würden sie mir zuhören. Wir *beide* verdienen es, die Wahrheit zu kennen, vor allem, weil er und ich keine Kondome benutzt haben. Indem er mir die Wahrheit verschwieg, hat er mir eine Wahl genommen, die meine hätte sein sollen, und jetzt bin ich schwanger mit dem Kind eines verheirateten Mannes."

„Sie sind ... schwanger?" Sie ist blass und sieht aus, als müsse sie sich übergeben.

Ich schüttele langsam den Kopf. Ich bin noch nicht fertig. „Und indem Sie annehmen, dass ich hergekommen bin, um zu lügen – dass ich sowas tun würde, weil ich *ihn will* –, erlauben Sie ihm, ein lügender Schürzenjäger zu sein. Sie sollten sich schämen. Wenn Sie ihm glauben wollen, können Sie das gerne tun. Aber ich will nichts mit ihm zu tun haben."

Etwas blitzt in ihrem Gesicht auf, aber ich bin zu wütend, um es zu analysieren. Ich habe gesagt, was ich zu sagen hatte.

Ich bin fertig.

EASTON

*E*aston: *Willst du zum Abendessen kommen? Ich grille Steaks.*

Shay: *Nicht heute Abend. Ich bin müde.*

Easton: *Du könntest herkommen und ein Nickerchen machen? Mein Bett ist ziemlich gemütlich, falls du dich daran erinnerst.*

Shay: *Ich brauche einfach eine Nacht zu Hause.*

*I*ch will fragen, ob sie sich sicher ist, dass alles in Ordnung ist, aber ich habe bereits gefragt, als sie mein Haus diesen Nachmittag verlassen hat. Ich will fragen, ob der Gedanke an Scarletts potenziellen Umzug nach Jackson Harbor ihr Angst macht, aber ich habe sie das bereits gefragt. Ich will ihr sagen, dass ich sie liebe, aber ich habe etwas Angst, dass sie es diesmal nicht erwidert.

SHAY

Ich bin um neun Uhr aus Chicago zurückgekommen und bin sofort zu Teagan und Carters Haus gefahren. Carter hilft Easton mit dem Equipment für seinen Kinoraum, und Isaiah besucht seine Oma. Ich klopfe zweimal, bevor ich ihr Haus betrete und meinen schwangeren, emotional ermüdeten Körper auf ihr Sofa setze.

„Hier. Du siehst aus, als könntest du es gebrauchen." Teagan kommt aus der Küche und gibt mir eine Flasche Bier.

„Kein Alkohol für mich."

„Tut dein Magen immer noch weh?" Sie zuckt mit den Schultern und stellt das Bier wieder in den Kühlschrank. „Kaffee?"

„Ich versuche, weniger Koffein zu mir zu nehmen."

Das schockiert sie. „Es muss dir wirklich schlecht gehen. Aber um ehrlich zu sein, ist Kaffee viel schlechter für den Magen als Alkohol."

Es gibt ein Dutzend Ausreden, wieso ich keinen Alkohol oder Kaffee trinken will, aber ich kann meiner besten Freundin genauso gut jetzt sofort die Wahrheit erzählen, also räuspere ich mich. „Äh ... Ich war heute Morgen beim Arzt. Es hat sich herausgestellt, dass es einen Grund für meine Ermüdung gibt. Einen ... offensichtlichen Grund, der auch meine Übelkeit und Nahrungsabneigung erklärt."

Ihr fällt die Kinnlade runter, bevor sie sich setzt. „Du bist schwanger."

Meine Augen brennen, und ich weiß, dass ich weinen werde, wenn ich versuche, zu sprechen. Ich will wirklich nicht erneut weinen, also nicke ich nur.

„Heilige Scheiße." Sie stellt ihre Flasche auf den Tisch und eilt in die Küche, wo sie die Gefriertruhe aufzieht. „Eis?"

Ich nicke erneut und sehe zu, als sie zwei große Schüsseln mit Schoko-Erdnussbuttereis füllt. *Mein Lieblingseis.*

Sie sagt kein Wort, bis wir mehrere Bissen verschlungen haben. „Ist alles in Ordnung?"

Ich bin mir sicher, dass sie zehntausend Fragen haben muss, aber ich bin dankbar, dass sie damit angefangen hat. „Ja. Ich meine, das wird es sein."

Sie sieht auf ihre Schüssel herab, während sie mit dem Löffel im Eis herumstochert. „Es ist definitiv Georges Kind?"

Ich lache. Gott, für einen gesegneten Moment habe ich gedacht, dass es Eastons sein könnte. Nein, das könnte es nicht. Das war mein dummes, hoffendes

Gehirn. „Es ist Georges." Ich stelle meine Schüssel auf den Kaffeetisch. „Easton und ich haben Sonntag geredet, und ich habe entschieden, in Jackson Harbor zu bleiben und ihm eine Chance zu geben. Und jetzt muss ich mir überlegen, wie ich die Uni bei meinem Vorstellungsgespräch von mir überzeugen kann, damit ich dort von vorne anfangen kann, statt Verabredungen zu planen und einen Job zu finden, den ich wirklich will."

„Warte. Ist *das* wirklich, was du willst? Neu anfangen?" Sie schüttelt den Kopf. „Wieso? Ich verstehe nicht."

Weil ich mich zu sehr schäme, das Kind eines verheirateten Mannes vor den Augen meiner Mutter großzuziehen. Weil ich alles tun werde, um sie nicht so zu enttäuschen. Weil ich Easton nicht bitten kann, ein weiteres Kind aufzuziehen, das nicht seins ist. „Es wäre nicht unerwartet, oder? Das sollte ich sowieso als nächstes tun."

„Das Einzige, was du tun *sollst*, ist herausfinden, was dich glücklich macht." Teagan stellt unsere Schüsseln in die Spüle, bevor sie wieder ins Wohnzimmer kommt. „Du hast meine Frage nicht beantwortet. Willst du das tun?"

„Ich habe die letzten acht Jahre meines Lebens damit verbracht, auf dieses Doktorat hinzuarbeiten. Ich bin eine gute Lehrerin. Ich bin eine erwachsene Frau. Ich kann es schaffen."

„Natürlich kannst du das. Ich glaube an dich, aber wieso nach Los Angeles ziehen, wenn du dort nicht leben willst? Wieso willst du deine Familie verlassen?"

„Weil ich meiner Mutter nicht in die Augen sehen

und ihr sagen kann, dass ich das Kind eines verheirateten Mannes in mir trage." Ich schließe die Augen und lasse die heißen Tränen fallen.

„Du wusstest es nicht, Shay. Erklär es ihr einfach. Deine Mutter wird es verstehen."

Ich schüttele den Kopf und öffne den Mund, kann aber nichts sagen. Ich kann ihr nicht die Wahrheit erzählen über Eastons Geständnis. Die Worte fühlen sich an, als würde ich die Erinnerung an meinen Vater verraten. „Ich fühle mich wie eine Vollidiotin, Tea. Es ist, als würde ich eine Karte mit einer Million verschiedener Wege ansehen, und die einzige Regel ist, dass ich nicht hierbleiben kann. Ich sehe all diese Optionen, und alles ist verwirrend, aber ich weiß eine Sache mit Sicherheit."

„Was?"

Ich sehe meiner Freundin in die Augen. „Das Timing und die Logistik sind vielleicht beschissen, aber als ich beim Arzt saß und sie mich über meine Regelblutung ausgefragt hat, war meine größte Angst, dass etwas schrecklich falsch ist und ich keine Kinder haben könnte. Nicht, dass ich schwanger sein könnte. Ich will dieses Kind."

Sie nimmt meine Hand in ihre und drückt sie. „Dann fang damit an, aber nimm nicht an, dass du wegziehen musst. Deine Mutter wird dich und dieses Kind lieben, egal, was kommt."

„Und was ist mit Easton?" Meine Stimme bricht.

„Ich weiß es nicht, Schatz. Nur er kann das beantworten."

„Kommst du morgen mit zum Ultraschall?"

Sie zieht mich in eine feste Umarmung. „Ich würde es um nichts verpassen."

SHAY

*A*ls ich am nächsten Morgen an der Uni ankomme, liegt eine Nachricht der Abteilungssekretärin in meinem Briefkasten, dass Dr. Alby mich in seinem Büro sehen möchte.. Ich habe geplant, heute Morgen mit ihm zu sprechen, aber der Nachricht nach zu urteilen, hat seine Frau gestern bereits mit ihm geredet.

Ich hoffe, sie hat ihn fertiggemacht – und nicht auf die gute Art.

Als ich an seiner Tür klopfe, bin ich taub.

„Komm rein!" Sein Ton ist entschieden mürrisch. Gut. Da sind wir schon zu zweit.

Ich betrete sein Büro und schließe die Tür hinter mir.

Als er von seinem Computer wegsieht, wandert seine Augen zu der geschlossenen Tür. „Shay, ich denke, es wäre besser, wenn die Tür offenbleibt."

Was für ein verficktes *Arschloch*. „Wirklich? Es hat dir nichts ausgemacht, sie zu schließen, als du deiner *Frau* mit mir fremdgegangen bist." Oh. Wow. Das hat sich gut angefühlt. Wieso habe ich davor Angst gehabt?

Er atmet tief aus. „Merritt hat mir gesagt, dass du sie gestern besucht hast. Und bevor du dich auf dein Ross setzt, solltest du wissen, dass ich Entscheidungen getroffen habe, die auf deinem Reifegrad basieren. So, wie du mit ihr gesprochen hast, ist es klar, dass ich die richtige Entscheidung getroffen habe."

In diesem Moment sehe ich George zum ersten Mal. Ich bin wirklich von mir selbst angewidert, dass ich mich auf ihn eingelassen habe. Ich habe immer gewusst, dass George zu arrogant ist, aber wieso zum Teufel fand ich sein Ego nie nervig? Meine-Vagina-schrumpft-unakzeptabel. Ich schüttele den Kopf. „Mein *Reifegrad?* Was für eine bequeme Ausrede das für dich gewesen sein muss – um deine Frau anzulügen und mir deine Ehe zu verheimlichen, damit du mich ficken kannst. Du *wusstest*, dass ich dir eine Abfuhr erteilt hätte, wenn ich davon gewusst hätte."

Er lehnt sich zurück, die Brust aufgeblasen, die Nasenlöcher vor Wut geweitet. „Ich schätze, du wirst jetzt so tun, als hättest du es nicht gewollt? Wirst du das Opfer spielen und sagen, dass ich dich durch meine Stellung als Mentor genötigt habe?"

Ich schüttele den Kopf. „Das habe ich nie gedacht. Deine Bewertung meiner Arbeit und deine Hilfe mit meiner Recherche hat sich immer komplett separat von unserer persönlichen Beziehung angefühlt."

Er schluckt schwer und seine Brust senkt sich. *Gut.* Wenigstens hat er sich darüber etwas Sorgen gemacht.

„Und ich habe nicht für akademische Gefallen mit dir geschlafen", sage ich, als ich realisiere, dass das zuerst besprochen werden muss. „Und es hat sich nie angefühlt, als hättest du deine Position in meinem Komitee ausgenutzt, um mich ins Bett zu kriegen."

Er wischt sich über das Gesicht und nickt. „Okay. Gut, gut, gut. Es freut mich, das zu hören."

„Das ist eine ganze Menge an *gut* in einer ziemlich beschissenen Situation, George. Du bist nicht vom Haken dafür, dass du mir nicht von deiner Frau erzählt hast. Zumindest nicht bei mir. Wenn sie ignorieren will, was du getan hast, dann ist das ihr Problem. Auch wenn ich eine Beziehung mit dir wollte, würde ich dir nicht verzeihen, dass du mich im Dunkeln gelassen hast. Ich habe nicht die Energie, meine Gefühle über deine Lüge zu analysieren."

Er grinst. „Ist das gut oder schlecht?"

Ich lege den Kopf zur Seite. „Was genau hat deine Frau dir gesagt?" *Hat sie dir gesagt, dass ich schwanger bin?*

„Sie hat mich rausgeschmissen." Er windet sich unbequem. *Tut dein Hintern weh, George?* „Und dann hat sie gesagt, dass ich mit dir reden muss."

„Sie hat recht. Wir müssen reden."

Er starrt mich an, aber als ich nichts sage, fährt er ungeduldig fort: „Schieß los."

„Ich bin schwanger."

Er wird kreideblass, und dann schüttelt er jegliche Panik ab. „Der Sportler ist aber echt schnell."

„Es ist nicht Eastons Kind." Ich starre ihn an, aber als er mit einem verwirrten, verstockten Ausdruck zurückstarrt, sage ich: „Ich bin bereits elf Wochen und vier Tage schwanger." Ich ziehe das Ultraschallfoto aus meiner Tasche und lege es vor ihm auf den Schreibtisch.

Er starrt das Schwarzweißfoto mit aufgerissenen Augen an. „Bist du dir sicher, dass es meins ist?"

Was für ein *Arsch*. „Bevor Easton wiedergekommen ist, warst du der Einzige, mit dem ich in den letzten Jahren geschlafen habe."

Als er mich ansieht, sind seine Augen von Wut erfüllt. „Du hast gesagt, dass du die Pille nimmst."

„Das habe ich auch. Scheint, als wäre ich während der Konferenz in Florida schwanger geworden. Der Arzt hat gesagt, dass hormonelle Verhütung nicht immer funktioniert, wenn man krank ist."

„Die Chancen ..."

Ich deute auf das Foto. „*Das* sind die Chancen."

Er starrt mich lange an, und ich kann sehen, als ihm verschiedene Möglichkeiten durch den Kopf gehen. „Ich kann dich nicht heiraten, Shay. Du hast dich komisch benommen, seit du den Ring in meiner Jackentasche gefunden hast, aber ich habe dir nie Grund gegeben, zu glauben, dass ich das von dir will. Ich will meine Frau nicht verlieren."

„Wenn du denkst, dass ich dich nach all dem heiraten will, hast du den Verstand verloren."

„Ich meine, ich würde einen Vaterschaftstest wollen."

„Würdest du das? Und dann? Was würde der Beweis der Vaterschaft ändern?" Ich schüttele den Kopf. „Ich mag vielleicht nicht, wie es passiert ist, aber ich freue mich auf das Kind."

„Na, dann freut sich wenigstens einer von uns." Er atmet tief aus. „Du hast bekommen, was du so verzweifelt wolltest, oder? Eine Ausrede, zu Hause zu bleiben. Eine Ausrede, alles zu ignorieren, wofür du so schwer gearbeitet hast, damit du ... was? Wie wirst du das Kind unterstützen? Wirst du als *Kellnerin* arbeiten?

Ich weiß, dass es hätte weh tun sollen, aber das tut es nicht. Es ist mir egal, was er über mich denkt – über meine Familie und meine Entscheidungen. „Ich sage es dir nur, weil es das Richtige ist. Nicht, weil ich etwas von dir erwarte."

Er sieht verwundert aus. Ich frage mich, mit wie vielen Frauen er ohne Kondom geschlafen hat, während er so tat, als wäre er Single. Vielleicht war er sogar mit anderen Frauen an dieser Uni zusammen, die gedacht haben, dass sie ihren Ruf beschützten, indem sie es geheim hielten. „Ich glaube, es wäre einfacher, wenn du jegliche Entscheidung in Bezug auf das Kind genauso triffst, wie ich es dir bezüglich deiner Karriere gesagt habe", sagt er. „Zähl mich nicht mit."

„Würdest du deine Rechte auf das Kind aufgeben?"

Er zuckt mit den Schultern, als würde ich etwas Bedeutungsloses fragen. „Wenn du das willst, ist das in Ordnung."

Ich atme tief ein. „Und wenn ich meine Dissertation verteidige, erwarte ich dasselbe. Evaluiere mich, als wären wir nie zusammen gewesen."

„Du denkst, dass ich dich wegen all dem unfair bewerten würde? Ich nehme akademische Integrität sehr ernst."

Ich lache. „Weil akademische Integrität alles ist, richtig? Anscheinend ist es für dich wichtiger als persönliche Integrität." Ich schnappe mir das Ultraschallbild von seinem Tisch, stecke es in meine Tasche und verlasse sein Büro.

Vielleicht ist es nicht so weise, mit dieser Verbitterung zu gehen, wenn die Zukunft meines Doktorats in seiner Hand liegt. Wenn ich wegziehe und neu anfange, werde ich den Abschluss wollen, für den ich mir den Arsch aufgerissen werde. Aber es war es wert.

EASTON

*E*aston: *Alles in Ordnung? Hab' dich gestern vermisst.*

Shay: *Ich muss mich um Unikram kümmern. Ich hatte ein paar unvorhergesehene Veränderungen, die alles komplizieren.*

Easton: *Kann ich helfen?*

Shay: *Ich muss allein damit zurechtkommen.*

Easton: *Kommst du heute zum Gymnastiktraining? Abi ist aufgeregt.*

Shay: *Nein, Nic fährt Lilly heute.*

Easton: *Du gehst mir aus dem Weg.*

Shay: *Ja. Ich brauche etwas Zeit, Easton. Wir werden reden, aber ich muss mich gerade um mich kümmern.*

*W*as denkst du über diesen?", fragt Carter, als er mit dem Diamantenring zwischen seinen Fingern spielt. „Zu simpel?"

Ich schiebe mein Handy in die Hosentasche und schlucke den Herzschmerz hinunter. Wenn dein bester Freund dich bittet, mitzukommen, um einen Verlobungsring für die Liebe seines Lebens auszusuchen, tust du es. „Simpel ist nicht schlecht." Ich mustere den Diamant. „Und dieser hier ist überhaupt nicht simpel. Er ist ... solide. Wie ihr beiden."

Er grinst. „Das glaube ich auch." Er sieht zu der Tasche, in der mein Handy steckt. „War das meine Schwester?"

„Ja."

„Geht sie dir immer noch aus dem Weg?"

Ich fahre mit einer Hand durch mein Haar. „Ja."

„Willst du diesbezüglich etwas unternehmen?"

Sehe ich aus wie ein Idiot? „Sie braucht Zeit."

Er runzelt die Stirn. „Was hast du getan?"

Ich schüttele den Kopf. Carter weiß nicht von unserer Vergangenheit. Ich habe ihm nie von Paris erzählt, oder dass sie zu mir gekommen ist, nachdem sie herausfand, dass ihr Vater ins Hospiz gehen musste. Vielleicht ist es an der Zeit, mich allem zu stellen. „Ich habe diesmal nichts getan", sage ich vorsichtig. „Aber sie hat jedes Recht, vorsichtig zu sein."

„Das bedeutet?"

„Hör zu, ich würde dir gerne alles erzählen, aber wenn du mir das Gesicht einschlägst, wirst *du* meiner süßen, unschuldigen Tochter deine Aktionen erklären müssen."

Seine Augen weiten sich. „Oh, verdammt. Wir werden Bier brauchen, oder?"

Ich nicke. „Wir sollten es wahrscheinlich in der Bar tun.“

SHAY

*I*ch meide meine Wohnung. Ich habe gestern in einer emotionalen Welle der Energie begonnen, alles einzupacken. Auch wenn ich in Jackson Harbor bleiben will, und das tue ich nicht, müsste ich meine kleine Wohnung im dritten Stock verlassen. Es wäre nicht praktisch mit einem Baby, ganz zu schweigen davon, dass es eine ein-Zimmer-Wohnung ist.

Ich fahre zu Teagan und lächele, als sie die Tür öffnet. „Kann ich hier rumhängen?"

„Immer."

„Willst du etwas zu Essen bestellen? Ich habe offiziell die ‚kein Appetit'-Phase der Schwangerschaft überstanden und habe jetzt die klischeehaften Gelüste."

„Ich ..." Ihr Blick hastet ins Wohnzimmer, das hinter dem Foyer ist..

Und das ist der Moment, als ich realisiere, dass Teagan nicht allein ist. Im Wohnzimmer erstarrt Carter mit einem Bier vor den Lippen. Und zwischen mir und dem Sofa steht Easton wie paralysiert, die Augen schockiert auf mir.

„Easton ist hier", sagt sie leise. „Nic hat die Mädels zum Training gefahren."

Scheiße. Ich war noch nicht bereit. Ich werde vielleicht nie bereit sein.

Ich drehe mich um, öffne die Tür, die sie gerade geschlossen hat, und stürme nach draußen.

„Du Hundesohn!", höre ich Carter hinter mir sagen. „Ich habe mir deine ganze Schnulzgeschichte angehört, und jetzt willst du mir sagen, dass du meine Schwester geschwängert hast?"

Ich schließe die Tür, bevor ich Eastons Antwort hören kann. Die Verandaschaukel ist entweder zu hoch, oder ich bin zu klein, weil meine Füße einen halben Meter über dem Boden hängen, als ich mich darin vor und zurückschwinge.

Als die Tür aufschwingt, erwarte ich, Teagan zu sehen, aber Easton kommt raus. Easton, der nicht erneut das Kind eines anderen Mannes großziehen will. Easton, der einfach nur ein simples Leben will, in dem er sich auf seine Tochter konzentrieren und dem Drama entkommen kann.

Er mustert die Stelle neben mir, und ob es wegen meiner Laune ist oder weil er mir gerade nicht nahe sein kann, er scheint es sich zu überlegen und lehnt sich gegen das Geländer. Seine Zähne sind zusammengebissen, als er mich anstarrt. „Du bist schwanger."

Ich nicke.

„Und es ist nicht ..."

Ich schüttele den Kopf. Ich wünschte, es wäre Eastons Kind. Der Gedanke bringt mich zurück zu meinem zwanzigjährigen Selbst, als ich gehofft habe, schwanger zu sein, damit er mich über Scarlett gewählt hätte. Aber natürlich war ich das nicht. Easton war immer zu vorsichtig.

Er dreht sich um und sieht zur Straße. Gut. Vielleicht wird es einfacher sein, wenn ich sein Gesicht nicht sehen muss. Auch wenn ... wenn es mich zerstört, dass er mir den Rücken kehrt.

„Ich wusste es bis diese Woche nicht", sage ich. Ich will nicht, dass er auch nur einen Moment lang denkt, dass ich wie seine Ex-Frau bin. Dass ich ihn anlügen würde wie sie.

„Deswegen hast du gefragt", sagt er. „Montag ... als du gefragt hast, ob ich dieselbe Wahl treffen würde."

Ich schlucke schwer. „Ich weiß, dass du gerade wahrscheinlich nicht mit mir reden willst, und ich kann es dir nicht verübeln. Ich muss morgen früh zum Flughafen."

Er dreht sich sofort um. „Was?"

„Für das Vorstellungsgespräch in Los Angeles."

„Dein Bruder heiratet am Samstag."

Darüber macht er sich Sorgen? Dass ich die Hochzeit verpasse? „Ich werde Freitag beim Familienessen sein. Keine Sorge."

„Ich meine ... Deine Familie kommt an erster Stelle. Du hast entschieden, hier zu bleiben, und jetzt rennst du weg und lässt sie ihm Stich?"

Ich will nicht darüber reden, von meiner Familie

wegzuziehen. Ich ... kann einfach nicht. Ich zucke hilflos mit den Schultern.

„Weiß er davon?"

„Ja."

„Und geht er mit dir nach Los Angeles?"

„Nein." Denkt er, dass es so funktioniert? Dass ich, wenn ich ihn nicht haben kann, *George* wähle? Trotz all der Lügen? Trotz der Tatsache, dass mein Herz Easton gehört? Meine Gedanken sind verwirrt, und die Welt scheint im Nebel versunken zu sein. „Alles, was ich weiß, ist, dass ich einen Weg finden muss, um mich um dieses Kind kümmern zu können. Es muss meine Priorität sein."

Er schließt die Augen. „Indem du nach Los Angeles ziehst."

„Es gibt ein paar Dinge, die mir nicht ganz klar sind, aber ich will eine Mutter sein. Dieses Kind war unerwartet und ungeplant, aber nicht ungewollt."

„Wie kannst du das sagen, wenn *er* der Vater ist? Er war verheiratet und hat mit dir geschlafen."

„Du auch!" Ich stehe auf. Ich hätte nicht herkommen sollen, aber eins ist klar. Ich muss umziehen. Weil ich es nicht überleben würde, Easton ständig zu sehen und zu wissen, dass wir nicht zusammen sein können.

„Hättest du mir davon erzählt?"

„Ich hätte es tun sollen, als du Montag die Tür aufgemacht hast. Ich weiß. Ich ..." Welche Ausrede habe ich jetzt parat? *Ich wollte ein letztes Mal mit dir? Ich dachte nicht, dass mein Herz es überleben würde, dich ein drittes Mal zu verlieren?*

Seine Augen sind voller Tränen, und er hebt das Gesicht zum Dach. „Zu versuchen, dieses Kind allein in L.A. großzuziehen, ist ein riesiger Fehler."

„Ich brauche deine Zustimmung nicht." Ich gehe zu meinem Auto, das auf der Straße geparkt steht und blicke erst zurück, als ich die Tür öffne. Er rennt mir nicht hinterher. Er steht einfach da und sieht zu Boden. Ich habe nicht gewusst, dass ein Teil von mir gehofft hat, dass er mich trotz der Umstände wollen würde. Und ihn da stehen zu sehen, zuzusehen, wie er mich gehen lässt ... Es fühlt sich an, als würde mein Herz zum dritten Mal brechen.

EASTON

Shay ist gegangen, und ich fühle mich, als wäre ich überfahren worden.

Es ist eine Stunde her, seit sie das Haus ihres Bruders verlassen und mich mit dem Schock und der Verwirrung zurückgelassen hat.

Sie ist schwanger mit seinem Kind.

Ein Teil von mir wartet darauf, dass sie mich findet und mir sagt, dass es ein schlechter Witz war. Ein Fehler. *Irgendwas.*

Wir hatten nie gutes Timing. Bevor ich nach L.A. gezogen bin, war sie zu jung. Dann war Scarlett schwanger, dann Abis Krankheit. Und jetzt …

Sie ist schwanger mit seinem Kind.

„Du siehst nicht gut aus", sagt Carter, als er sich neben mich setzt.

Shay ist gegangen, und ich bin zum Jackson Brews gefahren. Ich habe meinem Kindermädchen gesagt, dass ich spät nach Hause kommen würde, und habe vor, mich zu betrinken. Aber bisher habe ich nur ein paar Schlucke Bier getrunken, während der Bulleit, den ich bestellt habe, unberührt vor mir steht.

„Alles in Ordnung?", fragt er.

„Sie ist schwanger mit seinem Kind." Die Worte sind nach einer Stunde in meinem Kopf immer noch nicht leicht zu sagen.

Carter nimmt sich meinen Bourbon, trinkt einen Schluck und stellt das Glas mit verzogenem Gesicht zurück. „Die Situation ist so beschissen. Ich kann nicht glauben, dass Shay sich auf diesen Kerl eingelassen hat. Aber weißt du was? Teagan hat gesagt, dass Shay mit ihm gesprochen hat und sie sich beide einig sind, dass er keine Rolle im Leben des Kindes spielen wird. Wer tut sowas?"

Mein Kopf hebt sich abrupt. „Sie hat das gesagt?"

„Anscheinend, ja. Teagan hat gesagt, dass sie nicht wollte, dass George involviert ist, und dass er uninteressiert war." Er schüttelt den Kopf. „Ernsthaft, er wird ein Kind in der Welt haben und es ist ihm egal?" Carter lacht humorlos, als ich die Augenbraue hebe. „Richtig. Ich schätze, du kennst das von deinem eigenen Vater."

„Ich habe es nie verstanden. Mein erster Gedanke, als ich rausfand, dass Scarlett schwanger war, war, herauszufinden, wie ich ein Vater sein konnte."

„Und dann kam es heraus, dass du gar nicht Abis Vater bist."

„Sag das nicht." Sie Worte klingen härter, als beabsichtigt, aber es kümmert mich nicht, weil seine Worte mich verletzt haben.

„Scheiße, es tut mir leid. Ich meinte es nicht so."

„Ich weiß, aber Abi und ich haben darüber gesprochen. Wir haben besprochen, dass Worte wichtig sind und wir für unsere Beziehung Worte wählen, die wir kennen. Ich bin zwar nicht ihr leiblicher Vater, aber ich bin ihr Papa. *Das* hat nichts mit DNA zu tun. Verdammt, sieh dir meinen Vater an. Er ist der beste Beweis dafür, dass es nichts bedeutet."

„Ich würde sagen, dass *du* der beste Beweis bist, East. Du bist ein toller Vater."

Der Stolz auf seinem Gesicht schnürt meine Kehle zu, und ich schlucke die Emotionen hinunter, mit denen ich gerade nicht zurechtkomme. „Danke."

Carter lehnt sich zurück. „Ich muss meine Schwester ihr Kind allein aufziehen lassen, während sie in einem anderen Staat lebt?"

„Sie wird es schaffen. Wir reden über Shay." *Es brennt höllisch.*

„Es ist nicht so, als würde ich glauben, dass sie es nicht tun kann. Sie wird eine tolle Mutter sein. Aber verdammt, Easton. Ich habe deine Mutter gesehen. Es war für sie so viel schwerer als für meine Eltern, und sie hatten *sechs* von uns. Ohne einen Partner ist es schwerer, und das will ich nicht für sie." Er seufzt. „Auch etwas, das du kennst."

Ich rolle das Bierglas in meinen Händen. „Nicht ganz. Scarlett ist vielleicht nicht super konstant, aber sie ist involviert. Sie liebt Abi und geht sicher, dass unsere Tochter das weiß. Das allein ist so viel wert."

„Wie denkst du darüber?", fragt Carter. „Ist das ...

Dieses Baby, der Umzug nach L.A – ist es ein Trennungsgrund?"

„Sie hat mir keine Chance gegeben, eine Entscheidung zu treffen. Sie hat mir nicht einmal davon erzählt, sondern ihre Pläne geändert, um mich auszuschließen." Ich realisiere, dass das am meisten weh getan hat. Sie war bereit, zum Vorstellungsgespräch zu fliegen, ohne mir etwas zu sagen. Wollte sie wirklich warten, bis ich es irgendwo gehört hätte? Oder vielleicht hat sie geplant, mich von Kalifornien aus anzurufen und es mir zu erzählen. Hatte sie zu viel Angst, oder–

Ich verdränge den Gedanken, bevor er sich festsetzen kann. Ich weiß, dass sie nicht geplant hat, so zu tun, als wäre es mein Kind. Shayleigh würde sowas niemals tun.

„Teagan hat gesagt, dass Shay am Boden zerstört ist", sagt Carter, und ich weiß, dass er nach mehr sucht.

„Da sind wir zu zweit."

Er trinkt einen weiteren Schluck von meinem Bourbon. „Tut mir leid. Ich habe nicht gewusst, dass ich das brauche."

Ich schüttele den Kopf. „Ist schon in Ordnung. Du kannst das Glas austrinken. Ich kann doch nichts Hartes trinken."

„Kann ich dich etwas fragen?"

„Klar", sage ich zögerlich. Die letzte Person, die so eine Frage gestellt hat, war Shay. Sie wollte wissen, was ich getan hätte, wenn ich gewusst hätte, dass Abi nicht mein leibliches Kind ist. Rückblickend ist es ziemlich offensichtlich, dass sie mir nicht von ihrer Schwangerschaft erzählt hat, weil ich ihr am Montag die falsche

Antwort gab. Ich habe jede Sekunde, seit sie mich heute Nachmittag verlassen hat, darüber nachgedacht – die Unstimmigkeiten überdacht. Aber ich habe ehrlich geantwortet.

„Bist du in meine Schwester verliebt?"

„Verdammt, ich dachte, du wolltest mir eine schwere Frage stellen. Ja. Natürlich bin ich in sie verliebt. So sehr."

Carter reißt die Augen auf, und ihm fällt die Kinnlade hinunter. Ich habe ihn schockiert. Ich weiß nicht, ob er die Antwort selbst nicht erwartet hat, oder dass sie so bereitwillig kam. „Wow. Ich habe mir gedacht, dass ihr darauf zugesteuert habt, aber ... jetzt schon?"

„Schon immer." Ich schließe die Augen fest. „Und ich bin mir ziemlich sicher, dass es gegenseitig ist."

„Ich auch", sagt er sanft. „Aber wenn du sie liebst, wieso lässt du sie das dann tun?"

Ich wische mir mit einer Hand übers Gesicht. „Verdammt, Carter. Ich glaube, sie ist ein besserer Mensch als ich, weil sie zweimal zurückgetreten ist. Sie hat mich zweimal gehen lassen, damit ich mich um meine Tochter kümmern konnte. Und wenn sie nach Los Angeles ziehen will, um ihr Kind allein großzuziehen, dann ..."

„Du willst nicht, dass sie bleibt?"

„Natürlich will ich das. Ich will, dass sie hier bei euch bleibt. Sie wird dort ganz allein sein. Ich will, dass sie Hilfe hat." Ich schüttele den Kopf. „Ich kenne sie gut genug, um zu wissen, dass sie denkt, dass sie wie Ann ist. Ich wette, sie will nicht, dass deine Mutter herausfindet, dass der Vater ihres Kindes verheiratet ist." Außer meinem dummen Ausrutscher mit Shay habe ich nur Carter von Franks Untreue erzählt.

„Seit wann weiß sie von Ann?"

Mein Blick fällt auf den Tisch, und Carter flucht. „Ich hätte nichts sagen sollen. In dem Moment wollte ich nur erklären, dass ich ein genauso guter Vater sein wollte wie Frank."

„Indem du ihr erzählt hast, dass er ein Fremdgänger war? Gott, Easton, es ist nicht einmal wahr."

Ich hebe den Kopf. „Was?"

„Es ist nicht wahr. Als meine Mutter krank war, und wir gedacht haben, dass wir sie verlieren würden, habe ich endlich mit ihr darüber gesprochen. Sie hat gesagt, dass es nicht wahr ist."

„Aber dein Vater hat die Firma verkauft. Ann hat gesagt, dass er in sie verliebt war, sich aber schrecklich fühlte und die Firma verkauft hat, um sich zu seiner Familie zu bekennen."

„Ann war seine Assistentin in der Baufirma. Wenn sie das Problem war, hätte er sie einfach ersetzen können. Er hat die Firma verkauft und sein Brauunternehmen gegründet, weil er es tun wollte." Carter schwenkt den Bourbon. „*Sie* war in unseren Vater verliebt. Mama wusste davon, aber Papa hat es nicht erwidert. Es war unangenehm, aber Ann hatte ein Kind, also wollten Mama und Papa nicht, dass sie ihre Stelle einfach verlor. Und da sie sowieso geplant hatten, die Firma zu verkaufen, hat unser Vater es einfach ausgehalten."

Ich denke an die Frau, die meine Mutter jahrelang als Freundin sah. Wieso habe ich ihr geglaubt, wenn Frank mir nie einen Grund gab, zu glauben, dass er untreu gewesen sein könnte? „Ich kann nicht glauben, dass ich all diese Jahre damit verbracht habe, Ann zu glauben."

„Ich kann nicht glauben, dass du meiner Schwester davon erzählt hast. Gott, wie lang denkt sie schon, dass unser Vater unserer Mutter fremdgegangen ist?"

Schande heizt meinen Nacken auf. „Seit der Nacht nach seiner Beerdigung."

Carter flucht, als er sein Glas ext. „Das musst du wiedergutmachen. Papa hat Mama geliebt. Vom Anfang bis zum Ende. Auch wenn es wahr wäre, ist es Schwachsinn, dass du ihn als Ausrede benutzt hast, um in einer schlechten Ehe zu bleiben."

Ich hebe die Flasche mit einer zitternden Hand und trinke einen Schluck. Dann noch einen. „Ich hatte immer Angst, so zu sein wie mein Vater. Alles, was ich wusste, um das zu vermeiden, war, wie Frank zu sein."

„Aber du warst nicht wie er. Eure Leben waren zu unterschiedlich. Du hast getan, was du für richtig hieltst, und jeder, der dich mit Abi sieht, weiß, dass du nicht wie dein Vater bist. Du hast dein Bestes getan, und sie ist wundervoll." Er hält kurz inne. „Aber es geht nicht um Abi. Es geht um Shay. Sei ehrlich ... Willst du, dass sie hierbleibt, damit sie bei ihrer Familie ist oder bei *dir*?"

„Es ist kompliziert." Ich schüttele den Kopf. „Ich liebe sie, ich will sie, aber ich kann nicht so tun, als würde diese Schwangerschaft nicht alles ändern. Ich weiß nicht, ob ich das Kind eines anderen Mannes großziehen kann."

„Scheint, als würdest du es mit Abi gut schaffen."

„Es wäre diesmal anders. Es von Anfang an zu wissen ... Würde ich das Kind anders behandeln? Würde ich Abi immer bevorzugen und das Leben des anderen Kindes ruinieren?"

„Machst du dir darüber wirklich Sorgen?"

„Ich weiß nicht. Ich bin am Boden zerstört, und das ist die ehrlichste Antwort, die ich dir gerade geben kann. Ich weiß, dass ich ein schrecklicher Heuchler bin. Ich hasse den Gedanken, dass sie sein Kind austrägt, aber ich habe keine Ahnung, wie ich sie gehen lassen soll."

Carter schenkt mir ein trauriges Lächeln. „Aber du bist ein verdammter Erwachsener, also musst du entweder lernen, mit ersterem zurechtzukommen oder das zweite verarbeiten."

„Sie wird mir keine Chance geben, überhaupt etwas zu entscheiden. Ich habe es versehentlich herausgefunden, und ich habe es kaum verarbeitet, seit sie in ihr Auto gestiegen ist."

„Vielleicht fällt es ihr nach den letzten zwei Malen schwer, zu glauben, dass du sie wählen würdest." Er schiebt den Umschlag über den Tisch. „Sie hat Teagan gebeten, dir das zu geben. Ich habe angeboten, es dir zu bringen."

Carter geht, und ich verabschiede mich nicht einmal. Ich starre auf den Umschlag, der vorne meinen Namen in Shayleighs Handschrift hat. Ich weiß nicht, wie lange ich wie ein Feigling da sitze, bevor ich den Mut finde, den Umschlag zu öffnen.

Shay ist eine Schreiberin – ein verdammtes Genie mit

Worten –, also erwarte ich einen langen Brief. Stattdessen sehe ich zwei Sätze.

Ich habe dir nie übelgenommen, Abi gewählt zu haben. Auch wenn es weh tat, habe ich das immer an dir geliebt.

SHAY

Molly und Braydens Hochzeit ist nicht groß oder formell genug, um eine Probe zu brauchen, aber das Paar hat trotzdem entschieden, ein traditionelles „Probeessen" zu haben, um die Feierlichkeiten zu verlängern.

Wir haben Nics Schwester angeheuert, um auf die Kinder aufzupassen, und haben uns zum Abendessen im Jackson Brews getroffen, und ich bin das einzige Jackson-Kind ohne Verabredung. Alle haben ihre Partner gefunden und gründen Familien. Gott, meine Brüder waren nie so glücklich wie jetzt. Und ich? Mein Leben ist ein Kartenspiel, dem ich mitten in der zweiundfünfzigsten Runde beigetreten bin. Zu wissen, dass meine Brüder glücklich sind, ist hilfreich, obwohl mein eigenes Leben gerade unklar ist.

Wir haben zu Ende gegessen, aber niemand eilt nach Hause. Ich verstehe, wieso meine Familie hier ist, aber ich bin eine Stunde vor dem Essen aus dem Flugzeug gestiegen, und zwischen dem Jetlag und der Ersttrimesterermüdung ruft mein Bett nach mir.

Ich tippe Mama auf den Arm. „Ich werde nach Hause gehen."

Sie drückt meine Hand. „Wir haben nicht einmal über dein Vorstellungsgespräch geredet. Hat dir die Universität gefallen?"

Ich werde von meiner Liebe für diese Frau überwältigt. Sie hat mich nicht nur auf die Welt gebracht. Sie hat mich aufgezogen und geliebt und mir gezeigt, was es bedeutet, Mutter zu sein. Wegen ihr weiß ich, dass ich für dieses Kind das Richtige tun werde. „Die Uni war wunderschön, und ich glaube, dass das Vorstellungsgespräch gut gelaufen ist. Sie werden ihre Entscheidung am Ende des Monats treffen."

„Ich will nicht, dass du wegziehst, Shay, aber ich werde damit klarkommen, wenn du diese Stelle willst. Wir werden dich alle vermissen, aber wir sind deine Familie, egal, wo du lebst." Ihr Blick fällt auf mein unangerührtes Weinglas, das Brayden eingeschenkt hat, und dann wieder zu mir, bevor ihre Lippen sich zu einem Lächeln verziehen. „Du hast Neuigkeiten, die du mir verheimlicht hast, und ich weiß nicht, wieso."

Mein Gelächter überrascht mich und klingt eher wie ein Kichern-Schnauben. „Natürlich weißt du es. Du wusstest es wahrscheinlich vor mir."

„Ich wusste es an dem Tag, als Easton wiedergekommen ist und du deinen Champagner nicht getrunken hast. Flüssiger Mut ist dein Ding, und etwas muss nicht gestimmt haben, dass du das Glas stehen lassen hast."

Sie wusste es, bevor ich auch nur daran gedacht habe.
Natürlich. „Ich habe es am Montag herausgefunden",
flüstere ich. „Und ich habe Angst und bin überrascht,
aber nicht traurig – zumindest nicht über das Baby."

„Der Mann von der Uni ist der Vater?", fragt sie.

Ich nicke.

„Wird er involviert sein?"

Ich schüttele den Kopf.

„Vielleicht ist es am besten, hm?"

„Woher weißt du das?"

Sie wischt über meine Wangen, als wäre ich ein Kind,
das gerade mit dem Mittagessen fertig geworden ist. „Er
hat dich nicht glücklich gemacht. Ich konnte es dir
ansehen."

„Nachdem wir Schluss gemacht haben, habe ich
herausgefunden ..." Ich drücke ihre Hand. „Er ist verheiratet, Mama. Ich wusste es nicht, und jetzt hat seine Frau
ihn gebeten, aus ihrem Haus auszuziehen, und ein kleines
Mädchen wächst vielleicht ohne ihren Vater auf." Ich
sehe auf unsere Hände. „Und ich glaube, es wäre einfacher, wegzuziehen, als dich jeden Tag zu sehen und zu
wissen, dass ich dich enttäuscht habe. Ich schäme
mich so."

„Wieso schämst du dich für etwas, das du nicht
gewusst hast?" Sie lehnt sich vor und zieht mich in eine
Umarmung. „Du könntest mich nie enttäuschen. Ich bin
jeden Tag stolz auf dich."

Ich atme dreimal tief ein, bevor ich sage: „Ich wollte
nicht wie Ann sein. Ich wollte keine Familie zerstören."

„Ann Friedman?" Mama lässt mich los und schenkt

mir ihren typischen *„Ich hab' dir doch gesagt, dass du keine Drogen nehmen sollst"*-Blick. „Was lässt dich an sie denken?"

„Easton hat gesagt, dass Papa in sie verliebt war."

Mama schnaubt. „Sie träumt davon. Erinnerst du dich nicht an Ann?"

„Ein bisschen."

„Erinnerst du dich, wie sie allen – inklusive der Polizei – erzählt hat, dass sie vom Weihnachtsmann vor der Bank überfallen wurde? Und die Sicherheitsaufnahmen haben gezeigt, dass sie einem Obdachlosen Geld vor der Bank gegeben hat?"

Ich nicke. „Das hab' ich fast vergessen."

„Oder wie sie dir gesagt hat, dass du deine Periode nicht bekommen würdest, wenn du kein rot trägst?"

Oh, wow. Das habe ich auch vergessen. „Sie war etwas verrückt, oder?"

„Sie hat in ihrer eigenen Welt gelebt. Sie war in deinen Vater verliebt und" – sie deutet auf ihren Kopf – „vertrau mir, ihre Kommentare über seine angeblich erwiderten Gefühle sind für all mein graues Haar verantwortlich. Aber sie hat unsere Familie nie bedroht, weil dein Vater nicht interessiert war."

„Was passiert hier?", fragt Levi vom anderen Ende des Tisches. „Alles in Ordnung?"

„Alles ist gut", sage ich schnell. Ich bin so froh, dass ich in den letzten sieben Jahren niemandem davon erzählt habe, aber ich wünschte, ich hätte Mama gefragt.

Sie hebt eine Augenbraue und nickt bedeutungsvoll zu meinen Brüdern. Ich nicke und erlaube ihr, es zu tun.

„Shay ist schwanger und wir sind einfach glücklich über dieses neue Familienmitglied."

„Du bist *schwanger?*", fragt Levi, als Brayden sagt: „Was zur Hölle? Ich wusste nicht einmal, dass du einen Freund hast." Und Jake ruft: „Ist es Eastons Kind?"

„Ich bin nicht der leibliche Vater des Kindes." Die sanfte, bekannte Stimme lässt mich den Kopf umdrehen, um Easton zu sehen. Ich weiß nicht, wann er hergekommen ist, aber er sieht so müde aus, wie ich mich fühle. Er trägt ein loses, weißes Hemd, dessen Ärmel bis zu den Ellenbogen aufgekrempelt sind, und eine khakifarbene Hose. „Aber ich werde der Papa sein, wenn Shayleigh mich lässt."

Ich dachte nicht, dass es möglich ist, aber die Worte scheinen meine Familie verdutzt verstimmen zu lassen. Vor allem mich. Sogar meine Mutter ist stumm, obwohl sie grinst.

„Was hast du gesagt?", frage ich sanft.

Easton lächelt. „Ich habe gesagt, dass es auf dich ankommt. Aber ich habe meine Entscheidung getroffen." Sein intensiver Blick gleitet von meinen Augen bis zu meinen Schuhen, und etwas in mir tanzt als Antwort. Seine Nähe stößt Energie durch meinen Körper. „Du siehst ..." Er schluckt schwer und versucht, mich anzulächeln. „Du bist wunderschön."

Ich sehe auf das simple, blaue Kleid, das ich mir von Teagan geborgt habe, herab. Es liegt eng an und hört über den Knien auf. Ich werde solche Kleider nicht viel länger tragen können ... außer ich will meine Schwangerschaft offenbaren. „Danke."

„Können wir reden?", fragt er, bevor er über seine Schulter zum Ausgang sieht. „Ich habe ein paar Dinge, die ich gerne sagen würde. Privat, wenn es geht."

Ich nicke, schnappe mir meine Tasche und führe ihn nach draußen. Ich sehe nicht nach hinten, um sicherzugehen, dass er mir folgt, als ich durch die Küche gehe. Aber das muss ich nicht. Ich spüre ihn hinter mir.

Ich zögere einen Moment vor Jakes Büro. Das letzte Mal, als wir da drin waren ...

„Ich dachte, wir könnten zum Strand gehen", sagt Easton. „Es ist ein schöner Abend."

„Gerne." Ich trage Absätze, aber wir sind nur ein paar Hausblöcke vom Stand entfernt, und ich werde sie ausziehen können, sobald wir den Sand erreichen.

Wir sind still, als wir auf den Lakeshore Drive zugehen. Niemand will das Gespräch beginnen. Ich weiß nicht, wieso er darauf wartet, zu sagen, was er zu sagen hat, aber ich weiß, wieso *ich* es tue. Ich will, was er in der Bar angeboten hat, aber ich habe Angst, dass er es nicht aus den richtigen Gründen angeboten hat. Ich will, dass Easton meine Familie ist, mein Partner und der Vater meines Kindes – auch wenn er es genetisch nicht ist. Aber ich weiß auch, wie viel Ehre Easton hat. Ich weiß, wieso er es angeboten hat.

„Ich werde dich nicht fragen, ob du das, was du vor meiner Familie gesagt hast, ernst meintest", sage ich, als ich endlich genug Mut habe. „Weil ich weiß, dass du es ernst gemeint hast." Sein Ausdruck ist zögerlich, als er darauf wartet, dass ich mehr sage. „Easton, ich würde es niemals von dir erwarten. Das könnte ich nicht. Es ist zu viel."

Die Ampel wird grün, und Easton nimmt meine Hand in seine. Seine Berührung ist alles, was ich in den letzten achtundvierzig Stunden versucht habe, mir auszureden. Sie ist Geborgenheit und Frieden und *Zuhause*.

Wir gehen zum Strand, und er wartet, als ich die Schuhe abtrete, meine Hand immer noch in seiner. Die Luft ist kühl, und der Sand ist kalt unter meinen Sohlen, aber nach der Hitze in der Bar kann ich es gut gebrauchen.

„Es bedeutet nicht, dass ich es nicht schätze", sage ich, nachdem ein paar Minuten verstrichen sind, ohne, dass er geantwortet hat. „Das tue ich. Und es ist verlockend, aber ... ich weiß, wie du dich fühlst."

Er schluckt schwer. „Aber tust du das wirklich? Ich glaube nicht, dass du es weißt, und das ist meine Schuld."

„Ich weiß, dass du mich beschützen willst. Ich weiß, dass du dich um mich sorgst."

„Weißt du, dass ich mit dir zusammen sein will?"

„Natürlich weiß ich das, aber es ist kompliziert, und ich verstehe es."

Er schüttelt den Kopf. „Du hast mich vorher gefragt. Du hast mich gefragt, wieso ich mit dir zusammen sein wollte, und du hast gefragt, weil du wolltest, dass ich es erkläre. Du hast gefragt wieso, weil du es *nicht* geglaubt hast. Frag mich jetzt."

„Was?" Ich atme tief aus und suche nach Mut, um nichts zu nehmen, was er nicht wirklich geben will. „Easton, wir hatten schon immer schlechtes Timing.

Niemand wird dir deine Gefühle über diese Schwangerschaft verübeln."

„Frag mich, wieso ich *dich* will."

Mein Herz zieht sich zusammen, als ich mich daran erinnere, dass wir dieses Gespräch bereits geführt haben. Als ich ihn in Paris gefragt habe, brauchte er mich, um die Worte zu finden. Und er hatte Schwierigkeiten, als ich ihn Sonntag vor unserem Ferienhaus gefragt habe. Es hätte egal sein sollen, und das war es. Ich schüttele den Kopf. „Ich kann das gerade nicht tun."

„Frag mich."

Weiß er, wie fragil ich gerade bin? Versteht er, dass ich nicht die Energie oder emotionale Stärke habe, um mir ein Liebesgedicht zu schreiben? „Ich weiß es bereits. Es sind dieselben Gründe, aus denen *ich* mit *dir* zusammen sein will, richtig?"

„Frag. Mich." Er drückt meine Hand, als er flüstert: „Bitte."

„Wieso willst du mit mir zusammen sein?"

Er grinst, als wäre die Frage selbst ein Geschenk. „Ich will mit dir zusammen sein, weil ich immer an dich denke. Manchmal, wenn du nicht da bist, rede ich mir ein, dass ich mich davon überzeugt habe, wie gut es sich anfühlt, dich bei mir zu haben, weil es nicht sein kann, dass man sich wegen *einer* Person so verdammt *gut* fühlt. Aber dann bist du wieder da – wie jetzt –, und ich weiß, dass ich recht hatte."

Mein Herz überschlägt sich. Ich musste es einfach hören, ob ich es wusste oder nicht.

„Ich will mit dir zusammen sein, weil ich mit diesem

nervösen Inneren geboren wurde, das mir immer zuge-
flüstert hat, dass ich versagen werde. Aber wenn du da
bist, wenn du mich mit diesen großen, braunen Augen
ansiehst, wenn du in meinen Armen liegst, wenn ich dich
lachen höre − dann verstummt dieses Geflüster. Ich will
mit dir zusammen sein, weil du früher als jeder andere
wusstest, wer ich bin, denn an manchen Tagen habe ich
das Gefühl, im Raum zu schweben und ich weiß immer
noch nicht, wer ich bin, doch wenn du neben mir stehst,
dann habe ich stets festen Boden unter den Füßen. Ich
will mit dir zusammen sein, weil dich der Anblick des
Eiffelturms im Zwielicht schwach in den Knien macht,
und weil du die Welt mit solch einer Ehrfurcht betrach-
test, dass ich realisiere, wie viel ich verpasst habe. Ich will
mit dir zusammen sein, weil ich, wenn ich an Glück
denke, den Tag auf dem Boot auf der Seine sehe, als dein
Haar im Wind wehte. Ich denke daran, wie schön dein
Lächeln an diesem Tag war − wie du mit der Sonne
konkurriert hast −, und wie *ganz* ich mich fühlte, weil du
an meiner Seite warst."

Ich öffne den Mund, aber er presst den Zeigefinger
auf meine Lippen. „Ich bin noch nicht fertig."

Ich lache, aber ich glaube es ähnelt eher einem
Schluchzen. Vielleicht ist es beides. „Okay."

„Ich will mit dir zusammen sein, weil du zur Seite
getreten bist, um mich die Art von Vater sein zu lassen,
die ich sein musste. Weil du geglaubt hast, dass ich die
richtige Wahl für mich und meine Tochter getroffen
habe. Ich will mit dir zusammen sein, weil das Leben
kurz ist und ich den Rest von meinem mit dir an meiner

Seite verbringen will. Und weil du meine Familie bist. Egal, was du entscheidest, oder wo du hinziehst, du bist ein Teil von mir, wie Abi auch ein Teil von mir ist. Du hast mein Herz nie gestohlen. Du hast einen Teil von dir in meinem Herzen gelassen, und es hat mich geheilt."

„Du weißt, dass du sowas einer schwangeren Frau nicht sagen kannst, oder?" Ich schniefe und sehe mich verzweifelt um. „Ich habe nicht einmal ein Taschentuch."

Er zieht ein Stofftuch aus der Tasche. „Ich habe dir eins mitgebracht. Ich dachte, ich bräuchte es entweder für deine Tränen oder meine blutige Nase – was ich verdiene." Er zuckt mit den Achseln. „Kann ich weitermachen?"

Ich wische mein Gesicht ab und nicke.

Easton atmet langsam aus, bevor er fortfährt: „Ich will dich mit diesem Kind wachsen sehen und deine Hand halten, während du erfährst, was es bedeutet, Mutter zu sein. Weil ich weiß, dass du wundervoll sein wirst, ob du es allein tust oder mit jemandem an deiner Seite. Aber verdammt, Shay, ich will nicht, dass du es allein tust, und ich will nicht, dass du es mit jemand anderem tust. Ich will, dass *all* deine Kinder *mich* Papa nennen. Ich will die Person sein, die mit dir während der schlaflosen Nächte aufwacht und dich daran erinnert, dass du klasse bist, wenn das Kind drei Jahre alt ist und ein Miniaturdämon ist. Und hey – Gottseidank habe ich das bereits durchgestanden und kann dir garantieren, dass sie nicht für immer in dieser Phase feststecken."

Ich lache, als heiße Tränen über meine Wangen kullern.

„Ich will dich nach Paris bringen und dich während Stürmen halten. Ich will deine Bücher lesen und mit deinem Duft auf den Laken aufwachen. Und vielleicht ist es nicht fair, aber ich will es *hier* tun. In Jackson Harbor. *Zu Hause*. Weil deine Familie erstklassig ist, und ich weiß, dass deine Mutter nicht verpassen will, ihrem Enkelkind beim Aufwachsen zuzusehen. Aber wenn das, was du brauchst, in L.A. ist, dann werde ich mit dir zurückziehen. Ich werde es schaffen, Abi vor der Presse zu beschützen. Wir kriegen es schon hin. Aber wenn ich sage, dass ich dich liebe, musst du verstehen, dass ich jedes Wort ernst gemeint habe, weil ich nicht damit leben kann, dass du nicht wirklich weißt, was ich für dich empfinde. Auch wenn ich mich nicht mit romantischen Worten auskenne."

„Ich finde, du hast dich gut geschlagen", sage ich, bevor ich Schluckauf bekomme. Wegen den Tränen.

„Ich habe viel aufgeschrieben und mich vorbereitet, weil ich echt nervös war."

„Es hat mir gefallen", flüstere ich.

„Sobald ich mich hingesetzt und angefangen habe, war es einfach, aber zuerst nicht. Für mich ist es offensichtlich, und es kam mir nie in den Sinn, dass du die Worte hören musst. Ich hätte vor langer Zeit realisieren sollen, dass es dir nicht klar war. Du bist die Frau, die ich liebe. Die, die ich will. Die Zukunft, die ich will. Wenn du mich willst."

„Natürlich will ich dich." Ich schlinge die Arme um seinen Hals.

„Wieso?", flüstert er lächelnd, während seine Augen vor Glück strahlen.

„Weil du du bist. Weil du der Mann bist, den ich liebe und will."

Er schlingt die Arme um meinen Rücken und zieht mich näher. „Das ist mehr als genug."

SHAY

*B*rayden hat nie so viel gelächelt, bevor er mit Molly zusammengekommen ist, und er hat nie so breit gelächelt, wie er es getan hat, als er im Sand hinter der Familienhütte stand und ihr seine ewige Liebe schwor.

Die Zeremonie war schön. Der Pastor hat eine Rede darüber gehalten, dass es bei einer Hochzeitszeremonie nicht nur um das Brautpaar geht – da es bereits vor der Zeremonie passiert ist –, sondern darum, dass ihre Mitmenschen sie als Paar akzeptieren. Als er darüber sprach, dass Liebe sogar die schwersten Umstände übersteht, ertappte ich mich dabei, zu Easton zu sehen, dessen Augen bereits auf mir ruhten. Wir sahen einander an, als der Pastor über die Geduld des Herzens und die Belohnung der Liebe sprach, und Easton lächelte ein kleines Lächeln, das nur für mich bestimmt war und mein Herz zum Rasen brachte und meine Knie weich werden ließ.

Die Feier wurde kleingehalten – oder so klein, wie es mit unserer Familie geht –, aber alle saßen an Tischen auf der Terrasse, die den See überblickt. Molly hat ihren Koch vom Bankettzentrum und einen Teil ihrer Angestellten gebucht, die das Essen servierten. Es gibt kein Mikrofon, als ich aufstehe, um meine Rede zu halten, und ich bin dafür urdankbar. Das Schlimmste an einem Englischdoktorat ist es, dass Leute dich bitten, Reden zu halten oder Briefe zu schreiben, und sie haben *immer* hohe Ansprüche. Wenigstens wird meine Stimme nicht durch die Luft getragen, wenn ich es vermassele.

Ich lächele meine neue Schwägerin an. Sie ist rot und strahlt, während sie Braydens Hand hält und Noah auf ihrem Schoß sitzt. Sie sieht wirklich aus, als wäre es der glücklichste Tag ihres Lebens.

Ich hebe mein Glas. „Molly, ich wollte immer eine Schwester. Du weißt es wahrscheinlich nicht, aber erst als der kleine Teufel, der mein Bruder Levi ist, drei wurde, verkündete meine Mutter, dass sie keine Kinder mehr wollte. Vor ihm wollte sie Kinder haben, bis ihr Körper nicht mehr mitspielte. Ich verstand, wieso meine geduldige Mutter wegen Levi keine Kinder mehr wollte, aber ich war am Boden zerstört."

Alle lachen, und ich zwinkere meiner Mutter zu, die mit den Schultern zuckt, als würde sie fragen, ob es ihr jemand übelnehmen könnte. Levi sieht nicht wütend aus. Er kennt diese Geschichte.

„Alle meine Brüder waren erleichtert, weil es etwas eng wurde im Haus. Aber ich nicht. Ich habe mir eine Schwester gewünscht, und es sah aus, als würde es niemals passieren. Was ich nicht realisierte, als ich ein Kind war, dass ich das Glück haben würde, *fünf* Schwestern zu haben. Molly, du bist perfekt für meinen großen Bruder. Du bringst ihn zum Lächeln und Lachen und schaffst es irgendwie, ihn davon abzuhalten, ständig zu arbeiten." Alle lachen, und ich atme tief ein, bevor ich fortfahre: „Und du bist für mich auch sehr gut." Die Worte brechen etwas, als ich mich umsehe. Teagan trägt einen brandneuen Verlobungsring, und ich räuspere mich bei der Erinnerung. Ava hält ihre einjährige Tochter Lauren, während Jake einen Arm um ihre Schultern hält. Ellie lehnt sich gegen Levi, und Nics Finger sind mit Ethans verschränkt. Als ich wieder zu Molly sehe, glaube ich, dass alle verstehen, wieso ich mich so glücklich schätze. „Ihr seid besser als Schwestern. Ich bin eine ziemlich private Person und wollte nie jemandem meine Probleme aufbinden. Aber mit euch, Molly und Ava und Ellie und Nic und Teagan, habe ich nicht nur Schwestern gefunden. Ich habe Freunde, an die ich mich wenden kann, wenn das Leben zu schwer wird. Molly, danke, dass du mutig genug warst, wieder nach Jackson Harbor zu ziehen. Du bist genauso wichtig für diese Familie wie all meine Brüder." Ich sehe zu Levi und grunze. „Außer ihm. Wir könnten ohne ihn zurechtkommen."

„Hey!", ruft Levi, als alle lachen. „Es ist Familienzeit, du Göre!"

Ich schicke ihm einen Luftkuss und schüttele den Kopf. „Aber ernsthaft, Molly. Du heiratest heute nicht nur Brayden. Du hast uns jetzt alle am Hals – sogar Levi –, und wir haben das Glück, dich überzeugt zu haben, dass es etwas Gutes ist. Ich bin dankbar für dich und Noah und so verdammt glücklich, dass ihr Jacksons seid. Auf dich und Brayden." Ich hebe mein Glas mit Apfelsprudel in die Luft. „Hoffentlich werdet ihr immer glücklich genug sein, zu erkennen, dass eure Liebe ein Geschenk ist."

Alle jubeln, als ich mich wieder setze.

Easton lehnt sich vor, bis sein Mund gegen mein Ohr streift. „Weißt du, wie verrückt ich auf dich bin?"

Ich lächele. „Ich glaube schon."

Er knabbert an meinem Ohrläppchen. „Gut. Ich wollte nur sichergehen."

EASTON

*A*ls das Abendessen vorbei ist und alle am Strand tanzen, stehe ich auf und biete Shay meine Hand an. „Willst du tanzen?" Ich nicke zum Strand, wo all ihre Brüder von ihren Tanzpartnerinnen verzaubert sind. „Brayden und Molly wollen alle da haben."

Sie beißt sich auf die Unterlippe, und ich will es ihr gleichtun, aber beißen führt zu saugen, und saugen führt zu wandernden Händen, und ... Naja, wir müssen die nächsten paar Stunden hierbleiben, also versuche ich, mich zu benehmen. „Wenn ich das muss."

Ich führe sie zum Strand.

Shay schlingt die Hände um meinen Hals, und ich halte sie fest, als wir langsam zur Musik tanzen.

Ich mustere die ganze Familie und schüttele den Kopf. „Carter hatte recht."

Sie legt den Kopf zur Seite. „Womit?"

„Ich habe ihm gesagt, dass er ihr heute keinen Heiratsantrag machen sollte. Es ist etwas ... ich weiß nicht, nicht ganz okay, jemandem bei einer Hochzeit einen Antrag zu machen."

„Ich glaube nicht, dass Teagan sich wegen des Zeitpunkts gesorgt hat. Sie will ihn einfach nur heiraten."

„Oh, ich glaube, sie hat sich darum gesorgt." Ich ziehe sie näher und fahre mit der Hand über ihren Rücken. „Ich glaube, sie feiert gerne mit deiner Familie. Er hat sie hier gefragt, weil sie ein Teil von euch ist. Offiziell."

Sie lächelt. „Sie gehört zu uns."

„Die Glückliche", flüstere ich.

„Du gehörtest als Kind bereits zu uns", erwidert Shay. „Leugne es nicht."

„Das würde ich mich nicht trauen. Ich schätze mich auch glücklich, aber ich war damals nicht *so* glücklich wie jetzt."

„Für einen Kerl, der behauptet, nicht gut mit Worten umzugehen, bist du *so* charmant." Sie schließt die Augen und lehnt ihren Kopf gegen meine Brust.

Wärme steigt in mir auf. Dieses Gefühl der *Richtigkeit* rastet ein. Alles klappt. Scarlett hat gestern sogar ein Haus in Chicago gefunden. Sie hat gesagt, dass es ihr besser passt als Jackson Harbor, und dass sie sich Shay und mir nicht in den Weg stellen will.

„Kann ich auch tanzen?"

Shay und ich verharren, als wir Abi hören, und Shay tritt mit einem Lächeln zurück, damit ich mit meiner Tochter tanzen kann, aber ich greife ihre Hand, bevor sie gehen kann.

„Sollen wir zu dritt tanzen?"

Abi grinst. „Okay!"

Wir halten einander und tanzen, und ich glaube nicht, dass ich jemals glücklicher war.

EPILOG

EASTON

*E*aston! Oh mein Gott, Easton! Komm her!"
„   Es gibt eine bestimmte Geschwindigkeit,
die ich nutzen kann, um durchs Haus zu rennen. Ich
nenne sie meine „Ich glaube, die Wehen meiner Freundin
haben eingesetzt"-Schnelligkeit. Das ist die Geschwindigkeit, die ich nutze, als ich durch den Flur ins Wohnzimmer eile. Ich halte mich am Türrahmen fest, als ich
um die Ecke biege und ganz knapp nicht auf den Arsch
falle. Ich habe immer noch blaue Flecken auf meiner
rechten Seite, als ich letzte Woche gedacht habe, dass sie
in den Wehen lag.

Ich bin mir nicht sicher, was peinlicher ist – dass sie
es tat, um den Mädels zu zeigen, wie schnell in kam, oder
weil es, wie sie mehrere Male gesagt hat, nicht mein

erstes Kind ist, und ich weiß, dass Kinder nicht rausfallen, sobald die Wehen einsetzen.

Shay sitzt an ihrem Schreibtisch, die Augen weit aufgerissen, während sie ihren Computerbildschirm anstarrt.

Ich versuche, es mir nicht ansehen zu lassen, dass ich hergerannt bin. „Was kann ich Ihnen bringen, Dr. Jackson?"

Sie verdreht die Augen, aber verdammt, sie hat es verdient. „Ich habe eine Antwort von der Agentin."

„Die, bei der du letzte Woche angefragt hast?"

„Nein, von der, deren Kontaktinformationen du mir gegeben hast. Ich habe ihr doch letzten Monat mein Manuskript geschickt."

Ich war mir fast sicher, dass mein Kumpel mich verarscht hat, als sie nicht geantwortet hat. „Was hat sie gesagt?"

„Sie liebt es." Sie drückt beide Hände auf ihren Mund und schüttelt den Kopf. „Um ehrlich zu sein hat sie gesagt, dass sie es *liebt*, *liebt*, *liebt*. Sie liebt es hoch drei, Easton!"

„Ich habe dir gesagt, dass es gut war."

„Und Baby, das weiß ich zu schätzen, aber wie viele YA-Romanzen liest du?"

„Ich muss ein Genre nicht lesen, um zu wissen, wenn ich ein gutes Buch lese."

Sie verzieht das Gesicht. „Werde ich *für immer* so emotional sein?" Dann ... *drei, zwei, eins*, Tränen.

Ich ziehe sie aus ihrem Stuhl und in meine Arme. Ja, Umarmungen sind nicht mehr dasselbe mit dieser riesigen Wassermelone, die sie vor sich herumträgt, aber ich beschwere mich nicht. Shay ist eine wunderschöne Schwangere. Scarlett so zu sehen, hat es mir nie angetan, aber Shay mit ihrem Kugelbauch ... Ich will die Kamera hervorholen und jeden Zentimeter und jede ihrer Kurven festhalten. Ich habe es einen Abend getan, habe dann aber *andere Dinge* herausgezogen, bevor ich fertig war.

„Ich bin so stolz auf dich", murmele ich in ihr Haar. „Ich wusste, dass du es tun kannst."

„Es bedeutet noch nichts. Ich habe ihr gesagt, dass ich von ihr unter Vertrag genommen werden will, aber jetzt muss sie einen Redakteur finden, der es kaufen will."

„Ein Schritt nach dem anderen." Ich fahre mit den Händen über ihren Rücken und dann ihre Seiten, bevor ich langsam den Mund auf ihren lege und sie sanft küsse. Sie quietscht, und ich lehne mich zurück. „Alles in Ordnung?"

„Easton, ich glaube, wir müssen ins Krankenhaus fahren." Sie verzieht das Gesicht.

„Was? Hast du Schmerzen?" Ich sehe auf den Boden. „Ist deine Fruchtblase geplatzt? Fühlt sich etwas falsch an?"

„Ich liege schon den ganzen Morgen in den Wehen. Ich wollte es dir nur nicht sagen, weil du etwas den Verstand verlierst, aber ich habe jetzt alle drei Minuten Wehen und–"

Ich renne bereits ins Kinderzimmer, um die Krankenhaustasche zu holen. Ich habe die „Ich glaube, die Wehen meiner Freundin haben eingesetzt"-Geschwindigkeit perfektioniert und bin sofort wieder da. „Bereit?"

„Du bist so seltsam", sagt sie lächelnd.

„Ich ..." Ich lasse mich auf die Knie sinken und küsse ihren Bauch. „Ich bin verzweifelt in dich verliebt."

„Ich liebe dich auch", sagt sie.

Ich nicke. „Ja, aber ich habe mit dem Kind geredet." Ich lege beide Hände auf ihren Bauch. „Was sagst du, Kleiner? Bereit, deinen Vater kennenzulernen?"

Shay schreit und fällt, aber ich fange sie, bevor sie den Boden erreicht. „Ich glaube, wir müssen gehen."

SHAY

*I*ch war sieben Jahre alt, als ich mich in Easton Connor verliebte, und einunddreißig, als ich ihn zum zweiten Mal zum Vater machte. Er war nicht der leibliche Vater meines Kindes, aber ich war eine Romantikerin, die nicht glaubte, dass Familien durch Blut verbunden werden.

Als sie mein Baby zum ersten Mal in Eastons Arme legten, sah ich die Liebe in seinen Augen und wusste, dass er die beste Wahl für mich *und* mein Kind war. Weil ich genug Herzschmerz und Verlust durchlebt hatte, um zu wissen, wenn es sich lohnt, um etwas zu kämpfen. Weil ich mich durch ihn schön fühlte und wieder an Märchen glaubte. Weil ich diesen Mann mit den hellbraunen Haare und blaugrünen Augen, der *unser* Kind ansah, als hätte ich ihm das beste Geschenk der Welt gegeben, liebte. Und später, als unser Krankenhauszimmer voll war mit glücklichen, feiernden Jacksons, als Franklin Jackson Connor in meinen Armen schlief, lächelte ich in dem Wissen, dass ich Easton Connor eines Tages heiraten würde.

Es war mein Geheimnis. Eins, das ich für mich behalten wollte, bis es soweit war. Easton wusste nicht von meinen Plänen.

Und ich hatte keine Ahnung, dass er einen Ring in der Hosentasche hatte und mich gleich vor meiner gesamten Familie bitten würde, ihn zu heiraten.

ENDE

*D*anke, dass Sie *Die beste Art von Liebe*, Buch sechs in der *Die Jungs von Jackson Harbor*-Reihe gelesen haben. Es geht weiter mit Coltons und Veronicas Geschichte in *Die wichtigste Art von Liebe*.

Ich hoffe, Sie haben dieses Buch genossen und würden es in Erwägung ziehen, eine Rezension zu schreiben. Danke fürs Lesen! Es war mir eine Ehre.

DIE JUNGS VON JACKSON HARBOR

KONTAKTINFO

Ich liebe es, von meinen LeserInnen zu hören. Finden Sie mich auf meiner Facebook-Seite unter www.facebook. com/lexiryanauthor, folgen Sie mir auf Twitter und Instagram unter @writerlexiryan, schreiben Sie mir E-Mails an writerlexiryan@gmail.com, oder finden Sie mich auf meiner Webseite: www.lexiryan.com.